LES ROSES
DE HARTLAND

NIKOLA SCOTT

LES ROSES DE HARTLAND

Traduit de l'anglais
par Fabienne Duvigneau

CHARLESTON

Titre original :
MY MOTHER'S SHADOW

Publié pour la première fois en langue anglaise en 2017
par Headline Review, une marque du groupe Headline Publishing.

MIXTE
Papier issu de sources responsables
FSC® C003309

Pocket, une marque d'Univers Poche,
est un éditeur qui s'engage pour la préservation
de l'environnement et qui utilise du papier fabriqué
à partir de bois provenant de forêts gérées
de manière responsable.

ISBN : 978-2-266-30639-3
Dépôt légal : janvier 2020

À Paul.

1958

Cette maison a vu bien des choses et entendu bien des secrets, des chuchotements portés par la brise, la nuit, frémissant autour des cheminées et des pignons coiffés d'ardoise, autour des fenêtres à meneaux et des chemins de gravier blanc, tournoyant entre les roses, les rhododendrons et les arbres du vieux verger de Hartland. Des amours perdues et retrouvées, une mort inattendue, douloureuse, et de délicieuses étreintes furtives. Des larmes de minuit et des rires un soir d'été, tous les rêves à inventer et tous les mondes à découvrir. La maison a tout conservé, dans le silence et l'ombre de ses murs.

Et aujourd'hui, la vie à Hartland regorge de souvenirs. La guerre, avec la mort dans son sillage, est encore présente à tous les esprits. Après tout, il n'y a pas si longtemps que l'Angleterre est sortie des terribles années de rationnement, des habitations bombardées et des abris provisoires, éblouie par le déferlement d'un luxe qu'elle ne soupçonnait pas, les bonbons dans les confiseries, la nouvelle musique qui jaillit partout. Mais l'avenir est radieux maintenant. Aussi ne peut-on pas s'étonner qu'ils attrapent la vie à deux mains, ces jeunes gens de 1958, étourdis par cet été à la campagne et la promesse de tout avoir.

Ou peut-être est-ce la pleine lune qui enivre les gens ce soir. Elle est comme accrochée là dans le ciel, juste au-dessus des écuries, répandant une étrange lueur orangée. Il suffit de la regarder, de sentir le champagne pétiller contre son palais et de respirer le parfum entêtant des roses dans le jardin pour éprouver un tressaillement au creux du ventre, une folle audace qui parle de possibilités infinies et d'un monde à posséder. Des lampions se balancent et clignotent comme des lucioles dans la brise nocturne, et la voix langoureuse d'un crooner enveloppe les couples qui rient et fument, debout ou assis sur le muret de la terrasse, à boire des gimlets et de la limonade pour rafraîchir les visages échauffés. L'une des serveuses engagées pour la soirée observe la scène tout en apportant un pichet plein et en regarnissant un plateau de petits-fours, émerveillée par cette jeunesse dorée qui ne semble avoir aucune préoccupation sinon celle de célébrer un dix-septième anniversaire, d'acclamer l'entrée d'une jeune fille dans l'âge adulte.

Il manque deux personnes, pourtant, qui se sont éclipsées derrière les rhododendrons, sur la pelouse où gît un maillet de croquet abandonné, puis ont filé au long des allées, entre les arbres, une main sur la bouche pour étouffer un rire et une exclamation lorsqu'une branche basse a frappé l'arrière d'une jambe nue. L'une est la jeune fille dont on fête l'anniversaire aujourd'hui. À dix-sept ans, elle a déjà trop souffert durant sa courte vie et le pire est encore à venir. Mais pour ce soir, elle a chassé toutes ses inquiétudes, toutes ses peurs, et elle sait, au fond d'elle-même, que la vie ne sera jamais aussi délicieuse, aussi vibrante de nouveautés et de plaisirs interdits que pendant cette nuit d'été. Alors, oui, elle aussi attrape la vie à pleines mains, et comment lui reprocherait-on de suivre un homme qui la courtise depuis des jours et des jours ? Il a de doux sourires rêveurs et des gouttes d'eau de mer accrochées à ses cils, de grands rires innocents devant les autres, et des yeux qui promettent des secrets lorsqu'ils se retrouvent seuls, un bref moment, dans la roseraie de Hartland. Elle ne voit pas ses yeux rieurs ce soir, seulement le clair de lune et les lampions, mais elle le sent tout près d'elle ; elle sent son bras chaud contre le sien et son odeur qui se mêle à celle de l'herbe fraîchement coupée et aux parfums plus sombres, plus mystérieux de la nuit, dans un jardin qui ne veut pas être dérangé, même pour un premier amour si impatient. Ici, entre les arbres du verger, l'air est plus frais. La jeune fille frissonne malgré elle, et c'est alors qu'il l'enlace et l'attire contre lui, qu'il lui prend le menton pour lever son visage, et, en cet instant inoubliable, la vie est parfaite.

Mais déjà, et la maison semble le sentir, les nuages approchent. La façade dorée de cet été idyllique, la lumière de cette nuit grisante seront bientôt ternies. La maison a toujours gardé ses secrets et ne laisse rien transparaître. Elle se contente d'absorber les souvenirs fugaces de ce premier amour, de les conserver à l'abri pour toujours.

1

La mort est une drôle de chose. Pas vraiment *drôle*, et même pas drôle du tout, mais étrange.

Elle devrait s'annoncer par un vacarme, envoyer des messagers funestes aussi assourdissants que des mitraillettes. Au lieu de quoi elle rôde comme un voleur, elle attend qu'un pied s'avance sur la chaussée quand le feu est vert, ou qu'une seule cellule rebelle dans notre corps décide soudain de semer le chaos. La mort guette, ronge son frein avant de frapper, et quand elle porte son coup, rien n'est jamais plus pareil.

Ainsi, je ne me rappelle pas très bien le jour où ma mère a été renversée par un camion. Mes souvenirs ressemblent à des morceaux épars. Par exemple, l'absurde quantité de verre que le camion avait répandu sur Gower Street, le visage pincé de mon père quand nous avons attendu le taxi qui devait nous conduire auprès du corps ; ma sœur Venetia s'en prenant à la femme policier qui, sans nul doute, devait se tromper, et n'y avait-il donc plus personne pour faire son travail correctement ?

En revanche, je me rappelle clairement le moment où je l'ai appris, parce qu'à cet instant précis – j'étais debout devant le réfrigérateur contenant les soixante-cinq œufs avec lesquels on préparerait les meringues de la journée –, toutes les larmes que j'aurais pu verser se sont volatilisées et mes yeux, soudain, de manière inexplicable, sont devenus secs. Ils le sont restés pendant des semaines, même quand nous avons lu le rapport du médecin légiste ou disposé les roses préférées de ma mère sur son cercueil. J'ai veillé à ce que mon père se lève tous les matins dans la grande maison de Rose Hill Road, à présent vide, et pas une seule fois je n'ai pleuré.

Certaines personnes ne pleurent tout simplement pas beaucoup – aussi n'est-ce pas à l'aune des larmes versées que l'on peut mesurer le chagrin de quelqu'un –, mais je n'avais jamais été de celles-là. Au contraire, j'étais autrefois une très bonne pleureuse. Excellente, même. Enfant, je pleurais si souvent et si facilement que ma mère avait décrété que mon corps devait se composer aux deux tiers d'eau salée. « Une vallée de larmes à toi toute seule », disait-elle. Je pleurais pour une molaire qui m'avait échappé tandis que je la rinçais au-dessus du lavabo, pour ma gorge envahie de taches blanches. Je m'inquiétais des dangers qui pouvaient se cacher dans mon armoire, sous mon lit, ou au fond de la piscine. Je recueillais des chats abandonnés, des oisillons tombés du nid, et je tentais, des jours durant, de les sauver en pleurant sur leur sort.

« Au nom du Ciel, Addie », soupirait ma mère, et elle me tendait un mouchoir quand mes yeux devenaient tout brillants malgré mes efforts pour dissimuler mes larmes, désolante preuve de faiblesse alors que j'aurais dû être forte, redresser les épaules, et affronter l'adversité. « Ne te laisse pas aller, ma chérie. Regarde Venetia. Elle a quatre ans de moins que toi, et elle ne pleure pas, elle. » J'étais sans doute une enfant exaspérante, à en juger par l'agacement que je voyais souvent sur le visage de ma mère, sa bouche qui se crispait et les plis creusés dans une de ses joues. Je me cachais lorsque lui venait cette expression, la plupart du temps dans les toilettes du bas, qui sentaient le nettoyant à la lavande de Mrs. Baxter et où les autres allaient rarement. Quand j'ai quitté la maison des années plus tard, ce que j'ai le plus aimé chez moi, c'est qu'il n'y avait pas de toilettes du bas.

Ironie du sort, au moment où mon vieil ennemi, ma vallée de larmes, avait enfin l'occasion de s'épancher librement, la boule logée au fond de ma gorge n'a pas laissé passer un seul sanglot. Ma mère me manquait, pourtant. Évidemment. Qui, dans ce triste monde, ne regrette pas sa mère une fois qu'elle a disparu ? Mais plus Venetia, l'enfant chérie, montrait son affliction par son amaigrissement et son teint blême, plus je me sentais sèche à l'intérieur. J'en ai éprouvé une grande inquiétude, jusqu'à ce qu'il me vienne à l'esprit que je me comportais exactement comme ma mère l'avait toujours voulu : forte et redressant les épaules. Mon héroïsme et mes yeux secs reflétaient-ils un désir inconscient de ne pas susciter l'agacement qui, pendant quarante ans, s'était manifesté à mon égard ? Tout au fond de moi, y avait-il une petite fille qui souriait parce qu'elle faisait enfin plaisir à sa mère dans sa tombe ?

***

Venetia, qui attendait de moi que je rende un digne hommage à notre mère, fut déçue par ma performance. Quelques mois plus tard, elle était enceinte, sujette à de dangereuses sautes d'humeur, et débarquait inopinément à Rose Hill Road avec des remèdes homéopathiques, des soupes en briques et une foule de conseils inutiles. Je l'évitais autant que possible, et, tandis qu'elle occupait le centre de la scène avec sa grossesse, son thérapeute et son travail de deuil, mon père dépérissait sans bruit de son côté de la maison.

Le jour où il s'est effondré, environ deux semaines après l'enterrement, n'a pas été spectaculaire dans la mesure où il ne s'est simplement pas levé de son lit. Mais quatre jours plus tard, voyant que la porte de sa chambre demeurait fermée à cinq heures de l'après-midi, mon frère Jas et moi l'avons emmené chez le médecin, puis à l'hôpital, d'où il est ressorti au bout d'une semaine, l'air étrangement calme. Soulagés, mon frère et ma sœur sont retournés à leur chagrin, à leurs carrières et à leurs familles imminentes, et moi, je suis revenue régulièrement, troublée par le regard de mon père. Il m'était difficile de croire que c'était là l'homme qui m'avait appris à jouer aux échecs à l'âge de dix ans, qui figurait pour moi le débarquement des Alliés avec une agrafeuse, deux crayons et une perforatrice quand je n'arrivais pas à faire mes devoirs d'histoire, et qui était toujours prêt à braquer une lampe de poche sur les taches blanches au fond de ma gorge. « Ce n'est pas une tumeur, Adele, j'en suis certain. Ce sont des microbes qui livrent un combat avec ton corps… ouvre plus grand, encore un peu… oui, voilà, je crois que tes anticorps sont en train de gagner. Tiens, un bonbon à la menthe te guérira plus vite. »

Nous échangions poliment des nouvelles de notre semaine en buvant un thé ou contemplions en silence le jardin de ma mère à l'abandon. L'échiquier n'avait pas vu la lumière du jour depuis des siècles. Je luttais parfois contre l'envie de pincer mon père, très fort, juste pour m'assurer qu'il n'était pas mort lui aussi, même s'il continuait à se lever, partait travailler, avalait d'innombrables tasses de thé qu'il laissait ensuite traîner partout dans la maison, et que Mrs. Baxter ramassait lorsqu'elle arrivait le matin, quatre fois par semaine, pour faire le ménage. Malgré tout, j'espérais que bientôt, peut-être, il m'accueillerait, une tasse de thé brûlant comme nous l'aimions tous les deux dans chaque main, le visage éclairé d'un sourire. « Addie ! Te voilà. Que dirais-tu d'une partie d'échecs avec ton vieux père ? » Je traversais donc tout le nord de Londres pour lui rendre visite après mon travail, par de claires soirées d'été que je trouvais trop longues, au début, puis à la tombée du crépuscule en automne, affrontant ensuite de froides nuits d'hiver auxquelles succéda à nouveau un magnifique printemps. Douze mois s'étaient écoulés depuis la mort de ma mère. J'évaluais le temps passé d'après la couleur des arbres dans le parc de Hampstead Heath et les ombres de la petite supérette, près de la station de métro, qui s'allongeaient quand je tournais le coin de la rue en approchant de chez mes parents.

Bien avant que Venetia ne lance l'idée de marquer Le Jour de sa Mort, je me suis mise à le redouter. Le calendrier accroché dans la cuisine de la boulangerie-pâtisserie Chez Grace portait une tache rouge sur la case du 15 mai – de la confiture de framboises, je crois –, qui semblait grossir chaque fois que je levais les yeux du gâteau d'anniversaire de Mrs. Saunders que j'étais en train de décorer avec soixante-quinze roses en pâte à sucre. J'avais du mal à déglutir, tandis que la boule au fond de ma gorge ne cessait de se reformer, comme des bulles à la surface d'une mare.

Venetia avait insisté pour rassembler la famille – Jas et Mrs. Baxter, le frère de mon père, Fred, et quelques vestiges de cousins qui habitaient à proximité –, afin de « se consoler les uns des autres » et de « vivre ce moment avec ses proches », ce qui, d'après son thérapeute, constituerait un pas important vers l'Étape Cinq du processus de deuil. Exagérément optimiste, selon moi, vu que mon père était à peine sorti de la phase du Déni. Alors que je m'inclinais le plus souvent devant ce genre de suggestions, surtout lorsqu'elles émanaient de Venetia, cette fois j'ai essayé de discuter. Je n'avais pas du tout envie de célébrer l'événement dans notre grande cuisine blanche où l'absence de ma mère nous paraîtrait une terrible évidence, et j'étais certaine que mon père n'y tenait pas non plus. Mais Venetia a rejeté toute objection. J'ai dû non seulement prendre un congé cet après-midi-là, mais aussi apporter moi-même à Rose Hill Road la quantité ridicule de gâteaux qu'elle avait commandés à la pâtisserie.

La porte a grincé doucement quand je suis entrée en retenant mon souffle. Mais tout était calme. On entendait le tic-tac de l'horloge dans le coin, comme toujours, et il régnait, comme toujours, une odeur de livres, de poussière et de nettoyant à la lavande, même si ma mère était morte depuis un an déjà. Sur ma droite, des manteaux étaient suspendus à la vieille patère et plusieurs parapluies gouttaient sur les dalles, indiquant que la réunion des proches venait de commencer.

Sans bruit, je me suis avancée vers la porte de l'escalier éclairé qui descendait à la cuisine. Un vague murmure me parvenait, puis un rire a fusé, aussitôt masqué par une toux discrète. Oncle Fred, ai-je pensé, le frère de mon père, qui habitait à Cambridge avec ses trois chiens et une collection de voitures rouillées qu'il ne cessait de réparer. J'ai tendu l'oreille, cherchant en vain à distinguer la voix de mon père, grave et assourdie, au milieu du brouhaha confus des conversations. Il travaillait beaucoup depuis quelque temps, et ses brûlures d'estomac avaient empiré. J'espérais qu'il était allé chez le médecin la veille, comme il était censé le faire. Quelqu'un a posé une question. Jas, sans doute, qui avait dû venir directement de l'hôpital pour obéir à l'injonction de Venetia.

Je me suis immobilisée devant le paillasson de sisal en imaginant l'assemblée autour de la grande table de la cuisine. Le thérapeute de Venetia avait recommandé de laisser le fauteuil de notre mère inoccupé, en signe de respect. Je détestais ce thérapeute, un homme à la mine cadavérique nommé Hamish McGree, et je détestais l'idée de ce fauteuil résolument vide, avec ses accoudoirs incurvés et son dossier droit contre lequel ma mère calait un petit coussin à carreaux pour soulager ses maux de dos. J'ai essayé de me rappeler la dernière fois qu'elle m'était apparue ici, tournée vers son jardin, les yeux dans le vague si elle pensait à ce qu'elle avait à faire ce jour-là, ou fronçant les sourcils lorsqu'elle parcourait les gros titres des journaux. Mais je n'y arrivais pas. Son visage m'échappait, je ne conservais d'elle que des fragments : ses mains aux longs doigts effilés comme les miens, les mèches de ses cheveux retombant quand elle se penchait pour souffler sur son café, qu'elle aimait boire tiède, presque blanc tellement elle ajoutait de lait. Depuis un an, j'échouais immanquablement à revivre mes souvenirs avec elle. Alors que les gens autour de moi évoquaient des épisodes drôles, de longues conversations, des après-midi entiers passés en sa compagnie, je luttais encore pour simplement revoir son visage, sa manière d'appliquer son rouge à lèvres le matin, la moue agacée de sa bouche et ses épaules raides le soir quand elle avait froid et cherchait son écharpe. Mon esprit ne me restituait qu'une pluie d'éclats d'obus, tandis que ma capacité à me remémorer s'était terrée en même temps que mes larmes au fond d'un désert aride, dans le lit asséché d'une rivière où le vent chassait des buissons d'épineux, des souvenirs morcelés, qui ne formaient jamais une image complète et, au bout du compte, rarement juste.

Encore un rire étouffé, une toux discrète. Brusquement, j'ai compris que je ne descendrais pas cet escalier au bas duquel m'attendaient le fauteuil inoccupé et le visage insaisissable de ma mère. J'ai fait marche arrière, j'ai posé la boîte de gâteaux sur la table de l'entrée et je me suis précipitée dans une pièce sur ma droite, puis me suis adossée contre le mur, avec mon manteau trempé et ma grosse besace. Je n'ai pas bougé pendant un très long moment, les yeux fermés, accueillant avec soulagement l'ombre rafraîchissante de mes paupières après avoir passé toute la journée à fixer la tache de framboise sur le 15 mai. Le tic-tac de l'horloge qui résonnait de l'autre côté de la cloison était plus fort ici, mais rassurant, comme un battement de cœur. Enfin, j'ai soupiré et j'ai ouvert les yeux, un peu effrayée par mon audace. Venetia allait être furieuse.

Le bureau de ma mère. Je n'y étais pas entrée depuis que Venetia et moi étions venues y chercher son carnet d'adresses afin de rédiger les faire-part, et nous étions ressorties presque en courant. De temps à autre, Mrs. Baxter suggérait de tout débarrasser, mais Venetia y était opposée. Aussi la pièce restait-elle exactement dans le même état que le matin où ma mère était partie pour la dernière fois donner son cours sur « L'écriture féminine, une créativité nouvelle ». Les livres, les dossiers et les manuscrits étaient soigneusement alignés sur les étagères, hérissés de quelques Post-it, les stylos se tenaient au garde-à-vous dans un vieux mug, comme s'ils attendaient ma mère, à côté des crayons toujours bien taillés. Il y avait son téléphone, un vieux modèle à cadran couleur moutarde, et son secrétaire à cylindre contre le mur, avec les multiples boîtes, coffrets et vide-poches que nous lui fabriquions pour Noël et son anniversaire parce que nous connaissions son sens de l'ordre.

Elle avait été assise là tous les soirs, derrière la porte entrouverte, à préparer ses cours, corriger les essais de ses étudiantes ou lire le journal. Elle se plongeait chaque soir dans cette lecture avec une ferveur quasi religieuse, que nous soyons encore éveillés ou endormis, au lit avec la varicelle ou de sortie en ville. Parfois, en la regardant déplier le journal sur toute la surface du bureau, j'aurais aimé qu'elle me consacre, à moi ou au moins au bandit que j'imaginais dissimulé dans mon armoire, la moitié de cette attention intense qu'elle accordait aux publicités de dernière page, aux notices nécrologiques, à tous les faits-divers de la région. Mais ce n'était pas facile entre ma mère et moi. En grande partie par ma faute, bien sûr, parce que j'étais trop sensible et que je cherchais désespérément à faire plaisir. Je n'agrippais pas le volant de la vie, je ne redressais pas assez les épaules. Ma mère n'était ni sensible ni faible, elle avait la dureté et l'éclat d'une pierre précieuse, et, malgré nos efforts, nos deux personnalités se heurtaient sans cesse, se rebellaient, comme un chat que l'on caresse à rebrousse-poil ou comme une crème à la vanille qui refuse de prendre sur le feu. C'est ainsi qu'était ma relation avec ma mère.

Je ne sais pas combien de temps je suis restée là, à la lisière de son univers, contemplant les livres et la discipline qui avaient été l'essence même de ma mère. J'attendais que me viennent les larmes et au moins un petit, un bon souvenir d'elle, parce que ce jour-là n'était pas une date comme les autres et que j'aurais *dû* me rappeler son visage, la revoir, *elle*, tout entière dans ma mémoire.

Il fallait *absolument* que quelque chose se passe, et quelque chose s'est passé.

Le téléphone a sonné sur le secrétaire.

2

La sonnerie du téléphone m'a paru étrange dans la pénombre de la pièce, estompée comme une sirène sous l'eau. J'étais tétanisée. À la deuxième sonnerie, j'ai entendu l'écho du combiné de l'entrée et je me suis ruée sur le secrétaire pour décrocher.

— Oui ? ai-je chuchoté en regardant la porte avec anxiété.

Je n'avais pas du tout envie qu'on me surprenne en train de bouder dans le bureau de ma mère, seule dans l'obscurité, alors que j'étais censée participer au processus de deuil en bas.

— Mrs. Harington ?

Comme j'appuyais le téléphone très fort contre mon oreille gauche, j'eus l'impression que la voix me transperçait le cerveau. J'ai écarté vivement le combiné, et le vieil appareil à cadran est tombé du bureau.

— Mrs. Harington ? Vous êtes là ?

C'était une voix d'homme, grave et rauque. Cette simple question m'a complètement déroutée. Non, Mrs. Harington n'était pas là…

— Oui, euh, non. Pardon ?

— Je sais que vous préférez qu'on ne vous appelle pas à ce numéro, a poursuivi la voix au bout du fil, mais vous ne répondez pas à votre portable depuis quelques semaines. Vous l'avez éteint, peut-être… Il n'y a eu aucun retour pendant longtemps, c'est pourquoi j'ai respecté votre souhait et ne vous ai pas contactée. Puis, brusquement, j'ai reçu une lettre assez intéressante que j'aimerais vous faire parvenir, et comme vous m'avez prié de ne rien vous envoyer sans vous en avertir au préalable…

Mrs. Harington n'est pas là. Dis-lui, Addie.

— Une lettre ? ai-je répondu à l'inconnu qui téléphonait à ma mère décédée.

— Je ne sais pas trop quoi en penser. Ce pourrait être encore une fausse piste, mais…

Il s'est interrompu. Instinctivement, j'ai incliné la tête pour me rapprocher de sa voix.

— La connexion n'est pas très bonne, pardonnez-moi, alors je serai bref… Vous allez bientôt recevoir la lettre. En tout cas, il s'est apparemment passé quelque chose le 14 février…

Le 14 février ? J'ai froncé les sourcils, mais alors que j'ouvrais la bouche pour poser la question qui s'imposait, j'ai entendu du bruit dans l'escalier de la cuisine.

— Excusez-moi, ai-je chuchoté dans le combiné, je dois vous laisser. Je suis vraiment désolée… Je vous rappellerai, ai-je ajouté pour conclure.

En raccrochant, j'ai réalisé que je ne connaissais ni le nom ni le numéro de cette personne. Je ne savais pas non plus ce qu'il voulait. Avait-il vraiment dit « le 14 février » ? C'était étrange parce que… Comment serait-il au courant ? Et d'ailleurs, qui était-il ? Toute à mes ruminations, je suis restée plantée devant le téléphone, sans plus me soucier de mes yeux secs et de la boule dans ma gorge. Mrs. Baxter saurait peut-être. Il faudrait que je lui demande.

Des voix dans le vestibule. Des pas sur le carrelage, les talons de quelqu'un qui entrait aux toilettes un court instant, le grincement de la porte d'entrée.

— À bientôt, alors, a lancé la voix de Jas. Oncle Fred, je te dépose à la gare ? Il faut que je repasse à l'hôpital.

— Mais que peut bien fabriquer Addie ? Elle a pourtant *dit* qu'elle venait.

La voix tranchante de Venetia trahissait son irritation. Paralysée, la main toujours sur le téléphone à cadran, je me suis préparée au moment inévitable où elle me découvrirait.

Encore des bruits de pas, puis le silence est retombé. J'ai tendu l'oreille. Venetia était peut-être partie aussi, abandonnant à d'autres le soin de ranger la cuisine, auquel cas je pouvais sortir, récupérer la boîte à gâteaux, et rejoindre Mrs. Baxter et mon père. La pâtisserie offrait un *spécial framboisier* aujourd'hui, et j'en avais ajouté cinq dans la boîte, délicieusement parfumés à la vanille, parce qu'à la fin d'une longue et éprouvante journée, il n'y avait rien de meilleur qu'une génoise à la crème de framboise avec le thé Oolong de Mrs. Baxter.

Ma besace gisait par terre et mon manteau, que j'avais jeté en travers d'un fauteuil avant de répondre au téléphone, avait laissé échapper quelques pièces de monnaie sur le tapis, semant un léger désordre dans la pièce impeccable. Je me suis agenouillée pour les ramasser, et j'allais me relever quand mon regard a surpris quelque chose sous le secrétaire. Là, tout au fond, bien calé contre l'un des pieds, il y avait le sac à main de ma mère.

J'ai hésité, puis, sans m'accorder le temps de changer d'avis, je l'ai attrapé. Gris graphite, élégant et solide à la fois, un sac Hermès vintage. Enfin, vintage *maintenant*, pas lorsqu'elle se l'était procuré au début des années soixante-dix. Elle l'avait acheté avec l'argent de son premier prix, un ouvrage sur les contemporains de Jane Austen qui avait connu un certain succès à l'époque et était à présent tombé dans l'oubli. J'ai caressé le cuir du bout des doigts. Que faisait-il ici ? Aussitôt, j'ai enchaîné mentalement : où pourrait-il être *sinon* ici ? Mon père dormait encore à la droite du lit, sans déranger l'oreiller ni la couverture de l'autre côté, avec le livre de sa femme toujours ouvert sous la lampe de chevet. Venetia, malgré son approche plutôt expéditive de la vie en général, et de mes défauts en particulier, se montrait tellement irrationnelle au sujet de notre mère qu'elle aurait voulu emballer la pièce dans du Cellophane pour la préserver à tout jamais. Aussi avions-nous laissé sur le seau les gants de jardinage de ma mère, modelés par la forme de ses mains, et le roman *Les Belles Années de Mademoiselle Brodie*, aux pages gondolées par l'humidité, derrière le siphon des toilettes du haut, son manteau sur la patère dans l'entrée et son shampoing dans la douche. Quelqu'un devrait écrire une lettre de réclamation à Hamish McGree.

J'ai posé le sac sur le secrétaire. Venetia se l'attribuerait sans doute, si nous parvenions un jour à débarrasser la pièce. Ma mère et elle avaient la même élégance, simple et sobre. L'une comme l'autre, elles adoraient être belles et raffolaient de ces petites touches de luxe qui, selon elles, éclairaient une journée. Venetia savait infailliblement quoi offrir à ma mère pour ses anniversaires, et ma mère aimait infailliblement les cadeaux de Venetia. En la regardant ouvrir le paquet attentionné de mon père et celui de Venetia, toujours si stylé, je luttais contre l'envie furieuse de cacher mon propre cadeau – laborieusement et douloureusement choisi –, parce que bien sûr il ne serait pas aussi parfait ni aussi beau que le châle en cachemire que Venetia lui avait trouvé pour les soirées fraîches.

Curieusement, je ressemblais beaucoup plus à ma mère que Venetia. Nous étions toutes les deux petites, robustes, avec d'abondantes boucles noires difficiles à discipliner, des yeux gris-vert en amande et un nez fin. Mais une chef pâtissière portait forcément de grands tabliers, des filets à cheveux et des vêtements tachés de glaçage et de confiture de myrtilles, et ses mains étaient inévitablement pleines d'entailles. Ma mère accordait un soin extrême à sa tenue, parce qu'elle n'avait pas eu beaucoup d'argent étant jeune, et même si j'essayais de me rendre présentable avant de rentrer de mes stages, ou, plus tard, quand je venais déjeuner le dimanche, elle découvrait toujours une trace de farine, un accroc à ma manche, et manifestait ouvertement sa réprobation.

Mais le sac Hermès était une exception. Lorsque nous étions allées l'acheter, Venetia dormait dans le landau ; c'est donc moi qui avais aligné avec ma mère tous les concurrents sur le comptoir, étudié les nombreuses poches à l'intérieur qui lui permettraient de bien ranger ses affaires, et observé que le gris serait plus pratique que le beige clair. Peu de temps après,

Venetia avait commencé à marcher, à parler et à faire toutes sortes de choses incroyables, de sorte qu'à six ans, quand j'en avais dix, elle s'était acquis sans réserve l'indulgence de ma mère. Celle-ci, toujours si impatiente avec moi, dépensant une énergie considérable pour bousculer ma nature craintive, était spontanément attirée par Venetia, sa vivacité et son assurance. Il m'a fallu du temps pour comprendre cet état de fait, puis pour l'accepter, et plus longtemps encore pour cesser de me mesurer à ma sœur si intelligente qui avait ouvert son propre cabinet d'architecture au nord de Regent Park. Et quand Jas, qui était né avec un stéthoscope autour du cou et une volonté de fer, est devenu le plus jeune chirurgien de la main du Grand Londres, j'ai complètement arrêté de rivaliser avec mon frère et ma sœur et me suis installée dans ma modeste vie de chef pâtissière à Kensington. « Elle a le monde à ses pieds, et qu'est-ce qu'elle choisit d'être ? Boulangère », ai-je plus d'une fois entendu ma mère dire à mon père en aparté. J'ai fini par ne plus apporter de gâteaux, de pains et de friandises pour le déjeuner dominical, estimant qu'ils ne lui offraient qu'un constant rappel de ma carrière médiocre et de sa déception.

J'ai hésité une seconde à garder contre moi le sac Hermès, avec son cuir souple et épais. Ma mère en avait acheté d'autres par la suite, mais elle revenait toujours à celui-ci. « Il me rappelle le chemin que j'ai parcouru », avait-elle déclaré un jour, et chaque fois que je le voyais à son bras, j'éprouvais une bouffée d'allégresse, ridicule et parfaitement irrationnelle, la conviction que cet après-midi-là, en le choisissant avec elle, j'avais contribué de quelque manière à ce chemin parcouru. Tout compte fait, je détestais l'idée que le sac aille à Venetia. Je devrais simplement lui demander…

Des pas soudains et un soupir excédé ont annoncé l'arrivée imminente de ma sœur. C'est à ce moment précis, dans la fraction de seconde avant que la porte ne s'ouvre, que j'ai décidé de lui cacher le sac. Je l'ai glissé sous mon bras et j'ai drapé mon manteau par-dessus.

— Adele.

Les yeux de Venetia étaient fixés sur moi, derrière ses lunettes à monture en écaille noire. Elle avait rassemblé ses cheveux en queue-de-cheval et, hormis la rondeur parfaite de son ventre qui pointait sous la jolie robe de grossesse comme un ballon de basket, elle paraissait maigre, avec le visage tellement creusé que je me suis sentie coupable de haute trahison. Serrant le sac Hermès contre ma hanche, je me suis penchée pour ramasser ma besace et l'ai hissée sur mon autre épaule.

— Je suis désolée, Vee… Vraiment, je ne sais pas ce qui…

En voyant le pli agacé de sa bouche, j'ai renoncé immédiatement à mes maladroites explications.

— Comment va papa ?

— Il aurait bien aimé que tu sois présente aujourd'hui, et moi, j'aurais bien aimé avoir un peu d'aide. Sans parler des gâteaux, qui m'ont coûté une fortune, a-t-elle ajouté sèchement.

— Excuse-moi, Vee…

J'ai tendu la main pour lui toucher l'épaule, mais elle s'est reculée en jetant un regard autour d'elle.

— J'ai toujours autant de mal avec cette pièce..., a-t-elle soupiré. Qu'est-ce que tu fais ici ? On a dit qu'on ne touchait à rien pour l'instant.

Au lieu d'acquiescer, comme d'habitude, j'ai déclaré :

— Peut-être qu'en fait, ce ne serait pas une mauvaise idée de commencer à débarrasser ? Papa serait peut-être soulagé de penser un peu moins à elle.

Venetia a froncé les sourcils.

— Addie, crois-moi, nous ne sommes pas prêtes. Et papa encore moins.

Comment pouvait-elle savoir qui était prêt ou non, alors qu'elle ne passait que rarement ici, pour déposer la sagesse peu convaincante de Hamish McGree et des soupes au poulet tout aussi contestables ?

— Viens, on va manger tes gâteaux, a-t-elle repris quand j'ai détourné les yeux.

Elle est partie devant moi, seule femme au troisième trimestre de sa grossesse encore capable de marcher sur des talons de huit centimètres.

J'ai hésité, regrettant déjà d'avoir pris – non, avouons-le, volé – le sac Hermès, mais il était maintenant impossible de le remettre à sa place sans attirer l'attention. N'avais-je pourtant pas le droit de revendiquer un objet particulier ? Évidemment, Venetia l'entendrait autrement.

— Le téléphone a sonné, non ? a-t-elle interrogé du bout des lèvres.

— Oui, oui. Je...

Je me suis interrompue net. Comment pouvais-je raconter ce qui était arrivé ? Un inconnu qui avait appelé ma mère ? Et moi qui m'étais fait passer pour elle ?

— Ce n'était rien… Un démarcheur.

Angoissée par mon mensonge, j'ai suivi ma sœur et en ai profité pour fourrer le sac Hermès dans ma grosse besace.

— Est-ce que tu sais si papa est allé à son rendez-vous chez le médecin hier ?

— Chez le médecin ? Pourquoi ? Ferme la porte…

Dans le vestibule, Venetia soutenait son ballon de basket d'une main pour détendre sa peau tiraillée. Ses omoplates saillaient à travers le tissu de sa robe.

— Il a de nouveau des brûlures d'estomac, ai-je expliqué.

— Non, je ne sais pas s'il y est allé. Il n'a rien dit.

— Tu lui as demandé ? Il faut le questionner. Il ne raconte rien, sinon.

— J'ignorais tout de ce rendez-vous, Adele, comment aurais-je pu lui en parler ?

Coupant court à cette conversation éminemment improductive, la porte de l'escalier menant à la cuisine s'est ouverte sur Mrs. Baxter, talonnée par mon père qui portait une tasse de thé.

— Addie !

Le visage éclairé d'un sourire, Mrs. Baxter s'est précipitée pour m'enlacer d'un bras, serrant son sac et ses cigarettes dans son autre main.

— Alors, tu t'es perdue ? Comment vas-tu, ma chérie ? Regardez qui montre enfin le bout de son nez : Mr. Harington.

Sans me lâcher, elle a tourné la tête vers mon père, qui s'est senti obligé de marmonner :

— Addie… Qu'est-ce qui t'es arrivé ?

Mrs. Baxter m'a pressé gentiment l'épaule.

— Je suis bien contente de te voir, ma petite Addie. J'allais partir, je dois préparer le dîner de mon mari. Mais je peux rester un peu, le temps de boire encore un thé tous ensemble.

Mon père a lorgné avec envie sa tasse de thé, qu'il comptait visiblement emporter quelque part où il serait seul.

— Je vais bien, Mrs. Baxter, ai-je répondu vivement. C'est juste que je n'ai pas pu me libérer… Je suis désolée d'être si en retard… mais toi, papa, comment vas-tu ?

Je ne l'ai ni embrassé ni pris dans mes bras – nous n'étions pas une famille démonstrative –, mais je l'ai observé à la dérobée. S'il déglutissait avec effort, c'était le signe que ses brûlures d'estomac le faisaient souffrir, et les cernes sous ses yeux, lorsqu'ils s'accentuaient, montraient qu'il dormait toujours aussi mal. Il jouait au cricket quand il était jeune, « l'espoir d'une gloire nationale pour le village », disait sa mère. D'où sa forte carrure et ses jambes solides en toutes circonstances, malgré le chagrin, la perte d'appétit et l'excès de travail. Mais quand on regardait de plus près, on voyait bien qu'il s'était ratatiné depuis un an, et son visage las ressemblait à un vieux tissu élimé qui se craquelait sur son front et autour de sa bouche.

— J'allais monter, a-t-il déclaré en tenant sa tasse de thé fumant à deux mains. Des documents à relire…

— Tu ne vas tout de même pas travailler. Pas *aujourd'hui*.

— Laisse-le, Addie, est intervenue Venetia en jetant un regard courroucé à un parapluie mouillé que quelqu'un avait abandonné sur la table du vestibule. Chacun gère à sa manière, tu sais.

Ignorant cette démonstration flagrante de mauvaise foi, alors qu'elle ne cessait de me harceler à propos d'une broutille ou d'une autre, j'ai gardé les yeux sur mon père. Je cherchais quelque chose à dire qui ne nous ramènerait pas à ma mère.

— Comment s'est passée ta visite chez le médecin, hier ?

Un instant, il a eu l'air de ne pas comprendre.

— Oh… J'ai été obligé d'annuler, finalement. J'avais trop à faire au bureau. Walker était malade et j'ai dû le remplacer à une réunion. Mais je n'ai pas si mal que ça, juste de temps en temps. Rien d'inquiétant.

— Papa ! Il faut des semaines pour avoir un rendez-vous avec ce spécialiste. Jas te l'a obtenu de haute lutte.

— Addie, je vais bien.

Mon père semblait irrité à présent, et j'ai entendu Mrs. Baxter soupirer discrètement à côté de moi parce que mon père allait toujours « bien », quelle que soit la situation. Parfois, introduisant une variante, il allait « très bien » ou « bien, très bien » ; et même, s'il voulait paraître particulièrement jovial, « bien, bien, très bien ».

— Bon, alors je file, a-t-elle annoncé avec résignation. Du moment que vous êtes sûr que vous allez *bien*, Mr. Harington. On se voit demain, hein ?

— Oui, absolument. Merci pour tout, Mrs. Baxter. Mes respects à votre mari.

Mon père mourait d'envie de s'éclipser, c'était plus qu'évident. Il avait déjà posé un pied sur la première marche de l'escalier quand il s'est tourné vers moi.

— Et toi, Addie ? Ça va ? Aujourd'hui, je veux dire ?

Il me fixait droit dans les yeux, et il y avait tant de peine dans son regard, tant d'amour et de solitude que j'ai voulu instinctivement me jeter dans ses bras comme je le faisais lorsque j'étais enfant. Mais Venetia a soudain poussé un hurlement. Mrs. Baxter avait essayé de secouer le parapluie humide et celui-ci s'était ouvert d'un coup en manquant de peu le ventre de Venetia. Mon père, prenant conscience que tout échange humain pourrait le contraindre à revenir dans le monde des vivants, a aussitôt battu en retraite et masqué sa gêne par une petite toux.

— Je vais bien, papa. Très bien.

Oh, pour l'amour du ciel. Quand allions-nous tous cesser d'aller *bien* ?

— Je suis content que tu sois venue quand même, a-t-il conclu sans enthousiasme. À demain, peut-être ?

— Oui, papa. Passe une bonne soirée.

Toujours accroché à sa tasse de thé, il a monté l'escalier. J'ai entendu une porte s'ouvrir, puis se refermer.

À côté de moi, Mrs. Baxter aussi avait suivi mon père des yeux, le parapluie mouillé dans les mains. Quand elle a vu que je la regardais, elle a pincé les lèvres et secoué la tête.

Venetia, qui inspectait son ventre d'un air inquiet, n'avait rien remarqué.

— Enfin, Mrs. Baxter ! Qu'est-ce qui vous a pris ? Vous ne savez pas qu'ouvrir un parapluie dans une maison porte malheur ? Juste à côté du bébé, en plus. Et si…

Nous n'avons jamais su quelle terrible infortune le parapluie risquait d'infliger à son enfant encore à naître, parce qu'il y a eu du bruit de l'autre côté de la porte d'entrée. Quelqu'un gravissait les marches du perron. Nous avons attendu que retentisse la sonnette, mais les pas ont rebroussé chemin. Puis sont revenus.

J'ai interrogé Venetia du regard.

— Je parie que c'est oncle Fred, a-t-elle déclaré, et que ce sale parapluie est à lui. Donnons-le-lui vite, peut-être que le mauvais sort sera détourné.

Elle a ouvert tout grand la porte, tendant déjà le parapluie qu'elle avait arraché à Mrs. Baxter. Puis elle a suspendu son geste. Le visiteur n'était pas un gros homme barbu et jovial à l'image d'oncle Fred.

C'était une femme.

Elle se tenait à contre-jour, dans la lumière déclinante de la fin d'après-midi, légèrement penchée en avant pour éviter la pluie qui gouttait de la glycine. Elle était grande et mince, avec un visage anguleux et des pommettes saillantes soulignant des yeux gris-vert. Ses cheveux tirés en arrière faisaient ressortir ses joues creuses et la pâleur de son teint. Je ne l'avais jamais vue auparavant.

Un silence est tombé. Imaginant que Venetia allait accueillir cette personne – qu'elle avait sûrement invitée pour l'événement –, j'étais en train d'attraper la boîte de gâteaux pour l'emporter en bas quand j'ai entendu la question sèche de ma sœur :

— Je peux faire quelque chose pour vous ?

Elle se balançait d'un pied sur l'autre comme quelqu'un qui a terriblement envie de s'asseoir.

Le regard de la femme s'est posé tour à tour sur Venetia, qui tenait son ventre d'une main et le parapluie de l'autre, et sur moi, chargée de ma besace et du gros carton à gâteaux orné du blason à rayures rouges et jaunes de la pâtisserie.

— Oui, je crois… Enfin, je ne sais pas, j'espère, a-t-elle répondu d'une voix mélodieuse qui contrastait avec les traits sévères de son visage.

Au prix d'un effort visible, elle a poursuivi :

— Pardon de vous déranger, mais je cherche Mrs. Harington. Elizabeth Sophie Harington. Autrefois Elizabeth Sophie Holloway. Serait-il possible de lui parler ?

Je me suis figée. C'était la deuxième fois que quelqu'un demandait ma mère, dont nous célébrions la mort aujourd'hui.

À la vue de nos visages pétrifiés, la femme s'est troublée. Puis, les mots se bousculant pour sortir maladroitement les uns derrière les autres, elle a bredouillé :

— Je crois qu'elle… je viens d'apprendre que… Elizabeth Holloway… est ma mère.

Limpsfield, 17 juillet 1958

J'ai acheté aujourd'hui un nouveau cahier pour tenir mon journal. Mr. Clark, le gentil libraire, avait reçu un autre coloris, rose glacé, et il m'a montré le petit fermoir sur le devant et les fleurs qui ornaient quelques-unes des pages. « Parfait pour une jolie jeune femme comme vous », a-t-il déclaré en m'adressant un clin d'œil. Il était bien intentionné, j'en suis sûre, mais je ne voulais pas celui-là. J'ai pris le gris sombre, presque noir, parce que je sais très bien que cette année n'aura rien de rose glacé. J'en ai choisi un avec un papier un peu plus épais, même s'il coûtait un peu plus cher, parce que j'ai le sentiment que j'aurai besoin d'un papier plus épais, plus résistant, pour absorber toutes les pensées, toutes les larmes et toutes les choses horribles à la maison.

Dans le bus en rentrant du lycée, j'ai inscrit mon nom sur la première page, comme d'habitude. Elizabeth Holloway, et l'année : 1958. Et puis j'ai réalisé que lorsque j'aurai terminé ce journal, quand j'aurai noirci ces feuilles avec toutes les choses auxquelles je pense, les choses que je dois faire et que je n'ai pas le droit de faire, une fois que toute l'horreur qui est en train d'arriver aura eu lieu, ma mère sera morte. Disparue, décédée. Elle sera enterrée. Elle ne sera plus là.

Cette crétine de Mrs. Farnham, quand je l'ai croisée à la boucherie l'autre jour, a dit que Maman était atteinte de phtisie et m'a recommandé de ne pas trop m'approcher d'elle, sinon nous ne tarderions pas à être tous décimés. Je l'ai plantée dans la file d'attente et je suis partie, même si j'avais proposé d'aller chercher les os et les pattes de poulet pour préparer le bouillon de Maman. Je ne supporte pas ce genre d'imbéciles. Je ne vois pas de quel droit elle parle de ma mère, et en plus, son mal n'a rien à voir avec la phtisie. J'ai écouté à la porte de la chambre quand l'infirmière était là, j'ai consulté tous les livres à la bibliothèque du lycée, et je sais exactement de quoi il s'agit. C'est une grosseur dans ses poumons. Causée, je crois, par les hivers où il y a beaucoup de brouillard et où les gens toussent jusqu'au printemps. Sauf que Maman a continué à tousser tout l'été, et pendant encore un automne et un hiver après, jusqu'à ce que cela devienne ce que c'est maintenant. Une grosseur incurable. Un cancer, ont-ils appelé ça quand elle est enfin allée à l'hôpital. Incurable, tout simplement. Morte, enterrée. Partie, tout simplement.

Mon père n'en parle pas, il ne parle jamais de ce qu'il se passe ni de ce qui va arriver. Sans doute pense-t-il qu'une fille de seize ans ne doit pas être informée de choses comme les grosseurs incurables, les bassins de lit et les injections de morphine, mais comment peut-il s'imaginer que je n'entends pas ma propre mère tousser parce qu'elle est en train de mourir ? Elle a une toux sèche, déchirante, et je sais que ce doit être douloureux ; cette toux lui demande de plus en plus d'effort et devient plus pénible de jour en jour. Au début, je redoutais de l'entendre, je la guettais, j'étais soulagée quand il y avait une bonne nuit et que la maison était silencieuse. À présent, ce que je redoute par-dessus tout, c'est de ne plus l'entendre. Cette toux scande ma vie, tel un fragile baromètre qui mesure l'espoir et le désespoir ; je la sens autour de moi, tapie au fond de chaque pièce, attachée à mes pas quand je monte voir ma mère dans sa chambre. Elle imprègne les rideaux du salon et les dossiers des chaises de la salle à manger que l'on n'utilise presque plus, elle rampe sur les dalles de la cuisine où Dora est maintenant seule à s'affairer. Elle s'accroche à l'air humide, les jours de lessive, et pétille dans le feu quand ma mère me brosse les cheveux le vendredi soir. Je me laisse coiffer, même si je ne suis plus une petite fille, parce que je sais que bientôt elle ne sera plus là pour le faire. La toux est ce que j'entends en dernier quand je pars au lycée le matin, elle est ce qui m'accueille dès que j'ouvre la porte en rentrant l'après-midi, après avoir sauté du bus et couru sur la route pour profiter le plus possible du temps précieux avec Maman, avant que Père rentre de la banque et m'envoie dans ma chambre, avant que l'infirmière arrive pour l'injection du soir et que ma mère sombre dans une torpeur où se mêlent la douleur et la morphine.

Là, je suis assise, j'attends que sœur Hammond parte. J'ai pris un nouveau livre à la bibliothèque, pour essayer de me changer les idées. Le titre est *I Like It Here*. Ça a l'air amusant. Je devrais sans doute réviser mes conjugaisons latines si je veux avoir de bonnes notes après les vacances d'été et aller à l'université plus tard, comme Maman et moi en avons discuté. Mais je n'arrive pas à me concentrer sur mon livre ni sur mes conjugaisons tant que j'entends la voix de sœur Hammond au bout du couloir, et je n'arrive pas non plus à réfléchir à mon avenir, avec toutes ces inquiétudes et ces peurs qui envahissent mon esprit. Les écrire, les enfermer entre ces pages au papier absorbant est la seule manière d'empêcher qu'elles ne débordent et m'engloutissent entièrement, aussi ai-je décidé que mes conjugaisons attendront. Je préférerais raconter la chaleur qu'il fait dans la rue, le soleil brûlant de la fin d'après-midi ; le voyageur de commerce quatre maisons plus loin, qui transpire dans son costume en passant d'une porte à une autre ; les enfants du numéro 4 qui courent dans la rue et appellent leurs camarades.

Toutes les filles au lycée sont très excitées à l'idée des vacances d'été. Elles les passeront dans des endroits comme Brighton, Blackpool et Torquay. C'est là que Judy va, à Torquay, et sa mère m'a gentiment proposé de les accompagner. Mais j'ai refusé et je n'en ai même pas parlé à Maman parce qu'il n'est pas question que je parte maintenant. La mère de Judy n'a pas insisté. Elle a perdu deux frères pendant la guerre, je crois qu'elle comprend combien le temps passe vite quand quelqu'un est en train de mourir, de disparaître comme de l'eau à travers une fourchette, et que j'ai besoin d'en avoir le plus possible avec Maman, si je veux pouvoir survivre le restant de mes jours sans elle.

J'ai dressé la liste des livres qu'elle a encore envie de lire, je le sais. Par exemple *Les Longues Années*, qui est un peu triste, et *Vaincue par la brousse*, que Père n'aimera pas voir entre nos mains parce qu'il dit que c'est un ramassis de sottises communistes. J'ai coché sur le programme radio les émissions que nous écouterons, et c'est ainsi que je passerai l'été 1958, à lire, à écouter et à parler, tant et tant que cela nous durera toute une vie.

La porte d'entrée se referme et sœur Hammond enfourche sa bicyclette. Elle lève les yeux. Je lui fais un salut de la main, mais je ne suis pas sûre qu'elle me voie, assise là près de la fenêtre, à demi cachée par les rideaux. Un peu plus loin, elle croise les voisines, Mrs. Peckitt et Mrs. Smith, qui sont en train de bavarder devant leurs seuils, et elle s'arrête pour leur poser une question, puis examine la gorge du petit enfant accroché aux jupes de Mrs. Peckitt. J'aime bien sœur Hammond, elle est toujours honnête et franche, et elle ose s'opposer à mon père lorsqu'il donne des ordres à tout le monde. Je suis sûre qu'après le silence et la mort qui règnent ici, elle doit être soulagée de retrouver la vie, même sous la forme d'un enfant sale et aux joues rouges, dans la rue écrasée de chaleur. Malgré tout, je m'étonne qu'ayant vu ma mère il y a seulement quelques minutes, elle puisse rire si facilement avec Mrs. Peckitt, dont les cheveux bouclés s'agitent dans la brise, et avec Mrs. Smith, armée de son balai. Elles semblent tellement éclatantes de vie et de santé, toutes les trois, elles ont les joues roses, elles sont gaies et confiantes avec leur réserve inépuisable de tisanes pour les gorges douloureuses et leur teinture d'iode pour les genoux éraflés, des remèdes simples pour des maux simples. Alors que ma mère, allongée à quelques maisons de chez elles, pâle et épuisée par sa toux, me quitte peu à peu en dérivant sur une vague de morphine.

Je les envie, ces familles avec leurs joyeux enfants. Ce quartier est un mélange étrange de maisons anciennes comme la nôtre qui sont là depuis des siècles et de constructions neuves alignées les unes à côté des autres. Nous avons toujours été accueillis avec politesse, et Maman a fait la connaissance de plusieurs personnes dans la rue, mais nos voisins, finalement, ont toujours éprouvé une sorte de méfiance envers nous. Nous, c'est ma mère, qui est plus intelligente, plus vive et plus drôle que les autres ménagères, qui aide notre domestique à nettoyer les vitres, à faire la lessive certains lundis et à réceptionner les livraisons de l'épicier, tandis que la plupart des autres mères sont à genoux pour frotter elles-mêmes leur sol ou remorquent de lourds sacs de provisions plusieurs fois par jour. C'est moi, qui suis enfant unique, qui fréquente un lycée privé, qui prends le bus tous les matins, à la différence de ces flopées de gamins qui entrent et sortent à toute heure de leur maison, chahutent et partent en groupe à l'école communale. Et c'est mon père, qui se tient à l'écart, qui déteste ces temps nouveaux où tout est si facile, qui semble mépriser la gaieté, la légèreté, la frivolité, et qui s'arroge une supériorité morale au prétexte qu'il a intimement côtoyé la guerre et la tragédie.

Mais surtout, « nous », c'est la Mort elle-même, qui descend inéluctablement sur nos têtes, plane au-dessus de notre toit et dit à tout le monde qu'il vaut mieux ne pas nous fréquenter.

Sœur Hammond s'éloigne sur sa bicyclette à présent. Je vois Mrs. Peckitt et Mrs. Smith la saluer de la main et faire rentrer leurs troupeaux d'enfants pour le dîner. Bientôt, la rue sera silencieuse, et dans les maisons qui ont la chance d'avoir la télévision, les familles se rassembleront devant des postes que je ne vois pas d'ici, mais que je devine. J'imagine qu'ils regarderont des comédies, des événements sportifs ou le cours de cuisine de Marguerite Patten. Au lycée, les autres filles parlent de toutes ces émissions musicales qui ont l'air amusantes. Moi, je ne participe pas du tout à ces conversations. Mon père n'approuve pas la télévision, il n'approuve pas tellement la radio non plus, et il n'approuve sûrement pas le rock'n'roll. Je n'en raffole pas moi-même, mais j'aimerais bien regarder *Le Ciel de la nuit*. Miss Steele, notre professeur, nous l'a présentée et j'adore ce titre, moi qui passe un temps infini devant la fenêtre à contempler le ciel.

J'attends maintenant que la nuit soit complètement tombée et que Père se retire dans sa chambre pour me glisser auprès de ma mère, m'asseoir dans le fauteuil à côté de son lit, et lui parler ou lui faire la lecture si elle le souhaite. Mais il est encore avec elle, même si neuf heures vont bientôt sonner. Je les entends converser, la voix de ma mère, rauque, entrecoupée de quintes de toux, et les aboiements agacés de mon père. De quoi peuvent-ils bien discuter ? Je me demande souvent ce qui les a poussés l'un vers l'autre au début, parce qu'il n'y a pas deux personnes plus différentes dans ce vaste monde que George et Constance Holloway, habitants respectables de Bough Road, à Limpsfield. Mon père est né dans cette maison, ses parents y habitaient avant lui et il y mourra sans doute, respectable jusqu'au bout, partant à la banque le matin dans son costume sombre et son chapeau melon, rentrant le soir pour dîner avec son épouse et sa fille. Il ne réclame aucun changement, il n'a jamais, jamais envie de plus. Il ne demande pas la lune, contrairement à ma mère, qui me répète toujours qu'en tant qu'êtres humains ayant survécu à deux versions de l'Enfer, nous avons désormais l'obligation de chercher tout ce qu'il y a de bon dans ce nouveau monde. « Va attraper la lune, Lizzie. » C'est ce qu'elle a dit quand j'ai passé l'examen d'entrée en secondaire, à onze ans, ou quand je suis partie prendre le bus le premier jour.

Je crois que mon père ne sait même pas ce que c'est, la lune, parce qu'au numéro 7 de Bough Road, les rideaux de velours – accrochés par mon arrière-grand-mère Alice avant la Grande Guerre – sont fermés à huit heures du soir et qu'il se couche à onze heures et demie, pour se lever à six heures moins le quart le matin, chaque jour, immanquablement. Comment ma mère est-elle entrée dans sa vie ? Comment un oiseau radieux, curieux et débordant d'énergie est-il venu nicher dans cette maison si pleine de lui, dont les murs silencieux, les parquets cirés et les recoins sombres respirent la présence de mon père ? Ma mère et moi aimons aller à des expositions florales et au cirque, au spectacle de Noël, à la confiserie pour choisir des bonbons. Nous faisons semblant d'être d'élégantes dames qui boivent un thé servi avec des pâtisseries fines lorsque nous visitons des châteaux, les jours où ils sont ouverts au public. À la librairie, ma mère devient folle et dépense tout son argent de poche pour acheter des livres, qu'elle doit ensuite cacher à mon père afin d'éviter un sermon sur le luxe gratuit. Parfois, j'ai l'impression que ma mère et moi sommes seulement des hôtes de passage, des petits moineaux dans une maison de brique rouge, sombre et froide, qui regardent la lune par un interstice entre les rideaux de velours.

Il fait presque nuit à présent. Bientôt j'allumerai ma lampe et je cacherai mon journal sous l'épais tapis devant mon lit, où Père ne le découvrira jamais. Mais j'ai envie de rester à la fenêtre jusqu'au dernier moment, parce qu'il fait tellement bon ici. Les roses de notre jardin m'envoient des bouffées de parfum, la brise qui agite mes cheveux m'arrache un sourire, et les derniers rayons de lumière s'attardent sur les perrons, éclairent les fenêtres en saillie et les toits moussus tandis que la rue s'apprête à se coucher. C'est le genre de soirée qu'on a envie de saisir et de retenir contre soi, car lorsque l'obscurité et le silence seront complètement tombés, la toux recommencera.

18 juillet

Je sais maintenant de quoi ils parlaient hier soir. Quand je pense que, ce matin, je suis partie au lycée beaucoup plus gaie que d'habitude, parce que c'était le dernier jour avant les grandes vacances, et que je suis revenue à la maison beaucoup plus heureuse que d'habitude, parce que j'avais tout l'été devant moi. Mais ensuite, j'ai vu que Père était rentré plus tôt et qu'il examinait la voiture, et j'ai eu le sentiment, le terrible pressentiment, que quelque chose allait arriver. Il ne rentre jamais, jamais, plus tôt, puisqu'il doit donner l'exemple de quelqu'un de parfait pour tous les employés de la banque.

Plus tard, il m'a appelée au salon et m'a annoncé que je devais préparer ma valise parce que je partais le lendemain à la campagne. « Un mois entier, au moins, a-t-il dit, peut-être six semaines. » Il a enchaîné avec un discours sur les bienfaits du grand air et sur ce temps libre qu'il m'appartiendrait d'occuper de manière judicieuse. Il semblait penser que son idée me ferait plaisir, il s'attendait à ce que je le remercie poliment, que je sois reconnaissante. Au lieu de quoi je suis restée muette et pétrifiée, et j'ai caché le nouveau programme radio derrière mon dos parce que je ne voulais pas qu'il voie tout ce que j'allais écouter avec Maman. Comme il ne peut envisager que Maman ou moi nous opposions à lui, il a repris la lecture de son journal pendant que je demeurais plantée là, sans trouver les mots pour refuser sa proposition.

À présent que je suis de retour dans ma chambre, je sais ce que j'aurais dû dire. Je n'irai pas. Je ne veux pas, tout simplement. D'ailleurs, je vais aller tout droit dans la chambre de ma mère pour lui demander de prendre ma défense et le convaincre qu'il a tort.

Plus tard

Maman était assise dans son lit quand je suis entrée. J'ai trouvé qu'elle avait l'air mieux, avec plus de couleurs et le visage un peu moins ravagé. Mon cœur a bondi, comme toujours, parce que l'Espoir est ainsi, têtu et indestructible, et je suis allée m'asseoir à côté d'elle. Je lui ai montré le programme radio et je lui ai demandé si elle était prête pour écouter *Le Journal intime de Mrs. Dale* ou si elle souhaitait que je descende au jardin. Il y a quelques mois, quand le printemps est enfin arrivé, elle a commencé à parler de son jardin. Elle voulait s'occuper de ses plantes et de ses légumes, voir si le pommier en espalier avait pris. Mais elle a renoncé, au final, parce que l'effort l'essoufflait tellement qu'elle n'a pas eu la force de sortir. Aussi, quand l'envie la démange, j'approche son fauteuil de la fenêtre, elle note dans son carnet ce qui fleurit, ce qui a besoin d'entretien, et elle m'envoie en bas avec une liste de choses à faire. Parfois, elle me lance ses instructions depuis la fenêtre et je les exécute, munie du sécateur. Nous avons un jardinier qui se charge des tâches importantes, et Père n'aime pas qu'elle crie par la fenêtre ; ce n'est pas convenable pour une femme de crier comme ça, sans parler d'une femme mourante.

Mais elle est heureuse dans ces moments-là et elle adore ses fleurs, alors, sans me soucier de Père, j'en coupe de grandes brassées et je les lui apporte, de quoi remplir deux ou trois vases que je dispose dans sa chambre. Mais aujourd'hui, il n'y a pas eu de moment heureux au jardin, parce que je vais vraiment passer les grandes vacances chez une famille de leur connaissance, les Shaw, dans un coin du Sussex qui s'appelle Hartland. Maman a posé son livre lorsque je suis entrée et, tout de suite, à son regard, j'ai su que je n'y échapperais pas. Je n'avais même pas ouvert la bouche qu'elle a dit, de cette voix terriblement éraillée qui est désormais la sienne : « Je veux que tu y ailles. » Elle avait le souffle court. Je me suis levée machinalement pour vérifier la bouilloire qu'on met toujours à chauffer sur le feu afin de l'aider à mieux respirer, mais elle m'a arrêtée. « Je veux que tu y ailles, Lizzie, ma chérie. Je veux que tu passes un bel été loin d'ici. Tu as été si gentille, un tel bonheur. Tu le mérites.

— Mais je veux rester avec toi », ai-je répondu, en me retenant de pleurer. Elle n'aime pas quand je pleure, elle ne veut pas que le temps que nous passons ensemble soit gâché par les larmes, les lamentations ou la peur de l'inévitable. Je sais qu'elle essaie de m'apprendre à être forte pour après, quand elle sera partie. Mais je ne suis pas forte, pas toujours, et sûrement pas maintenant. J'ai voulu protester que je n'avais pas envie de la quitter, mais elle m'a serré très fort la main et elle a dit qu'elle comprenait. Ce serait difficile, oui, mais j'allais adorer les Shaw, a-t-elle ajouté. Elle-même avait fréquenté Hartland quand elle était plus jeune, c'était un endroit magnifique, tout près de la Manche, et lorsqu'il y avait du vent, on sentait parfois la mer. « La campagne est très jolie là-bas, Lizzie. La maison est grande, mais confortable et chaleureuse, entourée d'arbres, de pelouses et de splendides jardins. On peut se promener, il y a une roseraie comme dans le poème de Rossetti. Ce n'est pas seulement ton père qui te l'ordonne ; moi aussi, je veux que tu y ailles. Je veux que tu sois heureuse. Cela te changera les idées d'être avec des jeunes de ton âge, au lieu de rester toujours enfermée à la maison auprès de ta vieille mère. »

Mais que fera-t-elle, pendant qu'il sera absent toute la journée ? Elle est si fatiguée, et en même temps, elle s'ennuie, elle tourne et s'agite dans son lit. Moi, je sais comment lui parler, comment la calmer. Lui, il ne s'occupe pas aussi bien d'elle. Je lui apporte du thé, je lui tiens la main quand elle se repose, je lui fais la lecture, mais il faut bien articuler, pas trop fort, pour ne pas lui donner mal à la tête, et la laisser tousser en marquant beaucoup de pauses. Il ne lui lira pas ses romans préférés, Graham Greene, Doris Lessing et Agatha Christie. Et il ne sait peut-être pas combien elle aime la poésie. Il sera gêné parce que cela parle tout le temps de désir et d'amour, il refusera de lui faire plaisir, même si Rossetti est une poétesse éminemment respectable. Je lui lis les journaux aussi, pas les mauvaises nouvelles à propos de l'armement nucléaire, la guerre froide et la grippe asiatique, mais les plus distrayantes, les jeunes rockers qui dansent dans les cinémas et sont chassés par la police, l'expédition de sir Edmund Hillary au pôle Sud, les femmes qui ont enfin le droit d'entrer à la Chambre des Lords. Il lui mettra peut-être l'orchestre symphonique de la BBC et une émission sur le jardinage, mais pas *Le Théâtre du samedi soir* ou les lectures de poésies sur la station 3, parce qu'il estime que ce ne sont que sottises et extravagances.

À l'idée que ma mère allait rester là, toute seule avec lui, avec sœur Hammond et les injections de morphine, j'ai failli m'effondrer.

« Tu me manqueras énormément, a-t-elle dit alors, comme si elle lisait dans mes pensées, mais je veux que tu obéisses et que tu t'amuses, tu m'entends ? Tu m'entends, Lizzie ? Je veux que tu sois heureuse. »

Malgré sa voix impérieuse, ce n'est pas plus facile pour autant. Je sais que Père ne veut pas que je reste à Bough Road. J'aimerais penser qu'il souhaite m'éviter de voir ma mère mourir, mais en réalité, il est tout simplement embarrassé par ma présence à la maison maintenant que le lycée est fini. Ou peut-être qu'il a peur lui-même d'assister au déclin de ma mère, peut-être qu'il se remémore de terribles souvenirs du front où il a vu des hommes périr dans les tranchées, et que je devrais le plaindre. Mais il n'y a pas de place pour la pitié dans mon cœur. Lui et moi, nous devons faire face chacun à notre manière, il nous faudra être forts et vivre bientôt avec cette réalité. Je déteste qu'il décide à ma place comment je dois faire face, sans me laisser d'autre choix que lui obéir. Et je déteste ne pas pouvoir ignorer la volonté de Maman, quand elle me parle de cette voix pressante, me tient les deux mains et appuie son front contre le mien. Je sens sa peau, autrefois si douce, à présent sèche et mince comme du papier. De près, en ne voyant que ses yeux, et pas son corps maigre et malade, je peux parfois oublier, juste un instant, ce qui lui arrive. Il n'y a plus qu'elle et moi, ensemble, comme toujours.

Mais quand elle s'est reculée et a regardé par la fenêtre, j'ai soudain compris. J'ai vu, du moins j'ai cru voir, qu'elle voulait que j'échappe à tout cela : à cette maison sombre et étouffante derrière ses épais rideaux, qui sera encore plus sombre dans peu de temps ; au jardin qu'elle n'est plus capable d'entretenir, aux voisins qui ne nous approchent pas parce qu'ils craignent l'œil de la Mort posé sur notre maison. Elle veut que je sois libre, au moins le temps d'un été.

Alors, je n'ai rien ajouté. Nous avons lu ensemble pour la dernière fois, et j'essayais d'articuler de mon mieux, je luttais de toutes mes forces pour ne pas pleurer parce qu'elle déteste que je pleure. Mais je mets quiconque au défi de lire les vers de Christina Rossetti sans pleurer quand sa mère est en train de mourir.

3

« *Elizabeth Holloway est ma mère.* » La phrase de l'inconnue a franchi le seuil et s'est déversée dans l'entrée. Son écho, renvoyé par les murs, a rempli tout l'espace.

— Je suis désolée, a-t-elle murmuré.

Elle s'est avancée, les mains tendues dans un geste de conciliation, et j'ai vu que ses doigts tremblaient.

— Pardon de… de surgir comme ça, sans prévenir. Je viens de Birmingham, et en arrivant, j'ai eu brusquement peur de sonner. Ce n'est pas tout à fait ainsi que je…

Sa voix jusque-là douce et mélodieuse s'est brisée.

Il y a un million de choses à répondre à une annonce pareille, mais l'on a parfois d'étranges réactions sous l'effet du choc, qui vont du déni et de la plus parfaite incrédulité à une sensation de flotter au-dessus de soi-même. J'ai regardé la bouche de la jeune femme qui s'ouvrait tandis qu'elle reprenait la parole, en hésitant, tout d'abord, puis avec davantage de fermeté, mais les sons qu'elle prononçait n'avaient aucun sens pour moi. J'ai seulement entendu Mrs. Baxter demander :

— C'est votre acte de naissance ?

Les sourcils froncés, Mrs. Baxter a approché le document de ses yeux en cherchant ses lunettes accrochées à son cou.

— Je sais que son nom n'est pas mentionné, mais je n'ai pas les documents d'adoption. Pas encore.

La jeune femme s'est éclairci la gorge avant de reprendre :

— J'ai contacté les autorités locales… C'est un processus un peu compliqué, il faut que je sois accompagnée d'un thérapeute. Mais j'ai aussi ceci.

Fouillant dans son sac, elle a exhibé un chiffon. Non, pas un chiffon. Une pochette en lin, maladroitement assemblée par une piètre couturière. Jaunie par le temps, elle dégageait une légère odeur de moisi, et les points grossiers soulignant le bord supérieur avaient perdu leur couleur initiale pour prendre une teinte indéfinissable. La femme en a sorti une brassière verte, un petit bonnet surmonté d'un pompon et une culotte bouffante, tous tricotés avec le même fil de laine vert. Et enfin, un mince cahier qui semblait usé à force d'avoir été lu et manipulé. Instinctivement, j'ai tendu la main, mais Mrs. Baxter a été plus rapide et, chaussant ses lunettes, elle a parcouru les pages. J'ai vu qu'elle devenait toute pâle.

— Qui vous a donné ça ? a-t-elle interrogé en articulant très lentement, ses doigts serrant si fort le cahier qu'ils le tordaient.

— Ma mère. Ma mère adoptive, je veux dire.

La femme surveillait le cahier malmené par Mrs. Baxter d'un air inquiet. Elle a montré timidement qu'elle souhaitait le récupérer. Voyant que Mrs. Baxter ne le lâchait pas, elle a caressé la petite brassière qu'elle tenait toujours entre les mains.

— Je suis désolée, a-t-elle répété. J'aimerais vraiment parler à… Mrs. Holloway, si c'est possible. Je sais que je m'y prends de manière très peu orthodoxe, je n'avais pas prévu de débarquer à l'improviste. Je ne suis pas comme ça, d'habitude. Mais je n'en pouvais plus d'attendre, d'attendre que quelque chose se passe. C'est affreux, de ne rien faire. Je ne pensais qu'à une chose : le moment où je lui parlerais… Mon Dieu, je vous mets dans une situation épouvantable, a-t-elle ajouté avec un petit rire gêné. Je suis terriblement désolée. Je m'appelle Phoebe. Phoebe Roberts. Et vous… vous êtes… vous êtes ses filles ? Sa famille ?

Elle a encore tendu une main vers nous, mais à cet instant nous avons entendu une porte qui s'ouvrait à l'étage. Ignorant le geste implorant de la femme, Mrs. Baxter lui a aussitôt fait signe de reculer, puis nous a entraînées, Venetia et moi, devant la porte et sur l'allée. La pluie avait enfin cessé, et Mr. Field taillait sa haie, comme toujours. Le cliquetis familier de ses cisailles rouillées nous parvenait distinctement depuis l'autre côté de la rue.

— Je regrette, Miss, euh, Roberts ? a-t-elle dit en examinant à nouveau l'acte de naissance. Ce n'est vraiment pas le bon jour. Donnez-nous juste une minute… Venetia, Addie. Il faut que vous regardiez ça.

Elle nous présentait le cahier, tout en gardant l'acte de naissance. Alors que Venetia refusait de la tête, je l'ai pris sans réfléchir et j'ai tourné la première page en retenant mon souffle.

Une encre bleue iridescente, des volutes et des arabesques caractéristiques d'une écriture de jeune fille, et quelques traits verticaux fortement enfoncés dans le papier. *Je pèse 54 kilos... Le bébé bouge beaucoup... 36 semaines, très fatiguée...*

La calligraphie était beaucoup moins assurée que celle de ma mère, les lettres plus rondes, formées avec davantage de soin, mais le texte était indéniablement écrit de sa main, au point qu'elle a surgi devant mes yeux, son journal calé sous son bras, remontant ses lunettes sur ses cheveux et souriant au facteur après avoir signé un avis de réception. L'émotion m'a enfin délié la langue, j'ai regardé la femme dans les yeux, et j'ai annoncé ce qui ne pouvait être voilé plus longtemps.

— Ma mère est morte, il y a un an. Très soudainement. C'était un accident.

La femme m'a fixée sans bouger, comme si elle lisait au fond de mon cœur et qu'elle y voyait ma mère, avec son journal et les verres de ses lunettes brillant entre ses boucles. Puis son visage s'est refermé, une crispation a figé ses pommettes.

— Non, a-t-elle soufflé. Oh, non. Je ne savais pas.

Sa voix était si blanche que j'ai fait instinctivement un pas vers elle, mais Mrs. Baxter m'avait devancée et lui passait déjà un bras sur l'épaule pour la guider vers la première marche du perron, où elle s'est effondrée, recroquevillée sur son sac. Mr. Field taillait toujours sa haie, avec ses cisailles qui grinçaient. Un jour, sous le couvert de l'anonymat, ma mère avait déposé un bidon d'huile devant sa porte.

Une voix claire et forte a soudain jailli.

— Je ne vous crois pas.

Venetia était revenue de sa stupeur et affichait un visage dur et déterminé.

— Notre mère est morte. Nous sommes en deuil. Fichez le camp et allez raconter votre histoire ailleurs.

La femme a redressé la tête. Quand elle a vu Venetia qui la menaçait de toute sa hauteur, elle s'est levée, prudemment, mais elle n'avait pas du tout peur et je n'ai pas pu m'empêcher de l'admirer.

— Vous ne me croyez pas ? Alors, regardez ceci.

Elle était d'une pâleur extrême, les joues creusées, comme si quelqu'un en avait ôté toute la chair, ne laissant plus que la peau étirée sur les os. Retournant la pochette en lin, elle a effleuré la couture de son pouce jusqu'à ce qu'elle trouve ce qu'elle cherchait : laborieusement brodées, les lettres ESH. *Elizabeth Sophie Holloway*. Venetia a lâché une exclamation on ne peut plus sceptique, mais la femme, sans se troubler, a repris le cahier à Mrs. Baxter et nous l'a présenté, ouvert à la dernière page. Une liste de prénoms, en grosses lettres.

Flora. Beatrice. Hester. Dona. Des prénoms à donner à un bébé. Puis, tout en bas, *Venetia.*

Venetia aurait dû s'appeler « Flora », d'après Flora Poste, héroïne d'un roman satirique qui avait marqué ma mère, mais mon père était intervenu. De même, Jas avait été nommé « Jasper », et non pas « Fitzwilliam », grâce au droit de veto exercé par mon père, qui avait aussi rejeté Winifred, Galadriel et Sylvester. Ainsi clamait-il haut et fort que les professeures de lettres anglaises, surtout si elles manifestaient un penchant pour Georgette Heyer et la romance historique, ne devraient pas être autorisées à choisir les prénoms de leurs enfants. Le V de Venetia s'ornait d'un trait particulièrement fleuri, comme s'il avait été coché en prévision de son arrivée, et j'ai résisté à l'envie de tourner la page. La liste continuait sûrement de l'autre côté. Il devait y avoir d'autres prénoms, par exemple Adele. Ou Adelaide. Ou encore Adeline ?

— Venetia, c'est vous, n'est-ce pas ? a demandé la femme en détachant soigneusement chaque mot. Et si vous ne me croyez toujours pas, vous serez encore plus choquée d'apprendre qu'il n'y a pas que moi. Je suis quasiment sûre qu'un autre bébé...

— Comment osez-vous ? a interrompu sèchement Venetia, ses yeux lançant des éclairs. Comment osez-vous venir ici, un jour comme aujourd'hui, en plus ? Et où avez-vous trouvé ceci ? Vous l'avez volé ?

La femme lui a jeté un regard méprisant.

— Une infirmière a donné la pochette et les vêtements à ma mère, le soir où j'ai été adoptée. J'ai lu qu'on encourageait les mères à fabriquer des habits pour que leurs bébés les emportent avec eux dans leur famille adoptive.

Elle a soupiré. Ses épaules semblaient à présent porter tout le poids du monde tandis qu'elle repliait lentement la petite culotte, le bonnet et la brassière pour les ranger délicatement dans la pochette.

— Mes parents les ont toujours gardés. Je les ai découverts la semaine dernière, par hasard.

Elle a refermé le cahier. Durant cette fraction de seconde, quand l'écriture bleue de ma mère a disparu, j'ai éprouvé un chagrin si violent, si inattendu, que je me suis sentie défaillir. Le bras de Mrs. Baxter m'a rattrapée et je me suis abandonnée dans son odeur familière de lavande et de tabac froid. Je percevais son souffle sur mes cheveux.

— Comment nous avez-vous retrouvés ? s'est enquise Mrs. Baxter.

Elle tenait toujours l'un des documents à la main, mais j'ai remarqué qu'elle l'avait retourné pour le soustraire à ma vue.

— Je connaissais son nom, j'ai épluché tous les registres des mariages… Ça m'a pris pas mal de temps, mais une fois que j'ai su son nom de femme mariée, j'ai trouvé facilement son adresse. Elle était tellement jeune, je n'ai pas pensé à consulter les actes de décès. Et puis…

Elle a montré la maison du doigt.

— Elle est encore dans l'annuaire…

J'ai levé les yeux en direction de l'endroit où mon père devait être assis, avec sa tasse de thé froid, et j'ai hoché la tête malgré moi. Oui, l'explication tenait la route.

— Ma mère m'a conseillé d'attendre, a continué la femme. De parler au thérapeute d'abord, de suivre la procédure adéquate. Mais je ne voulais pas. Je ne *pouvais* pas attendre, alors que j'avais son nom et le reste… Au final, ça n'a rien changé.

Un lourd silence est tombé. Même les cisailles de Mr. Field s'étaient tues.

— Quelle est votre date de naissance ?

Je n'ai pas compris tout de suite que c'était moi qui avais parlé. Le bras de Mrs. Baxter s'est crispé sur mes épaules.

— Non, ça suffit, a déclaré abruptement Venetia. Viens, Addie, rentrons. J'ai vraiment besoin de m'asseoir.

Elle a essayé de m'entraîner, mais je ne bougeais pas. La femme tenait toujours la pochette dans ses mains, et quand elle a répondu, sa voix était rauque et haletante.

— Je suis née le 14 février.

Venetia a retenu une exclamation, mais la femme ne s'en est pas souciée, sans doute parce que quelque chose dans mon expression avait capté son attention. Elle m'a observée longuement, détaillant mon visage, mes cheveux, puis m'a regardée droit dans les yeux.

— Le 14 février 1960, a-t-elle précisé. Pourquoi ? Est-ce que… Vous connaissez l'autre ?

— L'autre ?

Le vacarme dans mes oreilles était assourdissant. Ma besace a glissé de mon épaule et s'est écrasée lourdement par terre. Déséquilibrée un bref instant, perdant mes repères en même temps que ce poids, j'ai vacillé. J'avais les yeux écarquillés, le front atrocement douloureux et la gorge brûlante, l'impression de suffoquer et de me noyer. Le cliquetis ardent des cisailles s'est élevé à nouveau tandis que Venetia s'avançait vers la femme, si menaçante que celle-ci a reculé sur la chaussée, mais sans cesser de me fixer. Dans un brouillard, je voyais sa bouche remuer. Mrs. Baxter retenait Venetia par le bras, Venetia criait, et la femme, immobile entre deux voitures stationnées le long du trottoir, ne regardait que moi, parce qu'elle seule avait compris cette chose incroyable, cette chose inimaginable que nous étions encore incapables d'énoncer.

J'étais née moi aussi le 14 février 1960.

4

Ma mère adorait les parcs d'attraction. Lorsque nous étions enfants, nous avions beaucoup fréquenté le célèbre parc à thème de Margate, et elle se faisait une joie de ces sorties en famille. Avec le recul, je m'apercevais à présent de l'incongruité de cette prédilection chez elle, parce que c'était une personne très sobre, ordonnée, cérébrale, et qu'elle détestait le chaos et les frissons obtenus à peu de frais. Mais elle aimait aussi la bravoure, l'audace, les chevauchées à bride abattue. Sans doute lui fallait-il trouver un exutoire pour exprimer son autre nature, et l'exutoire, c'était la triple boucle du Cyclone Céleste.

Prudente à l'excès, je n'avais bien sûr aucune disposition naturelle pour les montagnes russes. Alors que Venetia barrait les jours avec son stylo rose sur un calendrier accroché au mur, je ne voyais que des corps mutilés tombant du ciel et redoutais le moment fatidique où nous aurions franchi les caisses. Ma mère glissait alors les billets dans sa poche et battait des mains, tout excitée, pendant que je traînais les pieds en espérant qu'un mal soudain me terrasse. « Allez, on commence par le Cyclone Céleste. C'est vraiment le meilleur. Et ensuite, la Grande Vague, si la file d'attente n'est pas trop longue. Addie, c'est bon, tu es déjà allée aux toilettes. Venez ! »

Mon père, chargé de porter les sacs, de surveiller Jas, de s'occuper des boissons et de faire la queue, avait essayé de m'embaucher lorsqu'il s'était aperçu de ma détresse, mais le plaisir de ma mère passait toujours en premier, et ma mère voulait que je monte sur les montagnes russes. Et plus je montrais ma peur, plus elle s'entêtait, au point qu'elle en vint à concevoir l'idée absurde que les montagnes russes étaient le remède pour guérir sa fille aînée de toutes ses craintes inutiles. « Relève la tête, chérie. On n'est même pas encore en haut. Ouvre les yeux ! » Même si j'avais été moins froussarde, même si j'avais mieux redressé les épaules, je n'aurais jamais pu rivaliser avec Venetia et ma mère au pied du Cyclone Céleste. Je ne voulais surtout pas gâcher la journée de ma mère, qu'elle prenait spécialement pour nous, aussi me laissais-je docilement remorquer de l'autre côté des tourniquets. Assise entre ma mère et Venetia, je sentais leurs mains m'agripper comme pour m'empêcher de me sauver, puis venaient la longue torture de l'ascension, le plongeon inévitable, la sensation terrifiante de tomber en chute libre. Je croyais que mon jeune cœur de treize ans allait se fracturer sous l'effet de l'angoisse et de l'adrénaline, lorsque, au sommet de la boucle, le monde, un instant stabilisé, basculait dans un hurlement de folie.

Après avoir été une enfant peureuse, qui montait sur le Cyclone Céleste pour que sa mère s'amuse et rie aux éclats, je suis devenue une adulte peureuse, une personne quelconque, qui ne pleurait plus beaucoup, mais qui passait ses vacances à Londres alors qu'elle aurait pu partir en Thaïlande sac au dos, qui avait accédé à la propriété dans une rue limitrophe d'un quartier branché, qui enchaînait les petits amis quelconques, et qui, au grand dam de sa mère, cuisait du pain et des gâteaux non seulement pour gagner sa vie mais aussi par plaisir, à toute heure de la journée.

Je ne suis plus jamais remontée sur des montagnes russes, mais la nuit qui a suivi la visite de Phoebe Roberts, j'en ai rêvé. C'était un rêve totalement dépourvu d'intrigue, une sorte d'errance terrifiante au travers d'un univers de loopings, de plongées vertigineuses dans des néants de ténèbres, où le visage illuminé de ma mère surgissait à mes côtés, ses ongles enfoncés dans mes paumes, ses cheveux tel un halo soufflé autour de sa tête par la vitesse, et sa bouche arrondie dans ce « o » de joie pure qui avait autrefois, à peine une fraction de seconde, donné un peu de sens à ma terreur absolue. Je me suis réveillée dans la semi-obscurité du petit matin, entortillée dans mes draps et mes couvertures, serrant mon oreiller contre moi, refoulant une nausée, et à cet instant, tous les événements de la veille me sont revenus à l'esprit. Je suis restée étendue dans la pénombre, les yeux fermés, essayant de repousser l'image de la femme qui me regardait fixement devant la maison de mes parents.

« *Vous connaissez l'autre ?* »

Il m'a fallu un bon litre de café, noir et fort, et la pleine lumière du jour, pour que le rêve du Cyclone recule enfin et que je commence véritablement à réfléchir à cette femme, cette apparition nommée Phoebe Roberts. La veille, lorsque j'avais regardé l'acte de naissance, je n'avais pas vu grand-chose à part la date : *14 février 1960. Phoebe Charlotte.* Le nom de ma mère n'y figurait pas. Le document indiquait seulement « Untel Untel Roberts ». Et « Unetelle Unetelle Roberts ». Mon propre acte de naissance, en revanche, que j'avais retrouvé au fond d'un tiroir, exposait clairement et sans la moindre équivoque que j'étais la fille d'Elizabeth Sophie Harington, nom de jeune fille Holloway, et de Graham Alexander Harington. Rien, absolument rien, ne permettait d'établir un lien entre Phoebe Roberts et moi – moi qui aurais été « l'autre ». Sauf notre date de naissance, évidemment. Et le lieu. Nous étions nées toutes les deux à Brighton.

Mes parents s'étaient mariés en 1959. Il y avait une photo d'eux dans la maison de Rose Hill Road : ma mère, mince, pâle et élégante dans un tailleur clair, les cheveux beaucoup plus courts, surmontés d'un petit chapeau ; mon père lui donnant le bras, jeune, heureux et manifestement stressé, en costume sombre orné d'une fleur à la boutonnière. Les parents de ma mère étaient déjà morts à cette époque, et mon père, issu d'une vaste famille des Midlands, avait toujours déclaré qu'il ne voulait pas imposer à sa jeune épouse des centaines de Harington à qui il n'avait pas les moyens d'offrir une joyeuse ripaille. Aussi s'étaient-ils mariés dans l'intimité par un beau dimanche de mai 1959, et un an plus tard à peine, j'étais arrivée.

Mon père tenait à fêter leur anniversaire de mariage, peut-être pour compenser la simplicité de cette cérémonie initiale, et sollicitait souvent le conseil de Venetia parce qu'elle savait si bien ce qui plaisait à notre mère. Un concert classique ou un club de blues ? Ou un ballet ? Ou bien ce cirque d'acrobates dont on parlait beaucoup récemment ? Il lui trouvait toujours un cadeau, un tableau pour son bureau, un bouquet de roses, parfois un bijou dans une petite boîte qu'il emballait lui-même. Curieusement, mon père était très doué pour faire les paquets cadeaux. Il formait des coins à la pliure impeccable et collait le scotch sur un axe parfaitement parallèle au bord du papier. Ce jour-là, il arpentait nerveusement le vestibule, vêtu de son plus beau costume et de ses souliers en cuir sombre, inspectant son reflet dans le miroir et m'adressant d'étranges grimaces quand il me surprenait à l'épier depuis le haut de l'escalier. Lorsqu'elle descendait enfin, son visage s'illuminait, il lui offrait le bras, ajoutait une fioriture théâtrale à mon attention, et ils partaient ensemble, lui avec à nouveau une petite rose à la boutonnière, en riant et en se remémorant l'épisode le plus heureux de leur vie. J'avais toujours secrètement adoré cette célébration, la continuité et la stabilité de ce bonheur, un jalon de mon enfance aussi important que les crêpes de la Chandeleur, les jours fériés du mois de mai, mon anniversaire, la rentrée scolaire, la nuit de la Saint-Jean et les sandwichs au jambon le lendemain de Noël.

J'ai souri au souvenir de la rose à la boutonnière, mais mon sourire s'est aussitôt effacé quand j'ai revu ce même costume, ces souliers en cuir noir et l'homme si différent qui s'était tenu au bord de la tombe, avec son petit bouquet de fleurs que j'avais dû finalement lui prendre des mains pour le déposer sur le cercueil. Par une triste ironie du sort, ma mère est morte une semaine après leur quarantième anniversaire de mariage, que nous avions fêté en grande pompe au Red Velvet Club. Des noces d'émeraude pour lesquelles, sur l'injonction de Venetia, j'avais composé un menu entièrement vert. Venetia était capable de ce genre de folie. Plus tard, parmi les cartes de condoléances, beaucoup de gens avaient évoqué ces *quatre merveilleuses décennies passées ensemble*, pour le cas où mon père aurait pu les oublier. Je ne lui avais pas montré les messages.

Posant soudain ma tasse de café, j'ai à nouveau examiné mon acte de naissance. Tout à fait ordinaire, sans la moindre ambiguïté. Jamais mon père n'aurait abandonné ma sœur jumelle. Ce n'était tout simplement pas *vrai*. Il aurait été enchanté d'avoir deux bébés d'un coup de la femme merveilleuse qu'il aimait le plus au monde, la femme qu'il courtiserait encore après quarante ans de mariage et célébrerait tous les mois de mai, avec son beau costume et une rose à la boutonnière.

Mais de minuscules doutes ont recommencé à m'assaillir. Rien n'indiquait non plus, de manière absolument incontestable, que cela ne *pouvait* pas être vrai. Aucun détail concernant le 14 février ne m'avait été rapporté, il n'existait aucune légende familiale. Pas comme l'accouchement du fils unique et adoré que la mère de mon ami Andrew racontait à tout le monde, pour la plus grande honte de ce dernier.

J'ai glissé le document sous mon manteau, qui gisait en tas avec ma besace et la boîte de gâteaux sur le plan de travail de la cuisine où je les avais jetés en rentrant la veille.

Mon père n'avait jamais vraiment parlé de ma naissance ni des premières années de ma vie. Ma mère non plus, parce qu'elle n'était pas quelqu'un de sentimental, en tout cas pas avec moi. Ce n'était pas le genre de mère avec qui on s'assied pour bavarder longuement autour d'un café, qui se plaît à vous raconter vos balbutiements et vos bons mots d'enfant. Elle n'aimait pas se livrer. En outre, elle avait toujours trop à faire, trop d'occupations à l'extérieur. Je me rappelle quand elle partait pour se rendre à un cours, à une conférence, à un séminaire. Elle attrapait son cartable, puis se retournait une dernière fois à la porte pour me gratifier d'un bref sourire. « Sois gentille avec ton papa et avec Mrs. Baxter, d'accord ? » Et juste avant de sortir, elle avait une expression… soulagée. Le soulagement d'être libre. Ma mère, enceinte de jumeaux, aurait-elle redouté de perdre sa liberté ? Elle y avait pourtant renoncé, en gardant « l'autre ». C'est-à-dire moi.

Une sonnerie stridente a soudain retenti sous mon manteau. J'ai sursauté, renversé du café sur le plan de travail, avant de parvenir à extraire mon portable de la poche. Une seule personne pouvait m'appeler à six heures et demie du matin, et elle insisterait jusqu'à ce que je décroche.

La voix de Venetia a fait irruption dans ma journée comme un raz-de-marée.

— Addie ! Tu es réveillée ? Je voulais m'assurer que tu allais bien.

J'ai attrapé une éponge sur le bord de l'évier pour essuyer le café.

— Je suis un peu fatiguée. Et, à dire vrai…

Venetia m'a interrompue pour aller droit au but.

— C'est complètement ridicule, tu le sais. Des tonnes de bébés naissent chaque jour à Brighton. Cette femme pourrait être l'enfant de n'importe qui. D'une autre mère qui aurait vraiment abandonné son bébé quand maman a accouché, et, par erreur, on a donné à ce bébé la pochette que maman avait préparée pour toi. Tu te rends compte ? Cette femme a gardé *tes* affaires pendant tout ce temps ! C'est inadmissible. On devrait faire un procès à l'hôpital.

J'ai passé l'éponge sur le plan de travail, lentement, méthodiquement, en traçant de petits cercles autour de la tache de café.

— Mais ce regard qu'elle avait... Elle paraissait tellement sûre.

— Mais enfin, tu connais maman !

J'ai écarté l'appareil de mon oreille. La voix de Venetia au téléphone était encore plus cassante, plus stridente que lorsqu'on l'avait en face de soi. Aucun tympan normalement constitué ne pouvait soutenir un tel assaut à six heures et demie du matin.

— Elle ne ferait jamais une chose pareille ! Maman était enfant unique. Elle voulait avoir une famille nombreuse.

C'était vrai. Elle n'avait ni frère ni sœur et, après la mort de ses parents, elle s'était retrouvée avec à peine de quoi subsister. Elle avait été employée comme secrétaire pendant quelque temps, tapant divers documents la nuit afin de payer ses études à l'université. Par la suite, elle avait obligé ses trois enfants à travailler pour gagner leur argent de poche, en leur rabâchant qu'ils étaient une génération trop gâtée qui n'avait jamais manqué de rien.

— On était *tout* pour elle. Elle aurait fait *n'importe quoi* pour nous.

La voix de Venetia a été noyée par un sanglot, tandis qu'elle attendait ma réaction. J'ai battu des paupières sur mes yeux résolument secs. Hélas, je n'avais pas la moitié de cette foi si simple, si inébranlable, avec laquelle ma sœur croyait en la dévotion maternelle.

Comme je me taisais, elle s'est mouchée bruyamment dans le téléphone, puis est passée aussitôt au registre de l'agacement.

— Je ne comprends pas bien pourquoi tu ferais confiance à une parfaite inconnue plutôt qu'à maman, qui est morte, permets-moi de te le rappeler, et donc incapable de se défendre contre ces accusations sans fondement, mais…

— Venetia, je dois aller travailler.

J'ai lancé l'éponge dans l'évier et j'ai sorti mon agenda de ma besace. Je ne commençais qu'à neuf heures ce matin à la pâtisserie, mais je me suis bien gardée de le dire. Ma patronne, Grace, m'avait gentiment proposé de prendre un jour de congé, mais j'avais refusé. Sage décision, s'avérait-il, qui m'évitait de devoir frotter indéfiniment le plan de travail en écoutant Venetia et en essayant de comprendre une chose incompréhensible.

— … En tout cas, moi, je ne vais pas la laisser souiller le nom de maman et nous plonger tous dans un chaos émotionnel. On a déjà bien assez à supporter. Il ne faut surtout pas qu'elle parle à papa.

— Il ne l'a pas vue hier soir, hein ? Après mon départ ?

J'ai imaginé mon père se retrouvant nez à nez, devant chez lui, avec une femme qui prétendait être sa fille perdue depuis longtemps, et j'ai frissonné malgré moi. Entre son travail, Mrs. Baxter, et mes visites régulières, le risque était minime, mais pas inexistant.

— Non. J'ai réussi à la chasser. Et je lui ai *dit* de ne pas revenir, mais tu sais quoi ? Je ne suis pas sûre qu'elle m'écoutera.

Venetia semblait stupéfaite de s'apercevoir qu'on pouvait ne pas lui obéir.

— Elle avait un drôle de regard… Qu'est-ce que tu en penses ? Tu crois qu'on devrait appeler la police ?

— Oh, c'est bon. N'en fais pas un drame !

— Mais tu te souviens quand il a été hospitalisé l'an dernier et qu'à son retour on a dû quasiment s'installer chez lui ? Je vais avoir un bébé dans moins d'un mois, il faut que je me prépare, mentalement, émotionnellement. Je ne peux pas aller passer une nuit à Rose Hill Road, comme ça, au pied levé.

— Ce n'est pas *toi* qui t'es installée chez lui, Venetia. Je suis d'accord qu'il vaut mieux le protéger autant que possible, mais s'il te plaît, ne fais pas tout tourner autour de *toi* ou du *bébé*. Tu n'as pas à imposer ta volonté juste parce que ça risque de te déranger, *toi*.

Je me suis tue brusquement en me rendant compte que j'avais parlé très fort, mais Venetia, au lieu de me remettre à ma place par une réponse cinglante, n'a rien dit.

— Il est tellement replié sur lui-même, a-t-elle déclaré au bout d'un moment. Je n'arrive plus à communiquer avec lui. Quand je pense que l'année dernière encore, ils ouvraient le bal à leur fête, lui avec son chapeau en carton, elle son diadème, surmontés tous les deux du chiffre 40, tu te rappelles ? Papa a gardé son chapeau pendant toute la première danse, alors que je ne pensais même pas qu'il le porterait. Et maintenant, je ne sais pas… On dirait qu'il attend de mourir.

J'ai essayé de repousser l'image de mon père, avec son chapeau et son sourire fier, qui faisait tournoyer sa magnifique femme sur la piste de danse.

— Il a besoin de temps, ai-je répondu. Il reviendra…

Brusquement, les yeux sur ma besace que je venais d'ouvrir avec colère, je me suis rappelé quelque chose que j'avais oublié, tant j'étais sous le choc, incapable de comprendre ce qu'il m'arrivait, et encore troublée par mon cauchemar du Cyclone Céleste. L'étrange coup de fil de l'homme à la voix rauque. Et juste après, une femme à la porte… Tous deux cherchant ma mère morte, le même jour, tous deux évoquant cette date qui me concernait au plus haut point. Le 14 février 1960.

5

Hier après-midi… Des fragments épars se bousculaient dans mon cerveau embrumé. Mais oui, bien sûr. L'homme parlait de *cette* femme, d'une démarche pour entrer en contact avec elle, d'une demande d'information. À propos du 14 février 1960. Qu'avait-il dit d'autre ? « *Vous ne répondez pas à votre portable.* » Mais ma mère, complètement technophobe, n'avait pas de portable. Elle se débrouillait parfaitement avec une secrétaire d'une patience à toute épreuve et un téléphone à cadran qui marchait encore très bien, merci beaucoup.

Et *si* elle en avait eu un ? Dans ce cas, où se trouverait-il sinon ici même, dans son sac Hermès, au fond de ma besace ? J'ai hésité à peine une seconde, puis, rapidement, parce qu'il faut toujours agir vite dans ce genre de situation, j'ai pris le sac et je l'ai ouvert. À l'intérieur, son contenu reposait paisiblement, intouché depuis douze mois, impeccablement rangé : une trousse de maquillage, un petit carnet noir d'une marque qu'elle achetait depuis des décennies, une écharpe pliée avec soin, un paquet non entamé de mouchoirs en papier. Il y avait un tube de rouge à lèvres dans une poche de côté, dont la nacre était ternie par les années, et je savais que la trousse de maquillage renfermait un minuscule miroir de poche et un petit flacon de parfum, eux aussi en nacre ternie, éléments d'un coffret que Granny Harington lui avait offert en cadeau d'anniversaire. Un stylo à plume dépassait d'une autre poche, accroché à la place qui lui était réservée, avec les initiales de ma mère gravées en or sur le capuchon. Venetia avait passé un temps fou à le choisir pour son cinquantième anniversaire, et elle n'autorisait personne à l'utiliser.

Je suis restée un long moment à fixer les petites poches aménagées dans la doublure en soie et les objets qu'elles contenaient, autrefois si familiers. C'était ma mère que j'avais là sous les yeux, sa vie réduite à l'essentiel : Elizabeth Sophie Harington, anciennement Holloway, claire, simple et directe, comme elle l'avait toujours été, comme je l'avais connue pendant quarante ans. J'ai pris une grande inspiration pour me donner du courage, j'ai sorti un à un les articles, et je les ai posés sur le plan de travail, jusqu'à ce que le sac soit entièrement vide.

Rien.

Après une dernière exploration au fond, j'ai retourné le sac. Quelque chose a bougé dans la doublure. J'ai ouvert la fermeture éclair dissimulée sous la poche du rouge à lèvres et maugréé à voix haute quand le tissu s'est coincé dans les crans. Glissant deux doigts par l'ouverture, j'ai fouillé à tâtons. Mes doigts ont rencontré un objet dur et rectangulaire que j'ai réussi à extraire. C'était un Nokia, vert bouteille, un modèle compact. Identique au mien, sauf qu'il n'était pas rayé partout ni cabossé par sa chute dans l'escalier mécanique un jour que je courais pour attraper le métro. Celui-ci était lisse et brillant comme un téléphone qui a à peine servi.

Je l'ai fixé si longtemps qu'il a fini par se brouiller devant mes yeux. Pourquoi ma mère avait-elle eu besoin d'un portable, et, surtout, fonctionnait-il encore ? Avec l'aide de sa secrétaire, Jessica, j'avais passé en revue ses contrats, ses conventions d'adhésion, ses abonnements, y compris son ancienne carte de bibliothèque, et nous avions toùt annulé. Si ce portable fonctionnait encore, cela ne pouvait signifier qu'une seule chose : personne en dehors de ma mère – et un homme étrange à la voix rauque – n'en connaissait l'existence.

Une demi-heure plus tard, debout dans la cuisine, je contemplais le portable que j'avais branché avec mon chargeur, espérant et redoutant à la fois qu'il revienne à la vie. S'il marchait, qu'allais-je encore découvrir ?

Soudain, l'écran s'est allumé. Un cercle a tournoyé brièvement, indiquant une coopération imminente. Des mots sont apparus. *Menu. Contacts.* Sur la gauche de l'écran, les barres de détection du signal se sont alignées. Pas de doute, ce portable était connecté.

Bientôt, d'autres informations ont rempli l'écran. *Huit appels manqués. Six messages.* Un seul numéro s'est affiché quand j'ai fait défiler la liste, toujours le même, un 0208 qui ne m'évoquait rien. Le plus ancien des appels manqués datait de deux mois, et je me suis demandé si l'opérateur effaçait automatiquement les messages au bout d'un certain temps, qu'ils aient été écoutés ou non. J'ai ouvert les contacts. Deux numéros en tout et pour tout, maladroitement saisis, comme si l'utilisateur n'avait pas encore l'habitude du clavier. *Bureaujessica. MESsagerie.* J'ai cliqué, retenant mon souffle jusqu'à ce que me soit restitué le premier message.

« Mrs. Harington, James Merck à l'appareil. Il y a longtemps que nous ne nous sommes pas parlé, et j'appelle pour vous communiquer plusieurs informations. »

L'homme d'hier. J'ai trouvé qu'il faisait plus vieux. Poli, sérieux.

Une semaine plus tard : « Mrs. Harington, ici James Merck. Je vous serais reconnaissant de bien vouloir me rappeler. »

Au début du mois de mai, il avait commencé à s'impatienter. « C'est encore James Merck. Mrs. Harington, rappelez-moi dès que possible, je vous prie. J'ai reçu une lettre qui devrait vous intéresser. Comme je sais que vous ne souhaitez pas qu'on envoie quoi que ce soit à votre domicile sans vous en avertir au préalable… Désirez-vous que je la poste ? Répondez-moi. Il semblerait aussi qu'il y ait un problème concernant le paiement, j'aimerais en discuter. »

Plus tard encore, il semblait franchement contrarié. « Mrs. Harington, je ne sais pas si vous avez reçu mes autres messages. J'essaie de vous joindre ! Appelez-moi dès que vous aurez celui-ci. »

Le dernier message remontait à deux jours, le 14 mai. À bout de patience, il avait ensuite décidé d'appeler le numéro fixe, que ma mère lui avait sans doute recommandé de n'utiliser qu'en dernier ressort, et, par une coïncidence tout à fait *cosmique*, j'avais décroché.

James Merck. Il avait l'air très sérieux, avec sa voix grave et profonde. Pas particulièrement aimable ni chaleureux, et pas du tout familier. Au contraire, plutôt guindé et conventionnel, ainsi que l'indiquaient ses « je vous serais reconnaissant » et ses « je vous prie ». Un chercheur ? Un collègue ? Il ressemblait à certains professeurs vieux jeu que j'avais croisés au cours de la carrière universitaire de ma mère. Mais quel lien pouvait-il avoir avec le 14 février ? Avec moi ?

J'ai réfléchi, sans quitter l'écran des yeux. N'avais-je pas promis de le recontacter ? Il était à peine sept heures quarante-cinq, mais je devrais lui dire que ma mère était décédée, que son coup de fil m'avait prise de court hier et... J'ai appuyé sur « rappeler ».

« Agence d'enquêtes privées James Merck. » En entendant la voix haut perchée d'une jeune réceptionniste, j'ai reculé contre le plan de travail. L'angle acéré du béton m'a vrillé le bas du dos. *Enquêtes ?*

J'ai hésité, en enfonçant mon poing dans mes reins douloureux.

— Euh... Pourrais-je parler à Mr. Merck ?

— Il est absent pour quelques jours, a chantonné la voix. Il sera de retour jeudi. Puis-je prendre un message ?

— Oh, je rappellerai... Puis me ravisant, j'ai ajouté : Je voulais juste...

— Prendre rendez-vous ? a suggéré la secrétaire avec sollicitude.

— Peut-être... C'est-à-dire, je ne sais pas...

— Nous procurons toutes sortes de services, de l'adultère à l'histoire familiale, mais Mr. Merck est spécialisé dans la recherche des personnes disparues. Et son agenda se remplit très vite, alors si…

— Je rappellerai plus tard.

J'ai raccroché.

6

Ma mère avait donc un secret. Plusieurs, en fait. Un portable, un détective privé. Et… une personne disparue ? Ce qui semblait suggérer – même si ça ne pouvait pas être vrai, n'est-ce pas ? – qu'elle cherchait Phoebe Roberts ; tandis que Phoebe Roberts, ironie du sort, avait trouvé les vêtements de bébé, le cahier, et essayait en même temps de la contacter.

Je suis entrée dans la réserve qui tenait lieu de bureau au gérant de la boulangerie-pâtisserie Chez Grace, j'ai pris un tablier propre sur une étagère derrière la porte et je suis repartie vers la cuisine, comme chaque jour depuis quinze ans. Mais je ne voyais rien. Seule dansait devant mes yeux l'image de mes parents, quarante ans plus tôt, ma mère dans un lit d'hôpital, mon père assis à ses côtés, deux petits bébés emmaillotés de blanc couchés dans un berceau, joue contre joue, respirant d'un même souffle si léger. Ma mère, désignant du doigt celle de nous deux qu'elle gardait quand l'autre serait placée.

Accablée, j'ai poussé la porte de la cuisine. Je n'arrivais pas à y croire, je ne *voulais* pas y croire. Si c'était ma mère qui avait pris cette décision, alors mon père l'avait soutenue. Pourtant, une chose était très claire. Si elle s'était donnée tout ce mal pour cacher son portable, si elle avait demandé à James Merck de ne rien lui envoyer à la maison sans l'avertir au préalable, cela signifiait que mon père n'était pas engagé dans cette démarche secrète. Pourquoi ne cherchait-il pas Phoebe Roberts, lui aussi ? Et pourquoi, au nom du Ciel et de toutes les divinités de ce bon vieux monde, pourquoi avait-il permis un geste pareil ? Comment avaient-ils pu ne pas la garder ?

— Ça va, Addie ?

Claire, l'apprentie pâtissière, debout devant un panier rempli de petits pains au romarin et de miniflûtes aux trois graines, me considérait d'un air inquiet.

— Oui, très bien, ai-je répondu en clignant des yeux dans la lumière des néons, qui soulignait l'éclatante blancheur de l'uniforme de Claire et de sa toque.

J'ai avisé ensuite les corbeilles alignées sur le comptoir, contenant les baguettes et les divers pains artisanaux qui seraient bientôt emportés dans la boutique. Un peu plus loin, cinq plaques livrées par la cuisine centrale, sur lesquelles étaient disposées des boules de pâte, attendaient d'être enfournées. J'ai aspiré à pleins poumons l'odeur des croissants frais et des brioches en éprouvant un immense soulagement. Ici, rien n'avait changé. La farine, le sucre et le beurre s'assemblaient toujours en une délicieuse pâte brisée, et je savais exactement où était la place de chaque cuillère et de chaque fouet.

— Je vois que tu as assuré, ai-je dit à Claire. On en est où, côté pains ?

— J'emporte ceux-là devant, a-t-elle répondu, piquant un brin de romarin décoratif dans une corbeille de jolis pains croustillants. J'ai déjà pointé la livraison de la cuisine centrale. Ils n'ont pas mis les quantités qu'il faut pour les flancs pâtissiers, alors qu'ils nous demandent de faire une offre spéciale aujourd'hui. Je me trompe, ou est-ce qu'ils sont de plus en plus empotés, là-bas ? Ils n'ont pas oublié les quatre gâteaux à décorer pour Mrs. Jenkins-Smythe, et on a plusieurs commandes d'assortiments. À part ça, je crois que ce sera tranquille pour nous. Ah oui… Grace va passer tout à l'heure.

Elle continuait à me dévisager, perplexe devant mes yeux cernés et ma veste blanche que j'avais mal boutonnée. J'ai attaché mon tablier, entortillé mes cheveux dans un filet, et je l'ai chassée de la main.

— Tu ferais mieux d'aller aider devant, il y a du monde ce matin. Je m'occupe des flans. Ça m'arrange, je n'ai pas du tout envie de m'attaquer à la déclaration d'impôts.

Claire a disparu par la porte coulissante, et j'ai entendu les rires des filles qui s'affairaient derrière le comptoir. Peu à peu, à mesure que j'accomplissais machinalement les gestes nécessaires pour confectionner la crème pâtissière, j'ai senti retomber l'indescriptible anxiété qui m'avait saisie depuis que j'avais trouvé le Nokia vert bouteille dans le sac de ma mère. J'ai incorporé au lait tiède les jaunes d'œufs battus avec le sucre, et j'ai ajouté les graines de vanille que j'ai regardé tournoyer comme de fragiles embarcations dans le mélange qui commençait à épaissir. Puis, après avoir coupé de petits morceaux de beurre froid et versé la farine, j'ai attrapé mon mixeur.

« *Elle ne supporte pas de te voir partir.* » C'est ce qu'a dit mon père le jour où j'avais quitté Rose Hill Road, après le pire été que nous avions connu, ma mère et moi. J'avais auparavant obtenu des résultats scolaires très décevants et, surtout, annoncé que je comptais suivre une formation en boulangerie-pâtisserie à la rentrée suivante. Ma mère, que ce choix de carrière troublait au plus haut point, avait d'ailleurs cru que je plaisantais. Elle refusait purement et simplement de l'envisager. Au contraire, elle m'incitait à voir plus grand, quitte à m'éloigner de Londres. « Enfin, Addie ! Boulangère, ce n'est pas une carrière. Pas pour quelqu'un comme toi. Regarde Andrew, il a un vrai projet, lui, il sort de sa zone de confort, même si sa mère préférerait qu'il vive à la maison jusqu'à cinquante ans. Tu as le monde à tes pieds. Va attraper la lune. »

Ma mère adorait Andrew, sa vivacité d'esprit et son sens pratique, sa manière de foncer pour obtenir ce qu'il voulait. Puisque je manquais d'audace, je pouvais au moins rester dans le sillage de son énergie et me laisser remorquer.

Quand je n'ai pas décroché la lune, mais l'École nationale de boulangerie-pâtisserie à South Bank et une colocation avec un ami d'Andrew, je me suis préparée à subir un énième sermon derrière lequel ma mère cachait si mal sa déception. Au lieu de quoi, après un conflit qui durait depuis des mois, elle a battu en retraite, et, alléguant un délai très court pour finir son manuscrit, s'est enfermée tous les soirs dans son bureau.

Abandonnée à mes égarements et à mes mauvaises décisions, j'ai commencé, non sans tristesse, à rassembler mes affaires. J'ai rempli des valises de vêtements, trié mes livres de cuisine, garni mon sac de couteaux et acheté d'autres ustensiles. Pendant tout ce temps, j'essayais désespérément de m'expliquer la disparition de ma mère, elle qui d'ordinaire passait son été à jardiner ou à sillonner la ville avec l'un de nous. Je n'avais jamais été très douée pour le changement et les pages qui se tournaient, mais à l'issue de ces terribles semaines, si lourdes de silence et d'angoisse, n'importe qui se serait enfui en courant vers le changement.

Et puis, enfin, mon dernier jour à Rose Hill Road est arrivé. Le calme régnait dans la maison lorsque je suis descendue de ma chambre, chargée d'un ultime carton que je devais emporter dans mon nouvel appartement le lendemain matin. Soudain, j'ai entendu un bruit. Une sorte de plainte, des pleurs étouffés, mais si tristes, si désespérés, si déchirants que je me suis figée au milieu du vestibule en serrant mon carton de tabliers contre moi. Mon cœur battait la chamade, car il m'a semblé que l'étrange lamentation, même si ça ne *pouvait* pas être possible, s'élevait derrière la porte fermée du bureau de ma mère. J'ignore pourquoi je ne me suis pas précipitée vers elle pour lui demander ce qu'il se passait, pourquoi je ne l'ai pas entraînée dans la cuisine afin de profiter de notre dernier après-midi ensemble à boire du thé, comme n'importe quelle fille avec sa mère avant qu'elle ne vole de ses propres ailes. Mais je ne l'ai pas fait. J'ai posé mon carton sans bruit, j'ai remonté l'escalier à pas de loup et je suis restée dans ma chambre jusqu'à ce que mon père rentre du bureau et m'appelle pour manger.

Le dîner s'est déroulé en silence. Venetia était partie en colonie de vacances et Jas rendait visite à Granny Harington. J'étais donc seule avec mon père, devant une assiette de hachis Parmentier et des scones aux myrtilles, qui n'allaient pas du tout avec le plat principal, mais que j'avais préparés parce que c'étaient les gâteaux préférés de mon père.

Mon père a pris un deuxième scone et l'a copieusement arrosé de crème fouettée.

— Tes scones me manqueront, a-t-il déclaré. C'est vrai, Addie. Que vais-je devenir sans eux ? Sans ta confiture de myrtilles. Sans ta confiture de framboises. Et sans crème…

Il m'a souri et m'a fait un clin d'œil avant de mordre dans son scone.

— Oh, papa, je ne pars pas au bout du monde. Je reviendrai souvent. Tu verras, tu regretteras même que j'aie gardé ma clé.

J'ai détourné les yeux et mordu à mon tour dans un scone, mais je n'ai pas réussi à avaler ma bouchée parce que j'avais la gorge nouée.

— Ce ne sera pas pareil, a-t-il répondu en soupirant. Rien n'est jamais pareil, après. Le temps passe trop vite. Il faudrait le retenir à deux mains. Tout comme il faudrait retenir vos grandes filles qui partent vers de belles aventures sur des chemins pavés de scones… Même si elles reviendront souvent, comme on l'espère, pour jouer aux échecs et apporter plein de délicieux échantillons de leur travail.

Il a eu un rire forcé, puis s'est laborieusement éclairci la voix.

— Je suis fier de toi, a-t-il ajouté soudain.

J'étais stupéfaite, et surtout très émue.

— C'est vrai ? Oh, papa. Merci.

Mon père n'était pas du genre expansif, mais il a hoché la tête, comme pour s'assurer que j'avais bien compris le message.

— Oui. Vraiment fier. Tu réussiras, je le sais. Vis ta vie, et…

— Attrape la lune ? ai-je demandé avec amertume, en m'interdisant de lever la tête vers le plafond, et le bureau au-dessus, où ma mère travaillait sans doute à son manuscrit.

— Amuse-toi, a conclu mon père avec autorité. Réalise tes rêves. Tant pis si j'ai l'air de donner dans ces fadaises de « développement personnel »… Profite de l'instant présent, *carpe diem* et tout ça.

— Oui, mais…, ai-je murmuré en déglutissant difficilement. Maman n'est même pas là.

Je me suis tue aussitôt. Durant ces années si conflictuelles avec ma mère, je n'avais jamais pu me plaindre à mon père parce qu'il prenait toujours, invariablement, son parti. Il refusait d'écouter tout ce qui pouvait ressembler à une critique, un reproche ou une accusation. Au mieux, pour me témoigner sa compassion, il me conseillait d'être « indulgente ». J'étais certaine qu'il détournerait à présent la conversation vers des eaux moins houleuses, mais à ma grande surprise, il a déclaré :

— C'est très dur pour elle. Je sais que ça n'en a pas l'air ; on dirait qu'elle est en colère ou qu'elle s'en fiche. Mais crois-moi, Addie, je t'en prie, fais-moi confiance, ce n'est pas le cas. C'est tout simplement douloureux pour elle.

— Le fait que je ne sois pas à la hauteur de ses exigences, tu veux dire ? ai-je lâché avec une colère contenue. Elle doit être vraiment déçue. C'est mon dernier soir, et elle n'est même pas là. Elle est restée enfermée dans son bureau tout l'été.

— Elle souffre. Son premier enfant, son bébé, qui s'en va… Ce ne sera plus jamais pareil.

— Mais elle *veut* que je parte, loin, et que j'accomplisse de grandes choses ! Elle aurait aimé que je suive Andrew à New York pour travailler dans un grand restaurant très prisé, au lieu de rester tranquillement à Londres. Comment peut-elle être triste, alors ?

— C'est vrai, elle souhaite tout cela pour toi, mais elle a quand même le cœur brisé. Elle ne supporte pas de te voir partir, Addie. J'imagine que c'est sa manière à elle d'affronter la situation. De te lâcher. De te dire adieu.

— Mais ce n'est pas un adieu ! Je suis toujours là.

— Je sais. Sois indulgente. Elle a besoin de ton amour, plus que jamais, même si elle semble le repousser.

Il a secoué la tête puis m'a souri d'un air complice pour signifier que le sujet était clos.

— Le plus important, a-t-il repris, c'est que tu reviennes jouer aux échecs. Avec des scones aux myrtilles, de préférence, et je serai un père heureux.

Le lendemain matin, il m'a aidée à charger la voiture, ignorant allègrement la porte du bureau toujours fermée et me parlant de choses et d'autres, comme si c'était tout à fait normal qu'une mère n'assiste pas au grand départ de sa fille. Mais au dernier moment, elle nous a rejoints. Elle avait l'air calme, malgré les cernes sous ses yeux, et elle m'a embrassée en me disant à bientôt. Une fois assise dans la voiture, quand je me suis retournée pour jeter un dernier regard à la maison, j'ai vu qu'elle était toujours là, debout sur le perron du 42 Rose Hill Road, suivant la voiture des yeux sans agiter la main, et je me suis demandé si j'avais tout imaginé, la conversation avec mon père et les pleurs étouffés derrière la porte fermée du bureau de ma mère.

« *Elle ne supporte pas de te voir partir.* » Mais y avait-il quelqu'un d'autre qu'elle avait *choisi* de voir partir ? Était-ce la raison pour laquelle mon départ, à *moi*, lui était si insupportable, parce qu'elle avait abandonné *l'autre* bébé ?

J'ai enveloppé la pâte dans un film plastique pour la mettre à refroidir, puis j'ai branché le mixeur. Tandis que la crème tournait, j'ai pensé à mon père, qui aimait les scones aux myrtilles, qui aimait ma mère, qui m'aimait, moi. J'avais terriblement envie de lui parler, de l'entendre dire que ce n'était qu'une troublante erreur et que rien n'avait changé. Mais il n'était plus celui qui jouait aux échecs, qui mangeait des scones, et qui savait toujours tout expliquer. Je ne pouvais pas lui imposer ce fardeau, pas le lendemain de l'anniversaire de la mort de sa femme, pas avant d'avoir débrouillé ce mystère.

J'ai incorporé la crème, lentement, en décrivant un huit avec mon fouet comme on m'avait appris pendant ma formation, pour travailler la préparation contre les bords du récipient jusqu'à obtenir un résultat lisse comme de la soie. Peu à peu, apaisée par la régularité, par la banale normalité de mes gestes, j'ai presque fini par me convaincre que, oui, sûrement, quelqu'un se trompait et que cette étrange affaire reposait sur un malentendu.

Hartland, 20 juillet 1958

Dire adieu à quelqu'un que vous aimez est en soi une petite mort, un gouffre de ténèbres qui s'ouvre au fond de votre gorge, où se jettent pêle-mêle le chagrin, le désespoir et un terrible sentiment d'abandon.

Dire adieu à Maman a été la chose la plus difficile que j'ai jamais eue à faire, parce que je savais qu'à mon retour, tout serait différent. En montant dans la voiture, puis en descendant Bough Road, jusqu'à la sortie du village et ensuite sur la route qui serpentait entre les champs, je me sentais anesthésiée, pareille à une coquille vide, comme si j'avais laissé l'intérieur de moi-même à la maison, près du lit de ma mère, et que seul mon corps regardait défiler la verte campagne. En toute autre occasion, j'aurais adoré me promener dans la voiture dont nous nous servions si rarement pour partir en week-end ou en vacances dans la région des lacs. Mais alors, ma mère aurait été là, radieuse et en bonne santé, montrant des tas de choses sur le bord de la route, fouillant dans le panier à pique-nique pour distribuer des sandwichs et inventant des jeux si je m'ennuyais.

Au lieu de quoi, j'étais seule avec mon père, mais ce n'était pas moi, seulement ma coquille appuyée contre la vitre, mes yeux qui le regardaient conduire. Il était très concentré, surtout lorsque nous avons contourné Londres puis continué en direction de la côte. Nous aurions pu prendre le train, mais je crois que Père ne voulait pas apparaître en position délicate, il voulait qu'on le voie arriver au volant de sa Morris Minor. Le trajet nous a pris longtemps, parce que les routes étaient semées d'ornières, étroites et mal signalisées. Père était crispé, naviguant au cœur d'un labyrinthe, suivant les voies toujours plus tortueuses que lui indiquait la carte et qui semblaient ne jamais aboutir.

Enfin, un chemin de terre nous a amenés devant une grande grille en fer forgé. Nous étions arrivés à Hartland. Après avoir arrêté la voiture, mon père est descendu, ne sachant visiblement pas comment un directeur de banque était censé se comporter face à cet endroit, bien plus imposant qu'il ne l'avait imaginé. Le voir ainsi déboussolé, ce qui ne lui ressemblait pas, m'a tirée de mon hébétude et je suis sortie à mon tour. Côte à côte, nous avons contemplé la longue allée cavalière, bordée d'énormes platanes, qui décrivait une gracieuse courbe jusqu'à la maison au fond.

J'ai voulu coller mon nez à la grille pour mieux voir, plissant les yeux dans la lumière de la fin d'après-midi, mais mon père m'a retenue en m'expliquant que je devais me comporter comme une invitée polie et bien élevée. Je ne l'écoutais pas vraiment, fascinée que j'étais par la maison. Je m'étais attendue à une demeure de taille plus importante que la nôtre mais, comme elle, de style géorgien, solide et compacte, avec une façade en brique rouge noircie par la suie. Cette maison-ci était beaucoup plus vaste, même si elle ne pouvait se mesurer aux immenses manoirs que Maman et moi allions visiter, et elle n'était pas du tout sombre ni bardée de volets. Il y avait un large terre-plein où les voitures pouvaient tourner, revêtu de petits cailloux d'un blanc irisé qui chatoyaient sous le soleil, au-dessus duquel la maison se dressait, lumineuse et accueillante, avec ses murs couleur de miel et ses fenêtres soulignées d'une pierre plus claire, ses pignons coiffés de bardeaux multicolores et ses cheminées. Sur le côté, plusieurs dépendances se blottissaient sous un bouquet d'arbres et, plus loin encore, il m'a semblé distinguer une pelouse qui descendait en pente douce vers d'autres arbres. C'étaient sûrement les jardins dont parlait Maman.

Je ne me rappelle pas exactement ce que j'ai pensé alors, debout devant la grille, tandis que mon père continuait son sermon sur la politesse et les convenances, sinon que la maison avait l'air agréable, presque sympathique, avec ses petites fenêtres qui clignotaient malicieusement dans la lumière déclinante du jour. Tout autour flottait une odeur d'herbe, de vent et de pierre chauffée au soleil. J'entendais des bruits aussi, des pigeons dans un colombier et des mouettes, je crois, puis les sabots d'un cheval que quelqu'un sortait de l'écurie.

Je voulais rester une coquille vide et triste, parce que je n'avais pas envie d'être ici, mais à la vue de cette demeure, j'ai senti mon corps se remplir de quelque chose qui me ramenait en moi-même. On ne pouvait pas s'en empêcher, vraiment, en regardant cette jolie maison, en respirant l'air frais, en éprouvant la chaude caresse du soleil dans le dos. À ce moment-là, le jeune homme qui conduisait le cheval par la bride nous a aperçus. Il a sauté d'un bond sur son dos – c'était stupéfiant – et s'est élancé dans l'allée au galop pour nous rejoindre. Père s'est raidi à côté de moi. Moi aussi, j'ai eu un mouvement de recul, parce qu'après Limpsfield et le sinistre trajet en voiture, ce cavalier qui mettait pied à terre devant nous était si gracieux, si vif et si débordant de vie.

Je crois qu'il s'est présenté, mais je n'ai pas compris son nom. Il a ouvert la grille en s'excusant, en parlant à toute vitesse, en agitant les mains, puis Père est remonté en voiture. Il voulait évidemment que je le suive, mais le jeune homme, après m'avoir fait signe de passer, m'a demandé de tenir le cheval pendant que la voiture avançait et qu'il refermait aussitôt la grille en mentionnant des chiens qui risquaient de s'échapper. Le cheval, parfaitement immobile derrière moi, me soufflait dans les cheveux son haleine chargée d'une odeur de foin. Je ne sais si c'était l'effet de la maison, ou cet horrible voyage, ou le soleil, ou tout cela à la fois, mais tandis que la voiture s'éloignait et que je commençais à marcher vers la bâtisse, une étrange sensation m'a envahie. Le gravier crissait sous les sabots du cheval, le jeune homme parlait et riait à côté de moi, et mon cœur a tressailli parce que, pour la deuxième fois aujourd'hui, j'ai su que rien ne serait plus jamais comme avant.

Père nous attendait à la maison, et il était très mal à l'aise. On voyait, à sa manière de tripoter ses boutons de manchettes, qu'il n'avait pas l'habitude de côtoyer des gens comme les Shaw, à qui l'élégance venait si aisément. Maman, elle, avait été au pensionnat avec des jeunes filles issues de ce genre de famille et aurait su exactement ce qu'il fallait dire ou faire, comment sourire avec une distinction toute naturelle. C'était Maman qui connaissait les Shaw, par une ancienne amie de classe, dont les enfants, Harry et Beatrice, passaient l'été ici, et c'était Maman qui avait organisé mon séjour. Père, en revanche, était gêné, guindé, fourbu après le long trajet en voiture, et il avait l'air contrarié quand j'ai rendu le cheval à son propriétaire et que Janet Shaw s'est précipitée à notre rencontre, suivie de plusieurs personnes et d'un joyeux brouhaha. Un homme a pris ma valise, une jeune domestique s'est approchée pour me souhaiter la bienvenue. J'étais étourdie par cette agitation autour de nous, par tous ces sourires, ces signes de tête et ces poignées de main, et quand je me suis rendu compte que Père voulait repartir aussitôt au lieu de prendre le thé – ce que j'ai trouvé assez grossier de sa part –, quelqu'un filait déjà pour lui ouvrir la grille.

À nouveau, tandis que Père regagnait la voiture, je me suis sentie comme une coquille vide, en proie à une puissante envie de rentrer chez moi. Curieusement, je ne voulais pas qu'il s'en aille, parce qu'il était le dernier lien qu'il me restait avec notre maison, avec Maman. Je ne supportais pas de penser qu'elle était là-bas, couchée dans son lit, attendant le retour de mon père tard ce soir pour qu'il lui raconte notre voyage, l'arrivée dans cet endroit ensoleillé au milieu de tous ces gens si gais. Le plus discrètement possible, car je savais que c'était grossier de ma part aussi, j'ai couru pour le rattraper et je me suis accrochée à son bras. Il a paru encore plus mécontent parce qu'il n'aime pas que les jeunes filles se conduisent ainsi en public. Je lui tiens rarement tête, mais hier soir, je l'ai fait. Je l'ai obligé à promettre qu'il téléphonerait dès qu'il y aurait un changement à la maison. Je veux être là s'il y a un changement ; j'ai parlé en détachant lentement les mots, sans doute trop fort parce que Janet Shaw, qui s'était approchée, a froncé les sourcils. Mais j'ai regardé Père droit dans les yeux pour être certaine qu'il comprenait exactement ce que je voulais dire. Être là pour un dernier adieu, il *fallait* qu'il comprenne ça.

J'ai suivi des yeux la voiture qui s'éloignait, et il n'est resté plus qu'elle et moi dehors, agitant la main jusqu'à ce que la voiture ait tourné le coin de l'allée. Elle m'a ensuite accompagnée dans la maison. Elle m'avait prise par les épaules, ce qui m'embarrassait parce qu'elle me connaissait à peine. Heureusement, elle a dû me lâcher pour ouvrir une porte. Une bonne attendait de me conduire à ma chambre, mais Janet l'a chassée d'un geste et m'y a emmenée elle-même. Elle semblait hésiter à me laisser seule, m'a demandé plusieurs fois si tout allait bien, m'a dit de l'appeler si j'avais besoin de quelque chose, quoi que ce soit, à n'importe quelle heure du jour ou de la nuit. J'ai acquiescé, sachant que je ne le ferais pas, évidemment. La réveiller en pleine nuit parce que ma mère est seule à la maison ?

J'ai été soulagée quand elle a fermé la porte, même si c'était bizarre, aussi, parce que chez moi je suis tenue de toujours garder ma porte ouverte. Tout était silencieux. Après avoir tendu l'oreille, j'ai jeté un œil dans le couloir pour voir si elle était encore là. Je me disais qu'il y avait peut-être une erreur et que je devais laisser ma porte ouverte, finalement. Mais il n'y avait personne.

24 juillet

Je n'ai pas écrit ces derniers jours parce que, au début, je n'étais pas sûre d'y être autorisée. Après que Janet m'a laissée seule dans ma chambre, j'ai dissimulé mon journal entre mon matelas et le mur. J'ai de meilleures cachettes chez moi, sous le tapis, ou bien sous mon bureau, où je l'attache avec une ficelle, ou encore dans un vase opaque rempli de fleurs séchées, mais je me disais que derrière le lit suffirait, le temps que je trouve mes repères ici. Père n'aime pas les cachotteries, et il désapprouve les journaux intimes – de futiles débordements d'émotion, dit-il –, aussi je veille toujours à écrire uniquement quand il est absent ou dans la chambre avec ma mère. Ou alors je répands un peu de sable par terre devant ma chambre pour l'entendre approcher.

Mais maintenant que je suis ici depuis quelques jours, je ne pense pas que j'aurai besoin de sable ni de cachettes. Tant mieux, parce que je dois écrire presque constamment pour me rappeler tout ce qui se passe ici et combien la vie est différente, afin de pouvoir raconter mon séjour à Maman quand je rentrerai à la maison à la fin de l'été. Chacun est occupé à diverses activités, en général plutôt amusantes, et se moque bien de ce que font les autres du moment que personne ne laisse les chiots s'échapper par la grille sur la route. Moi non plus, on ne me surveille pas, et surtout, on ne présume pas que je fais quelque chose de mal. Au contraire, on me demande sans cesse si je vais bien. Si j'ai faim. Soif. Si je suis fatiguée. Si j'ai bien dormi. Je suis un peu gênée quand on me pose ces questions parce qu'alors tout le monde se tait et écoute ma réponse. Ensuite, ils se mettent en quatre pour me procurer à manger ou à boire, bref, pour assurer mon bien-être. Il faut peut-être que je me fonde davantage dans le groupe ; que je m'efforce d'avoir l'air heureuse, de sorte qu'ils ne m'interrogeront plus.

La maison est pleine de monde, très animée, et ma chambre est située au deuxième étage. Ils n'arrêtent pas de s'excuser pour sa petite taille et son éloignement, et quand je leur dis que je la trouve très jolie et très confortable, que j'adore le lit en laiton et le mobilier tout simple en bois, le soleil qui entre à flots en fin d'après-midi, la pierre couleur de miel et les arbres que je vois par ma fenêtre, ils hochent la tête d'un air un peu sceptique. Je ne leur dis pas quel luxe c'est pour moi – un luxe auquel je commence doucement à croire – que de passer du temps dans cette pièce si claire avec la porte fermée, de me réveiller le matin avant le petit déjeuner, bien tranquille dans mon lit douillet, d'écrire mon journal et d'écouter les bruits de cette vaste maison qui s'éveille autour de moi. C'est étrange, tellement différent de ce que je connais, et tellement merveilleux. Il y a une odeur particulière ici le matin, l'humus où s'attarde encore le parfum de la nuit, la rosée sur le terrain de croquet, la fumée de bois qui sort des cheminées, auxquels se mêle l'arôme délicieux du café, du bacon et du pain grillé. J'aimerais pouvoir la mettre en bouteille et l'envoyer à Maman, cette heure matinale qui ressemble à un bouton de fleur prêt à éclore, la promesse vibrante d'une belle journée qui s'annonce. Pas comme à Limpsfield, où Maman regarde son jardin dont elle ne peut plus s'occuper et écoute la voix d'un monde dont elle ne fait plus partie.

Mais je ne dois pas trop penser à elle, parce qu'elle me l'a expressément interdit. J'ai reçu une lettre hier, ce qui était formidable, elle me raconte comment elle a étudié le programme radio et pense à moi chaque fois qu'elle écoute *Le Journal intime de Mrs. Dale*. Dora lui a apporté une brassée de fleurs, dit-elle, et une voisine est venue lui faire la lecture. Je suis contente de l'apprendre, même si je n'arrive pas à imaginer Mrs. Peckitt ou Mrs. Smith en train de monter l'escalier, emprunter le couloir qui mène à la chambre en s'essuyant les mains sur son tablier et pencher sur elle son visage resplendissant de santé. Elle ne veut pas que je pense du tout à elle, dit-elle encore, parce qu'elle va très bien, je dois juste veiller à tenir mon journal pour pouvoir tout lui raconter ensuite quand nous nous reverrons.

C'est vrai qu'il se passe assez de choses ici pour remplir des cahiers entiers ou pour écrire une lettre par heure. Alors j'écris, j'écris sans cesse. Parce que je peux le faire, parce que j'en ai envie, et parce qu'on me laisse complètement libre.

Je n'ai jamais vu autant de monde, hôtes et domestiques, rassemblé dans une seule maison. Chez moi, il n'y a que Dora, qui vient faire la cuisine, la lessive et diverses autres petites tâches, et Bridget quand nous avons besoin d'une aide supplémentaire. Nous avons trois chambres à l'étage, une salle à manger, un salon et une cuisine au rez-de-chaussée. La plupart des habitations de notre quartier ne comportent pas autant de pièces, mais ce n'est rien, absolument rien, comparé à ici. Ce n'est pourtant qu'une maison de campagne, simple et de taille moyenne, m'a dit Janet avec un de ses gentils sourires, avant d'évoquer leur appartement à Londres, « pourvu de toutes les commodités ». Je lui ai rendu son sourire, mais bien sûr, j'ai conscience que Hartland n'a rien de « simple » et je me doute des « commodités » que doit offrir un appartement à Londres. Ils n'ont sûrement aucune idée de ce que sont les conditions de vie des autres familles. Ils ignorent que le logement est une denrée précieuse et rare pour la majeure partie des gens, surtout à Londres où des quartiers entiers n'ont pas encore été reconstruits après le Blitz, où les gens s'entassent comme des sardines dans d'affreux taudis ; ils ignorent que les plus chanceux emménagent dans des villes nouvelles, grises et laides, hérissées d'horribles barres en béton ; ils ignorent que personne de mon entourage n'habite une telle maison, nichée au milieu de vertes collines à proximité de la mer, ainsi que Maman l'avait décrite, avec une grande terrasse en pierre qui domine des jardins, des bosquets et des petits bois tout autour. Sur la carte accrochée dans le bureau d'Abel Shaw, je vois à quelle distance de la mer se trouve réellement Hartland, si près que certains jours, on perçoit l'odeur des embruns apportée par la brise. Ces jours-là, je prends de grandes inspirations, je ferme les yeux en pensant à Maman, et je regrette terriblement qu'elle ne soit pas ici avec moi, parce que cet air doux et frais qui sent le sel ferait tant de bien à ses pauvres poumons.

Le premier jour, avant le dîner, j'ai été accueillie par Beatrice, qui est vraiment gentille et m'a prise sous son aile. Heureusement, parce que sans elle je ne pourrais pas faire un pas sans me perdre ici. Il y a un nombre incroyable de pièces qui ont chacune une fonction particulière : un vestiaire, une salle de billard, un cellier, un jardin d'hiver, des chambres, des salles à manger, des salons et une bibliothèque. Il m'a fallu un peu de temps pour m'apercevoir que la maison n'était en réalité pas si énorme, mais elle recèle tant de petits recoins, de couloirs et d'escaliers qu'il faudrait avoir un plan pour ne pas être en retard au petit déjeuner. Mais j'ai découvert ensuite que ce n'était pas grave si on est en retard. Les œufs et les saucisses sont disposés dans des plats gardés au chaud, il y a des montagnes de toasts avec de la confiture et de la marmelade, et si l'un des ingrédients vient à manquer, quelqu'un en apporte aussitôt. J'ai tellement mangé le premier jour que j'ai failli me rendre malade. Rien à voir avec le porridge quotidien chez nous. J'espère que Dora le prépare bien onctueux, léger et pas trop sucré, sinon Maman dit que ça lui fait mal à la gorge.

Les Shaw accueillent beaucoup de jeunes gens. Il y a John, Harry, Felicity et Will – eux sont plus vieux, ils ont au moins vingt-cinq ans. Seule Beatrice, la sœur de Harry, a mon âge, ainsi que le cousin de John, un garçon nommé Bert, qui a les mains affreusement moites et que tout le monde a l'air de détester. Chaque jour, ils organisent des sorties : des randonnées à cheval et des pique-niques, la visite d'une vieille abbaye, une promenade à pied. Les repas durent des heures. L'après-midi, ils prennent le thé sur la terrasse, boivent des rafraîchissements et jouent au croquet sur la pelouse. Toute cette gaieté m'étourdit, et je m'inquiète de ne pas avoir apporté assez de vêtements dans ma valise pour ces nombreuses activités. Ils ont été horrifiés d'apprendre que je ne connaissais rien à l'équitation, ce qui est la passion d'Abel (et son travail aussi, je crois ?), et on va me donner des leçons dès que possible.

Dans deux ou trois jours, nous irons faire une excursion en bateau, et ils ont été encore plus horrifiés en découvrant que je ne sais pas vraiment nager. Tout le monde s'est exclamé quand je l'ai avoué ; j'imagine que c'est une chose incroyable dans leur monde d'écoles privées, de matchs de hockey, de cricket et de vacances au ski l'hiver, mais je suis la fille d'un directeur de banque qui habite à Limpsfield et j'ai « appris » à nager avec une trentaine d'autres petites filles grelottant sur le bord du bassin quand l'institutrice avait le temps de nous emmener à la piscine municipale. En revanche, je deviens très bonne au croquet, même si j'ai du mal à rester concentrée sur le jeu lorsqu'il fait si beau et que le jardin des Shaw sent délicieusement bon, comme un coin de paradis. Je m'éclipse le plus souvent possible dans la roseraie ou sous les arbres, avec un livre. Harry m'a montré la bibliothèque, et Janet m'a dit que je pouvais emprunter tout ce que je voulais. Après ma chambre et les jardins, la bibliothèque est mon endroit favori. C'est une pièce magnifique, avec une coupole en verre et des canapés disposés en rond, toujours déserte parce que les autres préfèrent rire et s'amuser ailleurs. Les murs sont tapissés de livres, des millions de volumes qui n'ont sûrement jamais été lus et sont si vieux qu'ils menacent de tomber en poussière quiconque tenterait de les ouvrir. Mais il y en a d'autres aussi, plus récents, qui appartiennent sans doute à Janet : Anthony Powell, Graham Greene, Ernest Hemingway, Nancy Mitford… Je n'aurai jamais le temps de les lire en plus de tout ce qu'il y a à faire ici.

J'ai découvert une bonne cachette aujourd'hui, contre un mur qui est exposé au soleil toute la journée et reste chaud même en fin d'après-midi, à l'ombre de la glycine. J'ai apporté une petite couverture que j'ai trouvée dans mon armoire et je me suis installée là avec deux livres : l'un qui s'intitule *La Route de Tombouctou*, l'histoire passionnante d'une exploratrice en Afrique ; et l'autre, un roman d'Ivy Compton-Burnett. Mais j'étais à peine assise que John est arrivé. C'est le plus âgé de tous, il vient d'avoir vingt-six ans et il travaille déjà, à Londres. Il me cherchait. « Sur ordre de la reine mère, m'a-t-il dit, il ne faut pas que tu sois seule trop longtemps. » Ses yeux brillaient, comme quand il plaisante. Il est très drôle et fait sans cesse rire tout le monde. On s'est promenés un peu, et il m'a raconté plein de choses sur les roses, par exemple que le jardinier vient de greffer une nouvelle variété qui s'appelle Janie, en l'honneur de sa mère. J'ai essayé de tout mémoriser pour pouvoir le raconter à Maman, qui adore les roses. Ensuite, il a ramassé ma couverture, mes livres, et m'a emmenée rejoindre les autres sur la terrasse. Je ne lui ai pas dit que j'aimais bien être ici toute seule, au milieu de ce jardin magnifique qui sent si bon, où je suis si tranquille pour lire, pour écrire et pour penser à ma mère, dans la douceur de la fin d'après-midi. En même temps, ça ne m'a pas déplu de me promener avec lui et de l'écouter rire.

7

— Il y a quelqu'un qui veut te voir, Addie.

Après avoir brassé une montagne de paperasses dans mon bureau sans fenêtre, j'étais en train de décorer les quatre gâteaux pour l'anniversaire de la fille de Mrs. Jenkins-Smythe. Mes pensées ne cessaient de tourner en boucle depuis le matin, et j'étais si fatiguée que je n'aspirais plus qu'à une chose : tout oublier, même si je devais pour cela façonner trente petits lapins en pâte d'amandes s'ébattant sur un lit de feuillage. J'atteignais presque cette bienheureuse amnésie quand Claire a poussé la porte de la cuisine.

— Grace est déjà là ? ai-je lâché distraitement sans lever les yeux de ma ménagerie. Dis-lui que les formulaires sont prêts sur mon bureau.

— Non, regarde…

Pendant que Claire attrapait à pleins bras une corbeille de baguettes sur la paillasse, mon ami Andrew est entré. Grand, mince, et honteusement bronzé après avoir passé une semaine chez la famille de sa petite amie à Marseille, où le thermomètre affichait vingt-sept degrés sous le soleil alors que l'Angleterre venait de battre un record de précipitations pour le mois de mai.

— Salut, Ads. Quoi de neuf ?

— Oh, rien de spécial…

J'ai balancé nonchalamment mon couteau dans un geste vague qui pouvait désigner tout à la fois la décoration du gâteau, mon quotidien tranquille et l'existence d'une jumelle secrète.

— Tu as passé de bonnes vacances, Andrew ? a questionné Claire, qui s'attardait sur le seuil en minaudant. Fais gaffe, Grace va arriver d'une minute à l'autre… On n'a pas le droit de laisser entrer du public, tu sais.

— Elles n'attendent pas les baguettes, là-bas ? ai-je lancé innocemment.

À contrecœur, mais rappelée à l'ordre par un concert d'appels de l'autre côté de la porte, Claire s'est enfin retirée.

Andrew m'observait avec attention.

— Tu as une mine épouvantable, a-t-il déclaré. Alors, quoi ? Je pars pendant une semaine et tu t'effondres ?

Il s'est appuyé contre le plan de travail à côté de moi. Un rai de lumière tombant par le vasistas soulignait son visage aux traits délicats, jouant dans ses cheveux blonds qui faisaient le bonheur de sa mère. Il avait l'air frais et dispos, comme une chemise qui vient d'être repassée, alors que je me sentais éreintée, le teint gris, les cheveux asphyxiés par le filet qui les emprisonnait.

— Je te remercie, ai-je répondu du bout des lèvres en retournant à ma pâte d'amandes. La journée a été longue.

Ses yeux d'un bleu profond me souriaient gentiment.

— Il est à peine une heure de l'après-midi… Tu as survécu au Rassemblement des Proches, hier ? J'ai essayé de t'appeler deux fois dans le train. Tu dois être soulagée que ce soit fini.

— Oh, tu n'imagines pas.

L'espace d'une seconde, j'ai été tentée de lui déverser tout ce qui m'était arrivé depuis vingt-quatre heures, mais j'ai préféré différer mon récit. James Merck, ma mère et Phoebe Roberts ne tiendraient pas tous à la fois dans un espace aussi exigu que la cuisine de la pâtisserie, déjà encombrée par les quatre gâteaux et leur joyeuse faune.

— Pourquoi n'es-tu pas à Marseille en train de charmer tes futurs beaux-parents ?

Je l'ai mieux regardé, et il m'a paru un peu crispé.

— Ça ne s'est pas bien passé ?

— Non, en fait. Les frères de Claudette ne m'ont pas tellement apprécié, et sa mère est un véritable iceberg. Ils veulent qu'elle reprenne le restaurant dès que possible, et apparemment, ils pensent que je suis l'obstacle parce que je ne veux pas déménager à Marseille.

— On se demande pourquoi.

J'ai levé les yeux au ciel, prise d'un élan de sympathie pour ces lointains Français. De ruptures en réconciliations, la relation d'Andrew avec la jolie Claudette durait depuis trois ans, et, tandis que les parents de la jeune fille attendaient son retour à la tête du restaurant familial, elle s'attardait à Londres en espérant qu'Andrew finirait par s'arracher à ses bisques de homard et autres créations gastronomiques pour la suivre. Personnellement, il me semblait qu'une bonne séparation, franche et nette, ferait un bien fou à Andrew, mais il est vrai que je n'avais jamais porté Claudette dans mon cœur, pas plus que toutes les autres petites amies d'Andrew. Elles étaient en général folles de lui, jusqu'à ce qu'elles se lassent de devoir subir ses caisses de homards, ses lapins écorchés et ses inlassables réflexions sur les subtilités du consommé. Elles le quittaient alors après une crise d'hystérie, et Andrew, vaguement perplexe devant ce déploiement de fureur, se pointait chez moi avec un sac rempli de poissons encore frétillants.

— Ça te dit d'essayer une nouvelle recette de bouillabaisse ?

Andrew et moi nous connaissions depuis trois décennies et demie, depuis qu'il avait emménagé à côté de chez mes parents quand nous avions six ans et qu'il avait traversé la haie séparant nos deux jardins pour me montrer comment préparer une vraie limonade. À huit ans, nous avions récolté nos premiers navets et concocté une soupe ; à dix ans, nous campions au fond du jardin et mangions des pommes de terre cuites dans les braises ; à douze ans, nous avions proposé d'assurer le menu et le service de la fête d'anniversaire de Jasper, un travail que nous avions pris très au sérieux et pour lequel nous avions demandé qu'on nous paie quinze livres ; et à quatorze ans, nous avions commencé un album pour documenter la vie d'un restaurant nommé Le Grand Bleu, où j'étais chef pâtissière et Andrew – évidemment – maître queux. Il n'y avait pas plus différents qu'Andrew et moi, mais dès le premier jour où nous nous sommes rencontrés devant la haie, nous avons débuté cette relation simple et facile qui unit parfois les amis d'enfance. Notre amitié a survécu à toutes sortes d'histoires d'amour, déçues ou non, à toutes sortes de crises, aux années d'Andrew à Paris et à New York, où il se hissait parmi les grands noms de la cuisine, à mon parcours plus modeste d'apprentie boulangère aspirant à réussir ses petits pains au levain, et à mes quinze ans ici, Chez Grace.

— Nous sommes donc arrivés à un point critique.

L'air de rien, Andrew a attrapé un tablier et s'est approché des rouleaux de pâte d'amandes près desquels j'avais posé mon couteau.

Je me suis vivement interposée.

— Surtout pas ! Ne touche pas mes lapins. Pour une fois que je peux sortir de mon bureau et passer un peu de temps dans la cuisine.

— Alors, arrête d'être manager et redeviens chef pâtissière... La mère de Claudette a posé un ultimatum. Si Claudette ne revient pas immédiatement, elle perd le restaurant.

Dans ma surprise, j'ai oublié de protéger ma pâte d'amandes.

— Sans blague ?

Andrew a aussitôt saisi mon couteau que j'avais posé sur le plan de travail. Il y a eu une série de brefs éclairs, tandis que la lame, en deux temps trois mouvements, ciselait un chat au dos rond dressant la queue. Andrew m'a adressé un sourire espiègle.

— Oh, Andrew, je t'en prie, ce n'est pas le moment ! Je n'ai pas dormi, j'ai passé la matinée à remplir des formulaires et il me reste une tonne de feuilles à découper pour décorer ces gâteaux. Grace va arriver, il faut que j'avance... Alors, soit tu résumes, soit tu me raconteras plus tard ce tournant passionnant de ta vie amoureuse.

— C'est vrai que tu as l'air crevée, a observé Andrew en sortant un autre couteau du tiroir pour me le tendre. Tu es sûre que ça va, Addie ?

Il a promené un regard attentif sur mon visage, les cernes sous mes yeux, mes épaules tendues. Je me suis détournée pour me consacrer à ma décoration.

— Bref, elle m'a demandé de l'épouser, a-t-il ajouté, comme après réflexion.

— Sérieux ?

Levant les yeux, saisie d'un étrange et douloureux pincement, j'ai soudain compris que j'avais sous-estimé la jolie Claudette.

— Ouaouh ! Eh bien, alors… Félicitations. Donc tu vas t'installer à Marseille… Je dois avouer que tu me manqueras…

J'ai lutté contre l'affolement que je sentais monter en moi. Depuis trente ans, chaque fois qu'Andrew était parti, j'avais toujours su qu'il reviendrait et qu'on se retrouverait un soir au pub, pour jouer au Trivial Pursuit – il m'écrasait invariablement et déplorait mon manque de culture générale –, ou comparer avec passion nos meilleures recettes d'îles flottantes. Mais à présent, il allait partir pour de bon, à Marseille, pour officier dans une cuisine aux côtés de sa superbe épouse française, bientôt talonné par des rejetons aux cheveux blonds que l'on affecterait à la plonge ou au service en salle dès l'âge de trois ans. Tandis que je disposais les premières feuilles vert tendre sur le glaçage au chocolat, toute mon anxiété de la matinée est revenue s'abattre sur mes épaules comme un pesant manteau.

— J'ai refusé.

Les mains d'Andrew papillonnaient aussi autour de mes gâteaux, ajoutant çà et là sa touche à mon feuillage printanier. Je n'ai pas compris tout de suite ce qu'il avait dit. Il a d'abord fallu que mon cerveau s'extirpe des affres de l'angoisse pour décoder le sens de ce message : Andrew ne partirait pas engendrer une ribambelle de blondinets à Marseille. Alors, seulement, un soulagement immense a parcouru tout mon corps.

— Ah bon ? ai-je lâché sur un ton dégagé. Tu voulais tellement avoir ton propre restaurant, pourtant…

— Mais pas à Marseille. Et pas celui de quelqu'un d'autre qu'on m'apporte sur un plateau. Tu sais, j'ai pensé que peut-être…

— Et la pauvre Claudette ? Où est-elle ?

— Elle a décidé de rester là-bas. La fin des vacances a été un peu tendue…

De la pointe de son couteau, il a dentelé le bord de deux feuilles vert sombre, puis les a déposées en V sur le bord du gâteau.

— Tu m'étonnes, ai-je grommelé en retenant un petit rire.

La livraison de la mi-journée est arrivée. J'ai apporté les chariots et j'ai sorti les clayettes en acier sur lesquelles étaient disposés les pains pour que Claire les emporte dans la boutique. Puis j'ai mis la dernière main aux gâteaux de Mrs. Jenkins-Smythe et j'ai entrepris de les transférer dans leurs boîtes à rayures blanches et rouges.

— Toi et moi, on pourrait ouvrir un resto ensemble, a déclaré brusquement Andrew. Arrêter de rêver du Grand Bleu, et le faire vraiment.

À ses débuts, quand nous l'avons inventé autour de la table de la cuisine de Rose Hill Road, Le Grand Bleu se définissait comme une fabrique de merveilles culinaires. Les menus ont ensuite évolué au gré des années, de nos expériences et de nos obsessions passagères. Plus tard, nos chemins professionnels ont divergé, et Le Grand Bleu est devenu l'étoffe des délires alcoolisés auxquels on s'adonne tard dans la nuit, le genre de plan B que l'on évoque à chaque déconvenue, sans réelle intention de passer à l'acte. « Ah, Le Grand Bleu », soupirait Andrew lorsque son patron lui avait remonté les bretelles à cause d'un bouillon de poisson raté. Ou, moi, si je découvrais une truffe au chocolat fissurée tout en bas de la pile que j'avais mis une demi-heure à échafauder. Le Grand Bleu, cet endroit mythique où la vie serait parfaite, et qui, au fil des années, s'était tellement éloigné de la réalité qu'il n'était plus qu'un magnifique château en Espagne.

— Ce bon vieux Grand Bleu, ai-je murmuré en réprimant un bâillement, après avoir déposé le troisième gâteau dans sa boîte – Dieu, que j'étais fatiguée.

— Ce serait fantastique. Tu ne trouves pas, Addie ?

J'ai encore bâillé, tandis qu'Andrew préparait la quatrième boîte et me la tendait.

— Si, bien sûr. Tu ferais mieux de filer. Grace va arriver d'une minute à l'autre.

— Il me reste deux jours de vacances. Tu ne veux pas qu'on se retrouve plus tard ? On pourrait discuter des possibilités, visiter des locaux ?

Comme le menu et la taille du restaurant, le choix du local était un sentier souvent emprunté (et source de désaccords) dans la carte imaginaire du Grand Bleu, et nous n'étions jamais allés au-delà du différend qui nous opposait, entre les rues chics de Kensington (Andrew) et le quartier plus tranquille autour de Islington High Street (moi). Aussi est-ce avec une franche inquiétude que j'ai vu Andrew sortir une poignée d'annonces immobilières de son sac à dos. Je l'ai dévisagé, en proie à un début de panique : c'était une étape que nous n'avions jamais franchie jusque-là.

— Je sais que tu es occupée avec ton père, maintenant qu'il est seul, a repris Andrew en agitant les annonces comme un éventail sous mon nez. Alors j'ai surfé sur Internet ce matin et j'ai imprimé tout ça. Regarde. J'ai cherché du côté d'Islington… Il y a des offres intéressantes. Il faut juste qu'on fasse un peu de travail sur le terrain avant d'acheter.

J'ai posé le dernier gâteau dans sa boîte. Nous n'étions *jamais* allés jusqu'au travail sur le terrain.

— Andrew…

Repoussant la vision d'un espace vide aux allures d'hôpital psychiatrique, avec des plans de travail carrelés de blanc et un plancher de chêne nu, j'ai essayé de paraître calme et ferme.

— Je ne veux pas vraiment me lancer dans un achat immobilier. Je ne peux pas quitter Grace… d'autant plus que mon travail me plaît ici. Et Le Grand Bleu, tu sais…

Comment expliquer à quelqu'un comme Andrew, toujours prêt à foncer, que je n'étais pas le genre de personne qui ouvre un restaurant, qui s'éclate sur le Cyclone Céleste, qui va attraper la lune ?

— Je ne suis pas prête pour tout ça, ai-je fini par avouer.

— Mais si, je t'assure ! Ce serait formidable. J'ai plein d'argent de côté, et toi aussi…

Je me suis maudite d'avoir demandé à Andrew de m'aider à faire ma déclaration d'impôts.

— … et on peut obtenir un prêt à la création d'entreprise. J'en ai parlé à mon banquier, et…

Des pas approchaient dans le couloir. Réagissant au quart de tour, Andrew a glissé les annonces dans son sac et Grace est entrée.

— Bonjour, bonjour ! a-t-elle lancé en se précipitant pour m'embrasser. Comment ça va, ma belle ? Tu t'en sors ? J'ai pensé à toi hier. Ma pauvre, tu as dû être secouée.

C'est alors seulement qu'elle a vu Andrew. Au passage, Grace était une des rares personnes de mon entourage qui ne succombait pas au charme d'Andrew (ma sœur Venetia non plus). Son visage s'est aussitôt figé.

— Aurais-je oublié que tu figures parmi mes employés ? a-t-elle lâché froidement. Sinon, que fais-tu dans ma cuisine ?

Elle s'est tournée vers moi avec un air de reproche.

— Addie, tu connais les règles, non ?

Je me suis sentie rougir comme une gamine surprise en train de piocher dans la boîte à bonbons.

— Oui, Grace. Je suis désolée… Il est juste passé m'apporter quelque chose. Il allait partir, n'est-ce pas, Andrew ?

Mensonge flagrant, puisque Andrew portait un tablier orné du logo de l'enseigne et qu'il avait les mains toutes vertes, comme le luxuriant feuillage en pâte d'amandes décorant à présent les quatre beaux gâteaux installés dans leurs boîtes. Je suis devenue écarlate, mais Grace, magnanime, a décidé d'ignorer royalement Andrew.

— La commande est prête ? Montre.

Grace a inspecté les gâteaux d'un œil critique, tournant l'un d'eux pour examiner l'arrière.

— Bravo ! Veille à ce que les assortiments de viennoiseries soient bien présentés aussi. Mrs. Jenkins-Smythe est une cliente de longue date, je tiens à rester dans ses petits papiers.

— Oui, je sais. Pas de problème.

Le téléphone a sonné dans le bureau.

— J'ai vu les formulaires… Un grand merci, Addie. On peut compter sur toi, comme d'habitude. Tu passeras me voir pour bavarder un peu, tout à l'heure ? Quant à toi… Ouste, fiche-moi le camp, a-t-elle ajouté en fustigeant Andrew d'un regard sévère. Et sors parderrière, s'il te plaît.

Une fois Grace partie, Andrew a grommelé en ôtant son tablier :

— Non, mais pour qui elle se prend ? Comment peux-tu supporter qu'elle inspecte ton travail et te traite comme une boniche, alors que tu es chef pâtissière ? Avec trente ans d'expérience ! Elle n'a aucune compétence, elle. Ton boulot ici se limite à réceptionner les livraisons d'une cuisine centrale…

— C'est faux, je fais aussi de la pâtisserie. Je décore des gâteaux. Et j'ai préparé les flans, là…

— D'accord, tu bricoles un flan par-ci, par-là. Mais décorer des gâteaux pour l'anniversaire de la fille de Mrs. Jenkins-Smythe ? Remplir la déclaration d'impôts ? Tu devrais réaliser tes pâtisseries toi-même, créer des desserts uniques. Tu gâches ton talent ici, je te le répète. Le Grand Bleu, Addie. Ce sera formidable.

Avant que j'aie le temps d'ouvrir la bouche, il m'a étonnée en me plantant un baiser sur la joue et a filé par la porte de service.

8

Un peu après cinq heures, j'avais tout bouclé dans la cuisine. Nous avions préparé les chariots et les clayettes vides pour que le livreur les récupère tôt le lendemain matin, et Claire était partie, après avoir regarni une dernière fois les corbeilles de la boutique en prévision de l'affluence du soir. Je devais rester jusqu'à la fermeture, à savoir huit heures, et je l'attendais comme une délivrance, en proie à une anxiété indescriptible depuis qu'Andrew m'avait déstabilisée avec ses annonces immobilières et son projet de Grand Bleu.

— Addie, a lancé Grace quand je suis passée devant le bureau. Tu as une minute ?

Je me suis laissé tomber sur la chaise en face d'elle.

— La cuisine est rangée, ai-je annoncé en libérant mes cheveux du filet, sans réussir à masquer ma lassitude.

Je travaillais pour Grace depuis plus de quinze ans. Au début, Chez Grace était un petit magasin où l'on vendait de délicieux pains, des viennoiseries et de jolis gâteaux, tous confectionnés par mes soins dans la cuisine à l'arrière. La devanture s'était ensuite agrandie, Grace ayant racheté le local voisin, et l'enseigne comptait à présent quatre points de vente à Kensington, plus un cinquième qui allait ouvrir en plein cœur de Marylebone à la fin de l'été. J'adorais la première boulangerie-pâtisserie, toute simple, avec son plancher en bois brut et son présentoir en verre rempli de mes créations, l'odeur des croissants et des chaussons aux pommes qui flottait dans la boutique quand je sortais de la cuisine pour vérifier ce qui restait et saluer les clients.

À mesure que la chaîne se développait, Grace avait voulu me confier la gestion des nouvelles boutiques, mais je n'avais accepté que celle-ci, la « maison mère ». Et encore, je l'avais regretté, en découvrant la quantité de formulaires qu'il fallait remplir, entre les démarches administratives, les emplois du temps du personnel et les bons de commande. Je passais le plus clair de mon temps maintenant à réceptionner les livraisons de pains et de gâteaux fournis par Maxwell Corner, notre cuisine centrale, au lieu de faire ce que j'avais toujours fait, ce que j'avais toujours aimé, à savoir tout fabriquer moi-même à partir de mes propres ingrédients. J'insistais encore pour confectionner quelque chose sur place deux ou trois fois par semaine, mais les autres points de vente, dépourvus d'une véritable cuisine, se contentaient de distribuer ce que Maxwell Corner leur envoyait. Depuis quelques mois, j'en étais venue à redouter la lueur d'enthousiasme dans les yeux de Grace chaque fois qu'elle évoquait Marylebone.

— Marylebone va ouvrir comme prévu en septembre, a-t-elle déclaré justement. Pile à la rentrée, c'est impeccable. D'ailleurs, je voulais t'en parler…

Je serai très occupée là-bas, et j'aimerais vraiment que tu assures la gestion des autres boutiques.

Je me suis massé le front, en insistant sur mes tempes douloureuses.

— Tu es parfaite pour ce boulot, Addie, a-t-elle enchaîné avec un certain agacement. Tu as le savoir-faire, un bon contact avec les gens, une grande capacité de travail… Tu es efficace et tu as grandi avec ma vision, *notre* vision. Tu sais ce que nous voulons. Je crois que ce serait bien pour ta carrière, Addie. C'est le moment…

Elle a continué dans cette veine, tandis que, les yeux baissés, j'époussetais un peu de farine sur mon tablier. Pourquoi me poussait-on toujours à faire *mieux* que ce que je faisais, à devenir *plus* que ce que j'étais ? Et, pour ajouter à ce genre de questions existentielles, pourquoi fallait-il toujours que les choses changent ?

— Alors, qu'est-ce que tu en dis ? a demandé Grace, les yeux brillants, voyant que je me taisais. Allez, Addie. Ne me laisse pas tomber sur ce coup-là. J'ai besoin de toi.

— Je vais réfléchir, ai-je répondu enfin. Excuse-moi, Grace, je n'ai pas la tête à ça aujourd'hui.

Une expression vaguement honteuse s'est affichée sur son visage.

— Oui, bien sûr. Pardon… C'est vrai que tu as l'air exténué, ma belle. Tu n'as qu'à partir plus tôt, si tu veux. Je fermerai la boutique. Rentre chez toi, prépare-toi un bon petit dîner et… prends un bain, a-t-elle ajouté après un coup d'œil à mes cheveux, libérés du filet, dont le désordre reflétait toute ma fatigue.

J'ai hésité, mais seulement pour la forme. Après les vingt-quatre heures que je venais de vivre, après Phoebe Roberts, James Merck, Le Grand Bleu, et maintenant la proposition de Grace, je me sentais complètement au bout du rouleau. Demain, il faudrait que je trouve un moyen de parler à mon père, et à James Merck, demain je penserais au Grand Bleu et à Grace. Mais ce soir, j'étais rincée. J'allais passer chez le traiteur italien pour acheter un poulet rôti, j'avalerais un dîner ne nécessitant aucun préparatif. Je me laverais les cheveux, je dormirais pendant une éternité, et je laisserais le monde tourner comme il voudrait.

— Tu es sûre ? ai-je interrogé en me levant.

— Oui. Prends soin de toi, ma belle. Et reviens vers moi pour les boutiques d'ici la fin de la semaine, d'accord ?

Tout en me demandant comme je pourrais bien dire non à ces multiples requêtes, j'ai salué de la main les filles derrière le comptoir et je suis sortie. La clochette de la porte a tinté. Il pleuvait encore, une bruine froide qui semblait frapper de tous côtés, comme vaporisée à l'horizontale. J'étais tellement occupée à ouvrir mon parapluie en fermant ma veste d'une main que je n'ai pas remarqué tout de suite la personne debout contre le mur, à côté de la vitrine. Grande et mince. Des yeux immenses dans un visage pâle.

— Bonjour.

Phoebe Roberts s'est avancée, l'air anxieux et déterminé à la fois. Je m'étais figée devant la porte, tellement surprise que j'en étais muette, en proie à une sorte de paralysie cérébrale. À force de tourner des pensées et des questions sans réponse dans ma tête, j'en avais oublié de considérer la personne clé dans cette histoire, et je ne m'étais pas du tout préparée à la croiser de sitôt. C'était trop tôt. En la voyant, là, devant moi, l'angoisse qui me rongeait a atteint son comble, et j'ai failli, tout simplement, m'enfuir en courant.

Phoebe se tenait les bras serrés contre sa poitrine, le manche d'un parapluie logé au creux de son coude. Elle attendait visiblement depuis un certain temps. Le cuir mouillé de ses chaussures avait pris une teinte plus sombre et la pluie enveloppait son imperméable couleur camel d'une pellicule brillante.

— Je suis désolée de débarquer comme ça, sans prévenir, a-t-elle déclaré d'une voix hésitante. J'ai vu le nom de la pâtisserie hier sur la boîte à gâteaux… Je suis allée dans deux autres boutiques avant celle-ci. La vendeuse m'a dit que vous alliez bientôt partir, alors je vous ai attendue… J'ai pensé qu'il valait mieux ne pas retourner à la maison. J'avais besoin de vous parler. Je voulais vous demander… oh, il y a tellement de choses que j'aimerais savoir…

J'ai secoué la tête, incapable de réagir face à cette intrusion. Derrière moi, Grace est apparue de l'autre côté de la vitrine et m'a chassée de la main, parce qu'elle n'aime pas que le personnel traîne devant la boutique.

— Pas ici…, ai-je réussi à articuler en m'éloignant.

— Où, alors ?

Phoebe m'a emboîté le pas tandis que je marchais presque à l'aveugle, évitant tant bien que mal les flaques et les passants. Enfin, je me suis arrêtée devant un café.

— Là ? a proposé Phoebe, essoufflée.

Il faisait sombre à l'intérieur. Une odeur de graisse, typique de ce genre d'endroits, flottait dans l'air, et des néons vaguement orangés éclairaient des tables en plastique. J'ai adressé un signe de tête à la serveuse derrière le comptoir, qui m'a saluée gentiment de la main, et je me suis laissé tomber sur la première chaise venue. Après avoir jeté un regard méfiant à la table en formica, Phoebe Roberts a enlevé son imperméable et l'a drapé sur la chaise en face de moi en veillant qu'il ne traîne pas par terre. Alors, seulement, elle s'est assise.

— Je suis désolée, a-t-elle répété. Je sais que ce n'est pas le meilleur moyen de s'y prendre... Moi non plus, je n'aimerais pas être traquée par une inconnue. Mais je n'en pouvais plus de rester chez moi à attendre. Je voulais vous voir. J'ai besoin de parler à quelqu'un... Je regrette de vous infliger ça...

J'ai pris une grande inspiration.

— Bon, d'accord. Qu'est-ce que... Qu'est-ce que vous voulez faire, là, tout de suite ?

Les yeux baissés, Phoebe a suivi du doigt une rayure sur le formica, puis elle a tripoté la salière et le poivrier dans le porte-condiments posé au milieu de la table. Derrière le comptoir, la serveuse écoutait, en essuyant interminablement le même couteau.

— Je voudrais parler, c'est tout. Je sais que vous ne me croyez pas, et moi aussi, ça me paraît complètement fou. Mais si c'est vrai... Si nous avons un lien de parenté, si nous sommes jumelles... vous n'aimeriez pas savoir ce qui s'est passé ?

J'ai soutenu le regard intense qu'elle levait vers moi, et j'ai essayé de percevoir ce lien entre nous, un signal puissant et mystérieux qui nous permettrait de nous reconnaître. Mais je ne ressentais rien, sauf son espoir à elle, son désir, ses attentes, dont je ne trouvais aucun écho en moi.

— Je ne suis pas sûre, ai-je répondu. C'était compliqué entre ma mère et moi. Et sa mort… c'est encore trop récent. Je regrette, mais je n'arrive pas à assimiler tout ça, en fait.

— Compliqué ? Dans quel sens ? Vous ne vous entendiez pas avec elle ? Comment était-elle ? Et vous, qu'est-ce que… Enfin, si ça ne vous ennuie pas de me raconter, a-t-elle ajouté.

Étrangement, je me suis aperçue que l'idée de déverser mes quarante ans d'histoire avec ma mère à une inconnue ne me dérangeait pas. Elle se penchait vers moi, tellement désireuse de m'entendre. Quand j'ai reculé, un peu oppressée malgré tout par la curiosité insistante qu'elle me témoignait, elle s'est inclinée encore davantage.

— Vous avez interrogé votre père ?

Elle me dévorait des yeux, détaillant mon visage, mon buste, mes cheveux, mes mains, comme si elle cherchait des ressemblances dissimulées sous les apparences. Un frisson m'a parcouru la nuque et j'ai senti la sueur perler à mon front.

Je me suis enfoncée le plus en arrière possible dans mon siège, tout en m'efforçant de ne rien laisser transparaître.

— Non. Et je ne crois pas que…

— Il sait sûrement quelque chose. Peut-être que je pourrais lui parler, moi ? Ou alors toutes les deux ensemble…

J'ai repoussé brusquement ma chaise.

— Non. S'il vous plaît, non ! Surtout pas… Pas comme ça. Je regrette, mais il faut d'abord que je trouve un moyen d'aborder le sujet avec lui. Il ne va pas bien du tout et… je ne pense pas qu'il soit prêt pour… cette *histoire*, ai-je ajouté en contrôlant ma voix qui était partie dans les aigus.

J'ai balayé la table d'un geste vague. Elle s'est redressée, agrippant la salière et le poivrier chacun dans une main. La serveuse, qui avait l'air d'une gamine de onze ans et s'était approchée discrètement, a tourné les talons pour reprendre sa place derrière le comptoir.

— Cette *histoire* ? a répété Phoebe Roberts d'une voix blanche en reposant la salière et le poivrier dans le porte-condiments.

J'ai essuyé la sueur sur mon front du revers de la main.

— Oui… J'ai besoin d'un peu de temps. Vous, vous le savez depuis des semaines. Moi, je l'ai appris seulement hier.

— Mais…

— Désolée, Phoebe. Je ne sais pas du tout quoi penser. Ni même si c'est…

Je me suis retenue de dire *vrai*, mais elle a compris.

— Enfin, Adele. Honnêtement… J'ai quarante ans, je mène une vie qui me plaît. Pourquoi serais-je allée inventer ça ?

Ses yeux avaient l'éclat d'un silex à présent. Au comptoir, la serveuse a fait signe à quelqu'un derrière.

— Je n'en sais rien. Mais comment peut-on débarquer chez des gens et lâcher une telle bombe ? Le jour anniversaire de la mort de leur mère ? Qui ferait une chose pareille ?

— Vous me traitez de menteuse ? a-t-elle demandé, incrédule, avant d'élever la voix : Comme votre sœur ? Vous ne voulez plus que je vous embête ? Je suis venue pour vous *embêter*, c'est ça ? Je ne *savais pas* qu'elle était morte, sinon je ne serais pas…

— Ne criez pas, l'ai-je interrompue froidement. Je ne vous traite pas de menteuse. Tout ce que je vous demande, c'est un peu de temps pour faire le point dans ma tête. Et de ne pas vous présenter chez mon père avant que je lui aie parlé. C'est si difficile à comprendre ?

— Oui. Très difficile.

Elle m'a foudroyée du regard avant de reprendre :

— Vous savez ce qu'on éprouve quand on découvre que tout ce qu'on croyait est un mensonge ? Vous imaginez ce que j'ai ressenti en apprenant que ma mère m'avait abandonnée, alors qu'elle vous avait gardée, *vous* ? Et qu'ensuite, il y a eu votre sœur, votre frère, une parfaite petite famille ! La seule chose qui compte pour vous, c'est que je n'aille pas *embêter* votre père avec un bobard à propos de jumelles ?

— Mais nous ne sommes pas jumelles !

À peine avais-je lâché ce cri que j'ai senti à nouveau l'angoisse déferler en moi, une vague semblable à une lame de fond, si puissante que j'étais comme une digue sur le point de rompre, prise d'une violente nausée. Phoebe s'est figée et n'a rien dit.

Derrière le comptoir, un homme brun en veste de cuisinier avait rejoint la serveuse. Tous deux nous observaient en silence.

— Oh, mon Dieu, je suis désolée… Pardon… J'ai tourné ça dans ma tête toute la journée et je ne sais vraiment plus quoi penser. C'est tellement dur…

Non, pas dur…, bredouillais-je, et j'entendais que mes paroles n'avaient presque aucun sens. Je veux dire, c'est… tellement difficile à croire. Je ne vous accuse pas de mentir… Non… mais c'est tellement… énorme ! Mon père ne va pas très bien en ce moment. Si vous le connaissiez, vous comprendriez…

Phoebe a coupé court à mon bafouillage.

— Adele, nous sommes jumelles. Nous avons été séparées à la naissance. C'est le seul qui pourrait savoir quelque chose. Nous *devons* lui parler.

— Il est…

Mais elle a continué sur sa lancée :

— En même temps, il est possible qu'il ne sache rien du tout. Elle le lui a peut-être caché. Elle aurait pu, j'imagine, même si…

Elle s'est interrompue, pensive.

Je l'ai dévisagée sans comprendre.

— Lui cacher *quoi* ? Vous croyez qu'on peut partir comme ça à l'hôpital, et revenir avec un enfant au lieu de deux ? *Coucou, chéri, je suis rentrée* ?

Phoebe m'a considérée d'un air perplexe, longuement, et il m'a semblé qu'elle cherchait une manière de me répondre qui soit la moins brutale possible.

— Adele, notre mère a passé les mois de sa grossesse dans un établissement d'accueil pour mères célibataires. Du côté de Brighton. C'est de là qu'elle est partie accoucher à l'hôpital All Saints…

— Quoi ? Qu'est-ce que vous racontez ?

— Je l'ai lu dans son cahier. Celui que je vous ai apporté hier, avec les prénoms…

— Montrez-le-moi. Tout de suite.

Il y avait de la violence dans ma voix, une dureté que je n'ai pas réussi à atténuer même en ajoutant machinalement « s'il vous plaît ». Derrière le comptoir, la serveuse et le cuisinier ne nous lâchaient pas des yeux.

— Adele, calmez-vous… On va nous mettre dehors.

— Montrez-le-moi !

Phoebe a sorti le cahier de son sac. Tandis qu'elle essuyait une miette imaginaire avant de le poser sur la table, je le lui ai arraché des mains et l'ai ouvert fébrilement. Là… L'encre bleue, l'écriture appliquée de ma mère.

Les bébés bougent beaucoup aujourd'hui. Les bébés. Je n'avais pas vu cette page la veille. *Circonférence de l'abdomen normale.* Puis, un peu plus loin, un tampon : *Sœurs de la Charité, Brighton. 12 décembre 1959.*

— Je me suis renseignée, a dit Phoebe. Les mères étaient parfois encouragées à tenir une sorte de journal de leur grossesse ou à écrire des lettres à leurs bébés. Pour que la séparation soit plus facile.

J'ai tourné les pages du cahier, sans me soucier de Phoebe qui a grimacé lorsque, dans ma précipitation, j'en ai écorné une.

— Je ne comprends pas. Pourquoi serait-elle allée dans un tel établissement ? Elle était mariée à mon père et…

Le ton de Phoebe, cette fois, était presque gêné.

— Adele… Vos parents ne se sont mariés qu'après notre naissance. Elle utilise son nom de jeune fille, ici, à la fin…

— Non.

Comprenant enfin ce qu'elle essayait de me dire à propos de mes parents, et plus particulièrement de mon père, j'ai secoué vigoureusement la tête. Toute sensation avait soudain déserté le bas de mon visage, qui était comme anesthésié. Des images me traversaient l'esprit. Mon père assis à une table du restaurant dans lequel je débutais comme serveuse, mangeant les plats que j'apportais par erreur aux autres clients alors qu'ils ne les avaient pas commandés, pour m'éviter des remontrances de mon patron. Me signalant d'un coup d'œil que mon cavalier était en mauvaise posture au coin de l'échiquier. Applaudissant à la fin du *Songe d'une nuit d'été*, où je jouais le troisième âne sur la droite. Debout au pied du Cyclone Céleste, gardant nos affaires et brandissant la main potelée de Jasper, encore bébé, me criant d'une voix enjouée : « Tiens bon, Addie. Ne regarde pas en bas ! »

— Sûrement pas, ai-je affirmé. Vous, d'accord... Je ne peux pas m'expliquer d'où vous sortez ni que vous ayez disparu. Ma mère... je n'ai jamais compris comment elle fonctionnait. Mais mon père... Mes parents étaient mariés. Ils l'ont été pendant quarante ans. Ils ont eu trois enfants, une maison, et ils ont fêté leurs noces d'émeraude au Red Velvet Club l'année dernière. Nous étions une famille.

Elle a ouvert la bouche pour parler. Il y avait quelque chose qui ressemblait à de la pitié dans ses yeux, et j'ai eu envie de l'attraper et de la secouer de toutes mes forces.

— Je ne veux plus rien entendre !

Je me suis penchée pour ramasser ma besace. Derrière le comptoir, la serveuse et le cuisinier se tenaient sur le qui-vive.

— Mais...

— Non ! Ce n'est pas parce que votre vie a été bouleversée que vous pouvez débarquer et piétiner la mienne. Ma mère est morte il y a un an. Mais mon père est mon *père*, et votre histoire n'y changera rien.

— Adele, j'ai vu l'inscription de leur mariage dans le registre. C'est comme ça que j'ai découvert son nom d'épouse, que je l'ai retrouvée. Ils se sont mariés plusieurs mois *après* notre naissance…

— Il faut que j'y aille.

J'ai renversé ma chaise en me levant. En proie à une fureur noire, je l'ai menacée du doigt.

— Laissez-moi tranquille. Laissez-nous tranquilles.

9

Prendre le métro à Londres dans un état de perturbation intense était toujours une mauvaise idée, mais cela restait malgré tout le moyen le plus rapide. J'ai dévalé les escaliers et me suis frayé un chemin parmi la foule pour accéder à la rame, sans me préoccuper ni des personnes âgées ni des femmes enceintes, puis je me suis faufilée dans un coin où, accrochée à la poignée, j'ai fixé mon reflet dans la vitre sans vraiment le voir. Devant mes yeux flottait le visage de Phoebe Roberts m'annonçant que mon père n'était pas mon père, mais un étranger, qui me mentait depuis quarante ans, alors qu'elle ne savait *rien* de ma famille, *rien* de mon père ni de l'amour qu'il m'avait porté. Je refusais de croire qu'il m'avait menti, qu'il avait menti aussi à propos de *moi*, de Phoebe Roberts, de ces noces d'émeraude et d'un million d'autres choses que j'ignorais peut-être. Après avoir contenu mes émotions toute la journée, après avoir tenté de conserver un esprit rationnel, de redresser les épaules et d'affronter la situation, je sentais que ma nausée devenait irrépressible et me remontait dans la gorge. Il *fallait* que je parle à mon père.

Je suis descendue du métro, j'ai gravi quatre à quatre l'escalier de la sortie, puis j'ai couru jusqu'à la maison où la glycine de ma mère, gorgée d'eau, pendait lamentablement au-dessus de la porte. Je suis entrée en trombe et j'ai jeté mon sac par terre.

— Il y a quelqu'un ?

Une voix est montée de la cuisine, suivie d'un bruit de pas. Une seconde plus tard, Mrs. Baxter apparaissait, une cigarette dans une main, le journal dans l'autre.

— Addie ! Je ne t'attendais pas ! Tu dois être trempée jusqu'aux os. Quand donc s'arrêtera cette fichue pluie ? C'est à devenir cinglé ! Je t'ai appelée tout à l'heure, ma chérie. Je pensais à toi et…

La voix de Mrs. Baxter s'est brisée net lorsqu'elle a mieux distingué mon visage.

— Qu'est-ce qui se passe, Addie ? Je ne t'ai jamais vue aussi… Ferme vite la porte et descends boire un petit thé.

— Je viens voir papa.

J'ai tordu le cou pour regarder, derrière elle, l'escalier menant à l'étage.

— Il est sorti, mais il ne va pas tarder à rentrer. Donne-moi ton manteau… Tu es troublée à cause de cette femme, n'est-ce pas ? C'est pour ça que je t'ai appelée. Parle-moi, Addie. Je veux t'aider.

Elle a posé ses mains sur mes épaules. Je connaissais Mrs. Baxter depuis presque trente ans. Avec ses cheveux d'un roux flamboyant et les chansonnettes qu'elle entonnait de sa voix de fumeuse dans toute la maison, elle avait toujours été un pilier de Rose Hill Road. C'était Mrs. Baxter qui m'avait ouvert les voies de la sagesse populaire (« la vie n'est pas un long fleuve tranquille, prends ce qu'il y a de bon et laisse le reste ») et initiée aux subtilités de la psychologie masculine (« ils sont tous pareils, finalement »). Elle m'avait appris à faire des quatre-quarts à tour de bras, ou bien des puddings et des friands aux saucisses, et c'était grâce à son obsession du zeste d'orange que mes madeleines étaient devenues la spécialité de Chez Grace, avant que Maxwell Corner n'impose sa loi. Elle était toujours là, prompte à proposer une tasse de thé et une part de gâteau, racontant les hauts faits de son club de lecture, de ses soirées poker avec l'équipe paroissiale, de ses voyages en caravane avec son mari, une fois par an, dans le sud de l'Italie. Mais en cet instant précis, je n'avais pas envie de sa compagnie, je ne voulais pas être en colère contre quelqu'un qui en savait plus que moi.

Elle a accusé le coup quand j'ai repoussé ses mains.

— Non. Depuis un an, je ménage tout le monde, je m'écrase chaque fois qu'il le faut. Mais j'en ai assez maintenant ! J'ai besoin de lui parler, j'ai *besoin* de lui. Bon sang, nous sommes tous des adultes. Si, *moi*, je peux affronter ça, alors il en est capable aussi.

Mrs. Baxter est restée parfaitement calme.

— Ça, quoi ? L'histoire farfelue de cette femme qui s'est pointée hier ? Venetia a dit…

— Venetia a dit, Venetia a dit…

J'ai singé ma sœur avec une horrible grimace. Troublée, Mrs. Baxter a haussé si haut les sourcils qu'ils ont presque rejoint les racines noires de ses cheveux.

— Venetia ne comprend rien du tout. Elle a toujours placé maman sur un piédestal. Vous savez de quoi il est *vraiment* question, ici ? Vous avez une idée de ce qui se passe ?

Mrs. Baxter a secoué la tête.

— J'ai bien peur que non.

— Il se passe que cette femme, Phoebe Roberts, est revenue. À mon travail, qui plus est ! Elle m'a révélé toutes sortes d'informations sur maman. Et elle a dit…

J'ai dû reprendre mon souffle avant de continuer.

— … Elle a dit que mes parents ne se sont mariés qu'après notre naissance, que papa n'est pas…

Mrs. Baxter était pétrifiée, mais, à mon grand soulagement, son visage exprimait une authentique stupéfaction. Au moins, elle n'était pas au courant. Elle ne m'avait pas menti comme les autres.

— Vous le saviez ? ai-je demandé, inquiète malgré tout.

— Non.

Après une hésitation, Mrs. Baxter a repris :

— Enfin, je me doutais qu'il y avait quelque chose, quand je la voyais si déprimée… Pas tout le temps, mais, par exemple, après la naissance de Jasper. Et parfois, pendant l'hiver. Quand tu es partie, quand Venetia est partie. J'ai essayé de l'interroger une fois ou deux, mais… oh, tu sais comme elle n'aimait pas parler d'elle.

Ma réponse, quand elle est sortie, était chargée d'amertume.

— Non, je ne sais *rien* d'elle, en fait. Et je ne savais surtout pas que Phoebe Roberts et moi étions jumelles, nées d'un homme avec qui ma mère a couché avant de se marier. Elle, elle l'a abandonnée, et moi, je n'étais jamais assez bien à ses yeux, de toute façon… Elle n'a pas jugé utile de me dire que son mari n'était pas mon père, et tout le monde s'est plié à ses ordres pendant quarante ans.

La boule au fond de ma gorge était si oppressante que, dans ma tentative de la déloger, j'ai lâché cette dernière phrase beaucoup plus fort que je n'en avais eu l'intention. Soudain, le regard de Mrs. Baxter s'est arrêté sur un point derrière moi et elle a agité furieusement la main pour m'intimer le silence. Pivotant sur mes talons, j'ai découvert mon père debout dans l'encadrement de la porte. Il avait sûrement entendu la fin de notre échange, parce qu'il était tout pâle. Ses rides dessinaient de sombres balafres sur son visage creusé.

— Papa…

Mes joues se sont enflammées. Impuissante, je me suis tournée vers Mrs. Baxter, mais elle aussi semblait paralysée, muette.

J'ai fait un pas vers mon père.

— Papa… S'il te plaît, dis-moi que ce n'est pas vrai. Cette femme… elle est venue ici hier et elle prétend qu'elle est ma jumelle. Et que tu n'es pas mon père ?

Mes paroles m'ont paru tellement ridicules que j'ai aussitôt regretté de les avoir prononcées. Et pourtant, dans le silence qui a suivi, j'ai retenu mon souffle, attendant qu'il démente et qu'il reprenne les rênes, pour la première fois depuis douze mois. Mais quand je l'ai vu se raidir, comme pour se donner du courage, j'ai compris.

— Alors, c'est vrai, ai-je énoncé lentement. Et tu le *savais* depuis toujours ?

Je me suis encore approchée. Acculé, mon père s'est rencogné contre le vieux portemanteau de l'entrée.

— Addie, a-t-il soufflé en appuyant son poing sur sa poitrine. Je suis ton père. Il n'a jamais compté. Il n'était même pas présent. Nous n'avons jamais parlé de lui en quarante ans. Mais *moi*, j'étais là, depuis le début, et je suis là maintenant. Ça ne change absolument rien entre toi et moi.

— Oh, papa, tu n'es pas *là* depuis douze mois. Comment as-tu pu me le cacher ? Ne pas me le *dire* !

— Addie, ce n'est pas comme ça, tu ne…

Il s'est interrompu, haletant.

— Maman t'aimait, elle t'a toujours aimée… Plus que tu ne l'as jamais su. J'ignore ce que cette femme…

— Elle ne devait pas m'aimer tant que ça, parce qu'elle n'était pas franchement *gentille* avec moi ! Elle n'arrêtait pas de me critiquer, de me houspiller, de me laisser sur la touche, alors qu'elle emmenait Venetia partout avec elle, mais tout le monde était bien trop occupé à lui passer la brosse à reluire pour le remarquer, ai-je répliqué, haussant le ton, puis j'ai redoublé de violence : Comment avez-vous pu faire ça, tous les deux ? J'ai quarante ans. Je suis une jumelle depuis *quarante ans* ! Elle n'y a jamais pensé, hein ? Évidemment que non, c'est typique de maman. Elle ne pensait qu'à elle, et elle était sans cesse sur mon dos, ce n'était jamais assez pour elle, il n'y avait qu'elle qui comptait, sa volonté *à elle*, ses émotions *à elle*, y compris quand elle me forçait à monter sur ces saletés de montagnes russes…

La boule dans ma gorge m'étouffait, je ne me contrôlais plus. J'ai continué à évoquer toutes ces années durant lesquelles j'essayais de plaire à ma mère, cherchant refuge auprès de mon père et de sa solidité inébranlable qui n'était finalement pas si inébranlable. Tout est sorti, dans un torrent de paroles que je n'aurais pas pu arrêter même si je l'avais voulu. Mrs. Baxter me tirait en arrière, mais je l'ai repoussée.

— Adele !

Je n'aurais su dire qui avait crié, mais mon père est soudain devenu affreusement gris. Il transpirait, la bouche si crispée qu'on ne voyait plus ses lèvres. J'ai respiré à fond et, au moment où j'ouvrais la bouche à nouveau, plusieurs choses se sont produites en même temps. Il a grogné, agrippant sa poitrine d'une main, puis ses traits se sont brouillés et il est tombé. Derrière moi, Mrs. Baxter a poussé une exclamation effrayée. Mon père a heurté le portemanteau, qui a cédé sous son poids, il s'est effondré par terre, et Venetia est arrivée, ventre en avant, ahurie.

— Qu'est-ce que tu as fait ? a-t-elle hurlé. (La question était parfaitement inutile, puisqu'il lui avait suffi d'un coup d'œil pour évaluer la situation.) Mais enfin, qu'est-ce que tu as *fait* ?

Tétanisée, je contemplais le visage cireux de mon père. Les cris de Venetia me parvenaient à travers un brouillard. J'ai vu Mrs. Baxter empoigner le téléphone et composer un numéro, puis parler dans le combiné, j'ai senti son bras autour de mes épaules et je l'ai entendue me murmurer à l'oreille :

— Ça va aller, Addie, ne t'inquiète pas avant que ne retentisse la sirène de l'ambulance.

Mon cerveau ne fonctionnait plus du tout, j'étais incapable d'offrir mon aide, et je suis restée plantée là, dans l'entrée de la maison de mes parents, avec ma vie qui défilait devant mes yeux comme une atroce et interminable projection. Des instantanés se bousculaient, des bribes de conversations qui explosaient après avoir séjourné si longtemps dans ma tête, des souvenirs où je me revoyais à huit ans, dix ans, quatorze ans, à présent déformés par la découverte de cet énorme mensonge qui avait été au cœur de ma vie. Avec une terrifiante lucidité, j'ai compris que depuis l'irruption de cette femme la veille, je n'avais pas réussi à innocenter ma mère, tandis que j'avais *su* sans la moindre hésitation que mon père ne *pouvait pas* avoir participé à une telle monstruosité. Mais je m'étais trompée sur toute la ligne, ce qui me laissait face à une absolue solitude, les deux pieds enfoncés dans des sables mouvants.

Sur ma mère, il semblait que j'avais déjà tiré un trait. Et mon père, à qui je vouais une confiance aveugle, vers qui je m'étais toujours tournée pour qu'il éclaire ma route, avait été quelqu'un d'autre. Quand il levait les yeux de son journal pour les poser sur moi, quand il se fendait d'une grimace complice, riant *avec* moi et non pas *de* moi comme Venetia, quand il me tendait une pastille à la menthe pour ma prétendue tumeur à la gorge et me disait « mieux vaut que tu prennes tout le paquet », il savait au fond de lui que je n'étais pas sa fille. Nous dressions la liste des drôles de gènes Harington que nous partagions, notre amour des boissons chaudes et des échecs, nos éternuements qui venaient toujours par trois, nous qui en réalité n'avions rien en commun. Et il le *savait* : que nous ne pouvions pas nous ressembler, que nous étions des étrangers l'un pour l'autre, à l'origine, et qu'il me manquait la moitié de moi-même. Il n'avait rien *fait*, alors que toute ma vie, j'aurais adoré avoir quelqu'un comme moi, je serais peut-être même devenue quelqu'un de complètement différent si j'avais eu une sœur jumelle à mes côtés.

J'aurais voulu courir vers lui, lui tenir la main et parler aux ambulanciers, mais mon cerveau ne m'obéissait pas. Mrs. Baxter me tapotait l'épaule tout en appelant Jas pour qu'il nous retrouve à l'hôpital, Venetia me tirait par le bras pour que je monte dans l'ambulance, parce que, tout de même, on ne pouvait pas lui demander d'y aller, *elle*, ce n'était pas bon pour le bébé, mais j'étais incapable de bouger, je ne sentais rien, sinon que ma vue se brouillait et que la maison tout entière tournait autour de moi.

— Addie, bon sang, monte. Comment peux-tu rester plantée là ? a crié Venetia.

— Vas-y, toi…, ai-je hoqueté. Jas et toi, allez-y. Je vous rejoindrai… dès que… Occupez-vous de lui…

J'ai été prise d'une nausée si forte que j'ai dû plaquer mes deux mains sur ma bouche.

— Tu ne viens pas ? s'est-elle exclamée, abasourdie. Tu nous laisses gérer ça alors que c'est de ta faute ? Je suis sur le point d'accoucher et…

Mais les secouristes l'ont poussée dans l'ambulance, ont fermé les portières et sont partis. J'ai secoué vigoureusement la tête, parce que j'avais comme du coton à l'intérieur et un bourdonnement dans les oreilles, de sorte que tout me paraissait très loin. Avant même que l'ambulance ait disparu au coin de la rue, Mrs. Baxter m'avait saisie par le bras. Elle m'a fait asseoir sur la première marche de l'escalier et mettre la tête entre mes genoux. Le vacarme était assourdissant dans mes oreilles, un flot de bile se pressait au fond de ma gorge, et j'ai cru que j'allais vomir. Puis j'ai senti contre ma nuque quelque chose de froid qui sentait la lavande.

J'ai relevé la tête et marmonné d'une voix pâteuse :

— Je ne pouvais pas m'arrêter de parler… Tout est sorti d'un coup, je n'ai pas pu m'empêcher… Je regrette… Je ne voulais pas lui faire de peine…

Je respirais avec difficulté et j'ai entendu un sifflement dans ma poitrine oppressée.

— Ne parle pas, ma chérie. Respire. Là, doucement…

Je percevais l'inquiétude dans la voix de Mrs. Baxter. Accroupie devant moi, elle me tenait par les bras, inspirant et expirant avec exagération pour me guider, levant et abaissant le menton, m'envoyant son haleine de fumeuse dans la figure. J'ai respiré comme elle me l'indiquait.

— C'est bon, ai-je dit enfin. Ça va.

Les genoux de Mrs. Baxter ont craqué quand elle s'est assise à côté de moi sur la marche. J'ai senti qu'elle me frottait le dos, de haut en bas, de bas en haut, en épousant ma respiration. Elle m'a caressé les cheveux comme elle le faisait quand j'avais dix ans, lissant en douceur mes mèches rebelles jusqu'à ce qu'elles retombent de part et d'autre de mon visage tel un rideau de soie qui me protégeait du monde, derrière lequel je respirais mieux. Le vacarme s'apaisait dans ma tête, la nausée reculait. Enfin, je me suis redressée.

— Je ne voulais pas lui faire de peine, ai-je répété. Ce n'était pas mon intention, je le jure…

Mrs. Baxter se taisait. Au bout d'un moment, elle a déclaré :

— Tu as reçu un gros choc.

Voyant que je haussais les épaules, elle a insisté.

— Tu peux penser ce que tu veux, mais tu as appris toutes sortes de nouvelles aujourd'hui… et hier. Peut-être que ça devait sortir de cette manière. Parfois, c'est nécessaire.

— Il faut que j'aille à l'hôpital. Pour le voir, être sûre qu'il va bien…

Écartant mes cheveux qui me tombaient devant les yeux, j'ai réussi péniblement à me lever, mais la nausée m'a terrassée et j'ai dû me rasseoir, le souffle coupé. Dans mon vertige, j'ai vaguement entendu le téléphone sonner et la voix de Mrs. Baxter.

— Jas ? Comment va-t-il ? Oui. Ah. D'accord. Au Royal Free ? Tant mieux, c'est tout près d'ici. Ils l'opèrent tout de suite ? Ah.

Il y a eu un silence. « Angioplastie coronaire », a-t-elle articulé silencieusement en voyant mon regard anxieux.

— Le numéro de la chambre ? Oui, je t'écoute, a-t-elle continué en griffonnant au dos d'une enveloppe. Venetia est toujours là ? Ah, c'est bien. Et tu peux rester aussi ? Bon, alors je passerai apporter quelques affaires.

Elle m'a souri après avoir raccroché.

— Il a eu une crise cardiaque. Ils lui font une angioplastie, mais le chirurgien n'est pas trop inquiet. Jas le connaît personnellement, il sera avec lui pendant l'intervention. Ça va aller.

— Oh, mon Dieu, ai-je soupiré. Merci.

— Addie, ma chérie, tu es blanche comme un linge. Ne bouge pas, attends-moi… Je vais monter chercher quelques vêtements. Je les déposerai en chemin avant de rentrer chez moi.

— Votre mari ne s'impatientera pas ? ai-je demandé faiblement.

Je n'avais pas souvent rencontré le mari de Mrs. Baxter, pourtant omniprésent dans les conversations, mais il semblait toujours attendre sa femme et son dîner.

— Bien sûr que non !

Mrs. Baxter a disparu. Elle est redescendue un instant plus tard, chargée d'un petit sac de sport marron que mon père emportait parfois en voyage.

— Ils vont sûrement le garder quelques jours et lui faire passer toutes sortes d'examens. Apparemment, son angine de poitrine ne date pas d'hier. Ça expliquerait les brûlures d'estomac et les maux de ventre.

— J'en étais sûre. Je savais que quelque chose n'allait pas. Il travaillait trop... Il remplaçait tout le temps cet imbécile de Walker et il annulait sans cesse ses rendez-vous chez le médecin. Vous pourriez attraper mon manteau ?

Mais Mrs. Baxter a hésité.

— Addie, je ne pense pas que tu devrais y aller. Il n'est pas en danger, mais s'il te voit... Il s'agitera peut-être, il sera inquiet et voudra parler. Et il a besoin de se reposer pour l'instant. Jasper va rester avec lui. Venetia partira sans doute une fois que j'aurai déposé les affaires...

— Mais je devrais y être moi aussi, ai-je protesté en essayant à nouveau de me lever. Tout ça est ma faute. Si je ne l'avais pas harcelé, si je n'avais pas crié...

Elle a repoussé gentiment une mèche de mes cheveux derrière mon oreille.

— Tu iras demain. Addie, tu as tellement fait pour lui depuis un an... Tu n'es pas la seule à porter cette responsabilité. Laisse les autres te remplacer.

J'ouvrais déjà la bouche pour me rebiffer, mais je me suis aperçue que j'étais parfaitement incapable de tenir debout. J'avais besoin d'un peu de temps, ne fût-ce que quelques heures, pour retrouver mes esprits. J'ai pris la main de Mrs. Baxter et j'ai appuyé mon front contre sa paume douce qui sentait la lavande et le tabac.

— Vous pourrez m'appeler quand vous l'aurez vu ? ai-je demandé d'une voix enrouée.

— Promis. Je te téléphonerai de l'hôpital. Et si jamais tu devais y aller pour une raison ou une autre, tu n'auras qu'à sauter dans un taxi. Tu y seras en cinq minutes. Allez, va te reposer en haut. Mange un peu d'abord, il y a des lasagnes dans le frigo. Tu verras, ça ira mieux après.

Je suis restée longtemps assise sur la marche après le départ de Mrs. Baxter, dans un silence de plus en plus profond, une intense solitude. J'émergeais peu à peu de mon état de choc. La colère et la panique refluaient, me laissant si vide que je ne pouvais pas affronter l'idée de monter l'escalier pour m'allonger dans mon ancienne chambre. Je me suis traînée jusqu'au mur, j'ai appuyé ma joue contre le papier peint, et j'ai fermé les yeux. Le film tonitruant de mes souvenirs distordus n'était plus qu'un lointain murmure. Je l'ai chassé, et l'image de Phoebe Roberts m'est alors apparue, la détresse et la pitié sur son visage quand je l'avais quittée. Ma sœur. Mon autre moitié. Mais aussi… une étrangère. Comme mon père, un étranger. Comme ma mère.

Autour de moi, le vestibule silencieux était plongé dans une obscurité grandissante, rythmée par le tic-tac de l'horloge. J'ai sursauté, puis me suis abandonnée à nouveau contre le mur en me blottissant dans mon manteau. Non, il fallait que je reste éveillée pour attendre l'appel de Mrs. Baxter. Mais tout irait bien pour lui, Jasper était là-bas…

Même s'il n'était que sept heures, la nuit semblait déjà s'installer sous le ciel chargé de nuages. Dehors, le calme régnait aussi, rompu de temps à autre par le passage d'une voiture sur l'asphalte mouillé. Le vent soufflait par rafales derrière les fenêtres. *Reste éveillée, Addie. Attends…*

J'ai dormi.

Hartland, 28 juillet 1958

Une sortie en bateau aujourd'hui ! C'était extraordinaire, absolument fantastique. Cela ne ressemblait pas du tout à nos vacances au bord de la mer, avec Père qui restait assis dans un fauteuil de plage, en pantalon, chemise et cravate, pendant que Maman m'emmenait manger une glace. Au contraire, c'était amusant, facile, très classe, comme tout ce que font les Shaw, j'imagine. Si je suis honnête – et où puis-je être honnête sinon dans ce journal –, j'étais ravie, transportée même. Je crois d'ailleurs que Maman aurait détesté me voir tirer une tête de six pieds de long à bord de ce bateau qui filait sur l'eau. C'était tellement beau, sous un ciel tellement resplendissant.

La veille, Harry avait insisté pour m'emmener faire quelques brasses dans le petit lac derrière le verger. Il s'agit plutôt d'une mare, en réalité, et je n'ai pas du tout aimé la vase sur le bord et les herbes qui s'enroulaient autour de mes chevilles. C'est sans doute ce fond trouble et visqueux, plus que la patience et la gentillesse d'Harry, qui m'a poussée à me jeter en avant pour atteindre l'eau plus profonde au milieu. Ils ne seraient pas partis sans avoir la certitude que j'étais capable de me maintenir le nez hors de l'eau, aussi ai-je nagé de mon mieux afin de ne pas priver tout le monde de cette excursion. Au bout du compte, nous n'y sommes pas *tous* allés, ils avaient comploté pour ne pas emmener l'horrible Bert, et, quand je me suis levée après avoir entendu qu'on lançait des petits cailloux contre ma fenêtre, je les ai découverts en bas qui me faisaient signe de les rejoindre. J'ai même compris qu'ils voulaient que je passe par la fenêtre, ce que j'ai fait. Je suis descendue en m'agrippant à la glycine. Ils étaient pliés de rire, parce que j'aurais très bien pu emprunter l'escalier.

Sans bruit, nous nous sommes glissés jusqu'au garage où Will avait rangé sa nouvelle voiture, et lorsque nous avons atteint le bas de l'allée que j'avais remontée avec Père à peine une semaine auparavant, un soleil éclatant réchauffait déjà la campagne. J'ai rarement vu plus beau spectacle que cette route filant vers la côte ce matin-là. Il y avait une odeur de sel dans l'air, comme avait dit Maman, et bientôt nous avons entendu la mer, le vent, les mouettes, et enfin, les vagues.

Nous nous sommes arrêtés pour prendre le bateau à Tideford Cross, un adorable village de pêcheurs, semblable à une carte postale, avec un pub, des marchands de glace, des boutiques qui vendaient des seaux et des pelles, et une boulangerie où nous avons acheté des petits pains frais pour compléter notre pique-nique. Will portait le panier, les filles s'étaient réparti les couvertures et les parasols. Nous avons eu envie d'une glace pour marquer le début de cette journée parfaite. John a frappé à la porte d'une guérite qui avait l'air fermée, et nous avons savouré nos glaces sur le port en nous dirigeant vers l'endroit où était amarré le bateau.

Harry marchait à côté de moi et me fournissait un tas d'explications sur les bassins et la digue qui les protégeait, me racontant qu'il y avait des sentiers de douaniers tout le long de la côte, d'ici jusqu'aux Cornouailles. Autour du port, le village aux toits gris et rouges composait un tableau si simple et si joli dans la lumière du matin. La petite amie de Will, Felicity, a voulu essayer son nouvel appareil, et nous avons pris plein de photos, chacun à tour de rôle, pendant que les autres léchaient leurs glaces et grimaçaient de grands sourires devant l'objectif. Le soleil s'était élevé dans le ciel, nous avions chaud et tout le monde était de très bonne humeur, même si l'appareil photo a failli tomber dans l'eau, ainsi que l'une des glaces ; il s'en est fallu de peu que Beatrice pique une tête en essayant de le rattraper.

Enfin, nous avons embarqué. Je crois que je n'oublierai jamais cette journée. Le ciel sans nuage, parfaitement bleu, la mer étirée à l'infini à mesure que la côte s'éloignait, et nous, si minuscules au milieu d'une eau à perte de vue. Tout n'était qu'espace, lumière, immensité, et il m'a semblé que mon cœur allait exploser à force de se dilater. Comment pouvait-on habiter un endroit comme Limpsfield, dans une maison comme celle de mon père, avec sa cuisine sombre et ses pièces exiguës ? Comment pourrais-je encore supporter de piétiner dans la queue derrière Mrs. Farnham à attendre qu'on me donne des os et des pattes de poulet pour le bouillon de ma mère, ce stupide bouillon qui ne lui rendrait jamais ses forces, quand il était possible de manger de la glace à la fraise sur un port et de voler sur l'eau à une vitesse prodigieuse ? Comment ma mère pouvait-elle être en train de mourir, quand il y avait encore tant de choses à faire et à voir, une vie radieuse à vivre ?

J'avais terriblement envie de rentrer chez moi et de tout lui raconter, de lui décrire comment nous décollions au-dessus de l'eau. J'ai demandé à John d'aller plus vite, encore plus vite... Il s'est moqué de moi en riant, mais il a accéléré, jusqu'à ce que Harry lui ordonne de ralentir. Même là, il a continué à pousser les gaz, et soudain mon chapeau s'est envolé de ma tête et est tombé à l'eau. J'ai sans doute crié, moi qui craignais déjà de ne pas avoir assez de vêtements, mais John a simplement fait demi-tour en décrivant un large cercle, ce qui nous a tous éclaboussés, il est retourné à l'endroit où mon chapeau flottait sur l'eau et a passé la barre à Harry. Et alors – je peux à peine l'écrire sans rougir ou sentir qu'un sourire bête me vient aux lèvres –, il a enlevé sa chemise et a plongé, puis il a nagé jusqu'à mon chapeau qu'il a rattrapé et lancé dans le bateau. Quand il est remonté à bord, tout le monde a poussé des hurlements parce qu'il nous mouillait encore plus, tandis que moi, je ne savais plus où me mettre.

C'est seulement plus tard, après que nous avons jeté l'ancre dans une petite anse et déballé le pique-nique sur la plage, que j'ai trouvé le courage de le remercier. Il m'a répondu avec un rire galant qu'on ne pouvait pas laisser une jolie fille sans son joli chapeau. Harry m'a tendu un sandwich en s'asseyant à côté de moi, et j'ai remarqué que la plaisanterie de John ne lui plaisait pas beaucoup.

Nous étions tous assis en maillots de bain sur des couvertures. La veille, je m'étais montrée inquiète de ce que j'allais porter et de l'allure que j'aurais. Janet m'avait déniché un maillot, mais il était taillé tellement juste que je débordais de partout. J'avais bredouillé que c'était très gentil de sa part, mais je ne pourrais vraiment, *vraiment* pas le mettre. Père aurait été hors de lui. Elle l'avait compris et m'en avait procuré un autre, un peu démodé, selon ses propres termes, bleu marine et moins échancré, pourvu d'une sorte de jupette qui dissimulait le haut de mes cuisses. Mais une fois qu'on a tous été assis sur la plage, Felicity dans un deux-pièces incroyablement audacieux tel qu'on en voit seulement dans les magazines, et Beatrice en rouge vif et pois blancs, avec leurs grosses lunettes de soleil, leurs chapeaux et leurs maquillages pimpants, j'ai éprouvé un pincement d'envie et j'ai souhaité très fort être le genre de fille qui porte des lunettes de soleil et un maillot à pois, plutôt que celle qui se cache dans la roseraie, lit de la poésie et se couvre pudiquement avec une jupette. Je me suis bientôt consolée parce qu'après tout, là, juste devant, il y avait la mer.

Ils ne voulaient pas se baigner après le pique-nique, ils préféraient se prélasser sur le sable et se comporter en personnes civilisées. Les filles craignaient de se mouiller les cheveux ou d'érafler leur vernis à ongles. Mais aucune force au monde n'aurait pu m'empêcher d'aller vers les vagues qui semblaient si rafraîchissantes sous le grand soleil. Sans éprouver la moindre peur, je me suis levée et j'ai couru, en entendant à peine la voix de Harry qui m'exhortait à la prudence. L'eau était glacée. J'ai senti la puissance du ressac sous mes pieds, mais il n'y avait ni vase ni herbes visqueuses, rien qu'une eau claire, limpide, et le sable entre mes orteils. Je me suis précipitée dans les vagues et j'ai nagé en restant là où j'avais pied, plongeant pour ramasser des poignées de sable au fond, puis remontant à la surface, sautant, criant et agitant la main à l'adresse du petit groupe étendu sur des serviettes et des couvertures.

En ressortant la tête de l'eau, j'ai vu que John était venu me rejoindre. Il était debout près de moi et me souriait avec une expression étrange. Ma timidité m'a reprise, parce que j'étais toute décoiffée, les cheveux mouillés et pleins de sable. Je claquais un peu des dents à cause du froid, aussi, et je devais cligner des yeux pour chasser l'eau de mes cils. J'ai voulu rassembler mes cheveux en arrière et m'essuyer le visage, mais il a secoué la tête et a murmuré quelque chose, à voix basse, de sorte que j'ai dû m'approcher pour l'entendre. Il a dit que je ressemblais à une merveilleuse sirène qui émergeait de l'onde pour attirer les hommes. Je n'ai pu qu'éclater de rire, et il m'a entraînée plus loin, derrière les rouleaux. Je ne sentais plus le sol sous mes pieds, mais cela n'avait pas d'importance parce qu'il a tendu le bras vers moi, je m'y suis accrochée, et nous nous sommes laissés porter par la houle, bercés et soulevés ensemble vers le grand ciel bleu pendant une éternité, m'a-t-il semblé. C'était un moment vraiment, vraiment parfait.

Le soleil commençait à décliner quand nous sommes remontés sur le bateau. J'avais l'impression d'être flétrie, comme cuite, après avoir nagé, pris le soleil et joué au ballon dans le sable tout l'après-midi. Une fois à la maison, j'étais gorgée de tout ce qui m'était arrivé depuis le matin, remplie de tant de sensations qu'elles menaçaient de déborder et je me suis éclipsée dans ma chambre à la première occasion. J'avais envie d'être seule, pour revivre cette journée, une de ces journées que ma mère ne connaîtrait plus jamais.

29 juillet

C'est étrange, complètement grisant, et je ne peux pas m'en empêcher – même si je tente de résister –, mais on dirait que cette journée en bateau a changé quelque chose en moi, renversé une sorte de barrage, parce que soudain j'ai terriblement envie de tout cela, j'ai envie de tout voir, de tout faire, de tout entendre, de tout respirer, aussi fort et aussi vite que possible, et je sens que je saisis Hartland à pleines mains, avec avidité, comme si je voulais m'en rassasier.

Il me reste encore deux semaines. J'ai hâte de retrouver Maman, mais ce sont aussi ses lettres qui m'encouragent et me poussent à être pleinement, totalement présente ici, parce que, et j'ose à peine le croire, il me semble qu'elle va mieux. Elle ne parle pas beaucoup d'elle, elle m'envoie de longues lettres dans lesquelles elle évoque ce que nous avons fait ensemble, des souvenirs qui lui reviennent, et elle me pose toujours un tas de questions sur moi et sur Hartland. J'ai demandé à Felicity, qui a pris des photos, de m'en donner quelques-unes pour lui montrer quand je rentrerai, et j'écris scrupuleusement tout ce qui m'arrive pour pouvoir lui raconter, parce qu'on dirait qu'elle le vit avec moi, à travers moi. Et peut-être qu'ainsi elle vivra… mais revoilà l'Espoir, mon ami si cher et si inconstant.

Je n'ai pas besoin de beaucoup de sommeil en ce moment. Je me réveille très tôt, avant tout le monde, et je me glisse dehors pour assister au lever du soleil sur un banc dans un de mes coins préférés de Hartland, juste à l'endroit où la pelouse descend vers la mare, puis je passe par la cuisine qui est toute tiède et sent délicieusement bon. La cuisinière me donne un petit pain à peine sorti du four et un chocolat chaud. Après, je vais voir les chiots. Ils sont toujours frétillants et très agités parce qu'on ne leur permet pas de gambader jusqu'à la grille.

Une autre journée commence alors, et je lis, j'écris, je ris, je plaisante, je bavarde, je joue au croquet, j'écoute les disques de Janet et de Beatrice, je feuillette des magazines féminins que Père ne m'autoriserait jamais à lire et que Bea a apportés pour « se mettre au parfum », dit-elle. Le soir, nous passons de la musique ou nous jouons aux charades et attrapons des fous rires quand les adultes se joignent à nous. Janet, surtout, est très drôle, toujours si vive et si fantasque. À voir à côté de ses enfants, on la prendrait plus pour une jeune tante que pour leur mère. Ils lui donnent des petits noms affectueux, comme « Jolie Maman » ou Mère chérie », ou juste « JJ », les initiales de Janet Julia, ce qui est assez original pour une mère. Chez moi, Maman n'a jamais été que Maman. Mais Janet, ainsi que je l'appelle, aime bien se mêler à nous et elle nous fait tellement rire, malgré ses tenues chic, ses brushings, ses ongles et son rouge à lèvres assortis. Elle ressemble à un papillon qui volette partout, et en sa compagnie, chacun se sent unique et heureux.

Curieusement, ils ne fréquentent pas l'église autant que nous, car Père est sacristain. La seule fois où ils y sont allés depuis que je suis ici, ils semblaient partir pour l'une de leurs joyeuses sorties, et ils se sont installés sur les bancs comme une nuée d'oiseaux, en jacassant et en pouffant. Au début, j'ai été amusée par les commentaires spirituels qu'ils échangeaient, mais ensuite, je me suis sentie mal à l'aise. Je me retournais sans cesse en m'attendant presque à découvrir le visage de Père, furieux devant tant de frivolité et de légèreté, ou même la moue désapprobatrice de Maman, parce qu'elle dit toujours que nous avons besoin d'intériorité, que nous avons besoin de l'ombre et de la lumière, du bruit et du silence. Avant, elle m'emmenait souvent écouter la chorale quand elle était en bonne santé, juste pour que l'on reste assises l'une à côté de l'autre en réfléchissant tranquillement.

J'avais donc plutôt envie d'y retourner seule, afin de pouvoir prier pour Maman, au cas où – et revoilà l'Espoir, décidément, il n'est jamais vaincu –, mais je n'osais pas demander aux Shaw de m'y conduire et je ne savais pas non plus comment m'y rendre par mes propres moyens.

Hier matin, à ma grande surprise, je suis tombée sur Janet qui se préparait à aller en voiture à la prière. Elle voulait bien m'emmener, bien sûr, et je me suis changée en un temps record, ce qui n'était pas difficile puisque je n'avais pas encore remis la jupe bleu marine et le chemisier que je portais le jour de mon arrivée. J'imaginais que Janet bavarderait gaiement pendant le trajet, comme à son habitude, mais elle n'a rien dit. La petite congrégation déjà rassemblée dans l'église à notre entrée était silencieuse aussi, et nous n'avons parlé ni l'une ni l'autre en prenant place sur un banc au fond, chacune recueillie en elle-même, dans la fraîcheur du petit matin. Je pensais à Maman et je demandais toutes sortes de choses pour elle, en essayant tant bien que mal de ne pas négocier avec Dieu mais de supplier pour la paix du corps et de l'âme. Je me la représentais assise dans son fauteuil préféré, peut-être même en cette minute, contemplant son jardin étincelant de rosée qui s'éveillait en bas.

Il y a eu soudain un mouvement sur le banc, une sorte de vibration, et quand j'ai regardé Janet, j'ai découvert avec stupeur qu'elle pleurait. Elle avait la tête penchée. Ses cheveux, d'ordinaire fixés par de la laque, retombaient souplement de chaque côté de son visage, mais on voyait quand même les larmes rouler sur ses joues poudrées. Je me suis obligée à détourner aussitôt les yeux, pour ne pas être indiscrète, mais j'étais assise si près d'elle que je sentais ses épaules raides à côté de moi et que j'entendais presque ses larmes tomber sur le livre de prières. Elle ne s'est pas levée tout de suite après l'office. Elle est restée immobile comme une statue pendant que tout le monde quittait l'église, et moi non plus, je n'ai pas bougé, gardant la tête inclinée dans mon propre chagrin.

Janet s'est arrêtée au sommet d'une colline juste à la sortie de Porthallow et m'a raconté que son fils aîné, Christopher, le frère de John, était mort à la fin de la guerre, durant l'une des dernières batailles. Elle essayait de ne pas y penser, de continuer à vivre, mais elle s'accordait l'office du dimanche matin pour « s'effondrer », a-t-elle déclaré avec un rire forcé. Je ne voyais pas ce qu'il y avait de drôle, et j'ai dit qu'on devrait pouvoir pleurer ses enfants à n'importe quelle heure de la journée, mais elle a ri encore. « Ça ne marche pas comme ça, a-t-elle répliqué, parce que la vie continue. Elle *doit* continuer. C'est *normal*. Mais il me manque terriblement, tout le temps. » Elle a sorti son poudrier de son sac et a retouché son maquillage. Quand nous avons tourné dans l'allée de Hartland, elle était redevenue la Janet souriante que je connaissais, et, à la table du petit déjeuner, elle a fait rire Beatrice qui bâillait devant sa tasse de café en lui lisant un passage osé de l'un de ses magazines.

Mais cette révélation a assombri ma journée, et mon cœur se serrait aussi pour John et Abel. Tous, ils devaient continuer à vivre une vie que ce deuil traversait de part en part, tandis que chaque pièce de la maison, chaque arbre, chaque chanson leur rappelait Christopher, éternellement âgé de dix-neuf ans. L'après-midi, John m'a proposé de sortir à cheval avec lui – il me donne des leçons et affirme qu'il faut s'entraîner tous les jours si l'on veut progresser –, et j'y suis allée, même si je n'en avais pas tellement envie. Déjà que je ne suis pas une bonne cavalière, j'étais encore pire aujourd'hui. Pendant que nous chevauchions dans la campagne à l'ouest de Hartland, à travers bois puis sur un chemin de terre, je ne faisais pas assez attention à mon assiette ni à mes rênes, mais je regardais John devant moi, détendu sur sa selle, qui se retournait en souriant pour me signaler une chose intéressante ou me lancer ses instructions d'un ton faussement sévère. Je me demandais comment il réussissait à cacher tous ses souvenirs de son frère derrière ce sourire, à contenir tout ce chagrin. Il est toujours léger et pétillant, si plein d'assurance au milieu de cette beauté qui l'entoure, et il semble entièrement *là*, pas comme moi, qui dois m'éclipser dans la roseraie pour laisser libre cours à ma tristesse, ou comme sa mère, qui va à l'église le dimanche matin pour « s'effondrer » pendant une heure.

Un peu plus loin, son cheval a perdu un fer, et nous avons dû rentrer à pied en menant les chevaux par la bride. Dans la jolie lumière rasante de la fin d'après-midi, l'image douloureuse de l'église a fini par disparaître. C'est si facile de parler à John, qui est toujours gai et de bonne humeur, si facile pour moi d'être heureuse en sa compagnie. Il me fait rire, par exemple quand il tient son cheval comme un chien au bout d'une laisse ou qu'il court dans un champ de pissenlits en soulevant un nuage de poussière blanche.

Mais lorsque nous sommes arrivés aux écuries, nous sommes tombés sur Abel Shaw, qui s'occupait d'une jument sur le point de pouliner. John est aussitôt redevenu sérieux. Je crois qu'il craint un peu son père, ce que je peux comprendre, surtout que je n'apprécie pas particulièrement Abel moi-même, avec son visage rougeaud, son expression souvent irritée et l'odeur de fumier qui imprègne ses vêtements. Il a froncé les sourcils en nous voyant et, dès que nous avons confié nos chevaux au palefrenier, il a entraîné John dans un box pour lui montrer quelque chose et m'a chassée comme une gentille petite fille à qui l'on ordonne d'aller jouer plus loin. Je me suis attardée malgré tout en donnant du foin à Aristo, le doux et placide cheval que je monte et qui ne semble pas se formaliser de ma maladresse. J'espérais que John aurait bientôt terminé et que, le temps de regagner la maison, nous aurions encore quelques minutes seuls ensemble avant d'être avalés par le groupe et le bruit. Mais les minutes passaient, un lad est venu panser Aristo, et je n'ai plus eu aucun prétexte pour rester dans l'écurie. Je m'apprêtais à partir, parce que je devais me changer avant le dîner, quand je les ai entendus approcher. Je n'avais pas envie qu'Abel me traite encore comme une gentille petite fille – ce que je ne suis plus, non ? je vais avoir dix-sept ans ! –, alors j'ai reculé dans la pièce où sont rangés les harnais pour les laisser passer. Bien m'en a pris, car Abel paraissait en colère. De sa voix dure et grave, il marmonnait quelque chose à propos de « ne pas la perturber », « réfléchir à ta conduite » et « causer du tort », et même si je ne distinguais pas de quoi il parlait, John paraissait comprendre parce qu'il avait l'air à la fois vexé et résigné quand il s'est éloigné. Il n'y avait plus aucune légèreté ni insouciance dans sa démarche, et je me suis demandé ce qu'Abel avait bien pu dire pour provoquer un tel changement.

10

La sonnerie du téléphone m'a réveillée. Il faisait sombre. Troublée par l'odeur à la fois familière et étrange autour de moi, j'ai essayé de localiser le bruit strident qui déchirait l'obscurité en tournant la tête dans tous les sens, ce qui m'a fait craquer le cou. Moins d'une seconde plus tard, tout m'est revenu et j'ai bondi de la marche pour décrocher le combiné.

— Addie ? a soufflé Mrs. Baxter. Ça y est, il est sorti du bloc. Tout va bien, mais ils vont le garder encore quelques jours sous surveillance. Ils veulent faire d'autres examens, pour ne prendre aucun risque. Il ne faut pas qu'il se fatigue, évidemment. Pas d'émotions fortes… Je suis descendue fumer une petite cigarette, et après je m'en vais. Addie ?

J'émergeais avec difficulté de ma torpeur, mais c'était surtout le soulagement qui me rendait muette.

— Oui… Tant mieux.

— Écoute, a repris Mrs. Baxter. Je me suis aperçue en arrivant ici que j'avais oublié de lui prendre des chaussettes. Quelle imbécile. Il fait un peu frisquet dans sa chambre. Tu penseras à en apporter quand tu viendras demain ? Et un gilet, aussi. Celui qu'il met tout le temps, tu sais ? Avec les pièces aux coudes.

— Les pièces aux coudes, ai-je répété d'une voix pâteuse. D'accord…

— Bon. Alors, je file. Venetia est partie. Jas est là, ça suffit amplement. De toute façon, il va rester encore un bout de temps dans les vapes, mais il sera content de te voir demain. Tu peux venir le matin dès qu'il se réveillera, ma chérie, j'ai tout arrangé avec l'infirmière. Et ne t'inquiète pas, hein ? Tout va bien. Allez, je rentre… Mon mari attend son dîner.

— Oui… Merci, Mrs. Baxter.

Après avoir raccroché, je me suis retenue un instant à la table de l'entrée. L'horloge indiquait presque huit heures. Je n'avais dormi qu'une heure. Mais la nausée avait disparu et j'avais retrouvé l'esprit clair.

Les lampadaires qui s'étaient allumés dehors jetaient des flaques de lumière jaune par les vitres encadrant la porte d'entrée. Il pleuvait à nouveau et le crépitement des gouttes sur l'auvent du perron et sur les poubelles en métal m'entourait d'un bruit blanc apaisant. Hormis une voiture qui passait de temps en temps dans la rue, le silence régnait. J'étais épuisée, complètement vidée, après avoir déversé toutes ces choses que j'avais toujours gardées en moi : sur la structure de notre famille et ma relation difficile avec ma mère, alors qu'elle s'entendait si bien avec Venetia ; sur Jas qui menait sa vie de son côté ; sur mon père auprès de qui je cherchais refuge, qui aimait chacun de nous mais personne autant que ma mère, laquelle venait toujours, *toujours*, en premier pour lui. Et puis voilà que Phoebe Roberts avait fait tout exploser, tout ce que je considérais comme acquis et fondant la personne que j'étais. Je me sentais ridicule, en repensant à l'énergie que j'avais déployée la veille pour m'obliger à croire que ma mère et mon père étaient exactement ce qu'ils avaient toujours été, que, moi, j'étais ce que j'avais toujours été. J'aurais dû le voir tout de suite. À présent…

La glycine fouettée par le vent lançait les ombres de ses tentacules sur les murs, dessinant autour de moi un univers instable et fluide dans lequel je partais à la dérive. Il me semblait que je flottais, sans amarre, sans direction, entre des souvenirs qui surgissaient comme autant d'obstacles. Tout ce que je connaissais se détachait, m'échappait, et c'était une sensation effrayante. Dans ce calme irréel, le mobilier familier m'apparaissait déformé. Un bref instant, j'ai même eu l'impression que la maison respirait au-dessus de moi, se dilatant et se contractant, comme une créature qui m'était totalement étrangère. J'ai frissonné et me suis agrippée à la table en la serrant de toutes mes forces. Quelque part, ici, il y avait la véritable histoire de ma famille, le secret de ma mère. Et quelque part, ici, il *devait* y avoir ma propre histoire. Peut-être, aussi, celle d'un autre homme – mon vrai père.

Je me suis entendue, distinctement, prendre une grande inspiration au cœur de ce paysage d'ombres mouvantes. Non, je ne voulais pas penser à lui. Pas maintenant. Mon père était à l'hôpital, tous mes repères s'évanouissaient en fumée… *Maintenant*, j'allais monter chercher les chaussettes de mon père. Je verrais après.

Dans la semi-obscurité, j'ai gravi l'escalier le long duquel étaient disposées toutes sortes de photos.

Anciens clichés d'école, images de bébés en noir et blanc, scènes de famille plus ou moins compassées : je les connaissais si bien que, depuis le temps, elles me semblaient faire partie du papier peint. À présent, elles me paraissaient étrangement lointaines. Je contemplais sans la moindre émotion cette petite fille aux épaisses boucles noires, le plus souvent emprisonnées dans deux grosses couettes, assise au milieu d'assemblées vaguement familières. Des gens que j'avais autrefois connus et que j'étais incapable de nommer aujourd'hui.

Au premier étage, les portes des chambres s'ouvraient sur un couloir. Les fenêtres donnant sur la rue étaient striées de pluie, à cause du vent, et la lune filtrait entre les nuages au-dessus des arbres qui bordaient Rose Hill Road. J'ai poussé la porte de la chambre de mes parents et me suis avancée furtivement jusqu'au pied du lit. Tout était silencieux, à part le réveil du côté de mon père qui faisait entendre son tic-tac habituel, tel un minuscule oiseau tapant du bec sur une table en bois. Redoutant la lumière trop crue du plafonnier, j'ai allumé une petite lampe sur une étagère, puis, après une hésitation, j'ai ouvert le placard. Les vêtements de mon père. Vestons et chandails, la plupart dans les tons gris et marron, pantalons de laine classiques, velours côtelés aux couleurs passées. De vieux habits, peu nombreux et souvent portés, mais propres, repassés et soigneusement pliés par Mrs. Baxter, toujours inquiète à l'idée que ses collègues puissent penser qu'il se laissait aller.

À droite, le côté de ma mère était identique à ce qu'il avait toujours été. Pantalons et chemisiers sur des cintres, pull-overs empilés sur l'étagère au-dessous et, dans les tiroirs, sous-vêtements rangés par couleur et fréquence d'utilisation. J'ai tendu involontairement la main pour redresser la manche d'un chemisier, mais j'ai retenu mon geste avant de toucher le tissu. Pourtant, dans l'air à peine déplacé, c'était comme si s'exhalait une légère fragrance, une touche de bergamote et de vanille. Chanel N° 5. Une senteur sans âge, élégante, contrastée, comme ma mère, tour à tour vive et chaleureuse, réservée et énigmatique. Transperçant l'épais brouillard du présent, l'odeur du Chanel N° 5 a planté une flèche dans les recoins les plus enfouis de ma mémoire, et ma mère a surgi devant moi telle une fée exécutant une petite pirouette, bras levés, auréolée de boucles diaphanes qui retenaient le parfum. L'image était si réelle que je me suis figée. Puis, prudemment, j'ai approché mon nez du chemisier pour respirer encore, mais déjà, aussi vite qu'il était venu, le souvenir était parti et je me retrouvais une fois de plus sans repère ni amarre, une étrangère dans cette maison, une étrangère dans ma propre vie.

Soudain, un frémissement. J'ai tendu l'oreille, le cœur battant. Rien. Juste la maison qui se préparait à la nuit. La pluie frappant les fenêtres, des pneus chuintant sur le bitume mouillé. Rapidement, j'ai attrapé le gilet de mon père et plusieurs paires de chaussettes dans le tiroir. J'ai pris aussi une autre chemise qu'il aimait et une mince écharpe, seule concession qu'il acceptait de faire lorsqu'il était malade, j'ai roulé le paquet en boule et l'ai passé sur mon épaule. Reculant d'un pas, j'ai jeté un regard autour de la chambre en me demandant s'il pouvait avoir besoin de quelque chose d'autre. La couette était tirée sur le lit ; du côté de ma mère, un livre était retourné à plat sur la table de nuit, ouvert à la dernière page qu'elle avait lue ; Mrs. Baxter le dépoussiérait sans doute deux fois par semaine. *Rebecca*. En le ramassant, je me suis aperçue qu'après être resté ainsi pendant un an, il ne se refermait plus, et je l'ai aussitôt reposé à côté d'une photo de ma mère dans un cadre d'argent. La photo avait été prise juste après qu'elle avait été nommée maîtresse de conférences ; elle était exactement comme dans le souvenir que je conservais de ce jour-là. Le regard fixé sur un point au-delà de l'objectif, le visage grave, les yeux ombrés par la frange de ses cils, comme si elle avait voulu que son expression reflète le titre honorifique auquel elle venait d'accéder. J'allais me détourner et partir quand j'ai remarqué une autre photo, que je n'avais jamais vue auparavant – à moins que je n'y aie tout simplement pas prêté attention. À demi cachées derrière la lampe, dans un cadre ancien en bois, une jeune fille et une femme enlacées pressaient leurs visages l'un contre l'autre. J'ai été saisie de stupeur : sans l'indice fourni par les coiffures démodées et les bords sépia du cliché, j'aurais pu croire que cette jeune fille était moi.

La ressemblance était frappante, malgré l'incroyable, l'insolente jeunesse de ma mère, son front légèrement plus haut et ses pommettes plus saillantes. Et à côté d'elle, plantant son regard dans le mien – mêmes yeux gris-vert en amande, cheveux lisses mais noirs aussi, et, comme moi, une fossette au menton – sa propre mère. Ma grand-mère. Elles ne souriaient pas, mais elles n'avaient pas l'air sombre non plus. De leurs visages se dégageait seulement une sorte d'impatience contenue, comme si on les avait obligées à rester trop longtemps immobiles pour prendre la photo et qu'elles mouraient d'envie d'aller s'amuser ailleurs.

Constance, ainsi s'appelait ma grand-mère. Constance Holloway. Je connaissais son nom, et je savais aussi que mon grand-père et elle étaient morts alors que ma mère venait d'avoir dix-sept ans. Mais elle avait rarement évoqué cette Constance et je ne l'avais jamais interrogée. La famille de mon père avait été si présente dans nos vies que nous n'éprouvions pas le besoin d'avoir d'autres grands-parents, ni une autre cohorte de tantes, d'oncles et de cousins. Puisque l'information ne m'était pas offerte, je n'avais pas posé de questions. Mais pourquoi, pourquoi n'avais-je pas cherché à en savoir plus ? Pourquoi n'avais-je pas parlé davantage à ma mère de sa propre mère ? Avais-je tout simplement décrété qu'elle était secrète et distante, alors que j'aurais pu faire plus d'efforts, montrer de l'intérêt ? M'aurait-elle parlé, alors, de ce qui était vraiment important pour elle ? Les deux visages se sont brouillés devant mes yeux quand j'ai pensé à ce qui arriverait ensuite à cette si jeune fille. Son bébé perdu. Toute une vie passée à le cacher. Qu'avait-elle ressenti, jour après jour, en sachant qu'il y avait quelque part une petite fille qui grandissait sans nous, un bébé à quatre pattes, puis capable de se mettre debout, de courir, une fillette inquiète pour son premier jour à l'école, son premier jour à l'université, son premier job, l'achat de sa première maison ? Une personne tout entière qui manquait à la galerie de photos dans la cage d'escalier, qui aurait dû être à côté de moi sur chaque image.

J'ai touché le visage de ma mère à travers le verre, puis celui de Constance, la courbe de sa bouche, ses yeux brillant d'un rire contenu, l'extrémité de ses doigts sur le cou de sa fille qu'elle attirait contre elle pour la photo. J'ai essayé d'éprouver ce lien qui nous unissait, parce qu'une partie de Constance Holloway était en moi, vivait en moi, à travers ma mère. Nous formions une chaîne, notre passé et notre présent étaient capturés ici, dans cette photo, et je voulais m'imprégner de ce sentiment d'appartenance, de parenté, mais plus je les regardais, plus les deux femmes semblaient m'échapper, retournant dans leur monde aux doux contours sépia, jusqu'à ce que les yeux gris-vert que je connaissais si bien ne soient plus que deux petits points noirs, loin, très loin, dans un visage blanc en forme de cœur.

11

J'étais tellement perdue dans mes pensées que j'ai sursauté lorsqu'on a sonné à la porte. Mon doigt caressant la photo a tressailli et bousculé le cadre qui s'est abattu sur la table de chevet. J'ai vu que le verre était brisé. On a sonné à nouveau. Jurant entre mes dents, j'ai ramassé délicatement les morceaux de verre que j'ai entassés entre la lampe et *Rebecca*, puis, gardant à la main la photo dans son cadre, je suis sortie sans bruit sur le palier et j'ai regardé en bas. En distinguant une silhouette de haute taille à travers la vitre de l'entrée, j'ai eu une étrange sensation de déjà-vu. M'avait-elle suivie ? Non, elle était plus mince et, si je me rappelais bien, pas aussi grande. La personne s'est pressée contre la porte, sans doute pour échapper à la pluie, et une tête couronnée de cheveux blonds est apparue tandis que retentissait un troisième coup de sonnette.

— Oui, oui, c'est bon…

Je suis descendue à toute vitesse et j'ai ouvert.

Andrew a secoué son parapluie en s'essuyant les pieds sur le paillasson.

— Salut. J'ai essayé de t'appeler chez toi, mais tu ne répondais pas. Je me suis dit que je te trouverais ici… Ça n'avait pas l'air d'aller ce matin. Je t'ai apporté quelque chose à manger parce que j'ai pensé que…

Il n'a pas fini sa phrase en voyant le baluchon de vêtements sur mon épaule, la photo dans son cadre sans verre et mes cheveux encore plus ébouriffés que d'habitude.

— Qu'est-ce qu'il y a, Ads ? Où est ton père ?

J'ai avalé péniblement ma salive en secouant la tête, incapable de prononcer un mot. Après m'avoir considérée d'un air perplexe, Andrew a montré le sac en plastique qu'il tenait à la main.

— Fish and chips.

Comme je ne réagissais pas, il m'a fait respirer le contenu du sac en me l'appliquant sous le nez, puis m'a poussée doucement pour entrer et a refermé la porte derrière lui.

— Tu pourrais répondre à ton téléphone de temps en temps, tu sais. Et pourquoi tu n'allumes pas la lumière ?

En habitué des lieux, il a basculé l'interrupteur, planté son parapluie dans le porte-parapluie en fer forgé, et il avait déjà ôté sa veste lorsqu'il a découvert le tas de bois et de clous dans le coin.

— Qu'est-ce qui est arrivé au portemanteau ?

— Il est cassé, ai-je répondu bêtement.

— Oh, je l'adorais…, a murmuré Andrew d'un air chagriné. Ta mère l'avait trouvé à une brocante, tu te rappelles, où elle nous avait traînés du côté de Barnet. Et après, on a visité une ferme de cochons… Ce portemanteau était presque une antiquité.

— C'est pour ça qu'il s'est cassé, ai-je marmonné, en tournant les talons pour aller m'asseoir à l'endroit qui allait bientôt devenir ma place consacrée, sur la première marche de l'escalier.

Une seconde plus tard, le bois a craqué et Andrew s'installait à côté de moi. Il m'a bousculée gentiment de l'épaule. Le contact de son chandail était rugueux contre mon bras nu.

— Qu'est-ce qui se passe, Ads ?

— Tu as combien de temps devant toi ? ai-je répliqué en posant le baluchon et la photo entre nous.

— Je ne commence pas avant neuf heures demain matin.

— C'est compliqué.

— Je suis très doué pour ce qui est compliqué.

Andrew a écouté en silence, en secouant seulement la tête de temps à autre. À la fin, il a pris la photo et l'a orientée pour que la lumière tombe sur les visages en noir et blanc.

— Une jumelle… Si c'est vrai, ce serait fantastique, Addie. Carrément fantastique.

J'ai levé les yeux, étonnée, prenant soudain conscience que personne depuis vingt-quatre heures, et surtout pas moi, n'avait manifesté une réaction un tant soit peu positive face à cette histoire. Je n'y avais vu que mensonges, trahison, secrets bien gardés, complicité de mon père et de ma mère, l'écroulement d'un édifice qui me laissait seule au milieu d'un désert.

— C'est ta grand-mère ? Elle est canon ! Elle te ressemble, a repris Andrew, qui m'a alors détaillée d'un rapide coup d'œil. Les yeux, la fossette au menton…

Revenant à la photo, Andrew a détaché un fragment de verre encore accroché au cadre. Il avait des mains fines et robustes à la fois, étoilées de cicatrices. Je les connaissais par cœur, pour avoir passé des années à faire la cuisine avec lui. Je sentais son pull rêche contre mon bras, l'odeur du fish and chips se mêlait à celle du détergent qu'il utilisait pour débarrasser ses vêtements des relents de cuisine. Un bref instant, échappant à l'intense et désespérante solitude qui m'avait submergée, j'ai ressenti un puissant sentiment d'appartenance : je serais toujours reliée à cet univers-là, matérialisé par Andrew et les odeurs de cuisine et de savon noir.

Sans se douter de ce que déclenchait en moi le contact de son vieux chandail, Andrew a posé la photo et ouvert le sac en plastique. D'une main, il m'a tendu un morceau de poisson arrosé de vinaigre, de l'autre, deux frites trempées dans le ketchup.

— Ton père va bien, alors ?

— Oui. Mrs. Baxter a appelé… Venetia était furax parce que je ne l'ai pas accompagnée dans l'ambulance.

Andrew a fait une grimace.

— Ta sœur est *toujours* imbuvable avec toi. Donc tu n'es pas allée à l'hôpital.

— Je voulais y aller. Mais je n'ai pas pu…

J'ai avalé le souvenir de ce moment pénible, en même temps que ma bouchée.

— J'étais en état de choc, je crois. Complètement paralysée.

J'ai attendu la réponse d'Andrew avec un peu d'appréhension. Estimerait-il que je donnais trop dans le mélodrame ?

— Ça fera beaucoup de bien à Venetia de ne pas penser qu'à sa pomme, exceptionnellement. C'est toujours toi qui te mets en quatre pour ton père. Tiens…, a-t-il enchaîné en me tendant un autre morceau de poisson, cette fois emprisonné en sandwich entre deux énormes frites. De toute façon, vu la tête qu'avait ton père la dernière fois que je suis passé, ça devait arriver.

En acceptant docilement la becquée d'Andrew, je me suis rendu compte que je n'avais rien mangé depuis mes toasts du matin.

— Merci ! J'avais faim… Mais toi, tu n'en veux pas ?

— Je me suis mitonné un petit plat tout à l'heure. Je n'avais jamais pris autant de jours de vacances d'un coup, et je dois avouer que j'adore ! Je me lève tôt, je fais une tonne de trucs, j'ai le temps de venir te harceler au boulot… Sauf que le chef m'a appelé ce matin… Il voulait que je revienne, mais je l'ai envoyé balader. Il s'est énervé. Et tu sais comment il est quand il s'énerve.

Je le savais, oui. Je n'avais rencontré qu'une fois le chef d'Andrew – connu pour ses mouvements d'humeur et son langage de charretier –, quand j'étais venue chercher Andrew à la fin de sa journée, et je m'étais promis de ne plus jamais m'approcher du restaurant. Je détestais les cuisines des grands restaurants, en fait, pour y avoir effectué quelques brefs passages. Ces univers carrelés de blanc, sans fenêtres, où tout le monde communiquait par jurons et où la chaleur devenait peu à peu un enfer, où des cochons morts se balançaient sur des crochets dans la chambre froide et où l'on s'attroupait pour regarder les homards mourir dans la marmite, où l'odeur de l'ail roussi et du bouillon de poisson s'accrochait si fort à vos vêtements et à vos cheveux qu'il fallait prendre un bain d'eau de Javel pour s'en débarrasser.

— C'est de pire en pire, a déclaré Andrew. Je n'en peux plus de ce boulot. J'ai vraiment, vraiment envie qu'on réfléchisse sérieusement au Grand Bleu et… bref… pardon… Ce n'est pas le sujet pour l'instant. Alors, tu veux faire quoi maintenant ?

Il me regardait d'un air plein d'expectative. J'ai léché le sel et la graisse sur mes doigts en me tournant vers le bureau de mon père, puis je me suis essuyé les mains sur la serviette.

— Je crois que je vais jeter un coup d'œil là-dedans. L'occasion ne se représentera peut-être pas de sitôt. Je veux dire, le fait que je sois seule à la maison… Ou bien tu crois que…

— Super idée.

— Mais, *toi*, tu n'es pas obligé de rester. Tu es en vacances, tu as plein de choses à faire et…

— Évidemment que je reste. Il ne m'est rien arrivé d'aussi excitant depuis des années. Allez, on y va.

Il régnait un étrange clair-obscur dans la pièce, troué par la lumière jaune d'un lampadaire qui tombait sur les étagères et sur le bureau de mon père. En face, chez Mr. Field, la lueur bleutée de la télévision clignotait à une fenêtre, mais partout ailleurs la rue était plongée dans l'obscurité. De temps à autre, une rafale de vent secouait la glycine au-dessus de la porte d'entrée et envoyait un rideau de pluie contre la vitre.

Nous nous sommes dirigés vers le meuble de rangement qui se dressait contre le mur du fond. Contrastant avec les étagères en chêne, le bureau massif et le canapé recouvert de tissu écossais logé dans la saillie de la fenêtre, c'était l'élément le plus fonctionnel du décor, une boîte métallique à quatre tiroirs remplis de dossiers suspendus, chacun portant une étiquette rédigée de l'écriture presque illisible de mon père.

— « Finances. Emprunt. Retraite »…, lut Andrew en ouvrant les tiroirs l'un après l'autre. Il doit bien y avoir un dossier pour les documents importants, non ?

— Et celui-là ?

J'ai voulu essayer le dernier tiroir. Me sentant comme une étrangère chez moi, et désormais une voleuse, j'ai été presque soulagée en voyant qu'il résistait. Andrew m'a écartée, puis a glissé la main dans la fente et tiré fort. Il y a eu un craquement métallique et le tiroir s'est ouvert.

— Andrew !

— Oups. Donc, il était *bien* fermé à clé. Ce n'est pas grave, ce meuble n'est pas exactement *neuf*. On accusera Venetia… Bon, alors… Voilà ! J'en étais sûr ! « Documents importants ». Il y a les actes de naissance de tes parents, et là, ah oui…

— Quoi ? ai-je demandé en tombant à genoux à côté de lui.

— Leur acte de mariage. Mariés en 1960. Trois mois après ta naissance, en mai… Donc, en mai, *ça* c'est vrai. C'est juste l'année qui ne colle pas.

Il m'a tendu la copie d'un acte de mariage, établissant que le mariage d'Elizabeth Sophie Holloway et de Graham Alexander Harington avait été inscrit au registre de Southwark le 9 mai 1960.

Je me suis assise sur mes talons, le regard rivé au document, en me remémorant le discours d'oncle Fred lors des noces d'émeraude. Il avait débité toutes sortes de remarques spirituelles autour du nombre *quarante*, des *quatre* longues décennies qui s'étaient écoulées. Mes parents hochaient la tête en souriant pendant que tout le monde applaudissait, admirait et leur enviait ces quatre décennies d'amour. Trente-neuf ans de mariage, au lieu de quarante, étaient bien sûr tout aussi admirables. Mais pas le mensonge. Ni tout le reste.

Andrew sortait d'autres documents du tiroir et les examinait attentivement.

— Tiens, voilà une copie de ton acte de naissance. Tout à fait respectable. Mais attends… qu'est-ce qu'il y a là ?

Il désignait le dossier cartonné d'où il avait extrait la pochette contenant les actes civils, semblable à tous les autres, en apparence. Lorsqu'il l'a décroché et ouvert à plat sur le tapis, j'ai remarqué une mince feuille de papier, découpée aux dimensions exactes du carton, collée sur sa face interne. Presque invisible. Andrew et moi avons échangé un regard. J'ai attrapé les ciseaux de mon père sur son bureau, mais je tremblais tellement qu'Andrew me les a pris des mains. Après avoir glissé la lame sous la feuille pour la détacher du carton, il a sorti un autre document.

Un acte de naissance. Celui-ci était daté de trois jours seulement après ma naissance et la plupart des cases n'étaient pas remplies. Celle du nom, pour commencer. Y était simplement indiqué : *Fille*. Mère : Elizabeth Sophie Holloway. Père : non renseigné.

À nouveau, je me suis assise sur mes talons, tenant entre les mains les deux actes de naissance et l'acte de mariage. Voilà donc ce que j'avais été, au début. Pas Adele, pas « quelqu'un », mais *Fille*. Et mon père n'était qu'une case vide, une absence. Encore une fois, je me suis sentie flotter à la dérive dans un espace qui autrefois m'était familier, où, hier encore, je savais exactement ce que j'étais censée être et ce que j'étais censée faire, par exemple acheter un album photos pour le bébé de Venetia, rappeler à mon père son rendez-vous chez le généraliste et essayer de pleurer pour honorer décemment la mémoire de ma mère. À présent, assise ici en pleine nuit, presque exactement à l'endroit où il m'avait appris à jouer aux échecs et où nous buvions du thé brûlant – « Ah, ces gènes Harington ! » –, j'étais suspendue dans un néant, sans autre point d'ancrage que « Elizabeth Sophie Holloway » et « non renseigné », des gens qui ne me semblaient même pas réels, qui n'étaient pas du tout ma famille, mais des étrangers complets.

— J'aimerais tant pouvoir interroger mon père, ai-je soupiré.

Un peu gêné, Andrew a passé un bras sur mes épaules.

— Il te parlera… Enfin, là, tout de suite, ce n'est peut-être pas le bon moment.

— Je sais.

Peut-être l'heure était-elle venue pour moi de donner du sens à ce qui m'entourait, sans recourir à mon père. Je me suis levée et j'ai tiré Andrew par la manche de son chandail, en m'y accrochant pour lutter contre cette terrible sensation de dérive. Puis j'ai remis tous les documents dans le tiroir, sauf l'acte de naissance original et l'acte de mariage que j'ai observés une dernière fois, en m'arrêtant longuement sur la case vierge où aurait dû figurer le nom de mon père biologique. Enfin, secouant la tête, je les ai rangés avec les autres et j'ai refermé le tiroir. Je n'aurais pas pu exprimer ce que j'éprouvais si on m'avait posé la question, mais je crois que cette case vide, cette figure inexistante, incarnait en négatif cette nouvelle vie qui était la mienne, où je n'avais plus aucun repère.

— Je vais fouiller encore, ai-je déclaré soudain, en ouvrant à nouveau le premier tiroir.

Andrew m'a souri, les yeux brillants d'enthousiasme.

— D'accord. Qu'est-ce qu'on cherche exactement ?

— Tout ce qui pourrait avoir trait à l'adoption de Phoebe. À la vie de mes parents avant ma naissance. À ma mère avant ma naissance…

J'ai pris une grande inspiration pour me donner du courage.

— Après, on ira voir dans son bureau à elle. Il y aura sûrement quelque chose… Et quand j'aurai trouvé, j'appellerai Phoebe Roberts.

12

Si quelqu'un m'avait dit que je me livrerais à pareille activité deux jours après l'anniversaire de la mort de ma mère, que je grimperais sur un tabouret devant ses étagères pour attraper ses classeurs, ses dossiers, que je regarderais à l'intérieur de chacun de ses livres, que je lirais ses lettres, ses listes, ses notes, que je mènerais une fouille systématique dans son bureau où je n'avais quasiment jamais mis les pieds… J'aurais traité cette personne de folle. Je lui aurais ri au nez.

Je ne riais pas, à présent. Après en avoir terminé avec les tiroirs de mon père, nous avions entrepris de passer le bureau de ma mère au peigne fin. De temps en temps, l'un de nous s'interrompait pour montrer quelque chose à l'autre ou signaler un détail particulier. Ma mère, peu sentimentale et toujours pragmatique, était douée d'un sens de l'ordre extraordinaire. J'ai découvert un dossier dans lequel elle préparait à l'avance des cartes d'anniversaire, mois par mois, et mon cœur s'est serré en voyant les pochettes de juin à décembre qui renfermaient encore leurs cartes parce que la main qui prévoyait de les envoyer n'avait pas été là pour les rédiger. Dans un tiroir du secrétaire, j'ai déniché une enveloppe remplie de photos sur laquelle ma mère avait écrit « Doubles » de son écriture penchée. Je les ai prises, sachant que Venetia réclamerait les albums de famille dans lesquels étaient sûrement collés les originaux. Au fond d'un autre tiroir, j'ai trouvé la petite boîte qui avait contenu le Nokia, provenant d'une boutique de Tottenham Court Road, ainsi que le chargeur avec son fil soigneusement enroulé. Pendant qu'Andrew triait les papiers étalés par terre, j'ai continué à fouiller les compartiments du secrétaire, en passant la main derrière chaque panneau pour explorer tous les coins.

C'était pénible. Ici, au cœur de cette pièce où sa présence aurait dû être éminemment perceptible, alors que je plongeais dans ses objets intimes, dans son écriture, dans ses pensées, elle était totalement absente. Elle n'était qu'un espace blanc dans ma mémoire, et plus je la pourchassais, plus elle devenait inconsistante. Finalement, vers minuit, je me suis immobilisée devant son tableau d'affichage, sans savoir comment poursuivre. Il n'y avait pas grand-chose sur le tableau. Un billet d'une exposition sur Munch qu'elle avait vue en février de l'année dernière, un Post-it pour ne pas oublier qu'elle avait rendez-vous chez le dentiste la veille de sa mort, et une liste de courses (établie par catégorie d'articles, produits frais à part). Il y avait aussi une série de numéros de téléphone d'urgence, parmi lesquels – je l'ai noté avec soulagement – figurait le mien. Et une carte postale de la cathédrale St. Paul noyée dans le brouillard.

J'ai suivi du doigt les contours du dôme aux proportions parfaites. Qu'est-ce que cette image avait signifié pour elle ? Ma mère était incroyablement ordonnée, elle ne conservait rien qui ne soit pas strictement nécessaire, qui ne remplisse pas une fonction précise, comme s'il fallait que sa vie entière puisse tenir dans son sac à main et qu'à tout moment il lui soit possible de partir sans laisser de traces. Pas de vieux magazines, d'anciens faire-part de naissance ni de coupures de journaux, pas de lettres, pas de tiroir pour les documents « à classer », pas de boîte étiquetée « divers ». Je lui avais fabriqué un presse-papiers un jour, un gros caillou que j'avais décoré avec du vernis à ongles. Venetia avait écumé de rage en s'apercevant que j'avais vidé son flacon de Super Gel Rimmel rouge cerise. Le caillou reposait toujours sur le secrétaire, sans papiers à presser au-dessous. Alors, pourquoi avait-elle gardé cette carte postale de St. Paul dans le brouillard, légèrement jaunie sur les bords ? Et pourquoi ne le savais-je pas ? Comment pouvais-je ignorer ainsi des choses si simples sur ma mère ? Debout devant le tableau d'affichage, j'ai reculé dans un mouvement d'exaspération et je me suis heurtée à Andrew qui s'approchait pour me montrer une chemise cartonnée blanche.

— Regarde ce que… Hé ? Ça va ?

— Je n'ai aucun souvenir d'elle, ai-je lâché en désignant du pouce la cathédrale St. Paul. C'est comme si elle n'était plus là du tout.

Andrew a décroché la carte postale et l'a retournée. Vierge.

— Elle *n'est* plus là, a-t-il déclaré fermement, et tu as perdu tes repères parce que tout a été bousculé. Mais tu les retrouveras. Fais-moi confiance. C'est difficile ce que tu vis, Ads, et tu t'en sors très bien.

Plus tard, tes souvenirs reviendront, je te le promets, a-t-il continué en agitant la carte sous mon nez. Tu vas découvrir ce qui lui est arrivé, ce qui t'est arrivé, à toi et à Phoebe Roberts. Tout s'éclaircira... Tu verras.

— J'ai l'impression que rien n'aura plus jamais de sens. J'ai l'impression d'être vide.

Au son de ma voix, tremblante et geignarde, j'ai machinalement redressé les épaules et refoulé des larmes qui ne venaient pas. « *Lève le menton, ma chérie.* » J'ai repris la carte des mains d'Andrew et l'ai posée sur le secrétaire, à côté du caillou.

— Le propre du vide, c'est qu'il peut être rempli, a décrété Andrew, brandissant la chemise blanche. Et peut-être que ceci y contribuera.

À l'intérieur de la chemise se trouvaient les factures de James Merck, au nombre de six, accrochées au rabat avec un trombone. La première datait de novembre 1997. Les dépenses y étaient méthodiquement consignées : « quatre carnets de timbres pour lettre rapide, moins deux unités », « cinquante feuilles de papier A4 à £1,99 chez Ryman ». La chemise contenait une liasse de lettres, au moins une centaine sinon plus, provenant de diverses institutions (école d'infirmières du Sussex, école de médecine de l'hôpital de Brighton, maison de retraite de Gloucester, centre de formation continue pour infirmières et sages-femmes) ou personnes (Hugh Frameton, Lucy Jones, Patricia Hayworth, June Galloway). Toutes écrites en réponse à l'enquête de ma mère à propos du 14 février 1960.

— Mon Dieu, ai-je soupiré. Depuis tout ce temps, elle la cherchait... Et Phoebe Roberts qui débarque ici, un an après sa mort. C'est trop triste, quand on y pense.

Maladroitement, Andrew a passé un bras autour de mes épaules. Je me suis appuyée contre lui pour regarder, sous les lettres, un bloc-notes jaune couvert de numéros, d'indications biffées et de points d'interrogation. L'écriture familière de ma mère, enregistrant minutieusement les résultats d'une laborieuse enquête… Un certain Dr Miller semblait figurer au centre de la recherche – il apparaissait sur divers organigrammes et les lettres échangées à son sujet étaient les plus nombreuses, après celles concernant une femme nommée Sarah Mason. Sur la dernière page, ma mère avait tenu un tableau récapitulatif des lettres, avec date d'envoi et date de réception. Les premières réponses lui étaient parvenues directement, à Rose Hill Road, mais peu à peu, elles avaient été adressées à l'agence de Merck, 35 Causeway, Shoreditch, comme si elle s'était rendu compte qu'elle ne s'en sortirait pas toute seule et avait besoin d'aide.

— On dirait qu'elle n'a pas trouvé grand-chose, a fait remarquer Andrew en montrant la lettre de Molly Hayes qui n'avait pas revu une certaine Laura Remington « depuis des lustres ». Tous ces gens sont morts, ou ont complètement disparu de la circulation, apparemment.

J'ai feuilleté à nouveau le bloc-notes. L'écriture de ma mère, d'ordinaire petite et soignée, trahissait une impatience manifeste au fil des pages, à mesure que s'accumulaient les questions, les numéros, les flèches en tous sens et, parfois même, de furieuses ratures. « École d'infirmières du Dorset. Demander Sarah Mason. Centre de formation continue ? Paula

Warren. Décédée ? Rappeler Hetty W. Sœur de Sarah Mason ? » J'ai effleuré du doigt un sillon rageur que son stylo avait imprimé dans le papier, et je l'ai imaginée, assise là, tambourinant sur son secrétaire en attendant que quelqu'un décroche au bout du fil, cherchant Sarah Mason dans l'annuaire du Sussex, les yeux fixés sur une vieille carte postale de la cathédrale St. Paul.

— Elle a commencé ses recherches en mars 1997. Pourquoi ? Au bout de trente-six ans, pourquoi ? Ce n'était plus un bébé qu'elle aurait retrouvé, mais une adulte, avec sa propre famille… Pas étonnant qu'elle ait eu du mal à localiser tous ces gens.

— Ce n'est pas à ce moment-là que Jas a eu les jumeaux ? interrogea doucement Andrew. Peut-être qu'en devenant grand-mère… Et de jumeaux, en plus. Quelque chose a dû se déclencher… En tout cas, elle a fourni un boulot incroyable. Et Merck avait l'air tout aussi organisé qu'elle. Ils faisaient la paire, tous les deux. Tiens, jette un coup d'œil à ça…

Il m'a tendu plusieurs photocopies d'articles de journaux. « Un supermarché s'élèvera sur le site du formidable hôpital All Saints de Brighton », et « Les Sœurs de la Charité. Des heures difficiles dans l'histoire locale ». Sur une petite carte blanche était écrit : « Comme promis, ces quelques informations. »

Andrew fronçait les sourcils.

— Ce que je ne comprends pas, c'est comment elle a atterri dans un foyer pour mères célibataires. J'ai vu un documentaire une fois… C'était horrible. On obligeait les pauvres filles à travailler comme des esclaves et on leur prenait leur béb…

À la vue de mon visage pétrifié, il a toussé et ajouté aussitôt :

— Oui, enfin, c'était au siècle dernier. Ça avait sûrement changé dans les années soixante…

J'ai commencé à lire l'article sur le foyer tenu par les Sœurs de la Charité dans les environs de Brighton, où étaient accueillies des femmes seules et de très jeunes filles, certaines à peine âgées de seize ou dix-sept ans. Une adolescente de quatorze ans, violée par les garçons du village, avait été placée là par ses parents incapables de faire face à la honte. Les futures mères y passaient plusieurs mois ou seulement les quelques semaines précédant la naissance, puis six semaines ensuite, le temps de s'assurer que les bébés étaient en bonne santé avant de les confier à une famille adoptive. L'article décrivait la vie quotidienne au foyer, les lourdes tâches qui incombaient aux pensionnaires, seules responsables du ménage et de l'entretien d'un bâtiment en piteux état, la nourriture effroyable. Elles ne recevaient aucune préparation à l'accouchement et les assistantes sociales de l'époque, dépêchées par une société avant tout soucieuse de morale, ne se préoccupaient pas non plus de les soutenir durant le processus d'adoption. Le foyer des Sœurs de la Charité comptait pourtant parmi les lieux d'accueil les moins pénibles, comparé à certains où les pauvres filles étaient traitées comme de la main-d'œuvre gratuite et leurs bébés vendus au bénéfice de l'établissement. Ici, les mères célibataires étaient autorisées à sortir de temps à autre, par petits groupes, pour aller au cinéma ou se promener sur le port. L'article indiquait qu'on les encourageait à confectionner une sorte de layette à l'intention de leurs bébés, et j'ai pensé à la brassière et au petit bonnet en laine que ma mère, qui détestait tous les travaux d'aiguille, avait tricotés pour un bébé à naître.

J'ai examiné les photos qui accompagnaient l'article : une grande maison austère et sombre, une rangée de lits dans un dortoir, deux femmes marchant dans ce qui ressemblait à un parc.

— Où étaient tes grands-parents ? Maternels, je veux dire, a demandé Andrew, le doigt sur le passage qui évoquait la jeune fille violée.

— Ils sont morts quand elle était jeune.

J'observais l'une des femmes sur la photo, cambrée, le ventre en avant, une réplique de Venetia si ce n'était qu'elle portait une robe des années cinquante et un foulard sur la tête.

— Elle est peut-être allée au foyer sur sa propre initiative, pour accoucher en sécurité.

Andrew a eu l'air dubitatif.

— Mmm... Ou bien c'est...

Par délicatesse, il a laissé sa phrase en suspens. Je l'ai terminée à sa place, en désignant du menton l'acte de naissance et sa case vide.

— Lui ? Le père ?

— Ou ses parents. Ils l'auraient obligée à abandonner Phoebe ?

En regardant la photo du dortoir, j'ai essayé de me représenter ma mère, elle, toujours si forte, enfermée dans cette maison et contrainte, jour après jour, d'exécuter des travaux de ménage et de couture, deux activités qui la rebutaient, durant les mois froids de décembre et de janvier, qu'elle haïssait. Puis elle avait accouché et on l'avait obligée à placer ses bébés. À l'idée qu'elle n'avait pas *choisi* de les abandonner, malgré la terrible souffrance qu'elle avait dû éprouver, j'ai été soudain envahie par un immense soulagement. Elle n'avait pas agi volontairement, comme je le pensais, elle n'avait pas désigné les deux petits nourrissons emmaillotés pour les séparer. Elle aurait voulu nous garder. Nous aimer… Mais très vite, trop vite, la réalité m'a rattrapée et j'ai secoué la tête.

— Je ne sais pas… Tu connaissais ma mère. Est-ce qu'elle te donnait l'impression d'être quelqu'un qui ne savait pas imposer sa volonté ?

Nous avons ricané de concert. Un rire aussitôt étouffé, parce que ce n'était absolument pas drôle.

— En plus, elle a gardé *un* des deux bébés, je te rappelle. Si on l'a vraiment forcée, Phoebe et moi aurions été placées toutes les deux, tu ne crois pas ?

Andrew a contemplé d'un air perplexe les lettres, le bloc-notes jaune et les articles de journaux.

— C'est vrai, elle en a gardé un. Et c'est le grand mystère.

— Comment a-t-elle pu céder pour l'une et pas pour l'autre ? Est-ce qu'on l'aurait obligée à ça aussi ? Une sorte de marché…

— Elle était si jeune. Dix-huit ans… Presque encore une adolescente. Et sans doute très différente de la personne que nous connaissions.

— Oui…

J'ai caressé du doigt la jeune femme au foulard sur la photo, en songeant que j'aurais tellement aimé pouvoir pleurer.

13

J'avais hâte de terminer la fouille à présent, de remettre le bureau en état et de m'échapper. Aussi ai-je failli ne pas le voir quand j'ai rangé les derniers dossiers sur l'étagère du haut, et c'est seulement parce que j'avais grimpé sur une chaise que je l'ai aperçu. Un mince volume, à peu près de la taille d'un livre de poche, avec la couverture déchirée. Intriguée, je l'ai pris et j'ai soufflé sur la poussière qui s'y était accumulée. *Poèmes choisis* de Christina Rossetti.

Rossetti était l'un des poètes préférés de ma mère, avec Edna St. Vincent Millay et Louis MacNeice, et il y avait une magnifique édition de ses œuvres dans la bibliothèque du salon, offerte par mon père en cadeau d'anniversaire de mariage. Mais je n'avais jamais vu ce livre-ci, très abîmé, qui devait avoir appartenu à une collection parce qu'il portait le chiffre trois gravé en or sur le dos. En me hissant sur la pointe des pieds, j'ai exploré le fond de l'étagère, derrière les dossiers, mais n'ai rien trouvé d'autre.

— Andrew !

J'ai sauté de la chaise et m'y suis assise en ouvrant le recueil sur mes genoux. Une minuscule rose avait été glissée entre les premières pages, à présent aplatie et desséchée, mais lorsque je l'ai tenue à la lumière, la fleur dressait encore sa corolle au-dessus de la tige étoilée d'épines.

J'ai tendu la fleur à Andrew à la manière d'une offrande. Il a souri, puis m'a montré du doigt l'inscription sur la page de garde. *Constance Adele Holloway, 1949.* J'ai noté la date, l'écriture démodée, et surtout le deuxième prénom. Moi qui, deux jours plus tôt, en découvrant la liste des prénoms de bébés établie par ma mère dans son cahier de grossesse, m'étais sentie offensée parce que celui de Venetia y figurait et pas le mien, voilà qu'à présent j'apparaissais, unie à ma grand-mère par un lien que je n'avais jamais soupçonné, ancrée moi aussi dans un pan de l'histoire maternelle. J'ai pensé à la femme sur la photo, cette étrangère qui avait les yeux de ma mère et ma fossette au menton. J'ai songé aussi que cette petite rose, autrefois vivante, s'était perpétuée à travers l'amour que ma mère portait aux roses de son jardin. En feuilletant les pages du livre, minces comme du papier bible, j'ai regretté de ne pas lui avoir demandé d'où venait mon prénom. Les titres des poèmes défilaient : *Souviens-toi de moi quand je serai partie... Quand nous nous retournons sur le sentier de la vie...* Plus loin étaient glissées plusieurs petites cartes. Je les ai prises d'une main tremblante tandis qu'Andrew, accroupi près de moi, retenait son souffle.

Ensemble, nous avons lu la première :

Hartland, 20 avril 1960

Il y a plusieurs choses dont j'aimerais parler, et j'espère que tu pourras m'apaiser. J'attends ta lettre.

Bien à toi,

H

Bien à toi. C'était bref, gentil et familier à la fois, comme si l'auteur pouvait se dispenser de formalités, ou qu'il poursuivait le fil d'une conversation interrompue.

La deuxième carte était rédigée de la même écriture, mais trahissait une certaine agitation.

Hartland, 28 février 1960

Liz,

Je sais que ce doit être difficile pour toi en ce moment, mais si tu peux supporter de me voir, j'aimerais te parler. Je monte à Londres de temps en temps. S'il te plaît, donne-moi un lieu et une heure de rendez-vous. Réponds-moi vite.

Harry

28 février. Deux semaines après ma naissance. La première carte, en revanche, avait été écrite *après* celle-ci, en avril. Pour refréner mon impatience plutôt que par nécessité, je me suis levée et les ai posées sur le secrétaire.

Enfin, la troisième :

Hartland, 15 juillet 1960

Chère Liz,

Tu n'as pas répondu à ma lettre, mais je dois te parler instamment. Je viens à Londres jeudi prochain. Peux-tu me retrouver ? Je t'attendrai au bar de l'hôtel Langham à dix-neuf heures. Si tu ne viens pas, alors je saurai que tu ne veux pas me voir et je te laisserai tranquille, mais j'espère de tout cœur que tu y seras. Sache que je regrette ce qui s'est passé cette nuit-là, et la façon dont les choses ont tourné. Ce n'était vraiment pas mon intention et je ne peux pas oublier, aussi j'espère que nous pourrons parler.
Harry

Harry. Et était-il possible…

— Tu crois qu'Harry pourrait être… *Lui* ?

J'ai indiqué du menton mon acte de naissance.

Andrew a rassemblé les cartes pour les étudier longuement. Enfin, hochant la tête d'un air pensif, il me les a tendues.

— Ça pourrait être n'importe qui, vraiment. Mais les dates… Et « Je regrette ce qui s'est passé cette nuit-là » ? En tout cas, c'est quelqu'un qui *savait*.

— Harry voulait la voir, ai-je résumé d'une voix que la boule dans ma gorge rendait presque inaudible, mais elle ne lui a pas répondu en février, ni en avril, et en mai, elle était mariée à mon père.

Le recueil de poésie était toujours ouvert sur mes genoux, à la page où avaient été glissées les cartes. Mon regard est tombé sur ces quelques lignes de Rossetti :

Dans un jardin autrefois j'ai vécu,
À présent perdu et disparu.
Je pleure comme je ne pleurerai jamais plus.

Que c'était triste de faire cette découverte à côté d'un poème où il était question d'un jardin. Ma mère, qui, justement, avait tant aimé son jardin et y avait été si heureuse. Enceinte, peut-être de ce Harry, puis abandonnée... Les yeux fixés sur le prénom signé au bas de la carte, j'ai éprouvé une puissante bouffée d'amour pour mon père, qui *lui*, ne l'avait pas abandonnée, ni elle ni le bébé.

Mais l'autre bébé. *L'autre*...

— Il faut que je parle à Phoebe, ai-je déclaré soudain.

J'ai regardé l'heure au réveil posé sur le secrétaire. Minuit moins vingt.

— Il n'est pas encore minuit, a fait remarquer Andrew. Elle ne dort peut-être pas. À mon avis, elle *voudrait* que tu l'appelles.

— Mais je n'ai pas son numéro ! me suis-je exclamée, en proie à la panique. Et si je ne la retrouve pas ? J'ai été tellement dure avec elle qu'elle s'est peut-être volatilisée, pour toujours...

Andrew a sorti son portable.

— On va consulter l'annuaire... Bonjour, je cherche un numéro à...

Il m'a lancé un coup d'œil interrogateur.

— Birmingham, je crois que c'est ce qu'elle a dit.

— Phoebe Roberts, à Birmingham. Oui, s'il vous plaît... Merci.

Il a écrit un numéro sur le dos de sa main, puis a raccroché.

Instinctivement, j'ai préféré me servir du vieux téléphone à cadran. Une voix a répondu à la deuxième sonnerie. Andrew avait posé sa main sur mon épaule pour m'encourager.

— Phoebe ? Euh, c'est…

Ma voix s'est bloquée dans ma gorge. Curieusement, j'avais très envie de paraître calme et assurée. De faire bonne impression.

Depuis Birmingham, à l'autre bout du fil, un immense soupir a flotté jusqu'au bureau de ma mère.

— Je suis tellement contente que vous appeliez. Tellement contente. Je…

— Je regrette d'avoir crié sur vous. C'est impardonnable. Je sais maintenant que tout est vrai, je n'aurais jamais dû…

— Non, non, c'est moi qui vous dois des excuses. Je vous ai harcelée, je suis désolée. Vous avez besoin de temps pour absorber tout ça, bien sûr. C'est juste que… je n'ai personne à qui en parler. Mais quand vous êtes partie, j'ai eu peur de ne jamais…

— Moi aussi.

J'ai senti un sourire me venir aux lèvres. Au milieu de mon naufrage, à travers le brouillard de mes questions et de mes doutes, la voix de Phoebe me parvenait, claire, distincte, et même si nous étions des étrangères l'une pour l'autre, c'était immensément rassurant de savoir que nous n'étions pas seules.

14

Un bruit m'a réveillée le lendemain et je me suis levée d'un bond, complètement désorientée, ne sachant pas où j'étais. Puis j'ai vu la tête d'Andrew qui reposait sur l'accoudoir du vieux fauteuil.

Rose Hill Road. Mon père à l'hôpital. Le bureau de ma mère. « *Je suis tellement contente que vous appeliez.* » Après avoir tout rangé, nous étions descendus grignoter un en-cas de minuit dans la cuisine, enfin, plutôt un petit déjeuner, étant donné qu'il était presque trois heures du matin, et nous avions fini par nous endormir ici, moi sur le canapé, blottie dans la veste d'Andrew, lui sur le fauteuil.

J'ai fait rouler ma tête d'un côté à l'autre pour assouplir ma nuque, et j'allais céder à la tentation de me recoucher encore un peu sur le sofa quand j'ai perçu un autre bruit. Puis des pas. En haut.

J'ai secoué Andrew.

— Réveille-toi.

Saisissant par les bras Andrew qui marmonnait dans son demi-sommeil, j'ai réussi à l'extraire du fauteuil. Le plancher a craqué au-dessus de nos têtes tandis que des pas allaient et venaient. La chasse d'eau a été tirée.

Puis la porte d'entrée s'est ouverte à nouveau en grinçant.

— Bonjour, Mr. Thomson, a lancé la voix claire de Venetia. Vous êtes matinal aujourd'hui.

Andrew a levé un sourcil interrogateur en direction du plafond.

— Le facteur, ai-je chuchoté.

— Oui, c'est terrible... Il a dû aller à l'hôpital. Je viens chercher quelques affaires à lui apporter.

Je me suis vue monter l'escalier pour retrouver Venetia, avec le sac Hermès de ma mère rempli de choses que j'avais prises dans la maison, Andrew sur mes talons, tout enfariné... Non. Après la nuit que je venais de passer et ce que j'avais découvert, je ne pouvais tout simplement pas affronter ma sœur.

— Vite...

Pendant qu'Andrew se rasseyait en grognant pour enfiler ses chaussures, j'ai attrapé le sac Hermès et les affaires que j'avais préparées. Je lui ai lancé sa veste, j'ai retapé à la hâte les coussins du canapé, et je l'ai entraîné vers la baie vitrée donnant sur le jardin que j'ai refermée derrière nous. Nous avons couru jusqu'au rhododendron au coin de la maison, puis piqué un sprint pour dépasser le trou de la haie par lequel la mère d'Andrew, si elle nous avait aperçus, n'aurait pas manqué de nous poser un tas de questions.

Nous nous sommes arrêtés devant la station de métro. Andrew a examiné ses semelles pleines de boue d'un air consterné.

— Mais enfin, pourquoi on n'est pas partis *normalement*, par la porte ? Addie, il faut *vraiment* que tu apprennes à t'affirmer devant Venetia.

Son expression sévère s'est adoucie quand il a vu que je hochais la tête d'un air abattu, redressant une mèche de mes cheveux rebelles pour me donner une contenance. Dans la grisaille du matin, mes résolutions de la veille se délitaient, et, au lieu de me construire une personnalité nouvelle et différente dans cet univers où mes anciens repères n'existaient plus, je redevenais celle qui évitait les conflits et essayait de plaire à tout le monde. Ne pas m'être rendue au chevet de mon père, décision qui, hier, me semblait nécessaire pour me protéger dans un moment de grande fragilité, m'apparaissait aujourd'hui comme une réaction purement égoïste et insensible.

J'ai senti soudain des doigts frais et rugueux sous mon menton, et Andrew m'a relevé le visage en cherchant un mouchoir en papier dans sa poche.

— Tu as l'air d'un épouvantail qui vient d'essuyer un coup de vent. Ils vont vouloir te garder en observation, à l'hôpital.

— Un coup de vent ? C'était une tornade !

J'ai tenté de masquer ma gêne en riant, pendant qu'il ajustait mon manteau sur mes épaules, essayant d'arranger mon allure débraillée. La pluie brouillait les toits des maisons et les arbres tout autour, obligeant les passants à courber l'échine en se pressant vers la bouche de métro. Mais le brouillard matinal, telle une fine gaze drapée autour de nous, étouffait tous les bruits sauf celui de nos respirations et nous poussait l'un vers l'autre, au point que je ne voyais plus que les yeux cernés d'Andrew et le sourire sur ses lèvres. Il m'a tapoté le visage avec son mouchoir, doucement, puis m'a lissé les cheveux en arrière, à deux mains, et malgré moi je me suis détendue, me suis laissée aller contre sa poitrine, la joue sur la toile grossière de sa veste. Il m'a enlacée, et j'allais presque m'abandonner quand, revenant à moi, je me suis brusquement écartée. Andrew était mon ami, mon adversaire dans nos innombrables joutes verbales et mon collègue cuisinier. Nous n'étions pas… *ça*. Nous ne *pouvions* pas être ça, pas après trente ans consacrés à se taquiner, à se houspiller, à connaître par cœur nos maux les plus intimes y compris nos verrues plantaires. Ce serait trop bizarre. Ce serait… *trop*. Ça ne marcherait jamais.

Écarlate, j'ai voulu reculer encore, mais il ne me lâchait pas et j'ai dû appliquer mes paumes sur son torse pour le repousser. Alors, avec un soupir, il a laissé retomber ses bras.

— Comme tu voudras, a-t-il dit, tandis que je m'enfuyais vers l'entrée du métro en sortant fébrilement un billet de mon portefeuille.

Quand il m'a rattrapée sur le quai, j'ai veillé à maintenir une distance prudente entre nous. Heureusement, il n'a fait aucun commentaire sur ce qui venait de – *ne pas* – se produire, et m'a seulement indiqué d'un geste d'avancer plus loin sur le quai, où la foule était moins dense.

— Je me demande si ton père est toujours dans le coin, quelque part, a-t-il lâché d'un air songeur, en refrénant un bâillement. Harry, je veux dire, *si* c'est lui. S'il avait l'âge de ta mère, j'imagine qu'il est encore en vie. Tu pourrais le retrouver.

— Mmm…

— Tu n'as pas envie ?

— Il n'a pas dû jouer un rôle très positif, vu ce qui s'est passé.

— Tu ne connais pas les circonstances exactes, a objecté Andrew.

— Je sais qu'il ne l'a pas soutenue. Je n'aime pas ça. Et donc, par extension, je ne l'aime pas.

— D'après ce que tu m'as raconté d'elle, Phoebe voudra le chercher.

Nous avions atteint le bout du quai, sans plus personne autour de nous. J'ai resserré mon manteau autour de moi, pour me protéger de l'humidité, mais aussi du coude d'Andrew que je sentais encore beaucoup trop près du mien.

— C'est tellement étrange de penser que nous sommes jumelles. On ne se ressemble pas vraiment. Je n'arrive pas à me rentrer ça dans la tête.

— Parfois, les faux jumeaux ne se ressemblent pas du tout. Bon sang, je déteste le temps en Angleterre. Pour un peu, je regretterais mon plan à Marseille.

— Claudette t'ouvrirait sûrement les bras, ai-je répliqué avec un petit rire forcé.

Il m'a regardée d'un air grave. Ses yeux étaient d'un bleu profond dans la lueur blafarde de la station. Puis il a secoué la tête.

— Non, cette page-là est définitivement tournée. J'ai plein de nouvelles idées, des projets, et si on pouvait mettre en route Le Grand Bleu, toi et moi…

En l'entendant mentionner ainsi de « nouvelles idées », associées à son « toi et moi », je me suis sentie rougir à nouveau. J'ignorais à quoi il pensait exactement, mais je ne voulais pas de *ça* entre nous, *surtout* pas, parce que j'étais vraiment, *vraiment* incapable de gérer un autre bouleversement dans ma vie.

Andrew a haussé les épaules. À mon grand soulagement, sa voix me paraissait plus normale quand il a déclaré :

— Les gens brodent tout un tas d'histoires autour de la gémellité, alors que ça n'a rien de particulièrement romantique, quand on y réfléchit. C'est juste deux bébés différents qui se sont trouvés ensemble pendant neuf mois dans le même ventre au lieu d'y séjourner l'un après l'autre. Tu vas apprendre à la connaître, comme n'importe qui d'autre, comme une nouvelle amie. Et tu devrais appeler ce type, Merck, quand il sera de retour.

— Je vais devoir lui expliquer que je me suis fait passer pour maman…

Andrew s'est esclaffé.

— J'aurais bien aimé être une mouche sur le mur pendant cette conversation. Pourquoi tu n'as pas répondu tout simplement : « Elle est morte. Je peux vous renseigner ? » C'est incroyable comme tu perds vite tes moyens, Addie. Et comment tu te laisses écraser par Venetia… Par Grace, aussi, dans ta propre cuisine. Dis juste aux gens ce que tu veux. Ils t'aimeront quand même, tu sais.

À commencer par Le Grand Bleu, ai-je songé. Je me suis écartée de lui en feignant de regarder si le métro arrivait. En même temps, je pensais à tout ce que j'étais pour les gens autour de moi, à ce qu'ils attendaient de moi, comment ils voulaient que je sois, et il m'est venu à l'esprit qu'avec Phoebe, c'était différent, parce que nous ne savions rien l'une de l'autre. Cela m'a paru plutôt agréable, finalement, l'idée que je pouvais être quelqu'un de nouveau, telle que je choisirais d'être, libérée de ce que j'avais toujours été, sans subir aucune pression ni répondre à aucune attente.

J'ai vu les phares du métro approcher dans le tunnel.

— C'est ce que je vais faire, ai-je déclaré.

Andrew a bâillé à s'en décrocher la mâchoire.

— Quoi ?

— Apprendre à la connaître. Tranquillement. C'est un superconseil.

— En voilà une bonne nouvelle ! Tu m'en vois ravi… Je peux t'accompagner à l'hôpital, si tu veux ! Exceptionnellement, et au nom de notre vieille amitié, je me passerai de prendre ma douche ce matin !

Il me souriait, de son sourire habituel qui ne trahissait rien d'autre que la fatigue de la nuit, et je me suis demandé si j'avais imaginé ce qu'il s'était passé avant.

— C'est gentil, mais ça va aller, ai-je répondu au moment où la porte de la rame s'ouvrait devant nous. Venetia sera là aussi, je l'ai entendue dire qu'elle lui apportait des affaires.

— Appelle-moi quand même plus tard, d'accord ? Et ne te laisse pas déstabiliser par Venetia. N'oublie pas, ta sœur n'est jamais qu'un être humain. Quoique…

Il s'est interrompu en montant dans le wagon, m'a pris galamment ma lourde besace pour me soulager et m'a poussée vers deux sièges libres.

— … Ça reste encore à prouver.

15

À peine assis, Andrew n'a pas tardé à s'endormir. Sa tête dodelinait contre mon épaule, tandis que je serrais mes sacs contre moi. Dans l'un d'eux, j'ai alors aperçu *Rebecca*, le livre que j'avais ramassé sur la table de nuit de ma mère. Je l'ai pris et j'ai commencé à le feuilleter.

Ma mère avait toujours annoté ses livres avec diverses remarques, questions ou exclamations. *Rebecca* était un de ses romans favoris, et elle le relisait souvent la nuit lorsqu'elle ne parvenait pas à dormir. Mes yeux fatigués se sont posés au hasard des phrases et des paragraphes, mais j'étais trop épuisée pour m'intéresser aux soucis de la jeune héroïne et je me suis plutôt attachée à l'écriture de ma mère dans la marge. *Pourquoi ? Marqueurs gothiques. Maxim ? Frustrant !* Tout à la fin du livre, coincé entre les pages, était glissé un petit morceau de papier.

Ranger salon
Heures d'ouverture Oxfam
Discours pour remise diplômes
Finir dernier paragraphe

Présentation orale Fred
Anniversaire Addie
Gâteau. Ballons. Confettis. Cadeaux. Tente.

— Tente, ai-je lâché à voix haute.

La femme assise en face de moi a levé les yeux. Avisant mes cheveux hirsutes, ma tenue dépenaillée, mes multiples sacs et Andrew qui gloussait dans son sommeil, elle a pressé son sac à main contre sa poitrine avec méfiance. Sans lui prêter attention, je me suis tournée vers le mur du tunnel qui défilait de l'autre côté de la vitre et j'ai repensé à l'anniversaire de mes dix ans.

Ma mère détestait l'hiver. Quand arrivait le mois de janvier, elle se trouvait une quantité ahurissante d'activités et d'obligations, ou bien sombrait dans un mutisme entrecoupé d'accès d'humeur à notre encontre et se cloîtrait dans son bureau. Je n'organisais pas de grandes fêtes pour mon anniversaire, invitant seulement quelques petites filles à jouer pendant un après-midi, mais en 1970, le jour de mes dix ans tombait un samedi et ma mère avait annoncé que je pourrais convier dix amies afin de marquer mon entrée dans les années à deux chiffres. J'étais tellement excitée par cette proposition si extraordinaire que, durant les semaines précédant l'événement, j'ai sondé mon entourage pour savoir ce que l'on faisait à une fête d'anniversaire à deux chiffres. Mais maman avait sans doute regretté sa promesse irréfléchie parce que, la semaine tant attendue, elle était partie à un séminaire – peut-être la remise des diplômes figurant sur la liste – et rien n'avait été préparé pour le samedi. Le vendredi, j'ai invoqué toutes sortes de puissances occultes pour que les dix fillettes qui devaient venir le lendemain à trois heures soient invitées à une autre fête.

J'ai très mal dormi cette nuit-là. Quand j'ai émergé le samedi matin, la maison était plongée dans le silence. J'ai passé la tête par la porte de ma chambre, tendant l'oreille dans le couloir. Rien, hormis le tic-tac de l'horloge de l'entrée. Prise d'une panique soudaine, j'ai couru regarder le réveil dans ma chambre : dix heures et demie. Où étaient-ils tous ?

— Maman ? ai-je appelé. Vee ?

À peine troublé par ma voix fluette, le silence ne m'est apparu que plus inquiétant. J'ai aussitôt refermé la bouche et, lentement, je suis allée jeter un coup d'œil dans les chambres de Jas et de Venetia, puis dans celle de mes parents. Personne. J'ai descendu l'escalier sur la pointe des pieds, soudain terrifiée, comme seule une enfant de dix ans peut l'être en s'éveillant dans une maison vide après une nuit sans sommeil. Étaient-ils tous partis ? Avaient-ils déménagé ? À moins qu'ils aient été enlevés ? *Assassinés* ?

Le vestibule était sombre, la porte du salon verrouillée. Quand j'ai essayé de l'ouvrir, le grincement de la poignée dans le calme de la maison m'a effrayée et je l'ai lâchée. Peut-être étaient-ils tous en bas, dans la cuisine, et qu'ils m'attendaient pour me faire la surprise ? Mrs. Baxter avait peut-être confectionné mon gâteau préféré à la crème de coco, sur trois étages, avec dix bougies ; ils avaient accroché des ballons, et il y aurait de la musique, du bruit et de la lumière. Oui, c'était sûrement ça ! J'ai pris une profonde inspiration, j'ai allumé dans l'escalier de la cuisine et je suis descendue, en me préparant à sursauter au son de *Joyeux Anniversaire !*

J'ai ouvert la porte. Juste un peu, d'abord, puis complètement. La déception et la peur se sont abattues sur moi comme une tonne de briques. Il y avait de la vaisselle sale autour de l'évier, une vague odeur de bacon qui flottait dans l'air, mais la cuisine était aussi obscure et déserte que le reste de la maison. Alors, je me suis mise à pleurer, étouffée par de gros sanglots.

— Il y a quelqu'un ? ai-je réussi à crier.

Soudain, à travers mes larmes, j'ai remarqué une feuille de papier sur la table. J'ai eu du mal à déchiffrer l'écriture de mon père, qui avait écrit : « Désolée, ma chérie, on revient bientôt. Joyeux anniversaire!!! » Le papier était maculé de taches rouges, sans doute de la confiture qu'ils avaient mangée au petit déjeuner. Il m'a fallu un peu de temps pour arrêter de pleurer. Au moins, ils *savaient* que c'était mon anniversaire. Mais pourquoi ne m'avaient-ils pas réveillée ? Et où étaient-ils partis, justement le jour qui marquait mon entrée dans les années à deux chiffres ?

Après m'être habillée, je suis restée dans la cuisine. J'ai lavé et essuyé la vaisselle, j'ai hésité à faire un gâteau, et je me suis demandé où ma mère avait pu ranger la boîte des décorations afin de les accrocher. Devais-je organiser des jeux ? Appeler Mrs. Baxter pour qu'elle vienne nous préparer à goûter ? J'essayais de réfléchir calmement, mais tout ce que je voyais, c'était le visage de Dawn McCarthy, qui avait déjà onze ans (à son anniversaire, nous avions décoré des objets en poterie que nous avions ensuite emportés chez nous dans un sac rose), et qui devait arriver avec neuf autres fillettes moins de trois heures plus tard.

Il y avait un petit réveil au-dessus de la cuisinière, dont Mrs. Baxter se servait comme minuteur. Je me suis assise à la table, la feuille de papier dans les mains, contemplant les secondes et les minutes qui clignotaient. 12 h 15. 12 h 20. 12 h 30.

Enfin, incapable de supporter plus longtemps cette attente, j'ai tourné la feuille, j'ai écrit « suis partie au square » en grosses lettres furieuses, j'ai éteint la lumière et je suis sortie de la maison. Il faisait gris et froid, un mois de février typique en Angleterre, arbres et buissons luisants de pluie, rues ternes et détrempées. Comme Andrew n'était pas chez lui non plus, je suis allée toute seule au square, en traînant un peu dans les rues alentour, puis à l'aire de jeux où quelques parents intrépides avaient emmené leurs jeunes enfants emmitouflés comme de gros poupons. Je suis restée assise sur la balançoire le plus longtemps possible, espérant vaguement que quelqu'un viendrait me chercher et que les dix petites filles repartiraient si elles ne me trouvaient pas à la maison, mais finalement, le froid humide a eu raison de moi et je suis rentrée, résignée. J'ai marché de plus en plus lentement en approchant du 42 Rose Hill Road, sans oser lever les yeux.

Mais quand enfin j'ai regardé, j'ai failli ne pas reconnaître la maison. Toutes les autres maisons et les autres jardins n'offraient qu'un camaïeu de gris et de bruns, avec des jardinières vides aux fenêtres et des haies dépouillées. Le numéro 42, en revanche, était une explosion de couleurs. Il y avait des ballons accrochés à la porte, des rubans sur la rampe du perron, et aussi une immense banderole et de grandes fleurs découpées dans du carton. C'était presque éblouissant, après la grisaille du square où j'avais erré pendant une heure. J'ai jeté ma bicyclette derrière la clôture et me suis précipitée. Par la fenêtre de la cuisine, j'entendais des bribes de conversation, des rires et la radio de Mrs. Baxter à plein volume. J'ai poussé prudemment la porte d'entrée, qui avait été laissée entrebâillée. À l'intérieur, encore des banderoles. Il n'y avait personne, mais j'ai suivi le chemin de confettis qui descendait au sous-sol.

Quand j'ai ouvert la porte de la cuisine, le vacarme et les couleurs m'ont assaillie au point que j'ai failli tomber à la renverse. Une vingtaine de personnes au moins s'entassaient dans la pièce, sous les banderoles et les ballons qui dansaient au plafond. Des enfants s'amusaient dans les coins, Mrs. Baxter servait du café et offrait du lait. Son mari mangeait un scone. Dawn papillonnait des paupières pour se faire remarquer d'Andrew, qui l'ignorait royalement, occupé à décorer un gâteau d'anniversaire avec des vermicelles de couleur. Mon père et ma tante Clara disposaient des assiettes sur la table.

Je suis restée pétrifiée, sous le coup d'un soulagement auquel se mêlait un immense bonheur. Puis j'ai aperçu ma mère au milieu de cette euphorie, bavardant et riant, comme si elle n'avait même pas remarqué mon absence. L'idée m'a traversée qu'elle était peut-être fâchée parce que je ne les avais pas attendus dans la cuisine, que je n'avais pas aidé aux préparatifs, alors qu'on organisait cette fête pour moi et que, vraiment, j'aurais dû participer. Saisie d'une vague appréhension, sans regarder ni à gauche ni à droite, je me suis dirigée vers elle, je lui ai tapoté le bras pour attirer son attention, et je me suis détendue en voyant le grand sourire qui s'épanouissait sur son visage.

— Ma chérie, joyeux anniversaire ! Où étais-tu donc passée ? La fête a commencé sans toi !

— Je ne pensais pas qu'il y aurait une fête…, ai-je bredouillé.

Au souvenir des heures atroces que je venais d'endurer, les larmes me sont montées aux yeux. Je me suis essuyé les mains sur mon jean sale en regrettant de ne pas avoir mis ma petite robe, qui était suspendue à un cintre dans mon armoire depuis deux semaines.

— Je ne savais pas où vous étiez.

— Mais papa t'avait laissé un mot, a-t-elle répliqué, un soupçon d'agacement dans la voix à la vue de mes larmes.

Elle m'a entraînée à l'écart, devant la porte de l'office.

— Addie, ne sois pas toujours si inquiète ! C'était une *surprise*. Arrête de pleurer. La pauvre Venetia s'est blessée ce matin, elle saignait, et nous avons dû l'emmener aux urgences. Tu dormais encore. D'ailleurs, c'est un mystère que tu ne te sois pas réveillée, avec tout le raffut qu'il y a eu… Nous avons attendu des heures à l'hôpital ! Dieu merci, Mrs. Baxter était là, comme d'habitude. C'est elle qui a tout préparé. Elle est imbattable pour ce genre de choses.

Mon père est alors arrivé. Il s'était fait du souci pour moi, il se demandait où j'étais, et il était vraiment désolé. Ensuite, les gens ont remarqué ma présence. Tout le monde est venu m'embrasser et me féliciter, les filles de mon école se sont présentées tour à tour pour m'offrir mes cadeaux. Venetia s'est approchée, tenant précautionneusement sa main en l'air.

— Addie ! s'est-elle écriée. Je suis tombée sur les ciseaux. Je vais garder mon bandage pendant deux semaines !

— Elle croyait que son doigt était tranché, a raconté ma mère, et elle est devenue folle de peur en le cherchant partout, jusqu'à ce qu'elle s'aperçoive qu'il était encore attaché.

Là, enfin, j'ai ri, ce qui m'a permis de contenir mes larmes. Ma mère était contente, j'avais dix ans, les invités étaient là, et Andrew avait fait un gâteau et me souriait de toutes ses dents, sans remarquer Dawn qui minaudait à côté de lui. Tout allait bien.

16

Assise dans le métro, j'ai détaché mes yeux de la vitre obstruée par le mur du tunnel et j'ai refermé *Rebecca.* En réalité, ça n'avait pas été bien. Car par la suite, je m'étais toujours rappelé mon entrée affolée dans les années à deux chiffres, et j'avais formulé le vœu que si j'avais un jour des enfants, je ne disparaîtrais jamais sans les prévenir, je leur parlerais, je ne les laisserais pas dans l'ignorance, et je bannirais les fêtes surprises.

La rame a accusé une secousse en prenant un brusque virage et Andrew a sursauté.

— Hein, quoi ? Qu'est-ce qui se passe ?

Il a jeté un regard trouble autour de lui, à la manière d'un ivrogne, puis a étiré ses longues jambes et donné un coup de pied dans les tibias de la femme en face qui s'est vivement reculée.

Je me suis excusée à sa place.

— Pardon… Andrew, réveille-toi !

Mais il avait déjà refermé les yeux et laissait aller sa tête contre mon épaule.

— Je suis tellement fatigué, Addie… Mes paupières sont collées, je ne pourrai plus jamais les soulever… C'est possible, tu crois ?

La femme a eu l'air dégoûté. À nouveau, je lui ai adressé un sourire vaguement coupable.

— Andrew ? Tu te rappelles mon anniversaire des dix ans ?

— Le 14 février, a-t-il marmonné aimablement.

— Oui, mais celui de mes *dix* ans. Tu te souviens ? Il y avait eu une fête en bas, dans la cuisine.

Il est resté si longtemps silencieux que j'ai cru qu'il s'était rendormi. Mais il a fini par grogner :

— Gâteau au chocolat à trois étages, glaçage à la crème de coco. Vermicelles multicolores. Smarties rouges et jaunes. Une splendeur…

— Pas le gâteau… Est-ce que tu te rappelles la fête ?

Il a bâillé, les yeux résolument fermés dans la lumière des néons.

— Tu veux dire, quand tu as reçu la tente ? Après, on a campé dans ton jardin… On a fait cuire du cabillaud en croûte de sel. Et des pommes de terre. Même qu'on a failli mettre le feu à l'abricotier… Encore cinq minutes… S'il te plaît, Ads.

— Oui, oui, désolée…

J'ai voulu lui offrir mon épaule, mais il dormait déjà et s'est mis à ronfler doucement. J'ai regardé la liste que je tenais toujours dans les mains. *Gâteau. Ballons. Confettis. Cadeaux. Tente.*

La tente. Bien sûr. Comment pourrais-je jamais oublier cette tente ? J'avais souhaité diverses choses cette année-là, sans ordre de préférence : un chiot, un perroquet, un grille-pain Mickey et un distributeur de chewing-gum. Mais pour mes dix ans, allez savoir pourquoi, ma mère m'a offert une tente. Nous n'avions pourtant aucun endroit où la planter, hormis le jardin derrière la maison, et nous n'étions pas une famille amoureuse de la nature ni adepte des activités en extérieur. Peut-être aimait-elle le côté aventure, l'idée que l'on pouvait être libre et se promener en portant toute sa vie sur son dos ; ou bien, alors qu'elle cherchait une idée de cadeau, elle avait été inspirée par le roman d'aventures que papa nous lisait le soir, à Venetia et à moi, dans lequel des enfants partaient en camping et vivaient un été plein de péripéties. Toujours est-il qu'à la fin de la fête, après les jeux et les récompenses, quand le niveau sonore est retombé pendant que chacun savourait sa part de gâteau, ma mère est apparue à mes côtés et m'a chuchoté :

— Viens, je veux te montrer quelque chose.

Elle m'a entraînée au rez-de-chaussée, a déverrouillé la porte du salon, et s'est effacée pour me laisser entrer.

— Regarde ! a-t-elle lancé fièrement.

Et là, au milieu de la pièce où les meubles avaient été repoussés, j'ai découvert mon cadeau. Une adorable petite tente, juste assez grande pour deux personnes, et incroyablement originale. Des myriades de fleurs et d'étoiles avaient été cousues sur la toile, de sorte que le vert sombre d'origine disparaissait sous une masse de couleurs. En m'approchant, j'ai reconnu le tissu de mon vieil imperméable, avec un papillon sur la manche. Il y avait une étoile provenant d'un chapeau que Jas portait quand il était petit et, partout, des motifs taillés dans des parapluies cassés et des nappes en plastique. J'ai remarqué aussi un tissu constellé de taches rouges.

Ma mère a levé les yeux au ciel.

— Le sang de Venetia… On était en train de découper les dernières pièces ce matin, je n'ai pas eu le temps cette semaine. Ça m'apprendra à laisser une paire de ciseaux entre les mains d'une enfant de six ans !

— Pardon, j'aurais dû être là pour vous aider…, ai-je balbutié en effleurant le papillon de mon imperméable.

— Vas-y, entre…

Ma mère a soulevé le rabat de la tente, m'a poussée à l'intérieur et m'a suivie à quatre pattes.

— C'est moi qui ai eu l'idée, a-t-elle expliqué, et tout le monde a participé. Regarde, il y a une poche pour mettre un réveil, tu vois ? Et là, tu peux caler ton livre. Papa t'a offert une lampe torche. Et Venetia une paire de grosses chaussettes, si jamais il fait froid la nuit. Mrs. Baxter a déniché une casserole toute légère, si tu veux préparer un petit repas dehors. Et une poêle. Parfaite pour les pommes de terre. Après, quand tu replies la tente, tu ranges tout le matériel dans ce sac, là. Je l'ai fabriqué moi-même. Regarde… D'accord, ce n'est pas une œuvre d'art, mais j'ai brodé tes initiales, tu vois ?

J'ai contemplé l'intérieur de la tente, si joliment arrangé, avec les cuillères et les fourchettes retenues par des bandes en velcro. À la pensée que tout le monde avait travaillé à ce projet, pour moi, j'ai senti mes yeux s'emplir à nouveau de larmes.

— Oh, maman, c'est tellement beau. Je n'en reviens pas… Merci, merci ! Je croyais… qu'est-ce que j'étais bête… j'ai cru que tu avais oublié mon anniversaire.

J'entendais le brouhaha des voix, en bas, mais le calme régnait dans la tente où une lumière tamisée filtrait entre les fleurs et les étoiles. C'était comme être assis sous l'eau, au fond d'un petit étang tout frais et tapissé de mousse. Je serrais dans mes bras le sac brodé de fleurs lui aussi, assorti avec le reste. Ma mère m'a regardée avec un drôle de sourire. Dans ses yeux, il y avait à la fois une grande douceur et – je la voyais à présent – une tristesse cachée. Elle est venue s'asseoir tout près de moi. J'ai posé ma tête sur son épaule, et j'ai senti son souffle contre mon oreille quand elle m'a murmuré :

— Je n'oublierai jamais ton anniversaire, Addie. Jamais.

Émergeant de mon souvenir, je me suis retrouvée à nouveau dans le métro, tournée vers la vitre et le mur du tunnel. Je ne m'étais jamais remémoré la fête jusqu'à la fin, sans doute parce qu'elle avait été largement gâchée par l'angoisse qui l'avait précédée, et je ne savais pas ce qu'était devenue la tente ensuite. Je l'avais plantée plusieurs fois dans le jardin avec Andrew et nous avions failli mettre le feu à l'abricotier, après quoi on nous avait interdit de cuisiner nos repas. À présent que je venais de passer une nuit entière à pourchasser le fantôme de ma mère, mon inconscient me restituait le tout dernier moment de cet anniversaire avec elle. Sa tendresse, son amour, et moi, blottie contre son épaule au fond d'une eau douce et verte, dans la lumière tamisée d'une tente qu'elle avait fabriquée spécialement pour moi.

Sauf que nous n'étions pas seules toutes les deux. À mon insu, le spectre de Phoebe Roberts nous avait toujours accompagnées, où que nous soyons, et en particulier le 14 février de chaque année.

« *Je n'oublierai jamais ton anniversaire.* »

Hartland, 13 août 1958

C'est mon anniversaire aujourd'hui et j'ai dix-sept ans ! Je viens d'écrire la date sur cette page, il est cinq heures du matin. J'ai laissé mes rideaux ouverts hier soir pour être réveillée par les premiers rayons du soleil et par les oiseaux qui gazouillent sur le toit de ma lucarne. Je n'ai dit à personne que c'était mon anniversaire, parce que je ne voulais pas qu'ils se sentent obligés de me le fêter, mais je me demande s'ils le savent quand même. Ça m'est égal, de toute façon. Les anniversaires ne sont pas si importants, et mon séjour ici est déjà un cadeau en soi. Dix-sept ans aujourd'hui. Je suis presque une jeune adulte, et on ne demande pas à une jeune adulte d'aller jouer plus loin comme une gentille petite fille. Peut-être Abel ignorait-il que j'allais avoir dix-sept ans.

Plus tard

Ils le savaient ! Quand je suis descendue, j'ai trouvé un gâteau sur mon assiette, un énorme gâteau rien que pour moi, avec des bougies et tout. Il y avait une nouvelle lettre de Maman dans une grosse enveloppe, que j'ai mise de côté pour la lire plus tard. Et Janet m'a offert un superbe foulard, tellement grand que je peux le draper sur ma tête et mes épaules. Un foulard à porter dans une voiture décapotable, a-t-elle dit, même si je ne suis jamais montée dans une décapotable de ma vie. Et Harry, Beatrice et Felicity m'ont souhaité un bon anniversaire. Bert a voulu me prendre dans ses bras, mais Harry l'en a empêché, parce que Bert essaie toujours de trop s'approcher de la poitrine des filles et de nous toucher les épaules avec ses mains moites. Plus tard, nous sommes tous allés en voiture à Porthallow pour déjeuner dans le jardin d'un salon de thé. Je me suis assise à l'avant, j'ai noué mon écharpe sur ma tête, et, avec le vent salé qui me soufflait au visage, je me sentais comme une reine.

Mais la plus merveilleuse surprise a été le coup de fil de Maman ! Ma mère, au téléphone avec moi pour mon anniversaire, ça c'était vraiment un cadeau. Quand nous sommes rentrés l'après-midi, Janet m'a entraînée dans le cabinet de travail d'Abel et m'a montré le téléphone sur le grand bureau en acajou. « J'ai convenu de l'heure avec ta mère tout à l'heure, a-t-elle dit. Elle va t'appeler. Assieds-toi et attends que ça sonne. » J'ai obéi, je me suis assise et j'ai contemplé les tableaux de chevaux, les trophées qu'Abel avait remportés à des concours hippiques et ses fusils de chasse accrochés aux murs, et enfin le téléphone a sonné. Je pouvais à peine parler quand j'ai décroché, tellement c'était bon d'entendre sa voix. Je me sentais atrocement mal, aussi, parce que je m'étais promis de ne pas m'amuser ici, de ne pas être heureuse comme je l'étais. Mais elle avait une voix claire, meilleure, peut-être, que lorsque je l'avais quittée. Elle m'a posé plein de questions, elle brûlait d'envie de savoir ce que je faisais, elle voulait que je lui décrive nos excursions, elle m'a demandé si Harry était aussi adorable que dans son souvenir… alors je n'ai pas pu m'empêcher de tout lui raconter. Je lui ai parlé de l'odeur de la mer, de la magnifique roseraie, de Harry qui m'apprenait à nager, et j'ai même un petit peu évoqué mes promenades avec John parce que c'est le seul que je ne mentionne pas beaucoup dans mes lettres.

Et puis, j'ai entendu des voix à l'arrière-fond, deux personnes qui discutaient. C'était très étonnant, puisqu'il n'y a jamais aucun bruit chez nous. Quand je l'ai interrogée, Maman a dit que ce n'était rien, juste sœur Hammond qui était arrivée. « À cette heure-ci ? me suis-je exclamée. Pourquoi vient-elle si tôt ? Est-ce que tu as mal, Maman ? Je t'en prie, dis-moi ! »

Maman a répondu qu'elle allait bien, tout à fait bien, et que je devais continuer à lui écrire des lettres parce qu'elle adorait lire tout ce que je lui racontais. Et qu'elle m'interdisait de m'inquiéter pour elle. Et que, peut-être, quand je rentrerais, nous pourrions aller à Londres. Ce serait mon cadeau d'anniversaire. « On pourrait aller au cirque, Lizzie, a-t-elle dit. Ou à la cathédrale St. Paul, si elle est ouverte. Boire un thé quelque part et se promener le long de la rivière. Peut-être t'acheter quelque chose de joli et passer une bonne journée ensemble. »

Parce que j'étais parfaitement heureuse à ce moment-là, j'ai accepté l'idée. Je me suis laissée aller à croire que, oui, nous irions au cirque ou à la cathédrale St. Paul, elle et moi, comme avant – ce stupide Espoir qui revenait –, et je me suis mise à pleurer. Je ne sais pas pourquoi j'avais tellement envie de pleurer, alors que c'était si formidable de lui parler quand elle me manquait tant, mais je ne pouvais pas me retenir. C'est pourquoi je n'ai pas bien écouté son dernier au revoir, et c'est seulement après avoir raccroché que j'ai pris conscience de ce qu'elle avait dit. Que je lui manquerai toujours. Et maintenant, dans ma petite chambre mansardée, je ronge mes ongles si joliment manucurés par Bea en l'honneur de mon anniversaire – c'est la première fois que je porte du vernis –, et je retranscris mot pour mot notre conversation à la recherche de quelque chose que j'aurais pu rater. Car pourquoi lui manquerais-je ? Et pourquoi toujours ? Je ne comprends pas, mais j'entends une menace dans ces paroles.

Voilà qu'on sonne pour le dîner, je ne me suis pas changée, et il faut que je me dépêche de descendre. Ils ont organisé une fête pour moi après le repas, il est prévu de boire des cocktails sur la terrasse et même de danser. Je n'ai pas voulu dire que je ne savais pas vraiment danser non plus. Tant pis, je me débrouillerai.

Minuit (!!)

J'écris ceci au milieu de la nuit, à minuit passé, non pas parce que je me cache, mais parce que je viens de remonter après ma fête d'anniversaire !

D'après Beatrice, la soirée a été un « franc succès ». Je ne m'y connais pas assez en soirées pour juger, mais moi, en tout cas, j'ai adoré. Après le dîner, nous nous sommes installés sur la terrasse pour écouter de la musique et danser. Je me suis trémoussée de mon mieux en imitant les autres, ce qui était assez fatigant parce que tout le monde voulait danser avec moi, en mon honneur. D'autant plus que j'avais bu du champagne, pas un verre, mais deux, et je ne crois pas que je goûterai jamais, *jamais*, quelque chose d'aussi exquis que ce champagne, le premier que je buvais de ma vie, là, sur la terrasse de Hartland, debout à côté de Harry, tandis que John faisait tournoyer Beatrice dans tous les sens au son d'Elvis et qu'un crépuscule d'une douceur veloutée envahissait le jardin, lentement, très lentement, comme si la journée elle-même ne supportait pas de devoir finir, qu'elle ne supportait pas de laisser la place à l'énorme pleine lune suspendue au-dessus des arbres.

Mais le meilleur s'est produit plus tard, une fois la nuit complètement tombée. Tout le monde s'attardait dehors, dans l'air tellement chargé de la chaleur de la journée qu'il semblait presque sirupeux, en continuant à bavarder, chanter et rire. Et alors – je vais essayer de bien raconter, pour Maman, même si je ne suis pas sûre que je pourrais vraiment lui en parler. En réalité, ce qui s'est passé à la fin était si merveilleux que je voudrais juste le garder pour moi, en conserver précieusement tous les minuscules détails. Je veux ne pas oublier, aussi longtemps que je vivrai, qu'il n'y a pas d'endroit plus romantique, plus délicieusement secret, que le petit verger à côté des jardins de Hartland.

À travers les arbres, je distingue les guirlandes lumineuses accrochées autour de la terrasse, j'entends la musique lointaine, les rires assourdis et le bruissement de petites créatures invisibles dans l'herbe et les buissons. L'air est plus frais ici, je le sens sur mes joues brûlantes et dans mes cheveux, mais je suis cachée, en fait, comme il faut l'être au moment d'être embrassée pour la première fois. Un baiser n'est pas tout à fait un cadeau d'anniversaire. Pourtant, c'est l'impression que j'ai eue, que cet événement merveilleux et si excitant m'arrivait pour couronner la journée. J'ai lu des choses sur l'amour, entre Jane Eyre et Mr. Rochester, entre le prince Andrei et

Natacha, mais Maman et moi n'en avons jamais vraiment parlé, et même si Judy a parfois essayé de me raconter ses aventures dans les dernières rangées du cinéma, je ne savais pas exactement à quoi m'attendre, je ne connaissais rien de l'amour qui ne meurt pas, de la passion et des émois qui nourrissent tant de livres et de poèmes.

Au bout du compte, peu importait ce que je savais ou pas, parce que rien n'aurait pu me préparer à ce qui s'est passé ce soir, cette vague puissante qui emporte tout, une force inexorable qui donne envie de rire et rend en même temps infiniment légère, comme illuminée de l'intérieur, qui balaye tout ce qu'on a appris sur les convenances et les conduites raisonnables, et qui fait se hausser sur la pointe des pieds, nouer ses bras autour du cou de quelqu'un, renverser le visage en arrière, et tout oublier, jusqu'à la personne qu'on était avant ce baiser.

17

Il pleuvait fort quand je suis sortie du métro. J'ai remonté la rue en courant et je me suis arrêtée à un stand de journaux pour acheter *The Week* et une barre chocolatée au caramel, deux choses que mon père adorait. Une fois à l'hôpital, j'ai mis un peu de temps à me repérer dans le labyrinthe des couloirs remplis d'hommes et de femmes en blouses blanches qui se hâtaient en tous sens, avant de trouver enfin la chambre. Une infirmière m'a dit que mon père dormait, que je pouvais attendre son réveil dans la chambre, mais que je ne devais surtout pas le perturber. J'ai ouvert la porte en cachant le sac Hermès derrière mon dos.

Mes yeux sont tombés sur un lit étroit où une silhouette était étendue sous une couverture d'hôpital.

— Coucou…, ai-je murmuré.

La chambre était minuscule, juste assez grande pour accueillir un lit, un tabouret, et un tas de machines qui clignotaient et bipaient. Les mains de mon père endormi agrippaient la couverture. Je me suis obligée à le regarder, à *vraiment* le voir, son visage creusé de rides, amolli par le sommeil et baigné d'une lueur gris-vert, ses cheveux, ses épaules carrées qui étaient presque trop larges pour le lit, ses longues jambes que l'on devinait sous la couverture.

J'ai pensé à l'homme que j'avais découvert à l'intérieur d'un recueil de poèmes de Christina Rossetti, celui qui demandait à ma mère de le retrouver au Langham en juillet 1960. Harry. Qu'avait éprouvé mon père en élevant la fille d'un autre ? M'avait-il vue comme une enfant non désirée qu'il était contraint d'accepter ? Étais-je marquée d'une tache à ses yeux, même s'il ne l'avait jamais admis consciemment ? Ou bien se sentait-il *lui-même* comme un deuxième choix ? Avait-il été ce père aimant et ce pilier pour se faire pardonner de ne pas être mon géniteur ?

Le film des souvenirs se remettait en marche, menaçant de détruire les bons moments comme s'ils étaient faux, vus à travers un prisme qui les éclatait en un million de reflets iridescents. Des cavaliers égarés sur un échiquier et des scones aux myrtilles avec de la crème. Nous deux dans la vieille Volvo après que j'avais obtenu mon permis, parlant de tout et de rien, tandis qu'il me faisait conduire dans les rues de Londres pour que je gagne en assurance. « Tu vois le vélo, là ? Et le petit garçon debout à côté du feu ? Parfait. » Son anxiété vaguement palpable chaque fois que ma mère s'absentait. J'essayais de l'aider avec les repas, avec les devoirs de Vee et de Jasper, je lui donnais un coup de main pour les coucher, et puis on buvait un verre de lait chaud tous les deux, seuls dans la cuisine. « Je n'y arriverais pas sans toi, Addie. »

Chaque souvenir était un coup de poignard, mais je les ai tous laissés m'atteindre, les uns après les autres. Il me semblait que c'était important. Je *devais* parvenir à une résolution, ici, maintenant, et une fois pour toutes. Allais-je dorénavant le considérer comme un étranger, et mon passé avec lui une mascarade ? Ou allais-je décider de le garder avec moi, de vivre ma vie en tant qu'Adele Harington, la fille de mon père ? Je suis restée longtemps assise sur le lit à le regarder dormir, le sac de ma mère sur mes genoux, tout en réduisant en charpie la couverture du magazine.

Soudain, il y a eu du bruit dans le couloir. La porte s'est ouverte et Venetia est entrée, trempée et décoiffée comme rarement, chargée de sacs, serrant le *Times* entre ses dents. Elle a écarquillé les yeux quand elle m'a vue assise sur le bord du lit.

— Gnhggn, a-t-elle grogné en avançant le menton vers moi, mais je n'ai manifestement pas réagi assez vite parce qu'elle a craché le journal au pied du lit, manquant de peu les jambes de mon père.

Elle a ensuite entrepris de déballer ses sacs dans un silence éloquent et a disposé des grappes de raisin sur la table de chevet, puis a sorti tour à tour, avec de grands gestes dramatiques, le *Telegraph*, deux livres de poche, un magazine et un pyjama, qu'elle a jetés en tas sur le lit. Après avoir repoussé le sac Hermès sous un pli de la couverture, j'ai dégagé mon *Week* passablement endommagé qui reculait sous l'assaut des nombreux cadeaux de Venetia, et je l'ai placé sur le haut de la pile. Venetia l'a saisi entre le pouce et l'index d'un air dédaigneux et l'a écarté. Je l'ai remis sur la pile. Bien, Adele. Bel exemple de maturité. Au prix d'un gros effort, j'ai réussi à résister au mouvement naturel qui me commandait de m'incliner et d'éclipser l'insolent magazine.

— Ça a l'air d'aller, papa..., ai-je chuchoté.

— Ah oui, tu trouves ?

Venetia a désigné mon père, semblable à un gisant de marbre, les pitoyables rideaux orange à la fenêtre, les machines qui clignotaient tout autour. L'une d'elles a lâché un sifflement, une sorte de soupir. À la vue d'un tressaillement qui se produisait sous la couverture, j'ai interrogé Venetia d'un regard inquiet.

— Ils surveillent son cœur, évidemment, a-t-elle lâché sans dissimuler son exaspération. D'après Jas, il y a un problème de fréquence cardiaque. Il faut que tu assumes, bon sang.

Moi ? J'ai contemplé le visage tendu de ma sœur, son ventre farouchement pointé en avant, la masse de choses qu'elle avait déversées autour des jambes de papa, et j'ai réprimé une soudaine envie de rire.

— C'est quand même incroyable que tu ne sois pas venue hier ! a repris Venetia, qui contrôlait avec peine le volume de son chuchotement.

En la voyant redresser un tube légèrement de guingois au-dessus de la tête du lit, j'ai compris que Venetia, cassante comme jamais, était en fait terrifiée. Suspendue depuis un an entre les deux extrêmes de la vie – la mort de maman, d'un côté, le bébé à naître, de l'autre –, elle se retrouvait encore déstabilisée par l'effondrement de papa. Quand elle s'est assise sur le tabouret, elle a un peu glissé et j'ai tendu le bras pour la soutenir.

— Venetia, ai-je soufflé après m'être assurée que papa dormait toujours, je me sens très mal de lui avoir causé cette émotion. Tu le sais. Je me suis occupée de lui toute l'année, chaque semaine, presque chaque jour... et je l'aime autant que toi. Sauf que moi aussi, j'ai eu un choc, hier. Je ne pouvais tout simplement pas l'accompagner à l'hôpital. Je l'aurais fait, si j'en avais été capable. Mais je n'ai pas pu. C'est comme ça, il faut que tu l'acceptes.

— Il s'en est fallu d'un cheveu, Addie.

Venetia s'est penchée pour ramasser son sac par terre, en négociant tant bien que mal avec son gros ventre. Elle en a sorti un autre livre et l'a posé sur la table de chevet.

— Son cœur était en souffrance, et on n'avait rien remarqué.

— Si, moi, j'avais remarqué, ai-je répliqué froidement. Je l'ai emmené chez le médecin. J'ai pris rendez-vous avec le spécialiste, j'ai écrit la date et l'heure dans son agenda, j'ai téléphoné trois fois pour lui rappeler d'y aller. Je ne peux pas le traîner de force. Il est encore son propre maître. Mais, en un sens, ça a peut-être été une alerte salutaire pour nous.

— Salutaire ? Parce qu'une femme prétend être ta jumelle et que tu t'es sentie obligée de lui balancer ce fardeau sur les épaules, alors qu'on avait décidé de l'épargner ?

— Vee, toute cette histoire est vraie. Je le sais maintenant. J'ai une jumelle. Et toi, tu as une demi-sœur. Tu ne… ça ne t'intéresse pas ?

Venetia pinçait les lèvres d'un air buté.

— Je ne crois tout simplement pas que maman ait fait une chose pareille. Elle est morte, je vais avoir un bébé dans deux semaines et notre père est malade. Voilà ce qui m'absorbe pour l'instant. Et toi, tu vas devoir te blinder un peu. On ne peut pas me demander de passer mes journées ici, tout de même, je vais avoir un…

— Un bébé, oui, je crois qu'on le sait. Mais ne t'inquiète pas, tu ne seras absolument pas dérangée par le fait que notre père a besoin de soutien.

— Ce qui ne serait pas le cas si tu l'avais laissé tranquille. Je t'avais dit…

Elle s'est interrompue, les yeux fixés sur le pied du lit. En suivant son regard, j'ai vu que le sac Hermès était maintenant visible entre les plis de la couverture, et qu'il n'échappait évidemment pas à l'œil de lynx de Venetia.

— C'est… ce n'est pas… le sac de *maman* ?

Elle tendait déjà la main, mais j'ai été plus rapide et j'ai attrapé le sac par une de ses poignées.

Venetia était toute pâle.

— Tu as pris le sac de maman, Addie ? Tu l'as pris à la maison ? Quand ?

— J'allais te le dire, Venetia, ai-je répondu le plus calmement possible, mais elle a essayé de me l'arracher des mains en saisissant l'autre poignée.

Entre les bords écartelés du sac sont apparus la couverture de *Rebecca* et le cadre brisé de la photo.

— Des photos et des livres ?

Momentanément sans voix, Venetia a aperçu aussi le recueil de poèmes, la carte postale de St. Paul dans le brouillard et l'enveloppe sur laquelle ma mère avait écrit « Doubles ».

— C'est la photo qui était dans la chambre de maman, sur sa table de chevet. Tu ne peux pas te servir comme ça, sans demander, sans *nous* consulter… Ce sont ses objets personnels, Addie, personne ne doit y toucher. Et si on voulait les avoir, moi ou Jas ? Ou les enfants de Jas ? Et quand as-tu fait ça ? Hier ? Après avoir provoqué la crise cardiaque de papa, en me laissant me débrouiller toute seule avec Mrs. Baxter ? Tu en as profité pour fouiller la maison et piquer les affaires de maman ?

Elle a soulevé son gros ventre et s'est approchée de moi.

— Je veux voir exactement ce que tu as pris. Et je veux ce sac.

Je n'ai pas bougé. Elle tendait la main, s'attendant manifestement à ce que je lui obéisse.

Je me suis contentée de passer les poignées sur mon bras.

— Venetia, la maison est bourrée à craquer de choses que tu as faites avec maman. Mais ce sac, je l'ai acheté avec elle. C'est même l'un des rares objets qui n'a aucun lien avec toi. Je le garde, un point c'est tout. Et tu sais quoi aussi ? Je pense qu'on a eu *tort* de ne rien changer dans la maison. On aurait dû emporter chacun quelques souvenirs de notre mère, et ensuite débarrasser son bureau et sa chambre, ai-je continué sur ma lancée, même si j'avais mal à la gorge à force de contenir ma voix. Ça aurait aidé papa à faire son deuil. Et nous aussi, ça nous aurait aidés. Peut-être qu'il n'aurait pas été si mal, en acceptant qu'elle était vraiment partie. Je lui en parlerai dès qu'il sera rétabli. On verra ce qu'il dit, *lui*, au lieu de se plier aux ordres de Mr. McGree, ton espèce de gourou.

J'avais réussi à clouer le bec à Venetia – ce qui, dans l'histoire familiale, relevait de l'exploit –, et j'ai regretté qu'Andrew ne soit pas là pour admirer mon courage. J'ai refermé le sac, après avoir posé le gilet et les chaussettes de mon père sur le lit. Me rappelant brusquement que James Merck avait promis d'envoyer la lettre, celle qui avait mis le feu aux poudres, j'ai parcouru le tas de courrier que Venetia avait apporté.

— Qu'est-ce que tu fais ? a-t-elle chuchoté.

— Rien, ai-je répondu tranquillement, ce qui était presque la vérité, puisque la lettre n'était pas arrivée. Je vais t'attendre dehors…

Venetia a eu l'air paniqué.

— Tu ne peux pas partir maintenant ! Tu…

Papa s'est agité. Il a grogné, plusieurs fois, et a ouvert les yeux. Son regard trouble a balayé Venetia et tout ce qu'elle avait étalé sur le lit, puis s'est finalement arrêté sur moi.

— Addie, a-t-il dit d'une voix éraillée. Tu es là.

Sa voix était méconnaissable, mais il n'y avait aucun doute quant à ce qu'exprimaient ses yeux : soulagement, tendresse, bonheur. À cet instant précis, plus rien n'a eu d'importance, ni le film des souvenirs, ni les secrets, ni le ridicule affrontement à propos du sac de ma mère. La seule chose qui comptait, c'est que mon père était réveillé, qu'il me faisait signe d'approcher et qu'il était heureux de me voir. Je me suis assise près de lui, scrutant avec inquiétude la douloureuse crispation qui apparaissait maintenant sur son visage.

— Je suis désolé, a-t-il soufflé en pressant sa poitrine d'une main. Pour tout ça, Addie, tellement désolé…

Il appuyait fort sur sa poitrine et j'ai vu que sa main tremblait. J'ai senti mon propre cœur s'arrêter, tandis que Venetia se précipitait déjà vers un bouton à côté du lit.

— Addie, tu devrais t'en aller. Il est bouleversé à cause de toi.

Mon père l'a regardée en secouant la tête et a ouvert la bouche, mais aucun son n'en est sorti hormis un râle oppressé. Venetia appuyait furieusement sur le bouton.

— Papa, écoute-moi…, ai-je dit à toute vitesse, en proie à une terrible angoisse. Tu n'as aucune raison d'être désolé. Je t'en prie, ne parle pas pour l'instant. On a tout le temps… Parce que tu vas te rétablir. Tout ira bien, tu rentreras bientôt à la maison.

J'ai repris mon souffle, puis continué presque d'une traite :

— Et on en parlera tranquillement, ce n'est pas pressé… Rétablis-toi, c'est le plus important, d'accord ? Je te ferai des scones aux myrtilles dès que tu seras rentré. Avec de la crème. Il n'y a pas d'urgence, pense à ta santé d'abord. Rien n'a changé, tout est comme avant entre nous.

Mon père avait fermé les yeux, mais il semblait avoir tout entendu. Lâchant sa poitrine, sa main a trouvé la mienne en tâtonnant et l'a serrée.

— Je n'ai jamais voulu… te faire de la peine…, a-t-il murmuré.

Voyant que la sueur perlait à son visage, je me suis affolée.

— Je sais, je sais, papa… Ne t'inquiète pas, je t'en prie… Je regrette tout ce que j'ai dit. Je ne le pensais pas. Je veux juste que tu ailles mieux, je veux que tu reviennes à la maison…

— Au nom du Ciel, Addie, laisse-le tranquille ! s'est écriée Venetia, clairement soulagée de ne plus avoir à chuchoter.

Une infirmière est arrivée. Elle est aussitôt ressortie après avoir jeté un coup d'œil aux machines.

— Je vais chercher un médecin, a-t-elle lancé.

Des voix et des pas pressés nous parvenaient depuis le couloir. Soudain, mon père a ouvert les yeux à nouveau.

— Je ne mentais pas..., a-t-il commencé dans un souffle. Il était peut-être ton père, mais tu as toujours été *ma* fille, jamais la sienne. Ma propre fille, dès le début, et j'ai eu tellement de chance de t'avoir...

Un sanglot est monté dans ma gorge. Avant que j'aie le temps de répondre, un médecin se précipitait dans la chambre et deux infirmières nous poussaient dehors, Venetia et moi. Je n'ai pas quitté mon père des yeux jusqu'à ce que la porte se referme.

18

Mon père a été emmené sur un brancard pour subir d'autres examens et nous sommes restées comme deux orphelines terrifiées devant la porte de sa chambre. Au bout d'un moment, le médecin est venu nous parler. Il a manifestement eu pitié de nous, car, au lieu de nous passer un savon, il nous a livré un compte rendu précis de la situation, truffé de termes comme « péricardite », « œdème pulmonaire » et « angor », dont les subtilités nous échappaient. Enfin, il a dit quelque chose que nous avons compris.

— Il va se rétablir. Physiquement, son état est tout à fait stable, du moins autant qu'on peut l'espérer au lendemain d'une crise cardiaque, mais il est très faible. Il a besoin de calme et de repos.

Venetia m'a foudroyée du regard. Je ne lui ai pas prêté attention.

— On peut rester ? ai-je demandé avec angoisse. Dans le couloir, je veux dire… Je promets que je n'essaierai pas de lui parler.

Après une légère hésitation, le médecin s'est laissé fléchir.

— Très bien... Mais il devra passer d'autres examens et nous allons le garder au calme pendant quelques jours avant qu'il puisse rentrer chez lui. Il faut que son cœur se remette du traumatisme.

J'ai appelé Claire pour prévenir que je serais absente, Venetia – qui ne pouvait pas manquer sa consultation prénatale à la maternité – est partie, et je suis restée assise sur une chaise à côté de la porte de mon père en attendant Jas. Je songeais à annuler mon rendez-vous avec Phoebe, ce qui me mettait mal à l'aise parce que je savais qu'elle venait exprès de Birmingham, mais je l'aurais fait si oncle Fred n'avait pas surgi au fond du couloir, apportant lui aussi du raisin et des magazines. Il a annoncé qu'il allait rester plusieurs jours – nous n'avions pas à nous embêter pour lui, il logerait chez un vieux copain, ce n'était pas du tout un problème –, et qu'il prenait les choses en main.

Phoebe me tournait le dos, debout à l'entrée du cimetière, quand je suis arrivée. Elle portait son imperméable camel étroitement fermé à la taille par une ceinture, un pantalon crème et des chaussures à talons. Ses cheveux – lâchés, cette fois –, étaient longs et raides, semblables à un rideau de soie sur ses épaules.

— Bonjour, ai-je dit d'une voix mal assurée.

Elle s'est retournée d'un coup, visiblement soulagée.

— Bonjour.

Quand elle s'est avancée vers moi, je me suis un peu affolée et j'ai reculé instinctivement. Comment fallait-il se comporter en pareille circonstance ? Devais-je lui serrer la main, ou lui tapoter l'épaule comme un parent éloigné, lui donner une accolade ? J'ai levé les deux mains dans un geste convulsif, tout en me balançant maladroitement sur mes talons, puis je me suis rabattue sur un petit salut façon reine Elisabeth.

— Je ne voulais pas entrer sans vous, a-t-elle déclaré sans paraître remarquer mon étrange pantomime. J'avais peur de vous rater.

Elle a souri timidement. Sa voix avait cette intonation douce et mélodieuse que j'avais perçue la première fois, et la courbe de ses lèvres, en brisant la symétrie de son visage, lui donnait un air vaguement espiègle. Nous nous tenions l'une en face de l'autre à présent, sur une légère inclinaison de terrain, de sorte que j'étais presque aussi grande qu'elle. Mes yeux se trouvaient à la hauteur des siens, qui étaient d'un gris-vert lumineux sous son front haut et – je l'ai noté avec un douloureux serrement de gorge – en amande. Très joliment maquillés, frangés de longs cils noirs qui faisaient ressortir l'anneau sombre autour de l'iris. Les yeux d'une Holloway, incontestablement. Ma mère. Ma grand-mère. Moi.

Pour dissimuler mon trouble, je me suis écartée en désignant la maison du gardien, au toit couvert de mousse, que l'on apercevait un peu plus loin.

— C'est tout petit.

Prise l'une comme l'autre d'une hésitation, nous avons contemplé les deux étroits sentiers gravillonnés qui partaient en diagonale et, au centre, plus large, l'allée bordée d'arbres. On entendait le ronronnement d'un moteur au fond. Un instant plus tard, le bruit s'est tu et un homme robuste, au crâne chauve coiffé d'un chapeau mou, a débouché sur la gauche en poussant une brouette remplie de copeaux de bois qu'il venait de broyer.

— B'jour, a-t-il grommelé. Vous entrez ou vous sortez ?

Phoebe lui a répondu, après m'avoir glissé un regard perplexe.

— Pardon ?

— Vous entrez, oui ou non ? Ça va bientôt fermer, a ajouté le gardien en montrant une pancarte « Fermeture du cimetière au crépuscule ».

— Oui, on entre, a déclaré calmement Phoebe. Enfin, si vous voulez bien.

— C'est vous qui voyez, a-t-il répliqué sombrement en balayant du geste les tombes et les haies d'ifs. Vous ne dérangez personne ici.

Jetant un coup d'œil à Phoebe, j'ai vu qu'elle dévisageait le gardien d'un air incrédule. Je me suis retenue de rire et l'ai tirée par sa manche.

— Venez. C'est par là.

— Ça ferme *bientôt* ! a lancé le gardien derrière nous, avant de disparaître avec sa brouette.

À voix basse, Phoebe a marmonné :

— On a compris.

Lentement, nous avons remonté le sentier. L'air sentait l'herbe fraîchement tondue et la terre mouillée.

— Toute votre famille est enterrée ici ? a demandé Phoebe, comme si nous bavardions au sortir d'un baptême.

— Ma mère n'avait pas vraiment de famille. Elle était enfant unique. Mes grands-parents sont enterrés à Limpsfield. Mon père…

Je me suis interrompue, soudain consciente de l'accumulation des pronoms possessifs, mais Phoebe regardait tout autour d'un air curieux et ne paraissait nullement offensée.

— Bref, il n'y a qu'elle. Avec mon père… Enfin, plus tard.

Le silence régnait depuis que le broyeur s'était arrêté. L'air était chargé d'humidité, des gouttes d'eau brillaient sur les feuilles des rhododendrons et des ormes, mais la pluie, heureusement, avait cessé.

— Elle aimait bien les cimetières, me suis-je empressée d'ajouter. Elle trouvait intéressant de lire les inscriptions sur les tombes, de voir l'âge qu'avaient les gens au moment de leur mort… Partout où on allait, on faisait toujours un tour au cimetière. Un peu morbide, peut-être, mais il paraît que ça passionne beaucoup de monde…

Phoebe se contentant de hocher la tête, j'ai décidé de me taire jusqu'à ce que nous soyons arrivées devant la tombe.

— Voilà, c'est ici…

Discrètement, j'ai tapoté la stèle, comme pour signaler notre présence.

Nous avions disposé des jardinières autour de l'emplacement, et la végétation, en un an, avait poussé et formait une sorte de haie. À l'intérieur, les herbes folles et les fleurs ressemblaient à une miniprairie. Quelqu'un, sans doute Venetia, avait récemment apporté un rosier dans un gros pot en terre cuite et l'avait placé devant la stèle, obstruant en partie l'inscription.

Elizabeth Sophie Harington
13 août 1941-15 mai 1999
J'offre, à celui qui s'est donné pour moi ;

Qui se donne à moi, et m'invite à chanter
Une nouvelle, une douce chanson.

En regardant Phoebe, j'ai aperçu les larmes qui brillaient dans ses yeux. Quand elle a vu que je l'observais, je me suis aussitôt détournée, gênée, un peu envieuse aussi, et j'ai voulu lui prendre la main, ou passer mon bras autour de ses épaules, bref, faire un geste pour la réconforter. Mais elle a secoué la tête.

— J'aime bien ce texte, a-t-elle dit.

— Oui, Christina Rossetti. Ma mère adorait ses…

J'ai eu la vision soudaine de ma grand-mère, lisant les poèmes de Christina Rossetti en 1949, puis plus tard avec sa fille, lui communiquant un amour des mots que ma mère avait conservé et que, à son tour, elle nous avait transmis, à nous qui étions tous de grands lecteurs. *Une nouvelle, une douce chanson.* J'avais toujours trouvé Rossetti un peu trop sombre, mais il y avait une touche légère dans cet extrait que mon père avait choisi, avec son espoir de commencement. Un sourire m'est venu aux lèvres. J'aimais cette nouvelle dimension de ma mère, couleur sépia, la façon dont sa vie était liée à celle de sa mère même au-delà de la mort, et la mienne, liée à elles deux par les maillons d'une chaîne délicate.

Phoebe ne bougeait pas. Son cou palpitait doucement, très pâle dans la lumière du jour déclinant. Enfin, elle a sorti un petit pot de fleurs de son sac.

— Elles ont un peu souffert du voyage, a-t-elle dit, presque en s'excusant. Je les ai prises dans mon jardin ce matin… J'essaie de faire pousser des primevères, et je voulais lui en donner.

J'ai montré du pouce le ciel chargé de nuages.

— Au moins, elles ne manqueront pas d'eau. Vous aimez jardiner ?

— Je n'ai pas exactement la main verte, pour être honnête. Et je m'absente trop souvent. Mais j'aime bien, oui.

Après avoir extirpé d'un sac en plastique deux gants de jardinage et une pelle, elle a creusé un petit trou au coin de la tombe pour enfouir les primevères et a tassé la terre tout autour. Quand elle s'est relevée, j'ai vu qu'elle aussi tapotait discrètement la stèle. J'ai voulu lui faire remarquer que nous partagions toutes les deux ce drôle de rituel, mais elle a incliné la tête d'un air grave, recueilli, et je n'ai pas osé la déranger.

— Il y a un banc là-bas, sous les arbres, ai-je déclaré. Je vais m'asseoir. Prenez tout votre temps…

Elle m'a souri avec gratitude.

— Merci. J'arrive.

19

Il régnait un calme étrange sous les ormes. L'air semblait moins froid, moins humide que les jours précédents, doucement agité par une brise qui tremblait entre les feuilles et brassait les odeurs du printemps. Assise sur le banc, serrant le sac de ma mère dans mes bras, je me suis laissé aller à un apaisement de tous mes sens. La scène de la veille reculait, l'agitation à l'hôpital, la tornade de mes émotions, cédant la place à un vide dans lequel je flottais paisiblement et qui, à l'image de la verdure autour de moi, me paraissait très simple et beaucoup moins effrayant. Peut-être fallait-il que je perde ainsi mes amarres, afin de réinventer mon père ; et qu'il me faudrait aussi trouver une manière de réinventer ma mère. Peut-être devais-je commencer par « Je n'oublierai jamais ton anniversaire » et « Tu as toujours été ma fille ».

Tandis que j'inspirais une grande bouffée d'air plein de l'odeur des ormes et de la terre humide, Phoebe est apparue entre les buissons. Ses yeux étaient un peu rouges, contrastant avec la pâleur de son visage, et elle serrait un mouchoir dans sa main, mais à part ça, son visage était parfaitement composé.

— C'est encore tellement… tellement…
— Dingue ?
— Bizarre.
Elle a toussoté en regardant du côté de la tombe.
— Difficile, ai-je proposé encore.
— Triste.
— Oui…
Elle a soupiré, puis s'est tapoté délicatement les yeux avec son mouchoir pour ne pas étaler son maquillage. Je lui ai souri, cherchant sur ses traits la ressemblance qui m'avait frappée tout à l'heure dans ses yeux en amande. Mais quand Phoebe Roberts a glissé le mouchoir dans sa poche et m'a souri en retour, je n'ai rien décelé, cette fois, qui me rappelât ni ma mère ni moi. Son visage aux pommettes saillantes m'est apparu de nouveau dans toute son étrangeté.
— Au fait… Je suis vraiment désolée pour l'autre jour…
Elle a aussitôt levé la main pour m'interrompre.
— C'est moi qui suis honteuse, Adele. Je vous ai littéralement harcelée. Quand je pense que je me suis pointée à votre travail… Est-ce qu'on peut repartir de zéro ? S'il vous plaît ?
— Pas de problème, on efface, ai-je répondu en hochant vigoureusement la tête.
Je n'avais pas l'habitude qu'on me présente des excuses. Ma mère avait été la championne du je-ne-dis-plus-rien-mais-je-n'en-pense-pas-moins, et Venetia pouvait bouder pendant des jours, ne m'accordant son pardon que lorsque je venais le quémander à genoux.
Phoebe a sorti un journal de son sac, l'a déplié et l'a étalé sur le banc. Elle a ensuite posé un sac en

plastique sur une moitié du journal, s'y est assise en veillant à ce que les jambes de son pantalon ne touchent pas le banc, puis a placé son sac sur l'autre moitié du journal. Voyant que je l'observais, elle a haussé les épaules.

— Je n'aime pas me salir.

— Mais pourquoi le sac, *en plus* du journal ?

— Je ne veux pas que l'encre déteigne sur mon pantalon. C'est trop mouillé, le sac tout seul ne suffirait pas.

Immédiatement, bien sûr, j'ai senti l'humidité traverser mon jean, que j'avais maculé de terre en m'agenouillant devant la tombe. J'ai jeté un regard d'envie à son pantalon crème, immaculé.

— Vous n'avez pas d'enfants, n'est-ce pas ?

— Non, a-t-elle répondu. Je suis seule.

Elle n'a pas expliqué davantage, et le silence est tombé entre nous. Je ne savais absolument pas quoi dire d'autre. Comment parle-t-on à une inconnue qui est en fait votre sœur jumelle ? Ou à une sœur jumelle dont on ignore tout ? Comment forge-t-on une relation à partir de rien ? À côté de moi, un peu tassée sur elle-même, Phoebe tripotait le bord du journal qui dépassait de son sac.

— J'avais imaginé tout autre chose, a-t-elle murmuré. Peut-être qu'on ne devrait pas trop réfléchir… Juste commencer à se parler de ce qu'on sait. Ça nous mènera peut-être quelque part.

L'une vers l'autre, ai-je pensé.

— Allez-y, commencez.

Elle a accueilli ma lâcheté en esquissant un sourire.

— Et peut-être aussi qu'on pourrait se tutoyer. Je veux dire, pour se parler, ce serait plus simple…

Comme j'acquiesçais de la tête, elle s'est lancée :

— Ma mère, enfin, ma mère adoptive, évidemment, s'appelle Madeleine Roberts. Elle était enceinte, de huit mois, et elle a eu des saignements… Mon père l'a emmenée à l'hôpital. Ils habitent à Brimley, entre Horsham et Haywards Heath, mais elle était suivie à l'hôpital All Saints, à Brighton, parce que la maternité dispose d'un matériel spécialisé. Elle avait déjà fait une série de fausses couches, à cause d'une malformation de l'utérus. La grossesse avait tenu jusque-là, mais elle a quand même perdu le bébé, à huit mois. Elle avait trente-huit ans, et ils étaient désespérés de ne pas réussir à avoir d'enfant. Cette fois, le médecin lui a annoncé qu'elle ne pourrait plus jamais être enceinte.

J'ai émis un petit grognement compatissant.

— D'autant qu'en 1960, a poursuivi Phoebe, il n'y avait vraiment aucun espoir… La PMA n'existait pas. Cette même nuit, un autre bébé venait de naître, m'a-t-elle raconté, et la mère voulait le placer.

Elle a marqué une pause, pour bien laisser l'information nous imprégner toutes les deux : « la mère », à savoir notre mère, et « le bébé », elle-même, Phoebe.

— Mes parents avaient déjà envisagé l'adoption. Mais la liste d'attente était très longue, et à leur âge… En plus, Brimley est le genre de petite ville où les langues vont bon train et où les gens parlent constamment de ce qui ne les regarde pas. Vous achetez une boîte de tampons à la pharmacie, et quand vous arrivez chez vous, votre voisin vous attend à votre portail avec une bouillotte ! Je ne peux pas imaginer les réactions si mes parents étaient revenus un jour avec un bébé adopté ! Mais là, c'était différent. Une adoption privée, très discrète… Personne ne le saurait, et ils venaient en aide à une autre mère. Ils accomplissaient une bonne action. C'est ce que ma mère m'a expliqué.

— Et alors ? Que s'est-il passé quand ils sont rentrés à Brimley ?

Phoebe a grimacé.

— Ils ne l'ont dit à personne. Si tu viens un jour à Brimley, tu comprendras pourquoi. Vu qu'elle était allée si loin dans sa grossesse, ma mère a pu raconter que son bébé était né avec un peu d'avance, et je crois qu'avec le temps, elle s'est presque mise à le croire elle-même.

— Bon…

C'était étrange de penser que, si le doigt de ma mère avait désigné Phoebe et non pas moi, ce bébé à Brimley aurait pu vivre *ma* vie. Ma mère s'était-elle parfois demandé si l'autre bébé avait la même personnalité que moi, quand elle se désolait de me voir rongée de peurs et toujours soucieuse de plaire ? Et moi, aurais-je été plus heureuse à Brimley qu'à Rose Hill Road ?

— J'imagine qu'ils ont agi ainsi pour mon bien. Ils voulaient que je sois comme tout le monde, que rien ne me distingue des autres. Ils s'y prendraient peut-être différemment aujourd'hui, bien que la ville n'ait pas beaucoup changé depuis les années soixante. Chaque fois que j'y retourne, j'ai l'impression que les voisins m'observent à la longue-vue derrière leurs rideaux.

— C'est pour ça que tu es partie à Birmingham ?

— En effet, je suis partie dès que j'ai pu. J'habite à côté de l'aéroport, c'est pratique.

— Pourquoi ? Tu es hôtesse de l'air ?

Cela expliquerait son côté tiré à quatre épingles, me suis-je dit.

— Non. Je suis pilote.

— Pilote ? ai-je répété, incrédule. Je m'attendais à tout, mais pas à *ça*…

Elle m'a souri.

— Oui, pilote de lignes commerciales.

— Tu aimes voyager ?

— J'adore. Être dans les airs, surtout, c'est une sensation extraordinaire. Et découvrir plein de paysages… Je suis allée partout. Et toi ? Qu'est-ce que tu fais chez Grace ?

— Oh, rien d'aussi excitant. Je suis pâtissière, ai-je répondu, tout en songeant que cela aurait beaucoup plu à ma mère, être dans les airs, aller partout, découvrir des paysages…

Ses yeux se sont illuminés.

— Oh, c'est formidable ! J'adore les gâteaux. Et cette petite boutique est trop mignonne.

— Je travaille là depuis des années. C'est pas mal. L'ambiance est agréable.

En entendant le son de ma propre voix, monotone, un brin honteuse, je me suis reprise et j'ai lancé sur un air de défi :

— J'adore mon boulot. C'est une science, tu sais. Ça demande une grande précision.

— Oui, c'est un vrai savoir-faire ! a-t-elle renchéri avec enthousiasme. Et sacrément important dans la vie… Moi qui suis nulle en cuisine, je peux t'assurer que je serais morte de faim depuis longtemps si les boulangeries-pâtisseries n'étaient pas ouvertes tôt le matin.

— Tes parents doivent être très fiers, ai-je dit. Mince, alors. Pilote… C'est cool.

Elle a hoché la tête modestement.

— À Brimley, on ne voit pas beaucoup de filles se lancer dans ce genre de carrière, mais oui, bien sûr, ils étaient fiers. J'ai dû obtenir des tonnes de bourses pour payer mes études.

— Ça a été, pour toi ? Je veux dire… la vie avec tes parents ?

J'hésitais un peu à aborder le sujet. Jusque-là, nous étions restées sur un terrain plutôt neutre. Les faits, nos métiers respectifs, la cuisine… Mais elle n'a pas paru gênée du tout. Un instant songeuse, elle a répondu avec sincérité :

— Tu sais, j'y ai beaucoup réfléchi, et la vérité, c'est que, oui, ça a été. Très bien, même. On avait une bonne relation tous les trois, et je suis encore assez proche de ma mère. Mais c'étaient des parents âgés, parce qu'ils avaient passé tellement d'années à essayer d'avoir un bébé. Ils étaient de l'ancien temps, quoi. Quand j'ai terminé mes études, mon père avait presque soixante ans. Il n'a jamais vraiment été quelqu'un de jeune dans son cœur, de toute façon. Et puis, être ado à Brimley… Les gens là-bas vivent comme ils ont toujours vécu. Pour eux, on dirait que rien ne changera jamais, que rien ne *peut* changer. Il n'y a pas tellement de possibles, on ne s'aventure pas au-delà de ce qu'on connaît. Moi, j'imagine que je voulais toujours trop. Et aussi, j'étais trop grande, a-t-elle continué avec un petit rire. Je faisais un peu géante au milieu d'une famille de nains. Donc, en résumé, c'était bien, mais j'ai un peu souffert d'être une grande perche esseulée qui avait envie de décrocher la lune.

— Tu as des oncles et tantes ?

— Oui, et quelques cousins. Une cousine plus jeune que moi, Chloe. Elle est coiffeuse à Brimley. Elle est très gentille, elle a trois enfants. Tous mes autres cousins sont plus vieux, et bien sûr, je n'ai ni frère ni sœur.

Elle a hésité, rougi un peu, puis a repris :

— À l'école, quand les autres gamins me surnommaient « la cigogne » ou me reprochaient d'être la chouchoute de la maîtresse, j'imaginais que j'avais un frère et qu'il me défendrait. Il s'appelait Charlie. Il était plus grand que moi et allait devenir boxeur. J'avais même choisi sa tenue. Noire et jaune. Un peu comme une guêpe, tu vois le genre de menace ?

Elle m'a donné un coup de coude et je n'ai pas pu m'empêcher de rire. Elle était drôle, si naturelle que c'était contagieux.

— C'est allé beaucoup mieux quand j'ai quitté Brimley et que je suis entrée à l'école d'aéronautique. Le jour où j'ai acheté ma maison, aussi, c'était incroyable. Elle est logée au fond d'une impasse, avec un petit jardin, et j'y ai englouti toutes mes économies. J'ai aménagé les combles, j'ai redécoré entièrement la cuisine. Je l'adore presque autant que j'adore être en avion. Bon, ce n'est pas toujours facile de vivre seule. Mais au moins, tu peux faire ce que tu veux, quand tu veux, et personne ne te critique.

— Oh oui, je comprends ! ai-je déclaré avec fougue, en me reconnaissant totalement dans ce qu'elle évoquait. Quand j'ai eu ma propre cuisine, les premières semaines, je faisais de la pâtisserie jusqu'à une heure du matin. Personne pour se plaindre de tes quinze saladiers qui prennent toute la place dans le placard, personne qui jette ton levain parce qu'il ressemble à un vieux torchon moisi.

— Exactement ! s'est-elle exclamée, même si à mon avis, elle n'avait jamais vu de vieux torchon moisi de sa vie. Et personne qui te pique la télécommande.

— Et personne qui dérange ton frigo en le bourrant de bouteilles de bière.

— Personne qui te regarde manger des haricots à même la boîte, remettre la boîte dans le frigo et la ressortir le lendemain.

— Personne qui fait des barbecues. Je hais les barbecues.

— Moi aussi. Surtout dans mon jardin, où l'herbe est toute piétinée après.

On riait toutes les deux, et elle m'a encore poussée du coude. Elle avait les yeux brillants, le visage rayonnant. S'il n'y avait pas eu les tombes, on aurait pu nous prendre pour deux amies qui ne se sont pas vues depuis longtemps et se retrouvent dans un square.

Puis, reprenant son sérieux, elle a déclaré :

— Avec des gosses, ce serait différent. Ça ne me dérangerait pas que l'herbe soit piétinée ou qu'on me pique la télécommande si j'avais deux enfants qui jouent au foot sur la pelouse ou qui regardent un film avec moi. Un garçon et une fille, j'adorerais.

— Tu as quelqu'un ? Je veux dire, quelqu'un avec qui les avoir ? ai-je demandé timidement.

— J'ai un petit ami, oui, mais il est pilote aussi, donc souvent en déplacement. Je m'y suis mal prise…, a-t-elle ajouté, et j'ai cru détecter une note d'amertume dans sa voix. J'aurais dû choisir un métier différent, chercher un partenaire stable plus tôt. Le milieu des pilotes et du personnel d'aviation est un microcosme, et, avouons-le, on ne peut pas vraiment avoir une famille quand on est toujours en train de s'envoler pour le bout du monde.

— Tu ne pourrais pas te reconvertir ? Enseigner à l'école d'aéronautique, par exemple ?

— Si, peut-être. Mais je ne suis pas sûre que Craig – mon copain – soit vraiment celui que je veux pour élever Charlotte et Henry.

— Charlotte et Henry ?

— C'est comme ça que je les appellerais. Je me suis dit que nommer le petit garçon Charlie serait un peu *bizarre*… mais bref. Et toi ?

— Est-ce que j'ai des enfants, tu veux dire ?

— Ben oui, on a quand même *quarante* ans. Ce ne serait pas un choix de vie si étonnant.

— Je n'ai trouvé personne avec qui les avoir. Andrew m'a toujours dit… C'est mon meilleur ami, ai-je expliqué en voyant qu'elle haussait un sourcil interrogateur. Il est chef dans un restaurant français, et il affirme que les cuisiniers ne peuvent pas être en couple. Un peu comme le microcosme de l'aviation… Ce sont des gens obsessionnels, qui veillent tard, qui sentent l'oignon et la graisse. La plupart de mes copains vivaient mal le fait que je devais me lever à quatre heures et demie pour aller travailler, et quand je rentrais le soir, après être restée debout toute la journée, j'étais claquée. À la fin, ils m'ont tous plantée.

— Mais tu n'as pas *envie* d'avoir des enfants ?

Elle semblait tellement incrédule que j'étais presque gênée de ne pas partager son enthousiasme.

— Pas une envie dévorante, non… J'ai toujours plus ou moins présumé que j'en aurais, à un moment ou à un autre, mais ça ne s'est pas fait. Jusqu'à maintenant, j'ai préféré rester seule pour mener la vie qui me plaît. J'aime vraiment ça, tu sais, mon levain moisi et mon frigo bien rangé, ai-je ajouté pour apporter une touche d'humour à la conversation.

Elle a souri.

— Dans ce cas, ne change pas. Moi, je crois qu'on doit suivre son désir… Et tu pourras toujours être la tante cool d'Henry et de Charlotte.

J'ai ri.

— Tatie Addie, qui offre des cadeaux pourris et qui les bourre de gâteaux. Dépêche-toi, alors.

— Oh… Quarante ans, maintenant, c'est comme trente ans autrefois. Rien ne presse.

Mais la tristesse perçait dans sa voix. J'ai tendu la main pour lui presser délicatement le bras.

— Qu'est-ce qui s'est passé ensuite ?

— J'ai trouvé le paquet et le journal intime. À partir de là, quelque chose a basculé. Ma mère pleurait beaucoup, et moi… je n'ai pas trop compris, j'étais en colère. C'est bête, je sais, mais je me revoyais enfant, celle que les autres embêtaient à l'école. Je me suis rappelé mes conversations imaginaires avec Charlie, et combien je détestais Brimley, comment je ne me sentais jamais à ma place. Brusquement, tout s'est éclairé, sauf qu'en même temps, plus j'y réfléchissais, *moins* c'était clair, et ma mère ne se rappelait plus rien de précis. Elle ne savait pas qu'il y avait un autre bébé, toi, je veux dire, alors que c'était écrit noir sur blanc dans le petit cahier, et elle avait tout oublié de la procédure d'adoption parce qu'elle n'a jamais su se débrouiller avec les paperasses et les démarches administratives de toute façon. Elle s'accrochait à moi et me suppliait de ne pas partir. En fait, elle était surtout désolée que je l'aie découvert... Bref, ça a été assez terrible. Et toi ? Qu'est-ce que tu as éprouvé quand tu l'as su ?

J'ai évité son regard et suis restée muette. Comment pouvais-je résumer le bouleversement émotionnel que je vivais depuis qu'elle avait surgi à la porte de Rose Hill Road ? Heureusement, le gardien a redémarré son broyeur. Durant ce bref vacarme, auquel ont succédé le son d'une cloche et des cris du côté de l'entrée, j'ai songé que, franchement, ce n'était pas un endroit très calme pour ceux qui goûtaient ici leur dernier repos.

— J'ai voulu retourner à l'hôpital All Saints, a raconté Phoebe quand le silence est revenu. Mais il n'existe plus. Le foyer pour mères célibataires non plus. J'espérais obtenir un nom, quelqu'un qui se serait souvenu d'elle.

J'ai soulevé le sac Hermès.

— Telle mère, telle fille. *Elle aussi*, elle a écrit des centaines de lettres pour essayer de te retrouver.

Phoebe est restée si longtemps à contempler les messages de Harry que l'impatience m'a gagnée. Quand elle a enfin levé les yeux, j'ai vu qu'ils étaient à nouveau pleins de larmes. Elle a passé un doigt sous ses cils, délicatement pour ne pas étaler son mascara, et j'ai cherché un mouchoir au fond de mes poches, mais n'ai pu exhumer qu'une vieille serviette en papier dont je m'étais servie pour envelopper des biscuits.

Refusant ma serviette, elle a sorti de son sac un paquet de mouchoirs non entamé.

— Pardon… Mais tu crois que ce pourrait être *lui* ? On pourrait commencer par Hartland, et voir où ça nous mène.

— Tu… tu es sûre… Tu veux vraiment le chercher ?

Elle a eu l'air surprise.

— Oui, évidemment. Notre père est là, quelque part. À un moment, on était censés être tous ensemble… Tu ne veux pas savoir ce qui s'est passé ? Tu n'as pas envie de le rencontrer ?

Elle me regardait ardemment, les yeux brillants. Elle désirait tant que je sois *avec* elle, *comme* elle. Un instant, je me suis sentie paralysée devant une telle attente, devant cette demande qui éprouvait ma capacité à donner. J'ai ouvert la bouche automatiquement pour la rassurer et me plier à ses besoins, mais je me suis ravisée. Quelque chose avait changé. Il fallait d'abord que je sache ce que, *moi*, je voulais.

— Peut-être pas, ai-je fini par répondre. Mais je vais voir comment les choses évoluent, un jour après l'autre.

Elle a accepté cette réponse.

— C'est quand même fou, non ? Nous deux, qu'on se soit retrouvées ? Tu n'es pas d'accord ?

Elle avait encore les yeux rouges, un peu gonflés, mais son visage était de nouveau lisse et pâle quand elle m'a souri en m'effleurant la main. Elle était assez tactile, contrairement à moi et aux autres membres de ma famille. Cette fois, cela ne m'a pas gênée. J'étais même émue à l'idée d'avoir un « nous deux » et je n'ai pas pu m'empêcher de lui rendre son sourire.

— Si, ai-je concédé.

— Ah, vous voilà !

Le gardien a écarté violemment les buissons, provoquant une ondée sous les feuilles. La colère irradiait de sa personne. Phoebe a poussé un petit cri effrayé en levant le dossier cartonné comme un bouclier.

— Vous n'avez pas entendu la cloche ? On ferme.

— Nous n'avons pas compris ce que ça voulait dire, a répondu Phoebe humblement, toujours abritée derrière le dossier.

— Nous sommes désolées, ai-je renchéri.

Le gardien nous a fait peur en brandissant son râteau, mais il s'est contenté de le pointer sur le sentier. Il nous a regardées nous lever et rassembler nos affaires, puis nous a emboîté le pas, si près que nous sentions son odeur de transpiration et l'entendions marmonner dans sa barbe. À la grille, il nous a poussées dehors sans cérémonie et a fermé à clé derrière nous.

— De toute façon, je dois rentrer…, ai-je déclaré. Oh, zut, il pleut à nouveau.

J'ai ouvert mon parapluie et l'ai tenu au-dessus de nos têtes.

— Tu veux bien me prêter les notes et les lettres ? a demandé Phoebe. Je vais faire encore quelques recherches à la bibliothèque. Qui sait ? Je trouverai peut-être quelque chose qui a échappé à notre bon Mr. Merck.

Je ne me suis pas étonnée. Même si je ne la connaissais que depuis peu, il m'apparaissait clairement que Phoebe n'était pas du genre à tergiverser. Agir était sa devise, et si elle pouvait résoudre la faim dans le monde ou sauver les bébés phoques dans la foulée, tant mieux. J'ai souri, en pensant évidemment à une autre femme selon laquelle il n'existait pas de problèmes, mais seulement des solutions, et qui considérait la bibliothèque comme le seul endroit où il était possible d'élucider le sens de la vie.

— Et moi, je peux t'emprunter le journal de grossesse ?

Elle a sorti le cahier de son sac et me l'a tendu. Elle l'avait glissé dans une pochette en plastique zippée.

J'ai mis du temps à le ranger dans le sac Hermès, en calant mon parapluie en équilibre sur mon épaule, parce que je ne savais pas comment dire au revoir. Soudain, Phoebe m'a prise dans ses bras – j'étais toujours empêtrée avec mon parapluie – et elle m'a serrée fort. J'ai senti mon corps se raidir, instinctivement, mais je me suis obligée à me détendre, à laisser aller ma tête contre sa joue un court instant.

— C'était bien de faire connaissance, ai-je dit maladroitement.

— Oui…

Quand je l'ai regardée, j'ai vu qu'elle rougissait.

— Est-ce que… Est-ce que tu voudrais qu'on se revoie, bientôt ? Je suis en congé toute la semaine. Je pars aux îles Vierges mardi prochain… On pourrait dîner ensemble, parler encore ?

— Tu n'as qu'à venir chez moi, ai-je lancé.

Cette invitation m'a surprise moi-même, et à peine avait-elle franchi mes lèvres que je l'ai regrettée. C'était trop, et beaucoup trop tôt. Je me suis donc immédiatement reprise :

— Ou bien on sort quelque part… Oh, peu importe.

— Dans un endroit neutre, ce serait peut-être plus indiqué. Tu comptes parler à ton père ? Je veux dire, quand il ira mieux, évidemment…

— Ça va prendre quelques jours. Il est encore très faible.

— Est-ce que je pourrais le rencontrer ? Pas tout de suite, bien sûr… Mais après, une fois qu'il sera rétabli ? Oh, pardon. Je recommence à te harceler, là ? C'est comme tu veux. Moi, ça me va…

— Je préfère attendre un peu, ai-je conclu. Revoyons-nous d'abord, toutes les deux…

Il y a eu un silence. Je cherchais quelque chose à ajouter pour détourner la conversation de mon père, lorsqu'elle a proposé soudain :

— Ça te dirait de rencontrer ma mère ?

Je l'ai dévisagée, bouche bée. Il y a des choses dans la vie sur lesquelles je ne saurais me prononcer, mais je n'avais vraiment, *vraiment* pas envie de faire la connaissance de Mrs. Roberts. Dans le scénario remanié qui m'était échu, les personnages de la mère et du père me donnaient déjà assez de fil à retordre, sans parler du *père non renseigné* (peut-être Harry, ou peut-être pas). Je ne tenais pas du tout à introduire encore un protagoniste.

— Mais pourquoi voudrait-elle me voir, *elle* ?

— Ce serait peut-être plus facile pour elle… émotionnellement, je veux dire… de parler de notre naissance avec toi, a argumenté Phoebe. Et je crois que c'est important qu'on dévoile tout, qu'on se parle les uns aux autres, pour que chacun soit actif dans le processus. Alors peut-être, en attendant que ton père se rétablisse…

— Phoebe, je… je ne crois pas… à mon avis ce serait…

Gênant, voulais-je dire. Carrément *bizarre*. D'un autre côté, Mrs. Roberts était pour l'instant le seul témoin susceptible d'avoir rencontré le Dr Miller et Sarah Mason. Elle pourrait peut-être apporter quelques réponses. Il était possible qu'elle ait vu ma mère, et moi… Indécise, j'ai secoué les gouttes sur mon parapluie.

— D'accord. Dis-moi quand ça vous arrange au cours des semaines à venir et…

— Demain ? Je suis censée aller la voir. Je pourrais l'amener à Londres à la place.

Demain ? Oh mon Dieu…

— Je travaille jusqu'à cinq heures. C'est sans doute trop tard, non ? Remettons plutôt à…

— Cinq heures, ce serait parfait, a-t-elle décrété avec enthousiasme. Merci ! Elle te trouvera vraiment sympa, je crois.

20

Que serait-il arrivé si ? Cette question, bien qu'universelle, prend diverses formes selon les situations et les circonstances. Dans mon cas, le fait que Phoebe Roberts (et non pas moi) ait été placée avec Mrs. Roberts était très symbolique sur le chemin de ma vie.

J'étais épuisée, et pourtant je suis restée longtemps éveillée cette nuit-là, essayant de visualiser la porte qui s'ouvrait sur l'existence que j'aurais pu mener à Brimley. Est-ce que je serais mariée aujourd'hui, avec des enfants, habitant un petit pavillon et employée à la boulangerie du quartier ? Me serais-je sentie sécurisée par l'étroitesse de cet univers, ou claustrophobe dans la petite ville que Phoebe avait décrite ? Me serais-je rebellée, comme Phoebe, et enfuie pour réaliser de grandes ambitions ?

La journée du lendemain a filé à toute vitesse aussi n'ai-je pas eu le temps de me jouer plus longuement le film de ma réincarnation à Brimley, ni de méditer sur tout le reste. Malgré ma courte nuit, je me suis levée tôt pour réceptionner les pains et les pâtisseries chez Grace, puis je suis allée à l'hôpital. Mon père était fatigué, un peu sonné ; je lui ai fait la lecture pendant deux heures. De retour à la boulangerie, j'ai consacré le reste de l'après-midi à traquer un électricien qui avait promis de réparer une prise défaillante dans la cuisine. En même temps, je gardais un œil sur une des vendeuses dans la boutique, qui s'obstinait à travailler avec un bras en écharpe parce qu'elle ne pouvait pas se permettre un arrêt maladie. Tandis qu'elle regarnissait le présentoir en disposant – laborieusement – les gâteaux fraîchement livrés, j'en ai profité pour écouter ma boîte vocale.

Andrew m'avait laissé un long message, dans lequel il s'enquérait de la santé de mon père, voulait savoir comment s'était déroulée mon entrevue avec Phoebe Roberts, et exposait un éventail de possibilités immobilières et d'options concernant le restaurant. Tout en observant la vendeuse qui remplissait d'une main un carton de petits-fours, j'ai repassé dans mon esprit la façon dont cette histoire de Grand Bleu semblait brusquement s'emballer. Andrew était d'un entêtement presque pathologique une fois qu'il avait planté ses crocs dans quelque chose, mais il retrouverait bientôt sa raison, au plus tard quand viendrait le moment de signer un emprunt énorme pour nourrir des dépenses que ni l'un ni l'autre ne pouvions vraiment assumer. Et qui s'occuperait de surveiller le chantier, d'engager le personnel, de gérer les affaires quotidiennes ? Quant à travailler à côté d'Andrew… Je me suis mordillé l'intérieur des jours en contemplant cette hypothétique vision, sans trop savoir ce que j'en pensais, et suis revenue à moi quand j'ai entendu Andrew, à la fin de son message, me proposer de boire un verre avec lui ce soir. Sa voix s'est légèrement troublée, ce qui ne lui ressemblait pas, et j'ai frémi au souvenir de ce-qui-avait-failli-arriver devant la station de métro.

J'ai été soulagée, en fait, qu'il ne réponde pas quand je l'ai rappelé. Je lui ai laissé un message un peu décousu, puis j'ai bavardé avec Mrs. Baxter. Venetia, en revanche, observait un silence radio depuis l'épisode de la veille à l'hôpital, ce qui n'était pas plus mal. J'en avais largement assez sur les bras pour l'instant, à commencer par mon rendez-vous imminent avec Mrs. Roberts au Stanhope Café.

Préoccupée par mon scénario *que serait-il arrivé si*, je n'avais pas pensé que Mrs. Roberts ne viendrait pas du tout pour « me trouver vraiment sympa », mais uniquement pour faire plaisir à sa fille. Quand je me suis approchée de la table en formica, Phoebe s'est empressée de nous présenter. J'ai tendu la main. Après l'avoir à peine serrée, Mrs. Roberts a rompu aussitôt le contact et s'est tournée vers sa fille en souriant d'un air de dire : *voilà, c'est fait*.

— Addie est chef pâtissière, maman, elle travaille juste à côté d'ici. C'est fou, non ? Ta journée a été longue, Addie ? Assieds-toi et bois un thé.

La jeune serveuse a surgi, comme si elle attendait ce moment pour entrer en scène. Elle m'a saluée avec effusion, visiblement enchantée de cette tablée qui allait apporter un peu d'excitation à son morne après-midi. Sur un signe de Mrs. Roberts, elle a rempli à nouveau leurs deux tasses, puis celle qui avait été préparée pour moi. Pendant que nous nous passions le sucre et le lait, j'ai jeté un coup d'œil discret à la mère adoptive de Phoebe, qui n'était pas du tout comme je l'avais imaginée. Je m'étais attendue à rencontrer une femme vive et raisonnable, solide, capable de faire face en toutes circonstances. Au lieu de quoi elle semblait anxieuse et raide, extrêmement menue dans ses vêtements trop larges aux couleurs ternes, rougissant facilement sous le fond de teint qui figeait ses traits.

Elle n'a rien dit au début, veillant seulement à assurer le service du thé. J'étais moi-même paralysée, incapable d'engager la conversation, infiniment reconnaissante envers Phoebe qui trouvait les mots pour détendre l'atmosphère. Enfin, amadouée et sollicitée par sa fille, Mrs. Roberts s'est mise à parler.

Je savais déjà beaucoup de choses par Phoebe, heureusement, car Mrs. Roberts a livré un récit très confus, malmenant la chronologie, lâchant au compte-gouttes des souvenirs imprécis, et s'interrompant sans cesse pour jeter des regards terriblement inquiets à sa fille. Elle a longuement raconté l'horreur de sa fausse couche, son effondrement lorsqu'elle avait appris que son bébé était mort-né, et puis, le soir même, l'arrivée du médecin avec un autre bébé, une petite fille, et le pur ravissement que cela avait été de la tenir dans ses bras si peu de temps après avoir perdu la sienne, l'incroyable coïncidence, la chance. « Le 14 février, un bébé de la Saint-Valentin », répétait-elle, d'une voix qui tremblait chaque fois qu'elle parvenait à ce point du récit. Phoebe, de toute évidence, avait été énormément désirée et très bien accueillie. Il était clair aussi que je n'aurais jamais dû sortir de cette valise où elle avait fouillé par hasard. En attestait le regard dur que Mrs. Roberts arrêtait parfois sur moi, celle qui causait tant d'ennuis à sa fille.

Moi aussi, je la détaillais, incapable de détacher les yeux de cette femme qui aurait pu être ma mère.

La gorge nouée, obstruée par cette boule qui était devenue une habituée chez moi depuis quelque temps, je me représentais Mrs. Roberts agitant la main pour me dire au revoir à la porte de l'école, le premier jour, au lieu de ma mère qui m'avait grondée parce que j'avais taché mon uniforme ; Mrs. Roberts me préparant des tartines pour le goûter au lieu des spaghettis bolognaises que me servait Mrs. Baxter ; m'attendant à mon retour, me demandant si j'avais des devoirs et si j'avais assez mangé au déjeuner ; rougissant quand elle devait expliquer des choses telles que les règles, les rapports sexuels et les poils aux aisselles.

Comme si elle avait lu dans mes pensées, Mrs. Roberts a lâché un petit rire crispé en réponse à une remarque de Phoebe. Sa mise en plis a frissonné au-dessus de ses oreilles, et brusquement, presque avec honte, j'ai éprouvé une immense gratitude pour ce hasard qui m'avait envoyée à Rose Hill Road, à ses innombrables possibles dont je n'avais pas assez tiré parti, et à ma mère, qui n'avait jamais confectionné un sandwich de sa vie et se déchargeait des règles et des poils aux aisselles sur Mrs. Baxter, mais qui portait ses cheveux naturels et offrait un modèle vers lequel tendre, même si cela m'avait souvent paru épuisant.

J'ai soudain pris conscience que Phoebe et Mrs. Roberts me dévisageaient en silence.

— Et après, vous… vous… vous avez emmené le bébé ? ai-je bredouillé.

Mrs. Roberts m'a considérée d'un air un peu incrédule. Elle s'est ensuite tournée vers Phoebe en levant un sourcil, comme étonnée que sa fille puisse succomber à un engouement pour quelqu'un d'aussi obtus.

— Oui, nous l'avons ramenée *chez nous*, a-t-elle articulé lentement, en insistant sur la fin à l'intention, sans doute, de mon esprit limité. Nous sommes partis de l'hôpital deux jours plus tard. J'étais encore très faible, mais j'ai pensé que nous serions mieux à la maison, dans notre environnement familier.

Elle a toussé et sorti un mouchoir de son sac.

— Pourtant, à l'époque, les mères restaient plus longtemps avec leurs bébés, non ? Pour les suites de couches…

Le regard de Mrs. Roberts s'est posé quelque part au-dessus de mon épaule gauche.

— Oui, c'est vrai, a-t-elle répondu d'un air vague. Souvent jusqu'à dix jours. Mais le bébé était en bonne santé, elle prenait bien son biberon. Je n'avais pas envie de traîner… Je n'aime pas trop les hôpitaux. Je les avais beaucoup fréquentés. J'avais fait trois fausses couches avant l'arrivée de Phoebe ; dont deux qui s'étaient terminées dans ce même hôpital.

Ses yeux, croisant enfin les miens, me lançaient presque un défi.

— Et est-ce que vous avez vu sa… notre mère ? ai-je demandé en soutenant son regard. Ou moi… Vous m'avez vue, moi ?

Après un long silence, Mrs. Roberts a été la première à détourner les yeux.

— Non. Je vous répète que le médecin m'a *amené* le bébé.

— Mais nous avions à peine un jour. Elle devait être là, non ?

— Je ne sais pas, a répondu Mrs. Roberts, sur la défensive. Je sais seulement ce que, *moi*, j'ai fait. Tout ce qu'il m'a dit, c'est que la mère était très jeune et qu'elle voulait que l'affaire soit traitée avec la plus grande discrétion. Il ne s'est pas attardé… Miller, je me souviens de son nom, parce que ma sœur a épousé un Miller. Elle s'appelle Arabella Miller maintenant.

Mrs. Roberts s'est renversée en arrière contre le dossier de sa chaise, visiblement contente de s'être souvenue de quelque chose. Elle n'a pas vu le regard que Phoebe et moi avons échangé. Nous pensions toutes les deux au bloc-notes jaune.

J'ai commencé à pianoter sur la table.

— Ah oui, le Dr Miller… Vous savez s'il est encore en vie ?

— En vie ?

Mrs. Roberts a paru déconcertée. Elle a réfléchi, longuement. Trop longuement. Du coin de l'œil, j'ai vu que Phoebe aussi tambourinait du bout des doigts sur la table.

— J'en doute. C'était un monsieur charmant, mais déjà plus tout jeune, même à l'époque. Plus de cinquante ans, je dirais. Il était tellement aimable, poli et bien élevé… un vrai gentleman. Avec beaucoup d'autorité, aussi. Toutes les infirmières lui obéissaient au doigt et à l'œil.

Pour évoquer le médecin, elle s'était montrée plus volubile. Le silence est retombé autour de la table.

— Et comment s'est déroulée l'adoption, exactement ? ai-je repris.

J'avais un peu le sentiment de mener un interrogatoire, de plus en plus mal à l'aise car Mrs. Roberts frémissait chaque fois que je posais une question, puis répondait d'une voix tremblante comme si je la soumettais à une véritable torture.

— Matthew s'est occupé de tout. Les papiers, les démarches administratives… C'était toujours lui qui gérait ça.

Elle s'est tamponnée les yeux avec son mouchoir.

Soudain, une théière a surgi à côté de moi.

— J'ai pensé que vous auriez besoin d'une autre tournée ! a dit la jeune serveuse avec entrain. Est-ce qu'une assiette de sandwiches vous ferait plaisir ?

— Oui, oui. Jambon fromage, s'il vous plaît. Il faut que tu manges, ma chérie, a ajouté Mrs. Roberts sans tenir compte des protestations de Phoebe.

Elle s'est penchée pour attraper délicatement une poussière sur le chandail de sa fille.

— Tu es vraiment trop maigre. Ce n'est pas…

— De quel genre de papiers s'agissait-il ? ai-je interrompu en réfléchissant à voix haute. Est-ce que d'autres personnes les ont signés ? Quelqu'un à l'hôpital ? La mère, peut-être… ?

Mrs. Roberts a eu l'air scandalisée.

— Oh, non. Les consignes étaient très strictes à l'époque. Il fallait à tout prix protéger l'identité de la mère, voyez-vous, parce qu'elle pouvait perdre sa réputation. Enfin, dans son cas…

J'ai terminé sa phrase à sa place.

— Elle l'avait déjà perdue, c'est ça ?

— La pilule n'existait pas encore, et un certain nombre de femmes qui tombaient enceintes voulaient cacher leur grossesse… C'est pourquoi il y avait ces foyers d'accueil, comme nous l'a aimablement expliqué le Dr Miller.

Sans lever les yeux, Phoebe a cessé de pianoter sur la table.

— De toute façon, on en saura bientôt plus sur l'adoption, parce que j'ai demandé à consulter les archives.

Mrs. Roberts a tressailli.

— Pourquoi ? Tu as ton acte de naissance. Que te faut-il encore ?

— La procédure prend un peu de temps, mais j'ai déjà un rendez-vous avec un thérapeute agréé. C'est lui ensuite qui donne accès aux documents.

Phoebe a redressé sa serviette sur la table, aligné les couverts de chaque côté, toujours sans regarder sa mère.

— Tu avais dit que… que le nom de ta mère biologique te suffisait. Pourquoi voudrais-tu voir d'autres documents ?

— Si elle avait été en vie, cela n'aurait pas été nécessaire. Mais je veux savoir qui était mon père.

Mrs. Roberts a froncé les sourcils.

— Ton père était ton père, a-t-elle déclaré fermement. Personne n'aurait pu être un meilleur père que Matthew.

Levant enfin les yeux, Phoebe a souri à sa mère et lui a pris la main.

— Il sera toujours mon père, maman, a-t-elle assuré, avec douceur à présent. Il était merveilleux. Et le fait de trouver cet autre homme ne lui enlève rien. Mais tu comprends que j'aimerais savoir ? Que j'ai *besoin* de savoir ?

Il était évident que Mrs. Roberts ne comprenait pas du tout. Elle a fait tourner la salière dans sa main, le regard sombre et fixe, sans s'apercevoir qu'elle répandait une fine couche de sel sur la table devant elle.

— Je ne suis pas sûre, ma chérie…, a-t-elle déclaré enfin. Pour moi, il valait mieux que tu ne saches rien.

La serveuse a apporté les sandwichs, sur un plateau où étaient aussi empilés plusieurs petites assiettes et deux paquets de chips. Mrs. Roberts, visiblement soulagée par cette diversion, s'est aussitôt consacrée au service.

— Laisse tomber les sandwichs pour l'instant, maman, a dit Phoebe. Cette conversation est très importante pour moi. Je voulais que vous vous rencontriez toutes les deux, je voulais que tout sorte au grand jour et qu'ensuite on puisse chercher… Je ne sais pas, quelque chose. Addie a trouvé une liste de noms écrite de la main de sa mère. Ce sont peut-être des gens qui se trouvaient à l'hôpital ce soir-là. Tu te rappelles quelqu'un en particulier ?

Mrs. Roberts a poussé l'assiette de sandwichs vers Phoebe.

— Il y avait beaucoup de chambres à l'étage, du monde partout. L'infirmière en chef était très stricte. Mais, oui, je me souviens d'une personne… Une jeune infirmière, une Antillaise, je suppose, qui venait de décrocher son diplôme. Elle m'a apporté plusieurs fois du thé. Vous n'imaginez pas comme on a soif… Bref, le deuxième soir, elle avait récupéré la layette. Je te l'ai déjà raconté, Phoebe. Les vêtements avaient été soigneusement pliés et le carnet de grossesse était glissé entre le petit bonnet et la brassière. Elle a voulu que je les prenne. Apparemment, la mère les avait préparés pour son bébé, enfin, pour que la petite les ait plus tard… Je ne savais pas trop si c'était *légal*, vu que le nom de la mère apparaissait noir sur blanc dans le carnet, mais l'infirmière a insisté et j'ai promis de les garder. Pour être honnête, je n'y ai pas trop pensé sur le moment. J'ai ouvert le carnet, un jour, après notre retour à la maison, et puis je l'ai complètement oublié.

Elle s'est rembrunie, manifestement incapable de se pardonner de ne pas l'avoir jeté, ce qui aurait épargné toutes ces difficultés à sa fille chérie.

— Vous vous rappelez son nom ? ai-je demandé. Le nom de l'infirmière. Edith Cuthbert, peut-être ? Ou Laura Remington ? Sarah Mason ?

— Je ne saurais pas dire. C'est possible..., a répondu vaguement Mrs. Roberts, sur ses gardes. Tout ce que je sais, c'est qu'elle était toute jeune et qu'une des sœurs l'a réprimandée pour avoir renversé un peu de thé sur mon lit. J'étais très faible après mon propre accouchement... Mes souvenirs sont un peu flous.

— Mais si vous étiez faible à ce point, pourquoi vous a-t-on laissé quitter l'hôpital si vite ? Pardon, Mrs. Roberts, mais ce n'est pas logique !

Mrs. Roberts a pris un sandwich et l'a jeté d'un geste brusque sur son assiette.

— Très bien. Alors, écoutez. J'étais inquiète, d'accord ? J'avais Phoebe, je voulais partir... Je craignais qu'on me la reprenne. Oui, j'avais peur. Et j'ai eu peur, chaque jour pendant quarante ans, que quelqu'un vienne me réclamer ma fille. C'est compréhensible, non ?

Elle m'a fixée droit dans les yeux.

— Ce n'est pas un crime, vous savez. Nous pouvions aimer et élever ce bébé dans un environnement sain. Si nous ne l'emmenions pas, avait dit le médecin, elle serait adoptée par quelqu'un d'autre. Ou bien elle irait dans un orphelinat, en attente d'une famille. Vous vous rendez compte ? Nous qui avions tellement essayé d'avoir un bébé. J'avais perdu trois bébés. *Trois bébés !*

Sa voix s'est brisée dans un sanglot aigu. Derrière le comptoir, la serveuse ouvrait de grands yeux.

— Vous imaginez ce que ça a été pour moi ? J'étais venue pour un examen, je nageais dans le bonheur, et le médecin m'a annoncé que mon bébé était mort ! C'était la plus longue de mes grossesses, huit mois… Je me suis effondrée. Je ne *pouvais* pas supporter l'idée que je m'étais promenée dans les rues de Brimley, si heureuse, alors que je portais un bébé mort dans mon ventre ! Mort, comme les autres, qui mouraient tous, les uns après les autres !

À nouveau, elle a planté ses yeux dans les miens. Elle a pris plusieurs courtes inspirations en essayant de se maîtriser.

— Vous savez ce qu'ils faisaient des bébés mort-nés à l'époque ? Vous le savez ?

J'ai secoué la tête en silence, tandis que mes joues s'enflammaient.

— Ils vous enlevaient votre bébé sans même vous permettre de le voir, mais ils vous avaient obligée à accoucher, comme une mère normale. Sauf que vous n'étiez *pas* une mère normale, vous n'étiez pas une mère *du tout*… Et après, ils le jetaient dans un seau et ils le brûlaient avec les déchets, les jambes et les bras des gens amputés. Au mieux, ils le mettaient dans un cercueil avec quelqu'un d'autre, pour qu'au moins il soit décemment enterré. Je n'ai jamais pu dire au revoir à aucun de mes bébés morts ; à part cette fois-là, je n'ai même jamais su si c'était un garçon ou une fille.

Elle a plaqué ses mains sur sa bouche, les épaules secouées de tremblements. Phoebe l'a serrée contre elle, m'a regardée, et j'ai vu qu'elle était au bord des larmes.

Mrs. Roberts s'est abandonnée à l'étreinte de Phoebe tout en poursuivant :

— Et là, on nous a apporté cette magnifique petite fille. Alors, oui, nous l'avons prise, et nous étions tellement heureux, et je le referais, je le referais un millier de fois. Tu étais couchée dans ton berceau et je voyais le duvet de tes cheveux sur ta tête qui dépassait de la couverture. Tu avais les yeux fermés, et ta main, ton petit poing était si minuscule à côté de ta joue. Deux jours plus tard, je suis partie avec mon bébé, ma jolie petite fille qui allait bien.

Elle me défiait du regard en prononçant ces pronoms possessifs, mais mon cœur était plein de compassion, j'avais envie de dire quelque chose, n'importe quoi, pour la réconforter. Aussitôt après, elle a détourné les yeux et lâché un long soupir épuisé, puis s'est emparée d'une serviette en papier pour s'essuyer les mains.

— À présent, si nous avons terminé, je dois attraper mon train.

— Mais tu n'as pas mangé ton sandwich, a protesté Phoebe. Maman, je t'en prie, reste. On n'en parlera plus si c'est trop douloureux. Attends, je vais te commander un autre thé.

Mrs. Roberts, ostensiblement, a consulté sa montre et sorti ses horaires de train. Le silence est retombé sur la table. Tout d'un coup, j'ai *su*. J'en étais tellement certaine que je me suis penchée en avant et j'ai tendu la main pour lui toucher le bras et l'obliger à me regarder.

— Vous l'avez vue, n'est-ce pas ? ai-je murmuré. Et c'est ce qui vous a effrayée ? Vous avez eu peur qu'elle reprenne Phoebe ?

Mrs. Roberts ne levait pas les yeux de sa fiche horaire, mais ses mains tremblaient. Elle a posé la fiche sur la table.

— D'accord… Oui, je l'ai vue. Ou du moins, je crois que c'était elle.

— C'est *vrai* ? Pourquoi tu ne me l'as pas dit ? s'est exclamée Phoebe.

Mrs. Roberts s'est affaissée sur elle-même, comme vidée de toute énergie.

— Nous étions en train de partir, avec Matthew, et nous sommes passés devant la dernière chambre au bout du couloir. La porte était entrouverte…

Elle a ôté ses lunettes et s'est frotté les yeux, sans se préoccuper de ne pas étaler son mascara. Brusquement, elle a paru épuisée, vieillie, le visage mangé par des cernes bleuâtres.

— En m'apercevant, l'infirmière qui était en train d'entrer dans la chambre a sursauté et a vite refermé la porte. C'était la petite infirmière noire dont je vous ai parlé, celle qui m'avait donné la layette. À ce moment-là, j'ai compris. Ils isolaient les mères célibataires au fond, pour ne pas perturber les autres…

Les yeux de Mrs. Roberts se sont remplis de larmes.

— Je ne l'ai vue qu'un bref instant. Elle dormait, couchée sur le côté. Elle avait des cheveux noirs, courts et bouclés, son visage était très pâle, et elle avait l'air toute petite et très jeune. J'ai deviné que c'était elle… Je ne peux pas expliquer comment, mais j'en étais sûre.

Un *bref instant*. Je me suis concentrée sur mon thé, qui était froid maintenant. J'ai ajouté du sucre, j'ai remué avec la cuillère, je me suis forcée à avaler plusieurs gorgées, pendant que, lentement, cette information se logeait au creux de mon ventre : la vie de cette femme en face de moi, un bref instant, avait croisé celle de ma mère de dix-huit ans.

— Mais où étais-je, Mrs. Roberts ? Vous m'avez vue ?

J'ai attendu la réponse, le cœur battant.

— Non, vous n'étiez pas là… mais je…

Mrs. Roberts a pincé les lèvres, comme si elle tentait encore, désespérément, de retenir ce qu'elle allait dire.

— Je vous avais vue avant.

J'ai senti un frisson me parcourir de la nuque jusqu'aux reins et m'inonder d'une sueur glacée.

— Oui, je…

J'ai dû tendre l'oreille, tant la voix de Mrs. Roberts s'étranglait dans sa gorge.

— Parce que, voyez-vous, quand le médecin était venu nous parler de Phoebe…

Phoebe m'a serré le bras. Je lui ai été reconnaissante de ce soutien lorsque Mrs. Roberts a poursuivi, plus fort, presque sur la défensive.

— Il nous avait proposé de vous prendre toutes les deux.

Ensemble, Phoebe et moi avons lâché une exclamation de surprise. Mrs. Roberts s'est penchée en avant sur la table pour s'adresser à sa fille.

— Et moi, j'aurais accepté sans la moindre hésitation, mais Matthew ne voulait pas. Nous n'étions pas préparés, à la maison. Il craignait que ce soit trop difficile. Trop difficile pour moi.

À nouveau, Mrs. Roberts a refoulé une montée de larmes.

— Quand le médecin l'a emmenée, j'ai voulu courir derrière lui et la prendre elle aussi, mais Matthew a refusé. Il craignait que le deuxième bébé ne fasse tout capoter, parce que la mère pourrait réagir et te reprendre. Je ne crois pas que j'y aurais survécu. Alors, dès que j'ai pu marcher, nous sommes partis.

J'en avais le souffle coupé.

— *Tout capoter ?*

Phoebe a chuchoté :

— Oh, maman, pourquoi ?

Mrs. Roberts a saisi sa fille par le bras.

— Écoute-moi ! Je regrette que tu sois bouleversée. J'aurais vraiment préféré que tu ne l'apprennes jamais. Nous aurions pu continuer comme avant... Mais je ne vais pas m'excuser de t'avoir prise, de t'avoir élevée comme ma propre fille, alors que je pouvais t'offrir une bonne vie et tout cet amour. Tu es ce qui nous est arrivé de plus merveilleux, à ton père et à moi. Nous étions une famille, nous sommes *toujours* une famille, et quoi qu'il arrive maintenant, nous le resterons. Personne ne nous enlèvera ça. Elle voulait te placer, elle n'était pas capable de te garder. J'en suis désolée, et je suis désolée pour elle, plus que les mots ne peuvent l'exprimer. Parce qu'elle ne t'a pas eue, et moi, si.

— Mais on ne doit pas séparer des jumeaux. Ils en souffrent.

— Tu ne l'as jamais su. On ne souffre pas, si on ne sait pas.

— C'est faux.

J'avais enfin retrouvé un filet de voix.

— Comment as-tu pu me cacher ça ? a demandé Phoebe. Pendant toutes ces années, j'aurais pu connaître Addie, j'aurais pu passer du temps avec elle, j'aurais pu avoir une sœur. Mais tu as attendu quarante ans, alors que la moitié de ma vie est déjà derrière moi ! Et encore, tu aurais continué à te taire si je ne l'avais pas découvert, si je ne t'avais pas obligée à me raconter.

Mrs. Roberts s'est défendue, d'une voix butée où ne perçait aucune contrition :

— Dieu sait que ça n'a pas été facile. Chaque fois que la sonnette retentissait à la porte, ou que le téléphone sonnait, chaque fois que tu partais en voyage scolaire, lorsque tu rencontrais des gens nouveaux… Chaque fois, j'avais peur que tu croises un jour ta sœur, ou que la jeune fille que j'avais aperçue couchée dans ce lit vienne te reprendre… Et je n'aurais jamais laissé faire ça ! Même quand…

Elle s'est interrompue tout net en secouant la tête.

— Quoi ? a interrogé Phoebe. Même quand *quoi* ?

— Quand elle a failli te retrouver.

— Comment ça ? ai-je soufflé, pleine d'appréhension.

— J'ai reçu une lettre. Il y a huit mois environ. D'un homme qui me demandait si j'étais à l'hôpital ce jour-là. Si je savais quelque chose à propos d'une adoption. Il menait une enquête pour une femme qui avait perdu sa fille. Une certaine Elizabeth Holloway.

— Et qu'est-ce que vous avez fait ? ai-je murmuré.

— Je n'ai pas répondu. J'ai brûlé la lettre.

Il y a eu un silence terrible. Puis, d'un coup, Phoebe s'est levée. Debout un peu plus loin, la serveuse observait la scène.

— Je n'arrive pas à croire que tu ne m'aies rien dit, a lâché durement Phoebe, tandis que sa mère baissait la tête.

Elle a ensuite passé le bras dans la manche de son manteau, avec une violence telle que la doublure s'est déchirée.

— Mais, Phoebe… Je ne voulais *pas* que tu le saches ! s'est écriée Mrs. Roberts en fondant en larmes. S'il te plaît, écoute-moi. Assieds-toi, je t'en prie, et…

Phoebe tournait déjà les talons. J'ai attrapé mes affaires et je me suis précipitée derrière elle.

Limpsfield, 14 août 1958

Aujourd'hui est le premier jour de ma vie sans ma mère. Elle est morte hier, le soir de mon dix-septième anniversaire, et à présent je revois avec horreur tous les moments de cette fête et chaque jour de ces quatre dernières semaines parce que, pendant que je menais la belle vie à Hartland, ma mère se précipitait vers la mort sans que je sois à ses côtés pour la réconforter. Était-ce quand je buvais mon premier verre de champagne ou quand je riais avec Harry aux pitreries de Bea ? Quand je suis partie dans le verger, ou quand je me suis dressée sur la plante des pieds et que j'ai senti ce délicieux tumulte dans mes oreilles alors qu'on m'embrassait pour la première fois ? A-t-elle rendu son dernier souffle à l'instant précis où je tombais amoureuse ?

Peu importe maintenant que je sois tombée amoureuse, que j'aie été embrassée, ou que j'ose l'écrire, au risque que mon père ou quelqu'un d'autre le lise. Rien n'a plus d'importance, sauf que je n'étais pas là pour dire au revoir à Maman, que je n'étais pas là où j'aurais dû être. J'aurais dû être en train de lui faire la lecture, en train de lui parler de notre promenade à St. Paul. On n'aurait jamais dû m'obliger à la quitter.

Le lendemain de ma fête d'anniversaire, très tôt le matin, il y a eu un coup de fil et Janet est venue me chercher. La bonne m'a aidée à faire ma valise, et Janet elle-même m'a conduite à la gare avant que les autres ne soient levés. Je suis restée en état de choc pendant tout le trajet en train, parce que mon père avait appelé de l'hôpital, pas de la maison. Alors que j'imaginais ma mère dans son lit ou dans son fauteuil, paisible, les yeux tournés vers son jardin, et, peut-être – comment ai-je pu être si stupide pour y croire ? –, peut-être en rémission, elle avait été transférée à l'hôpital le jour même de mon départ pour Hartland. Pour qu'elle meure à l'hôpital, voilà pourquoi on m'avait éloignée.

Sœur Hammond m'a tout raconté. Maman savait que cela ne serait plus très long ; c'était son choix, a dit sœur Hammond avec douceur, mais aussi avec fermeté, en voyant le regard chargé de colère que je jetais à mon père, parce que je ne lui pardonnais pas de l'avoir mise à l'hôpital contre sa volonté et de ne pas m'avoir téléphoné plus tôt, quand la fin approchait. Mais ma mère ne voulait surtout pas, a expliqué sœur Hammond, que je la voie dans cet état, gisant sur un lit impersonnel et déclinant de jour en jour. Elle ne voulait pas que je ne sois pas autorisée à m'asseoir à son chevet, sauf pendant les courtes heures de visite. Sœur Hammond a parlé longtemps. Maman avait été bien installée à l'hôpital, m'a-t-elle assuré. Elle avait partagé une chambre avec une autre dame qui était très impressionnée par les nombreuses lettres qu'elle recevait de sa fille formidable, par ces histoires si divertissantes que je lui racontais, et elle était terriblement fière de parler de moi. J'avais été le bonheur de ma mère pendant toute sa vie – mais surtout pendant ses derniers mois – et à présent, il fallait que je sois forte, que je reste forte pour mon père. Sœur Hammond est très gentille, aussi n'ai-je pas voulu lui dire qu'elle se trompait, que Père avait eu tort, ainsi que Maman, de m'éloigner. Maman avait détesté l'hôpital la première fois qu'elle y était allée, quand on ne trouvait pas ce qu'elle avait et qu'elle souffrait tant. Elle l'avait tellement détesté qu'elle était rentrée à la maison, d'autant qu'elle savait qu'on ne pouvait plus rien faire et que sœur Hammond s'était proposée pour la soulager de la douleur.

Je comprends à présent son euphorie, les souvenirs qui lui revenaient en masse, ses lettres débordant d'enthousiasme à mon égard. Cette explication, loin de me rendre les choses plus faciles, me laisse au contraire un goût terriblement amer dans la bouche. Je suis dans sa chambre à présent, assise dans son fauteuil, et je contemple son jardin pendant que j'écris. Profitant de ce que mon père est occupé en bas, je me suis faufilée ici une dernière fois, pour un ultime adieu.

Son lit est fait et quelqu'un a jeté les fleurs, les vases ont disparu et, pour la première fois depuis longtemps, il n'y a pas de feu dans la cheminée, ni de bouilloire. Mais à part ça, la chambre est exactement comme je l'ai quittée il y a quatre semaines. Les poèmes de Christina Rossetti se trouvent sur la table de chevet, une carte postale de la cathédrale St. Paul marque la page où nous nous étions arrêtées. Le programme radio est encore là où je l'avais posé, sur la commode, à côté du vieux poste en bois que nous ne déplacions jamais parce que Maman avait peur qu'il tombe en pièces. Le tabouret sur lequel je m'asseyais pour lui parler est toujours près du fauteuil où je l'avais avancé. Ils n'ont pas enlevé le petit rosier en pot sur le rebord de la fenêtre, que j'avais pris pour elle dans le jardin en avril, et quand j'approche mon nez et que je respire cette exquise odeur de rose, je suis si triste que j'ai envie de mourir. Avec le sécateur de Maman, j'ai coupé une branche ornée de fleurs minuscules, parfaites, et je l'ai glissée entre les pages que je lui lisais à peine quelques semaines plus tôt, en mettant bien le ton, pour que ma voix reste avec elle jusqu'à mon retour.

Les dernières lueurs du premier jour sans elle se reflètent dans le miroir, ricochent contre le cadre argenté d'une photo, dansent autour des flacons de parfum disposés sur sa coiffeuse, mais déjà, il y a plus d'ombre que de lumière dans la pièce. La nuit approche, comme les jours, les semaines et les mois à venir, vides, déserts, solitaires. En partant, je laisserai le rosier devant la fenêtre, afin qu'il parfume encore un peu la chambre empreinte de l'esprit de ma mère. Je caresse du doigt le dôme de la cathédrale St. Paul sur la carte postale, et je concentre toute mon attention pour ressentir sa présence, s'attardant ici avec moi, un dernier instant, sur le seuil entre la vie et la mort. La chambre se souvient d'elle, le matelas conserve la forme de son corps, l'oreiller porte en creux le poids de sa tête. D'infimes particules de sa peau demeurent accrochées à l'endroit où sa main a touché les rideaux, les pages de son livre chuchotent autour de la carte postale qu'elle a tenu entre ses doigts, et l'air même, dans la chambre, dessine l'image de cette personne tant aimée, qui était ici il y a encore si peu de temps et a maintenant disparu pour toujours.

Mais elle s'évanouira bientôt, cette image, je le sais. L'air en oubliera les contours, la poussière chassera toute trace de vie ici. Son odeur partira, puis la tiédeur de sa main, l'étincelle dans ses yeux ; le son de son rire ira en décroissant. Qui se rappellera Constance Adele

Holloway, qui prononcera encore son nom ? Qui, sinon moi ?

Je sais que je devrais écrire sur elle, que l'écriture la maintiendrait peut-être en vie, la garderait en moi et autour de moi, mais les mots sont difficiles à trouver maintenant. Ils se bousculaient sous ma plume pendant que j'étais à Hartland, toutes ces pensées et ces émotions déversées dans ces pages afin de dédier mon allégresse, ma joie, ma liberté à ma mère qui m'attendait ici dans cette chambre. Mais ils se rient de moi à présent, ces mots, comme l'ardeur que j'avais à les écrire. Il ne me sera plus nécessaire de raconter mes journées, parce qu'elle n'est plus là pour me lire. Ces pages ne sauraient continuer d'accueillir tout ce qui me vient à l'esprit, alors que je ne supporte même pas de regarder celles qui précèdent, vibrantes de tant de bonheur. J'en suis tout simplement incapable, aussi vais-je les cacher jusqu'au moment où je pourrai de nouveau penser à la vie.

21

Bien qu'un peu désorientée en sortant du café, j'ai aussitôt repéré Phoebe, qui regardait autour d'elle sans savoir où aller. Je l'ai prise par le bras et l'ai entraînée vers la station de métro. Les passants que nous croisions écartaient vivement leurs parapluies devant nous. Je la tenais toujours par la manche en descendant l'escalier, puis quand nous sommes montées dans une rame bondée de passagers trempés et maussades. Nous avons trouvé une petite place près des portes. Mes cheveux me tombaient sur le visage et je transpirais dans la chaleur suffocante du wagon. Phoebe, au contraire, semblait étrangement calme. Elle examinait le plan de métro, mais je voyais qu'elle avait le regard vague. Lorsqu'il y a eu une forte secousse, juste après Gloucester Road, elle a failli partir à la renverse et je me suis félicitée de ne pas lui avoir lâché le bras.

— Viens chez moi, Phoebe, d'accord ? ai-je soufflé en la retenant de mon mieux.

Les autres passagers, la voyant sur le point de s'effondrer, nous ont considérées d'un air inquiet. Le métro a ralenti en arrivant à la station suivante. J'ai senti ses cheveux sur mon épaule tandis que, calée entre ma hanche et l'arrière des banquettes, elle se laissait aller contre moi et fermait les yeux.

Devant ma maison, Phoebe s'est appuyée au mur près des deux poubelles pendant que je cherchais mes clés. Quand j'ai entrouvert la porte, un chaton est sorti comme un éclair. Il a filé jusqu'au portail et a disparu. Un autre chaton lui a succédé une seconde plus tard, mais, cette fois, Phoebe, avec une étonnante rapidité, a plongé et réussi à l'attraper avant qu'il ne s'échappe aussi. Elle s'est redressée, emprisonnant dans ses mains la petite créature qui se débattait, de sorte qu'on ne voyait qu'une paire d'yeux clignant entre ses pouces. La porte s'est ouverte en grand et Mrs. Emmet, ma voisine du rez-de-chaussée, est apparue. Elle a grondé le chaton en le menaçant du doigt.

— Petit imbécile. Maintenant, je vais devoir passer la moitié de la nuit debout à attendre ton frère. Bon, il n'ira pas loin… Il déteste la pluie. Bonjour, Addie. Tu viens avec une amie ?

Mrs. Emmet était la voisine la plus gentille de tout Londres. Elle m'apportait des tasses de thé quand j'étais malade et me gardait tous les magazines people auxquels elle était accro, cornant les pages qu'elle jugeait capitales pour corriger mon ignorance effarante en matière de célébrités.

— Mrs. Emmet habite au rez-de-chaussée, ai-je expliqué à Phoebe, qui semblait avoir été tirée de son hébétude par le sauvetage du chaton et écartait à présent les mains pour laisser pointer la petite tête.

— Mrs. Emmet, je vous présente Phoebe. En fait, c'est…

Je me suis tue. Phoebe contemplait ses chaussures, l'air complètement perdu, et, dans la pénombre, j'ai éprouvé un élan de tendresse envers elle. Je lui ai pris le bras pour l'attirer près de moi.

— C'est ma sœur.

Jamais encore je n'avais prononcé tout haut ces paroles, et j'ai parlé d'une voix chaleureuse, sans le moindre doute, sans la moindre réserve, presque avec fierté. Soudain, les choses entre nous sont devenues étrangement concrètes, et j'ai trouvé très beau ce lien qui nous unissait, à présent qu'il était nommé de manière explicite.

— Ma sœur *jumelle*, ai-je ajouté. On est jumelles. Et on vient de se rencontrer il y a deux jours seulement.

D'abord interloquée, Mrs. Emmet a hoché aussitôt la tête avec enthousiasme. Ce genre d'histoires ne pouvait que la fasciner.

— Ça alors. C'est formidable. Quelle chance pour vous deux.

Après un instant de réflexion, elle a demandé :

— Vous avez fait la connaissance de Venetia ?

Elle a haussé un sourcil et serré les lèvres pour masquer un sourire espiègle.

— Oh oui, a répondu sombrement Phoebe.

Mrs. Emmet a éclaté de rire.

— Son aboiement est pire que sa morsure, a-t-elle décrété. Enfin, je crois… Enchantée, Phoebe. Quant à lui, c'est Potts, a-t-elle ajouté en montrant le chaton qui avait entre-temps grimpé sur l'épaule de Phoebe.

Le chaton donnait des coups de patte pour jouer avec les clés que je balançais devant lui. Phoebe a voulu le rendre à Mrs. Emmet, mais celle-ci a refusé de la main.

— Je vous le prête pour la soirée, a-t-elle annoncé en pivotant vers la porte de son appartement. Il n'y a pas de meilleure thérapie. Mais vous vous le partagez, hein ? Et pour l'amour du ciel, ne lui donnez rien à manger.

— Ça va, Addie, vraiment.

J'avais obligé Phoebe à s'allonger sur mon canapé, qui était trop court pour elle, de sorte que ses pieds dépassaient au bout. Je lui avais posé un linge frais parfumé à la lavande sur le front et les yeux, parce que c'était le remède de Mrs. Baxter pour soigner tous les maux, depuis les angines jusqu'aux orteils cassés, puis j'avais coincé le chaton dans le creux de son coude, trouvé pour moi-même un autre linge sur lequel j'avais vidé la moitié du flacon d'eau de lavande, et je m'étais affalée dans le fauteuil en face d'elle. Les yeux fermés, je tentais de repousser l'image de ma mère recroquevillée sur un lit d'hôpital, et l'expression de défi mêlé de culpabilité qu'arborait Mrs. Roberts quand nous l'avions quittée. Une nouvelle et terrifiante question du type *que serait-il arrivé si* me hantait à présent. Ma mère n'avait pas voulu me garder non plus. Moi aussi, je devais être placée.

Je me demandais à quoi pensait Phoebe. Lui semblait-il, comme moi, que le sol se dérobait constamment sous ses pieds ? Mais elle avait sûrement déjà traversé cela quelques semaines plus tôt, en découvrant qu'Elizabeth Holloway l'avait abandonnée. Moi, en revanche, parce que j'étais restée avec ma mère, j'avais présumé que j'avais été *choisie*, pour apprendre à présent que ce n'était qu'un coup de hasard.

J'ai entendu le chaton atterrir doucement par terre et le léger cliquetis de ses griffes sur le parquet. Puis un froissement des plus inquiétant, et nous nous sommes toutes les deux redressées en ôtant nos linges humides. Nos regards ont convergé vers la cuisine, où le chaton jouait avec un sac en plastique. Nous avons alors échangé un sourire, ou plutôt une grimace, à la vue de nos allures pareillement échevelées, nos joues exsangues, nos mines épuisées.

J'ai essayé de ravaler la boule qui m'était à nouveau montée dans la gorge.

— Je n'arrive pas à y croire, ai-je soufflé d'une voix rauque. Je n'arrête pas de me répéter que je serai bientôt immunisée, mais ça ne fait qu'empirer.

Phoebe a poussé un énorme soupir en serrant ses genoux dans ses bras. Son mascara avait coulé, une tache maculait son pantalon. Elle paraissait démunie et terriblement vulnérable. Nous ne pouvions pas nous effondrer toutes les deux en même temps, ai-je pensé. Quelqu'un devait garder le cap !

Je me suis rabattue sur la seule solution que je savais apporter aux situations désespérées.

— On va manger un morceau. Je nous prépare quelque chose… Avec un verre bien tassé, non ?

Phoebe a hésité.

— Du thé, ce serait possible ?

— Évidemment.

Phoebe est partie aux toilettes et, quand elle est revenue, elle avait rattaché ses cheveux, remis de l'ordre dans sa tenue et s'était rafraîchi le visage. Mais une fois assise sur l'un des tabourets à l'îlot central, avec son menton posé dans ses mains, elle ressemblait à une enfant déboussolée.

— Qu'est-ce qui te ferait envie ? J'ai du fromage de chèvre et du pain. Ou bien je pourrais nous bricoler une quiche ?

— Avec plaisir. Mais, vraiment, ne te donne pas trop de mal.

J'attrapais déjà la farine sur l'étagère au-dessus de la cuisinière. Une bonne pâte maison, tiède et croquante. Exactement ce qu'il fallait quand on était abattu après avoir reçu un choc. J'ai coupé le beurre en morceaux, sorti des glaçons pour l'eau. Nous ne parlions pas, mais c'était un silence plaisant, tranquille, entre deux personnes qui ne se sentaient pas obligées de faire la conversation. J'ai pensé au bavardage incessant de Venetia avec qui je me tenais toujours sur mes gardes, même à mon insu, en prévision d'une attaque, et j'ai souri intérieurement parce que Phoebe, elle, était une compagnie très reposante. Elle tapotait doucement son pied contre le tabouret et m'a regardée étaler la pâte, la disposer dans un petit moule, de taille suffisante pour nous deux, puis le mettre à refroidir dans le frigo. Je lui ai demandé d'émincer finement un peu de ciboulette, mission dont elle s'est acquittée avec un pli concentré entre les sourcils. Andrew se serait évanoui sur place en voyant comment elle tenait son couteau.

— Je te l'ai dit, je ne suis pas douée pour la cuisine, a-t-elle déclaré en remarquant que je me raidissais chaque fois que la lame passait à deux millimètres de son pouce.

Elle a poussé le petit tas de ciboulette vers moi, et le silence est retombé. Les mains croisées, elle a observé le chaton qui folâtrait et recommençait à jouer avec le sac en plastique.

La photo, dans son cadre brisé, est apparue par l'ouverture du sac. Après tout ce que j'avais entendu aujourd'hui, j'étais incapable d'affronter ces deux visages. Peut-être plus tard, un autre jour, une fois que nous aurions trié toutes les informations… J'ai bousculé gentiment le chaton qui s'accrochait au sac et j'ai fait mine de remballer son contenu comme si de rien n'était. Mais en relevant la tête, j'ai croisé le regard de Phoebe : elle m'avait vu cacher la photo de ma mère. Elle s'est détournée, sans rien dire, tandis qu'un malaise s'installait entre nous.

Les yeux dans le vague, elle a murmuré :

— Parfois, surtout la nuit quand il n'y a aucun bruit, j'éprouve comme un immense regret. Pour toute une vie, pour toutes ces choses que je n'ai pas pu avoir. Ça me reste coincé ici, a-t-elle enchaîné en se tapotant la gorge et j'ai hoché la tête afin de montrer que je comprenais. C'est un sentiment qui est proche de la panique. Comme s'il fallait absolument que je remonte le temps pour savoir, pour réparer quelque chose, vite, tout de suite. C'est pour cette raison, je crois, que j'ai débarqué dans ta vie comme je l'ai fait, que je me suis pointée chez toi, à la boulangerie, que je veux rencontrer ton père, ta sœur, tout ce qui est maintenant possible… Mais toujours, je reviens à cette question : pourquoi, toi, tu as pu rester, et moi, non.

Elle s'est tue. Ses yeux, ses beaux yeux gris-vert qui ressemblaient tant à ceux de ma mère, qui ressemblaient aux miens, ne quittaient pas le chaton. Celui-ci avait bondi sur le plan de travail et lançait de délicats coups de patte à mes pots de ciboulette et de romarin.

— Je crois qu'on devrait reparler à ta mère, ai-je dit. Elle se rappellera peut-être quelque chose qui nous permettra...

J'ai hésité, puis j'ai choisi de me limiter à ce que l'on pouvait raisonnablement espérer :

— ... de comprendre.

Le visage de Phoebe s'est adouci.

— Oui, elle a beaucoup souffert, et je... je n'aurais pas dû la planter comme ça au café. Me mettre si en colère. Mais elle n'a jamais rien raconté avant, chaque fois que nous avons parlé depuis que je sais. Elle a seulement dit que c'était une adoption privée qui avait été organisée à l'hôpital. La vérité, Addie, c'est qu'elle a pris le bébé – moi – et qu'elle s'est enfuie. Elle nous a séparées. Même quand Merck l'a contactée l'année dernière, elle lui a menti. Et à moi aussi, elle m'a menti. Tu te rends compte ? J'aurais pu rencontrer Elizabeth avant qu'elle meure.

— Je ne pense pas, ai-je répondu aussi gentiment que possible. Elle est partie il y a un an. Merck a sans doute envoyé la lettre après sa mort. Il a dit qu'elle ne s'était pas manifestée depuis un moment. Et ta mère n'a pas agi seule, n'oublie pas. C'était surtout le médecin. Ta mère, elle, a eu le sentiment d'accomplir une bonne action.

Je prenais ardemment la défense de Mrs. Roberts, non pas parce que je la trouvais sympathique, mais pour le bien de Phoebe.

Phoebe m'a dévisagée avec une expression de froide amertume.

— Facile à dire pour toi. Tu l'as *eue*, toi, notre vraie mère, alors que moi... j'ai été délaissée.

— Mais Phoebe, ai-je plaidé, tu n'as pas été délaissée. Ta mère a fait ce qu'elle a fait *par amour*, c'est très clair. Elle t'aimait – elle t'aime – beaucoup.

De l'autre côté de l'îlot, Phoebe s'est renversée en arrière contre le dossier de son tabouret, élargissant l'espace entre nous.

— Mais pourquoi est-ce qu'elle... pourquoi Elizabeth a-t-elle mis si longtemps à me chercher ? Pourquoi n'est-elle pas venue tout de suite me récupérer, pour que je grandisse moi aussi dans cette famille... Où tu as grandi, *toi*.

— Phoebe, ça a été un pur hasard ! Tu n'as pas compris ? Je suis restée par *accident*. Je devais être placée, comme toi, mais il n'y avait personne pour me prendre ! ai-je explosé en piochant un élastique dans une coupelle et j'ai noué mes cheveux en arrière, si violemment que Phoebe a grimacé de douleur. Qu'est-ce que tu préfères ? Être élevée par une mère adoptive qui t'a désirée, qui t'a tellement désirée qu'elle était prête à se battre bec et ongles pour toi et s'est enfuie en t'emmenant ? Ou par ta *vraie* mère, qui avait décidé de t'abandonner et a finalement dû te garder, parce qu'elle n'a trouvé personne à qui te refiler ? Hein ? Vas-y, dis-moi !

Phoebe m'a d'abord fusillée du regard, puis, les épaules soudain voûtées, elle a soupiré.

— Pardon, Addie. C'est vrai... Essayons de ne pas nous disputer pour savoir laquelle de nous deux a le plus de raisons de se sentir abandonnée.

J'ai lâché moi aussi un grand soupir et tenté de sourire. Le chaton est venu se frotter contre ma jambe en miaulant doucement. Je l'ai pris et l'ai tenu sous mon menton. Tandis que je percevais son minuscule ronronnement contre ma gorge, j'ai longuement observé Phoebe, son visage qui me paraissait encore étranger et pourtant déjà familier, avec ses traits anguleux et ses yeux gris-vert, sa queue-de-cheval qui dansait quand elle tournait la tête.

— Tu as toujours été là, ai-je affirmé enfin, pendant toutes ces années, dans tout ce que je faisais. Tous mes anniversaires, toutes mes journées, toutes *ses* journées à elle, étaient imprégnées de ton absence. Je le sais maintenant, je le vois clairement quand je me rappelle ses paroles et ses gestes. Quoi qu'il soit arrivé à notre naissance, qu'elle ait choisi ou qu'on l'ait obligée, elle a dû vivre avec ça toute sa vie, et c'est ce qu'elle voyait en *moi* chaque jour. Tu n'as jamais été délaissée, parce que, pour elle, je n'ai toujours été qu'une moitié.

Un profond silence nous a enveloppées. Le soir noyé de pluie, la sensation que j'avais de flotter au milieu de repères constamment bousculés, l'odeur de la quiche dans le four et le minuscule chat qui ronronnait contre ma gorge, tout s'est réduit à ce petit espace qui nous séparait, Phoebe et moi, debout l'une en face de l'autre dans ma cuisine. Soudain, un lien se tissait entre nous, puissant, primaire et inexplicable, tel un fil ou la corde d'un instrument qui rendait un son à la fois magnifique et discordant : nous étions deux moitiés d'un tout, deux paires d'yeux d'un gris-vert identique qui se regardaient, deux cœurs qui battaient l'un près de l'autre, mesurant l'étendue de ce que nous avions perdu, de ce qui aurait pu être et que nous pouvions encore devenir, et c'était un sentiment exaltant autant que désespéré. Phoebe a dû l'éprouver aussi, parce qu'elle a esquissé un mouvement vers moi qui semblait indiquer en même temps un effroi et une connivence.

— Tu aurais pu être mon Charlie, a-t-elle alors déclaré, et ses yeux se sont remplis de larmes. Tes cheveux seraient bien allés avec la tenue de boxe noire et jaune.

Son rire ressemblait à un sanglot étouffé. J'ai baissé les yeux, que les larmes aussi menaçaient d'envahir.

— J'aurais adoré être Charlie, ai-je murmuré. Il a l'air *beaucoup* plus cool que Venetia.

Elle a ri encore, faiblement, s'est essuyé les yeux avec le linge et, en le posant, a serré très fort le rebord de l'îlot dans un effort pour se ressaisir. J'ai ramassé le sac en plastique et le lui ai tendu.

— Tiens, j'ai trouvé ça chez mes parents. Des photos, surtout… Je serais très heureuse que tu les prennes.

Alors qu'elle s'apprêtait à détacher les poignées du sac que j'avais nouées, j'ai mis ma main sur la sienne.

— Emporte-les chez toi. Le cadre d'une des photos est cassé, fais attention en les sortant.

— Mais tu ne veux pas les garder ici ?

J'ai secoué la tête, incapable d'expliquer que je n'avais pas envie d'héberger Elizabeth et Constance Adele Holloway, pas tant que je n'aurais pas mieux compris ma mère, tant que je ne saurais pas ce qu'il s'était vraiment passé le 14 février 1960.

22

Nous avons bu du thé, assises l'une en face de l'autre à l'îlot central. Nous avons mangé la quiche accompagnée d'une salade, puis de magnifiques fraises que j'avais achetées au marché la veille, arrosées d'une épaisse crème fouettée à la vanille. Comme nous avions encore faim, j'ai réchauffé deux brownies au chocolat, que nous avons engloutis avec le reste de la crème, et descendu une autre théière.

— Incroyable, a constaté Phoebe, en picorant une dernière miette du bout des doigts. Je ne mange jamais autant. Je n'arrive pas à croire que tu aies préparé tout ça en moins d'une heure… Rien qu'avec la crème, tu surpasses tout ce que je peux avoir dans mon frigo quand il est rempli. Tu ne voudrais pas faire traiteur par correspondance pour Birmingham ?

Tout en débarrassant, j'ai dressé un début de liste.

— Brioches, biscuits au gingembre, tartelettes au citron… Sablés, évidemment. Et chocolat, oui, je pourrais envoyer des tonnes de chocolat, et…

La sonnerie d'un téléphone m'a interrompue. Le chaton, qui tournait autour de l'assiette de Phoebe, a détalé craintivement.

Plongeant dans le fouillis de ma besace, j'ai mis la main sur les deux Nokia. Ce n'était pas mon téléphone qui sonnait, mais celui de ma mère.

— James Merck, ai-je annoncé en levant les yeux de l'écran. Il est rentré.

— Vas-y, réponds.

Comme je ne bougeais pas, Phoebe a tendu le bras et appuyé sur la touche.

— Mrs. Harington !

On entendait à sa voix qu'il était ravi d'avoir réussi à me joindre.

— James Merck à l'appareil. Je voulais juste m'assurer que vous aviez reçu ma lettre.

— Pas encore, non... Mais le courrier met parfois quelques jours.

Je me suis éclairci la gorge et Phoebe a applaudi pour m'encourager.

— *Dis-lui*, a-t-elle articulé silencieusement.

— Vous me ferez connaître votre décision, a-t-il repris. Par ailleurs, j'ai découvert des archives du service de la Santé publique qu'il serait peut-être intéressant de consulter. J'avais envoyé une requête il y a un an, mais je pourrais aussi me rendre sur place. Il en résulterait des frais supplémentaires, ce qui m'amène justement à la question de... mes honoraires, Mrs. Harington, qui doivent absolument être réglés. Le compte de votre père a-t-il été fermé ?

— Le... le compte de mon père ? Il est à l'hôpital... mais, attendez, qu'est-ce que vous voulez dire, *exactement* ?

— Eh bien, je pensais que les factures trimestrielles étaient payées à partir de ce compte. Avez-vous la possibilité de transférer l'argent ? Ou de m'adresser un chèque ?

— Oui, oui, sûrement… Mr. Merck, il faut que je vous arrête… Vous allez peut-être trouver cela bizarre, mais…

Je n'ai pas pu aller plus loin.

— Bizarre ? Quand on fait ce métier comme moi depuis quarante ans, on ne s'étonne plus de rien.

Il a émis une sorte de grognement qui ressemblait à un rire et j'ai lancé un regard suppliant à Phoebe.

— *N'aie pas peur, dis-lui*, a-t-elle articulé silencieusement.

J'ai pris une profonde inspiration.

— Mr. Merck. Ma mère est morte il y a un an.

— Je crains de ne pas comprendre. Vous vous sentez bien, Mrs. Harington ? Vous me paraissez un peu troublée, pour être honnête. Avez-vous un souci de santé ?

Comme il semblait inquiet, j'ai expliqué à toute vitesse :

— Ma mère, Mrs. Elizabeth Harington, est morte. Je suis Adele Harington, sa fille. C'est à moi que vous avez parlé l'autre jour au domicile de ma mère, j'ai récupéré son portable.

Je me suis tue et j'ai attendu sa réponse en retenant mon souffle. Voyant qu'il se taisait, j'ai continué bravement :

— Je suis désolée de ne pas vous l'avoir dit plus tôt, mais je n'ai pas réussi à éclaircir ce petit… euh, malentendu… la dernière fois.

Phoebe a hoché la tête pour me féliciter, et ses lèvres ont formé le mot *Bravo*. Il y a eu une courte pause dans la conversation, mais James Merck n'a pas mis longtemps à revenir de sa surprise et j'ai dû écarter le téléphone de mon oreille, grâce à quoi Phoebe a pu entendre chacune de ses paroles.

— C'est tout simplement ahurissant ! Vous vous êtes fait passer pour votre défunte mère ? Jamais je n'aurais…

— Je croyais que rien ne l'étonnait, a chuchoté Phoebe en levant les yeux au ciel.

J'ai réprimé un rire avant d'appliquer à nouveau le téléphone contre mon oreille.

— Mr. Merck, ai-je déclaré d'une voix ferme. Pourquoi ma mère vous a-t-elle engagé ?

— Parce que je suis le meilleur dans la profession, a-t-il répondu avec mauvaise humeur.

— Et qu'il n'a rien trouvé, a encore chuchoté Phoebe, et je lui ai donné un coup de coude.

Après un silence, Merck a repris :

— Je regrette, mais je ne peux pas vous renseigner. Recevez mes sincères condoléances. Votre mère…

J'ai fait un signe inquiet à Phoebe, et elle a approché sa tête de la mienne pour écouter.

— … exigeait une discrétion absolue. Je ne devais pas divulguer la moindre information concernant cette enquête, jamais ni à personne. Je suppose que, le moment venu, elle voulait en exposer les résultats *elle-même*. Elle ne souhaitait pas que son mari soit impliqué, ni aucun membre de sa famille. Je pense que c'est la raison pour laquelle elle s'est adressée à moi : j'ai la réputation de ne jamais déroger aux règles de confidentialité. Je suis donc au regret de vous dire que je ne suis pas prêt à les enfreindre aujourd'hui, et surtout pas pour quelqu'un qui…

— Je suis sa fille ! ai-je coupé avec indignation. C'est de *moi* qu'il s'agit, bon sang ! Maintenant que je vous ai trouvé, vous n'êtes sûrement pas tenu de garder le secret.

— Vous m'avez *trouvé*, a-t-il répliqué avec froideur, parce que vous avez usurpé l'identité de votre défunte mère. Pareil procédé ne m'inspire guère confiance.

— J'en suis désolée. Sincèrement. Mais Mrs. Roberts a dit qu'elle avait reçu une lettre. Comment…

— Écoutez, Mrs… je veux dire Miss Harington. Envoyez-moi l'acte de décès de votre mère, et je consentirai peut-être à rompre mon engagement. Mais j'aimerais beaucoup que la question de mes émoluments soit réglée. Je présume que vous n'aurez plus besoin de mes services dorénavant ?

— Mais…

— Reparlons-nous quand vous aurez fait le nécessaire. Au revoir.

J'ai jeté le portable dans mon sac.

— J'ai été nulle ! Désolée, Phoebe. On aurait pu savoir toute l'histoire par lui.

— Tu n'as pas été nulle du tout ! Au contraire, tu étais parfaite ; c'est lui qui s'est braqué. Il m'a l'air un peu psychorigide… Envoyons-lui l'acte de décès, avec une lettre formelle. Et réglons-lui ses honoraires. Il sera sûrement plus souple, après.

— Oui, sauf que… attends. À propos d'honoraires. Qu'est-ce qu'il a dit au début ? « Le compte de votre père. » Mais s'il croyait parler à ma mère, alors c'est…

— Oui. Oh…

— Son père à *elle*.

Nous nous sommes regardées.

— Mais tu as dit qu'il était mort, a soufflé Phoebe, troublée.

— Elle a perdu ses deux parents quand elle était jeune.

— Mais quand est-il mort *exactement* ?

Phoebe a passé une main dans ses cheveux, les joues roses d'excitation.

J'ai repensé aux rares conversations que j'avais eues avec ma mère à propos de son enfance. Phoebe attendait en refrénant son impatience.

— Personne ne parlait jamais d'eux, ai-je répondu enfin. Maman mentionnait parfois combien ça avait été dur pour elle quand elle s'est retrouvée seule. Elle racontait qu'elle avait cumulé plusieurs boulots en même temps, et qu'elle avait toujours froid… Il fallait faire bouillir de l'eau pour prendre un bain, mettre des pièces dans le radiateur électrique, réparer ses chaussures, ce genre de choses. Ils habitaient à Limpsfield, c'est là qu'elle a grandi. Un jour, Venetia a fait un arbre généalogique pour l'école, et elle était gênée parce qu'il y avait plein de monde du côté de mon père, un tas d'oncles et de tantes, des cousins partout… Je te jure, c'est dingue comme ils se marient et ont des tonnes d'enfants dans sa famille. Alors que la branche de maman était vide, ils étaient tous décédés avant notre naissance, sauf un ou deux lointains cousins qui se sont dépêchés de mourir l'année suivante.

Phoebe a sorti un stylo.

— Bon. C'était quoi, leurs noms ?

J'ai désigné du menton la photo qui se trouvait à présent dans le sac de Phoebe.

— Elle, Constance Holloway… Et…

J'ai essayé de visualiser l'arbre de Venetia. Elle avait dessiné toutes les branches, précisément et laborieusement, avec les crayons de couleur parfumés qu'elle avait reçus pour son anniversaire et dont j'avais été affreusement jalouse.

Phoebe a lâché un grognement incrédule.

— Je pourrais te nommer tous les membres de ma famille éparpillés dans la campagne autour de Brimley. Y compris mon cousin Chester, qui est le type le plus rasoir qu'on puisse imaginer. Je n'arrive pas à croire que tu ne te rappelles pas le prénom de ton grand-père.

— George, ai-je dit enfin.

— Et donc, tu es sûre qu'ils sont morts *avant* notre naissance ?

— Oui, quand elle était…

— Jeune. J'ai compris, Addie ! Tout ce que je te demande, c'est si tu es certaine qu'ils n'étaient déjà plus là le 14 février 1960, parce que s'ils étaient encore vivants, ça expliquerait beaucoup de choses.

— En fait, non, je ne peux pas l'affirmer à cent pour cent, ai-je admis, un peu sur la défensive. Mais si son père a vécu jusqu'à il n'y a pas longtemps, comment a-t-elle réussi à le cacher ? On aurait forcément entendu parler de lui.

— Vu la façon dont ta famille gère son histoire, je n'en suis pas si sûre. Je vais chercher la date de leurs décès.

Elle a pris un petit carnet dans son sac, y a griffonné quelques mots, puis a mordillé le bout de son stylo d'un air songeur.

— Est-ce que le compte pourrait être encore actif, même s'il est mort ? me suis-je interrogée à voix haute. Elle avait peut-être une sorte de procuration ? Si elle ne voulait pas que mon père soit au courant, on comprendrait qu'elle n'ait pas payé Merck avec l'argent du compte commun. Et tiens, une idée… Si c'était lui, George Holloway, qui avait engagé Merck ?

— Pour ça, il faudrait qu'il ait été en vie.

Phoebe a sorti le dossier concernant l'enquête et a parcouru les pages du bloc-notes jaune. C'était un curieux mélange de phrases et de gribouillis ornés de fleurs, avec des numéros que ma mère notait manifestement pendant qu'elle était au téléphone et divers messages destinés à elle-même. « Rappeler lundi. Pas la bonne Emily ! Infirmière dans un autre hôpital. Nouvelle adresse de J Smith : 4 Love Lane, Petersfield. »

— Le Dr Miller était sa cible principale, ai-je fait remarquer. La seule autre personne qui prend autant de place, c'est Sarah Mason.

— S'il s'agit de la jeune infirmière antillaise, celle qui a apporté la layette, elle pourrait détenir une information. Quant au Dr Miller, c'est lui qui a officialisé l'adoption. Il savait forcément où j'étais partie. Si je me cherchais, je commencerais par ces deux-là.

Elle a pouffé et moi aussi j'ai ri de l'incongruité de son énoncé.

Ensemble, nous nous sommes penchées sur la page consacrée au Dr Miller, surchargée d'indications et de ratures.

— Tiens, regarde ce numéro, là, avec l'indicatif 01883. À côté, elle a écrit « Frog ». Ou « Throg » ?

— J'espère pour lui ou pour elle que c'est Throg, a dit Phoebe. Même si c'est pas terrible, ça vaut mieux que Frog.

J'ai attrapé mon Nokia.

— Maintenant que je me suis fait la main sur Merck, je peux peut-être passer à la vitesse supérieure ?

— À neuf heures et demie du soir ? On n'appelle pas les gens à cette heure-là. À Brimley, on a déjà tiré les rideaux noirs et on se prépare pour les Messerschmitt.

— Ce n'est pas si tard que ça.

Je composais déjà le numéro. Après avoir entendu plusieurs sonneries, j'ai chuchoté à Phoebe :

— Throg est peut-être occupé à tirer les rideaux. Ça ne répond pas.

Mais au moment où j'allais raccrocher, une voix claire et accueillante a entonné :

« Vous êtes bien à l'étude notariale Throgmorton, Russell et Crowe, à Oxted. L'étude est fermée pour l'instant. Laissez vos coordonnées, le motif de votre appel, et… »

J'ai mis fin à la communication.

— Ha ! Throg, c'est Throgmorton, notaire à Oxted !

J'ai extirpé du sac la carte routière que j'avais prise dans les affaires de ma mère. Sur la A25, juste au-dessous de l'autoroute, Oxted s'entourait de collines et de forêts aux noms pittoresques, tels Chalk Pit Wood, Godstone et Crockham Hill. Brimley était situé à mi-distance entre Oxted et Brighton, marqués tous deux d'une petite croix rouge. J'ai parcouru du doigt la ligne qui les reliait, et là, juste à côté d'Oxted, presque collé à lui comme un faubourg, se trouvait Limpsfield, où ma mère avait passé son enfance. Levant les yeux de la carte, j'ai croisé le regard de Phoebe.

— Throg a un lien avec George Holloway. J'en suis sûre. Et je le découvrirai demain.

J'ai replié la carte.

— Je me demande à quoi ressemble Limpsfield… Ça a l'air tout petit.

— Ta mère ne t'y a jamais emmenée ?

Phoebe a récupéré la carte, refermé le dossier et rangé le tout dans le sac.

— Non. Il n'y avait pas vraiment de raison. J'aurais dû m'interroger, à l'époque.

Il y avait tant de questions que j'aurais dû me poser, à l'époque.

— C'est un très joli village, a affirmé Phoebe. Niché entre des collines, au cœur d'une région magnifique. Londres a dû lui paraître étouffant, à côté.

Limpsfield, 7 novembre 1958

Je suis de retour ici, je recommence à écrire. J'ai accroché les pages précédentes avec deux gros trombones, parce que je ne supporte toujours pas de lire le récit de mes aventures à la plage et de mes sorties à cheval, tous ces stupides petits bonheurs que je me permettais pendant que Maman agonisait à l'hôpital. Mais la vie est tellement affreuse ici, à Limpsfield, les journées de novembre sont si froides, si sombres, que j'ai absolument besoin de me confier à quelqu'un, ne serait-ce qu'à ce petit cahier gris, toujours prêt à m'écouter. Et c'est vrai qu'il m'apporte un soulagement. Je me sens un peu moins désespérée en sachant qu'il m'attend au fond de la corbeille de fleurs séchées ou attaché derrière le bureau avec des brins de corde.

J'ai tellement peu de raisons de me réjouir. Je ne vais plus au lycée depuis longtemps, et les rêves que nous avions, Maman et moi, de m'envoyer à l'université après la fin de mes études secondaires, se sont effondrés parce que Père n'en voit pas la nécessité. Mon professeur d'anglais, Miss Steele, l'a même contacté pour plaider en ma faveur, mais il n'a pas tenu compte de son avis. Dans son monde à lui, qui n'a pas évolué depuis l'époque de la reine Victoria, les femmes se marient, le plus tôt possible. Elles tiennent la maison, font des enfants, assistent à la messe le dimanche et, de manière générale, s'étiolent dans la vie domestique sans qu'il soit question pour elles de carrière, de réussite, de libre arbitre, ou d'autres sottises pareilles. Vu que j'étais atrocement nulle en Arts ménagers à l'école – je crois qu'on se souvient encore de ma génoise brûlée et de ma crème aux œufs pleine de grumeaux –, j'espère que celui à qui on me destine n'attendra rien de trop sophistiqué. Et qu'il se contentera de m'entendre décliner des noms latins et réciter l'histoire des guerres napoléoniennes. De toute façon, je ne vois pas comment je pourrais devenir ce modèle de « vertu » victorienne, puisque, en dehors de l'école de secrétariat où Père m'a inscrite pour que j'apprenne au moins quelque chose d'utile, je suis bouclée à la maison jusqu'à mon mariage. Il me laisse à peine sortir, sans parler de fréquenter des endroits où l'on serait susceptible de dénicher un prétendant.

De l'extérieur, donc, mes journées n'ont guère changé. Je me lève le matin et je prends l'autobus, avec l'ordre de rentrer immédiatement le soir après l'école. Je m'assieds devant ma machine à écrire, puis je m'assieds à la fenêtre pour regarder Mrs. Peckitt et Mrs. Smith qui s'occupent de leurs enfants de l'autre côté de la rue. La différence, c'est que je n'ai plus mes cours d'anglais avec Miss Steele au lycée ni ma mère à la maison. Je n'ai que mes cahiers de sténo, où les phrases « Cher Monsieur, Concernant, etc., Respectueusement » ressemblent à des pattes de poulets qui sautillent sur la page, et mon journal, mon ami muet. Des repas glacés avec mon père pour clore la journée, qui durent exactement dix-sept minutes et trente secondes, seize minutes si je mange vite.

Dans l'autobus aujourd'hui, que j'ai attendu longtemps et où je suis restée debout pendant presque tout le trajet, il m'est soudain venu à l'esprit que j'allais ou bien mourir dans cette maison, seule, sans mari, vieille fille emprisonnée à jamais aux côtés de son père, ou bien être refilée à quelqu'un qu'il trouvera pour moi à l'église ou à la banque, et mourir, sans nul doute, dans un endroit semblable à celui-ci. Aucune de ces deux versions n'est particulièrement réjouissante. Est-il possible que ce soit ma vie désormais ? Que je n'aie jamais rien d'autre que cela ? La mort de ma mère derrière moi et, en guise d'avenir, une longue existence solitaire de femme mariée qui ne débouchera que sur la mort, encore, mais cette fois la mienne ? Nous avions de grands projets, Maman et moi. J'allais devenir professeur de littérature à l'université, comme ce que Maman n'a pas pu faire pendant la guerre, ou, à défaut, dans le secondaire. L'enseignement garantissait une certaine respectabilité – de quoi apaiser mon père, surtout –, mais elle disait toujours qu'après avoir acquis une qualification professionnelle, je pourrais choisir la vie que je voudrais.

La maison est terriblement silencieuse et il fait froid à présent que l'hiver approche. Le vent et les courants d'air s'insinuent sous les portes. L'autre jour, il y avait du givre à l'intérieur sur les vitres de ma chambre quand je me suis réveillée. Ce soir, le brouillard tombe, et, même s'il n'est pas aussi épais que celui dont on entend parler à Londres, ses volutes grises et verdâtres déferlent dans les rues de sorte qu'on distingue à peine les lampadaires ou l'autobus qui s'arrête au croisement. Maman détestait le brouillard. Elle guettait anxieusement mon retour du lycée parce qu'elle avait peur que l'autobus se perde en route.

Tout m'évoque des souvenirs : le froid, l'autobus, le brouillard, la maison, chaque chose que je fais, que je pense, que je touche, est gorgée de nostalgie et d'affliction. Notre capacité à se rappeler est tellement étrange ; quand vous avez passé si peu de temps avec quelqu'un avant que la mort ne vous l'enlève, vos souvenirs semblent condensés, intenses et resserrés tout autour de vous, peut-être parce que ce temps avec cette personne, au lieu de s'étirer sur une vie entière, a été dense, rond et compact pendant les quelques années qui vous ont été accordées. Maman, m'attendant après l'école et m'aidant à me débarrasser de tous les vêtements que j'empilais en couches successives, me demandant comment s'était passée ma journée. Moi, tâtant du pied le fond de mon lit glacé et découvrant qu'elle y avait glissé une bouillotte plusieurs heures auparavant. Assise sur ses genoux, quand j'étais petite, pour qu'elle me brosse les cheveux devant le feu après mon bain, lentement, si doucement que je m'endormais presque tandis qu'entre ses mains mes cheveux se répandaient en boucles vaporeuses. Elle les ébouriffait exprès ou leur donnait de drôles de formes que nous regardions en riant, reflétées sur les murs comme des ombres chinoises, puis elle les attachait avec un ruban parce que Père répétait qu'il n'était pas normal d'avoir une telle tignasse.

Je ne pense pas trop à nos sorties, par exemple quand nous partions parfois au cinéma en cachette pendant que Père était occupé, ou que nous prenions le train pour aller nous promener au château de Knole House, ou allions au théâtre pour mon anniversaire ; et je pense très peu aux rares fois où nous n'étions pas d'accord, où nous nous disputions. Elle est simplement là, avec moi, dans tous mes gestes quotidiens, lorsque je me brosse les cheveux, que je suis assise au coin du feu à lire de nouveaux livres ou à écouter *Le Journal intime de Mrs. Dale* à la radio, en me demandant si, un jour, ce deuil deviendra plus facile.

Ce soir, j'ai osé parler à Père du lit qui se libère dans la pension où habite Ellen, une amie de mon cours de secrétariat – la veinarde. La maison est située tout près de l'école, et c'est un endroit éminemment respectable, presque plus que mon propre foyer, parce que la logeuse ne tolère aucune conduite licencieuse. « Conduite licencieuse » est l'une des expressions favorites de Père, ainsi que « se réserver pour l'avenir » et « un bon mariage ». J'ai essayé de lui expliquer que nous vivons dans les années cinquante, pas au Moyen Âge, qu'il faut bien que je sorte pour rencontrer quelqu'un, et que « se réserver » n'a de sens que s'il y a un avenir. Enfin, j'ai lancé que toutes les filles de mon âge se promènent librement et vont au cinéma avec leurs camarades (et aussi danser le samedi soir, aspergées de parfum Coty, et qu'elles rencontrent des garçons et mangent des glaces dans des cafés, mais ça, bien sûr, je ne l'ai pas dit) et qu'il était peut-être temps que je les imite. Mais Père est intimement convaincu que le monde ne s'arrange pas, de nos jours, avec tout ce jazz qui perturbe les esprits et des actrices comme Doris Day dont chaque film montre l'image d'une femme de mauvaise vie (moi, je la trouve formidable).

Je l'ai regardé couper sa viande en huit petits carrés exactement de la même taille, puis les mettre dans sa bouche, l'un après l'autre, et mâcher longuement, méthodiquement, avant d'avaler. Tout en observant le mouvement de sa pomme d'Adam, je me suis rappelé comment Maman mangeait, avec une impatience et un enthousiasme qui ne plaisaient pas à Père. Quand le beurre était encore rationné, mon père étalait sur son toast une couche fine comme de la gaze, qui se fondait dans le gris du pain. Ma mère, en revanche, qui adorait le beurre, déposait la totalité de sa ration hebdomadaire sur sa tartine, aplanissait cette montagne crémeuse et appétissante sur un bon centimètre d'épaisseur, et la dévorait en une seule fois. Au préalable, elle m'offrait toujours la première bouchée à croquer en me faisant un clin d'œil malicieux. Père la sermonnait, déplorant le mauvais exemple qu'elle me donnait à se livrer à de telles gamineries, mais je ne crois pas que ni ma mère ni moi, les papilles ravies par cette explosion de bon beurre frais, n'écoutions un mot de son discours : le souvenir de notre formidable bouchée nous durait toute la semaine, sept jours durant lesquels Père mangeait ses toasts beurrés qui n'avaient aucun goût de beurre.

J'ai dû sourire, ne serait-ce qu'un peu, parce que Père, écourtant notre dîner de trois minutes – ce qui ne s'était jamais vu –, a quitté la table.

Assise à la fenêtre maintenant, enveloppée dans ma couverture, avec les jambes repliées et seules mes mains qui dépassent, je contemple la rue, sombre, froide et mouillée, tellement sinistre que tous les gens sensés restent à l'intérieur, blottis devant la télévision, la cheminée ou la radio. Moi aussi, je pourrais essayer de me distraire un peu avec la radio, mais le poste se trouve toujours dans la chambre de Maman. J'évite d'y entrer autant que possible, et, surtout ce soir, par un tel froid, l'idée de m'asseoir dans son fauteuil pour écouter nos programmes m'est insupportable. J'ai emprunté plein de livres à la bibliothèque, de gros livres longs et difficiles qui demandent beaucoup de concentration. Mais même les lire réveille trop de souvenirs. J'ai l'impression que je vais bientôt leur ressembler, devenir comme eux, figée et grise, enfermée en moi-même, et ça ne me plaît pas, pas du tout. Ce que je souhaite désespérément, c'est être libérée de cette vie, de cette maison où tout, à chaque minute, me rappelle ma mère, où je guette encore sa toux, où je subis dix-sept minutes et demie de conversation par jour dans une salle à manger glaciale, avant de remonter dans ma chambre pour réviser mes exercices qui ressemblent à des pattes de poulets et me préparer à un avenir morne qui se répétera à l'infini. J'ai désespérément envie d'*être quelque chose*. N'importe quoi.

23

J'avais persuadé Phoebe de passer la nuit sur le canapé-lit de ma chambre d'amis au lieu de repartir par le dernier train. C'était réconfortant de la savoir en bas, telle la gardienne de notre sommeil. Dans ma chambre sous le toit, avec la pluie qui tambourinait sans relâche, le chaton et moi avons dormi comme deux souches. Mais il était encore tôt, bien trop tôt, quand j'ai entendu le bruit de griffes sur le rebord de la fenêtre et un miaulement affamé. En ouvrant les yeux, j'ai vu le chaton qui essayait de grimper aux rideaux.

Après avoir regardé l'heure au réveil, je me suis levée et j'ai rassemblé mes vêtements, tandis que le chaton m'observait, assis sur son arrière-train. Il n'a pas protesté lorsque je l'ai attrapé et suis descendue à la salle de bains. Aucun bruit ne provenait de la chambre d'amis. Je me suis préparée le plus silencieusement possible, j'ai pris mon sac, mon manteau et mes deux portables, et j'ai griffonné un mot pour Phoebe. Au rez-de-chaussée, j'ai fait rentrer le chat chez Mrs. Emmet en le poussant par la chatière.

Dehors, les rues étaient sombres et désertes, noyées dans le brouillard ; une petite pluie fine a déposé de minuscules perles sur mes cheveux pendant que je marchais jusqu'au métro. Devant le restaurant en face de Chez Grace, un homme à l'air ensommeillé était en train de sortir une poignée de lapins morts d'une camionnette de livraison. Il m'a saluée en les balançant par les oreilles avant de disparaître à l'intérieur.

La plupart des gens n'aiment pas se lever tôt, mais ces premières heures que je goûtais, seule dans la boutique, avaient toujours été mon moment préféré. Tout était si calme, si propre et si bien rangé. Rapidement, avec des gestes presque automatiques, j'ai disposé dans les corbeilles les viennoiseries et les petits pains livrés par Maxwell Corner, enfourné six plaques de croissants précuits, puis je me suis attaquée à la préparation d'une cinquantaine de cupcakes pour le groupe de Femmes de Kensington qui se réunissait ce matin autour d'un thé. Grace préférait que je commande tout à Maxwell Corner, mais il était six heures du matin, il faisait encore sombre et j'avais la cuisine pour moi, sans personne pour interrompre ma paisible méditation. Du moins le croyais-je.

J'ai sursauté violemment quand de petits coups rapides ont été frappés à la porte de service. Le gros pichet mesureur en métal m'a échappé des mains et s'est écrasé sur une palette d'œufs après avoir projeté une volée de sucre sur le sol et le devant de mon tablier. Je suis restée figée une seconde, contemplant les coquilles nageant au milieu d'une mare visqueuse de jaunes et de blancs, puis je me suis tournée vers la porte, en grimaçant à cause du sucre qui crissait sous mes pieds. J'avais à peine fait un pas que la personne qui avait dérangé ma « paisible méditation » a encore martelé du poing contre la porte et secoué la poignée.

— Hé, Addie… Tu es là ? Allez, ouvre. Il pleut.

Les semelles poisseuses, je suis allée ouvrir la porte.

— Un double expresso allongé, moitié eau moitié lait, avec un trait de sirop de chocolat au fond et une bonne cuillerée de crème fouettée sur le dessus. Saupoudré de cacao. Lait entier. Bouillant, comme tu l'aimes.

Sur le seuil, rayonnant et sourire aux lèvres, Andrew m'a tendu un énorme gobelet de café.

— Mais qu'est-ce que tu fabriques ici ? ai-je demandé.

— Je suis venu te voir, a-t-il répondu, les épaules luisantes de pluie, les cheveux humides repoussés en arrière. Je suis debout depuis des heures, à attendre de pouvoir te parler. Je m'obligerai même à manger un de tes petits pains de Maxwell Corner, s'il le faut. Mais tu devrais vraiment te méfier, Ads ; cette espèce de levain qu'ils utilisent est une saleté qui fait gonfler la pâte artificiellement. Ça te laisse un goût de poussière dans la bouche, et…

— Oh bon sang ! Entre, sinon tu vas réveiller tout le quartier.

Je l'ai tiré à l'intérieur et me suis dépêchée de refermer la porte.

— Tu remarques que je suis venu à la porte de *service* ? a-t-il dit en me fourrant le gobelet de café dans les mains. Dommage que Grace ne soit pas là pour me voir, hein ? Obéissant et servile, comme un bon empl…

Il portait son propre gobelet à ses lèvres pour boire une gorgée de café lorsqu'il a aperçu le champ de bataille œufs-sucre derrière moi.

— Tu faisais quoi, là ? s'est-il exclamé, scandalisé. Un gommage du sol ?

— J'essayais de préparer des cupcakes, paisiblement, quand tu t'es mis à cogner à la porte comme un malade.

Atterré, Andrew s'est avancé sur le carrelage tout crissant, puis a posé son café.

— Grace va piquer une crise… On ferait mieux de nettoyer avant qu'elle arrive, sinon elle se débrouillera encore pour m'accuser, j'en suis sûr. Pendant ce temps, tu me raconteras ta sœur jumelle. Et je veux aussi te parler du Grand Bleu…

— Non, non, laisse, ai-je protesté. Je n'ai que cette commande de cupcakes ce matin, ça ira. Merci pour le café, en tout cas, je t'appellerai…

À six heures du matin, dans le calme de ma cuisine, je ne me sentais pas capable de supporter Andrew, débordant d'énergie et boosté à la caféine. Et encore moins de l'écouter délirer à propos de notre restaurant.

Mais Andrew enfilait déjà un tablier. Il a trouvé un balai et une serpillière, a rempli un seau au robinet dans le local du ménage.

— Allez, bouge-toi !

Entre nos multiples pauses café – mon expresso latte, en effet, était *parfait* –, j'ai raconté à Andrew ce qu'il s'était passé avec Phoebe et Mrs. Roberts. Il écoutait d'une oreille attentive, hochant la tête au bon moment, en même temps qu'il s'activait à mes côtés pour faire reluire la cuisine de Grace.

— C'est dur, a-t-il enfin commenté, en promenant la serpillière pour la troisième fois. Même si tu as eu une enfance heureuse, découvrir que tu n'es pas qui tu croyais être… Et pas juste un petit secret, mais un truc énorme qui remet complètement en question ton identité. Là, tout au fond, ce qui fait que tu te sens *toi*, a-t-il insisté en se frappant la poitrine. Oui, ça doit être sacrément dur.

— J'espère que les choses s'apaiseront entre Phoebe et sa mère.

Andrew était plein de compassion pour Mrs. Roberts.

— Pauvre femme. Elle a fait de son mieux avec une situation compliquée, apparemment.

— Elle aurait dû le dire à Phoebe.

— Évidemment. Mais ce n'était pas par méchanceté. Elle le lui a caché par amour. On ne peut pas se disputer avec l'amour, Ads.

Voyant ma moue incrédule, il a ri.

— Quoi ? Ce n'est pas parce que j'ai planté Claudette à Marseille avec papa et maman que je ne suis pas capable d'apprécier les subtilités de l'amour, de la famille et des relations parents-enfants ! J'ai une foule de talents que tu ne soupçonnes pas, Addie.

Après un ultime passage de sa serpillière, il a ajouté :

— En tout cas, c'est vraiment super que vous deveniez proches toutes les deux. Elle a l'air *très* sympa. On pourrait peut-être se voir, un de ces quatre. J'adorerais la connaître.

Il a disparu avec son balai et sa serpillière avant que j'aie le temps de répondre, et j'ai entrepris d'essuyer le sol avec de vieux chiffons.

— Elle ne cherche pas un boulot dans la restauration, par hasard ? a interrogé Andrew en revenant. On pourrait la prendre avec nous et créer une entreprise familiale, du coup.

À quatre pattes sur le sol, je me suis retenue de rire en imaginant notre trio affairé dans une cuisine carrelée de blanc, avec Phoebe affectée au poste « ciselage de la ciboulette ».

— Elle est pilote, ai-je déclaré fièrement en lançant les chiffons dans un seau. C'est vrai, elle est cool, Phoebe.

— Pilote ? Incroyable, les métiers que font parfois les gens. Ça, c'est *carrément* cool.

Andrew m'a glissé un regard en biais avant de reprendre :

— C'est marrant, mais en fait elle est… Je veux dire, ta mère… Elle aurait…

— Oui, je sais, ai-je coupé d'une voix neutre.

Je me suis tournée pour installer le fouet sur le mixeur, dérobant mon visage à Andrew pendant que je pensais à ma mère, à son doigt pointé sur des bébés emmaillotés dans un berceau, à la vie que Phoebe et moi aurions pu avoir et à ce que ma mère aurait préféré, même s'il devenait de plus en plus difficile de la comprendre. Andrew s'est approché. Écartant mes mains, il a inséré le fouet d'un geste précis et rapide, puis a poussé vers moi la farine, la levure et la palette avec les œufs épargnés.

— C'est du passé, Ads, a-t-il murmuré. N'y pense plus. Ta mère appartient au *passé*. Excuse-moi, je n'aurais pas dû évoquer ce sujet. Tout ce qui compte, c'est ce que tu fais avec ce que tu as, *maintenant*. Et je dirais que vous vous débrouillez plutôt pas mal, toutes les deux.

Il m'a un peu bousculée, gentiment. Je me suis laissée aller contre son bras et j'ai senti son souffle sur ma joue. Me redressant aussitôt, j'ai attrapé le beurre, et, sans plus parler, formant une équipe comme nous savions le faire depuis des années, nous avons battu le beurre et le sucre en crème, incorporé les œufs, tamisé des monceaux de farine, en nous passant et repassant les ingrédients et les ustensiles. Des mercis étaient parfois chuchotés, une question de temps en temps. Nos mains travaillaient à l'unisson, tandis que le beurre moussait sur les bords du récipient et que le tamis répandait ses légers nuages de farine.

— Merci, ai-je dit enfin.

— Pour quoi ?

J'ai désigné les cinquante jolis cupcakes dans leurs petits moules en carton rouges et blancs, le sol impeccable, et le gobelet vide du café parfaitement à mon goût qui m'avait été apporté à six heures du matin. Sa manière d'écouter, de parler, d'être toujours là, avec de bonnes choses à manger, à boire, et des réserves inépuisables d'énergie et de bonne humeur.

— Oh, tu sais. Pour tout…, ai-je répondu maladroitement, mais je crois qu'il a compris parce qu'il a esquissé un sourire en enfournant les lourds plateaux.

Parce qu'il était encore tôt et que nous étions seuls, nous avons contemplé nos cupcakes dont la surface délicatement bombée, imprégnée de sucre, commençait à dorer.

Andrew a rompu le silence.

— Bon, alors, pour Le Grand Bleu… Je crois que je l'ai trouvé.

— Tu as trouvé Le Grand Bleu ? ai-je répété, décontenancée, en me tournant vers lui. Mais il n'existe pas.

— Il existera, parce que j'ai déniché le local parfait. Hier, par hasard… J'ai vu une annonce, j'ai appelé le vendeur, et je suis allé voir. C'est *exactement* l'espace pour nous, Addie. Pas trop grand, pas trop petit, avec plein de brique apparente, et très bien situé – oui, c'est à Kensington, je sais que ça ne te plaît pas…

Il a tendu les paumes vers moi pour me faire taire, alors que je n'avais pas même ouvert la bouche.

— Mais quand tu le verras, tu vas adorer. J'en suis sûr. Une rue passante, bien qu'il y ait surtout des gens à pied, pas trop de circulation… On pourrait commencer petit, d'abord, et s'agrandir ensuite, engager du personnel si on le souhaite.

Il m'a pris les mains et les a serrées dans les siennes.

— J'ai passé une heure avec le vendeur, et j'y suis retourné cinq fois depuis. Chaque fois, je suis de plus en plus emballé. Il y a un appartement au-dessus, on pourrait habiter là.

J'ai enfin retrouvé ma voix, quoique passablement étranglée.

— Habiter là ? J'ai un appartement, Andrew.

Sans parler d'un travail, que je n'avais aucune envie de quitter. J'ai essayé de me dégager, mais il me tenait fermement. La chaleur du four me picotait le crâne à travers mon filet à cheveux.

— Oui, bien sûr, a concédé Andrew. D'accord, pas l'appartement. Mais le restaurant, Addie. Imagine un peu, *toi et moi*…

Lâchant mes mains, il a fouillé dans son sac et en a sorti quelque chose que je n'avais pas vu depuis des années. Notre vieil album du Grand Bleu. Il l'a ouvert sur une photo de nous à douze ou treize ans, coiffés de toques en papier blanc que nous avions fabriquées nous-mêmes.

— On en rêve depuis trente ans, a-t-il chuchoté, en me présentant l'album comme une preuve irréfutable. Ça y est, Addie. Maintenant, c'est possible.

Cette fois, j'allais dire, catégoriquement, que je ne voulais pas, que je ne pouvais pas me lancer dans l'aventure avec lui, mais il me regardait de ses yeux si bleus, si pétillants de ce formidable optimisme dont seul Andrew était capable, que je n'ai pas eu le courage de briser son rêve. J'ai contemplé la photo, en silence, si longtemps qu'il a fini par s'apercevoir de ma réticence.

— Tu ne veux vraiment pas, hein ? a-t-il lâché, l'air à la fois étonné et immensément déçu, et j'ai alors vu que l'étincelle s'était éteinte dans ses yeux. Moi, j'y croyais à fond. Tous les deux dans une cuisine, comme ici, ce matin… Dans ces moments-là, je suis heureux. Pas toi ? J'ai toujours pensé qu'on ferait ça ensemble, mais j'imagine que…

Il s'est détourné. Ses yeux m'étaient cachés par une mèche de ses cheveux blonds, mais j'ai remarqué qu'une rougeur envahissait ses joues. Il a attrapé son sac à dos et y a fourré l'album, assez brutalement, alors qu'il l'avait manié avec précaution jusque-là, et il m'a semblé que ses mains tremblaient. J'ai craqué.

J'ai posé une main sur son bras pour le retenir.

— Non, ce n'est pas ça… Je suis désolée… oui, allons voir le local ensemble, d'accord ? Samedi matin. Je suis libre samedi matin.

Oh, mon Dieu.

Andrew a eu un sourire hésitant.

— C'est vrai ? Je ne veux pas te forcer la main, tu sais. Ça ne marchera pas si on n'est pas totalement partants tous les deux. Mais bon, comme on en parle depuis tellement longtemps, et que toi, tu étais perturbée, avec Phoebe et tout… J'ai pensé que je pouvais m'occuper de chercher le local, la prospection, c'est pas trop ton truc de toute façon, et…

— Pas de problème. Tu me diras à quelle heure est le rendez-vous.

Andrew avait retrouvé son sourire.

— Oui ! Allez, je file. Je comptais passer voir ton père à l'hôpital, plus tard, on se croisera peut-être là-bas ? Fais gaffe aux cupcakes, ils deviennent vite trop cuits… Et… tu sais quoi, Addie ? Ça va être formidable. Tu verras.

24

Je n'ai pas réussi à joindre Throgmorton du premier coup. D'abord, la secrétaire m'a annoncé qu'il n'arrivait pas avant dix heures (tranquille, ai-je pensé). Mr. Throgmorton m'a ensuite rappelée. Il avait la voix d'un jeune de dix-huit ans, et, une fois le malentendu éclairci, m'a expliqué que je cherchais Mr. Throgmorton, le *vieux*, lequel n'arrivait pas avant midi (tranquille !). Il m'a conseillé de réessayer à partir de midi et demie.

J'ai pris ma pause déjeuner un peu plus tôt que d'habitude, à onze heures, et j'ai foncé à l'hôpital en métro. Pendant que je regardais ma montre en calculant combien de temps il me restait avant midi et demie, j'ai débouché à toute vitesse dans le couloir de l'hôpital et j'ai percuté le ventre d'une femme élégante qui tenait un portable collé à son oreille.

Venetia a poussé un cri strident.

— Addie ! Fais attention au bébé !

Hors d'haleine, je me suis arrêtée devant la porte de la chambre de mon père.

— Pardon… Je ne t'avais pas vue.

— C'est clair, a-t-elle marmonné, puis elle a détaillé mon allure débraillée, la farine dans mes sourcils et mes ongles teints par le coulis de fraises, mais elle a eu la grâce de ne faire aucun commentaire. Je t'ai appelée tout à l'heure. Je voulais te parler. Même si je suis encore en colère contre toi, tu sais.

— Tu t'es atrocement mal comportée la dernière fois que je t'ai vue, ai-je répliqué en appliquant mon oreille contre la porte pour guetter les bruits de l'autre côté.

Venetia a parcouru des yeux le couloir.

— Je hais les hôpitaux… Tous ces microbes partout, prêts à vous sauter dessus.

Elle a entouré son ventre de ses deux bras protecteurs. Comme je ne disais rien, elle a poussé un soupir de martyre.

— D'accord, je suis désolée de t'avoir crié dessus. Et tu peux garder le sac Hermès. Voilà, tu es contente ? J'ai eu le médecin au téléphone ce matin, il a dit que papa allait beaucoup mieux. Il se repose énormément et il faut qu'il reste *très* calme.

En prononçant ces derniers mots, elle a réussi à ne pas avoir l'air menaçant. J'ai discrètement ouvert la porte et j'ai jeté un coup d'œil à l'intérieur, habituée maintenant au spectacle de la chambre, avec son lit étroit entouré de machines où mon père gisait, immobile sous la couverture. Sa poitrine se soulevait et s'abaissait régulièrement. Je me suis retirée en gardant un instant la main sur la poignée de la porte après l'avoir fermée.

Venetia a sorti de son sac un petit flacon de gel antiseptique.

— Toutes les infirmières *raffolent* de Mr. Harington, a-t-elle déclaré avec une mimique faussement attendrie. J'espère qu'on le laissera bientôt rentrer à la maison. Je ne peux pas continuer à venir ici.

À nouveau, elle a parcouru le couloir d'un regard anxieux, comme si elle s'attendait à voir surgir les quatre cavaliers de l'Apocalypse. Puis, voyant que je me taisais, elle m'a dévisagée avec insistance.

— Et toi, tu n'as rien à dire ?

— Qu'est-ce que tu peux être pénible..., ai-je soupiré en m'adossant au mur à côté de la porte. D'accord, moi aussi, je suis désolée.

— D'avoir fouillé dans les affaires de maman sans moi ?

Venetia s'est aspergé les mains d'antiseptique et les a frottées l'une contre l'autre.

— D'avoir pris deux ou trois petites choses qui n'intéressent personne, sauf moi, ai-je rectifié. *Et Phoebe*, ai-je complété mentalement.

Venetia a contemplé ses ballerines vernies en silence. Au bout d'un moment, elle m'a glissé un coup d'œil.

— C'est tellement dur.

J'ai repensé à notre conversation avec Mrs. Roberts la veille. Qu'est-ce qui était si dur pour Venetia, exactement ? L'anniversaire de la mort de maman ? Sa vie entière, à *elle*, avait-elle été une mascarade ? Avait-elle dû être confiée à l'adoption dès sa naissance, ou placée dans un foyer ? Avait-elle souffert de l'absence d'une âme sœur pendant quarante ans ?

— Mon premier bébé..., a-t-elle marmonné. Et maman qui n'est pas là. Elle me manque tellement.

Au comble de l'exaspération, j'ai failli rétorquer que j'aurais bien aimé échanger mes problèmes avec les siens, mais quand j'ai vu ses épaules toutes crispées et sa mâchoire serrée, je n'ai pas eu le cœur de dire quoi que ce soit, parce que, *oui*, c'était dur d'attendre un enfant et de ne plus avoir sa mère.

— Je comprends, ai-je murmuré en posant ma tête sur son épaule. Je te promets que je serai la meilleure tatie du monde, pour rattraper le manque de grands-parents, enfin, de grand-mère.

Elle n'a rien dit, mais j'ai senti que ses épaules se détendaient légèrement.

— À propos de grands-parents, Vee… Je voulais te demander quelque chose. Est-ce que maman t'a jamais parlé de nos grands-parents ?

— Nos grands-parents ?

Venetia, qui s'était laissée aller contre le mur à côté de moi, a brusquement pris conscience qu'elle *touchait* l'hôpital et s'est écartée en resserrant craintivement son étole en cachemire autour d'elle.

— Ils sont morts. On est allés à leur enterrement. Tu te rappelles ? Tante Clara a eu une crise d'hystérie et a fait tomber ses sels dans la tombe. Des *sels de pâmoison*, on croit rêver…

— Non, pas eux. George et Constance. Les parents de maman.

Venetia a plissé les yeux d'un air soupçonneux.

— Pourquoi ? C'est encore à cause de cette femme ? Addie, je te le répète, sois prudente. Tu ne sais rien d'elle, et je te rappelle que si elle n'avait pas débarqué comme ça, papa ne serait pas à l'hôpital ; et *nous non plus*.

Elle a croisé les bras sur son ventre avec une moue de dégoût.

— Tu te souviens de quelque chose à propos de George et de Constance ? ai-je insisté.

— Ils sont morts quand maman était jeune.

Je me suis retenue de rire, et Venetia m'a décoché un regard sceptique.

— Ce n'est pas drôle. Tu savais que sa mère est morte le jour de ses dix-sept ans ? Triste anniversaire, pour elle, pendant toute sa vie…

Non, je ne le savais pas. Alors que j'ouvrais la bouche pour poser une autre question, Venetia m'a surprise en ajoutant :

— Ils sont enterrés à Limpsfield. J'y suis allée une fois, avec maman.

— Ah bon ? Quand ça ?

Mon sac a glissé de mon épaule et est tombé par terre. Je me suis penchée pour le ramasser.

— Tu devrais le désinfecter tout de suite, a conseillé Venetia en me tendant son flacon d'antiseptique. J'avais dix ans, je crois. Je suis descendue dans la cuisine un matin… Maman pleurait. Elle m'a dit de m'habiller et on est parties en voiture.

J'ai essuyé mon sac, pour la forme, et surtout pour que Venetia continue à parler, en essayant de me représenter maman, *ma mère*, en train de pleurer. Je ne l'avais jamais vu pleurer. J'avais entendu le gémissement derrière la porte de son bureau, mais cela m'avait paru tellement étrange, presque irréel.

— J'avais envie de faire pipi pendant presque tout le trajet, mais elle ne s'est pas arrêtée. Ça m'a paru interminable. Quand on est enfin arrivées, elle m'a dit de m'accroupir derrière un arbre. Je ne voulais pas, mais… tu sais comment elle était parfois.

« Bref, on est entrées dans le cimetière, près de l'église. Il faisait chaud et tout était très sec, je me rappelle. Elle m'a grondée parce que je me plaignais de quelque chose, je ne sais plus quoi…

Les traits de Venetia se sont soudain adoucis tandis qu'elle revivait ce lointain souvenir.

— Elle me montrait l'âge des gens, les petites tombes des enfants… Il y avait des monuments aux morts, des soldats tombés sur le champ de bataille, et j'étais un peu mal à l'aise. On a fait tout le tour du cimetière. Je me disais qu'elle ne savait peut-être pas où était ce qu'elle cherchait. Et puis elle m'a dit de m'asseoir sur un banc à l'ombre d'un arbre, et elle est allée s'agenouiller près d'une tombe dans un coin. Je me souviens que j'ai trouvé ça bizarre, elle qui était toujours si bien mise et n'aimait pas se tacher, mais elle s'est assise sur ses talons, à côté de la stèle, et elle est restée là une éternité.

« J'étais bouleversée, je revois la scène comme si c'était hier. Je suis allée m'asseoir à côté d'elle, mais elle ne m'a pas vraiment prêté attention. Elle pleurait, et pleurait… Ensuite, on a entendu quelqu'un arriver. Maman s'est levée d'un bond et m'a entraînée, on est parties presque en courant. Sur le chemin du retour, on s'est arrêtées dans un pub, elle est entrée dans les toilettes, et quand elle est ressortie, elle était redevenue normale. Elle ne m'a jamais dit de ne pas en parler, mais je n'aurais pas soufflé mot de cet épisode, tellement c'était troublant. La chaleur, le petit cimetière, et elle à genoux…

— Alors, pourquoi maman n'est-elle pas enterrée là-bas ? ai-je demandé.

— Je ne sais pas trop, a répliqué Venetia, haussant les épaules. C'est loin, elle habitait ici, papa a décidé.

Elle s'est tue un moment, perdue dans ses pensées, puis elle a repris :

— Elle n'évoquait pas beaucoup son enfance, tu le sais, mais quand j'ai dessiné cet arbre généalogique pour l'école, elle en a parlé un peu… de sa mère, je veux dire. En termes très vagues, bien sûr, mais je me rappelle avoir éprouvé un sentiment étrange. Ce n'étaient peut-être que de vieilles rancunes. Dieu sait qu'il y en a dans toutes les familles. Mais à sa façon de raconter, avec plein de circonlocutions et de réticence… En fait, j'ai eu comme l'impression qu'il s'était passé quelque chose de très grave.

25

Venetia ne se rappelait rien d'autre, mais j'étais contente qu'on se soit réconciliées. Les choses étaient vraiment en train de changer, ai-je pensé quand nous nous sommes glissées dans la chambre et que nous avons passé un moment avec papa, sans parler, juste assises côte à côte près de son lit. Venetia changeait – elle devenait *humaine*, – et moi aussi je changeais. Il était grand temps. Je devais arrêter de m'excuser d'être qui j'étais, de me comporter de telle ou telle manière. Ma mère avait peut-être eu raison de me pousser à quitter Londres, à voir autre chose, à sortir de ma zone de confort. Comment, en effet, pouvait-on se découvrir un chemin de vie si l'on continuait simplement à tourner toujours sur la même orbite ?

Une infirmière a fini par nous chasser. J'ai aidé Venetia à se lever de son tabouret, et nous sommes reparties dans le couloir. Venetia jaugeait les murs d'un œil suspicieux, en marmonnant qu'il serait utile de militer pour une meilleure hygiène dans les hôpitaux publics. Nous étions arrivées aux ascenseurs, et Venetia, en retrait derrière moi, cherchait un mouchoir en papier dans son sac pour appuyer sur le bouton, quand une des portes s'est ouverte avec un tintement et Andrew est sorti.

— Deux fois dans la même journée, quelle chance ! s'est-il exclamé en souriant. J'ai un cadeau pour ton père. C'est un peignoir. Avec toutes ces infirmières qui vont et viennent à n'importe quelle heure du jour et de la nuit, comment voulez-vous conserver un peu de dignité ? C'est terrible. On a quand même sa pudeur, non ? Et aussi…

Il a sorti une barre chocolatée Curly Wurly de sa poche dans un grand geste théâtral et l'a coincée sous le ruban du paquet.

— … Une petite gâterie à se mettre sous la dent. On mange toujours affreusement mal dans les hôpitaux. Je lui aurais bien apporté une côtelette d'agneau, mais je me suis dit que l'odeur me trahirait.

— C'est trop gentil ! Il sera ravi de te voir.

Une boule s'était formée dans ma gorge à la vue du Curly Wurly. Brusquement, je me suis jetée en avant pour serrer Andrew dans mes bras. C'était un peu maladroit, et complètement inattendu. Quand je me suis reculée, j'ai vu qu'il avait les joues roses de plaisir. Il allait ouvrir la bouche lorsque Venetia, levant les yeux de son sac, a pointé un doigt accusateur sur le Curly Wurly.

— Il n'est pas censé manger ça.

Andrew, qui manifestement ne l'avait pas vue, a sursauté. Il a ensuite incliné la tête dans un salut glacé.

— Salut, Venetia.

— Salut, Andrew.

Andrew et Venetia ne s'aimaient pas depuis le jour où Venetia avait – par mégarde ou fait exprès plus probablement – mis à plat les pneus du précieux minivélo d'Andrew en essayant de les gonfler, et où Andrew avait – par mégarde ou fait exprès – fait tomber la barrette-papillon préférée de Venetia dans la bouche d'égout devant chez nous ; nous l'avions regardée briller pendant des semaines, reposant sur un lit de boue, inaccessible derrière la grille. La guerre avait ouvertement été déclarée quand Venetia avait raconté à tout le monde qu'Andrew dormait encore sous sa couette Mickey ; Andrew avait riposté par l'enlèvement d'une Barbie de Venetia (assorti d'une méchante lettre de rançon, qu'elle avait conservée et pouvait produire à tout moment). Depuis vingt ans, ils se toléraient, comme deux adultes tenus à la politesse en société, mais on sentait planer entre eux la nostalgie farouche du temps où les vols de poupée et les mutilations de vélo étaient permis aux combattants.

Venetia a voulu passer derrière moi.

— Donc, je vais prendre ce Curly Wurly.

— Sûrement pas.

Andrew s'est glissé de l'autre côté, et je me suis retrouvée désagréablement prise en sandwich entre les deux.

J'ai levé les yeux au ciel.

— Mais enfin ! On est dans un hôpital…

— Alors, dis-lui de ne pas donner une dangereuse dose de sucre à notre père quand il est aux portes de la mort, a sifflé Venetia entre ses dents.

— Il n'est pas aux portes de la mort ! ai-je protesté avec indignation.

— Dis-lui que les petites gâteries ont une valeur thérapeutique, a grommelé Andrew.

— Dis-lui que s'il a acheté ce Curly Wurly à la cafétéria en bas, tous les agents hospitaliers ont mis leurs doigts dessus. Il dégouline de microbes, forcément ! a rétorqué Venetia.

— Ne le touche pas, alors.

— Je n'en ai pas l'intention.

— Très bien.

— Très bien.

Venetia s'est quand même jetée en avant pour attraper le Curly Wurly, comme je le prévoyais. Je me suis écartée, et elle a percuté Andrew, qui, en bon gentleman, l'a réceptionnée dans un étrange enlacement. Ils se sont détachés l'un de l'autre en essuyant ostensiblement leurs mains souillées par ce contact.

J'ai souri à Andrew.

— Papa est là-bas… Tourne deux fois à droite. C'est tellement gentil de ta part de venir le voir, et en plus tu es en congé aujourd'hui. À ce soir, d'accord ?

Je me suis avancée vers l'ascenseur pour appuyer sur le bouton (Venetia a poussé une petite exclamation effrayée et m'a tendu son mouchoir en papier), mais Andrew m'a retenue par le bras.

— J'ai pris rendez-vous pour voir le restaurant, Addie. Samedi, à dix heures et demie. Je nous ai fait une sacrée promo ; le vendeur est très impatient de te rencontrer.

La curiosité de Venetia a été aussitôt piquée.

— Le vendeur ? Le restaurant ?

— Addie et moi, on démarre une entreprise, a déclaré Andrew, rayonnant.

— Quoi ?

Venetia était tellement soufflée qu'elle en a oublié toute froideur.

— Ce n'est pas sûr…, ai-je bredouillé, gênée. On commence juste à regarder…

— Ça s'appellera Le Grand Bleu. On visite le local samedi, à Kensington. Je t'enverrai l'adresse par SMS, Addie.

— Qu'est-ce que c'est que cette histoire ? a insisté Venetia. Pourquoi je ne suis pas au courant ?

— Parce que tout le monde n'a pas toujours besoin de ton approbation, a rétorqué Andrew avec dédain.

— Parce que ce n'est pas encore *fait* ! ai-je lâché en même temps.

Les portes de l'ascenseur se sont ouvertes, mais Venetia ne bougeait pas. Elle était visiblement enchantée par ce qu'elle venait d'apprendre.

— Addie, bien que je déplore ton choix de partenaire – si je pouvais, crois-moi, je te dissuaderais de t'allier avec l'incarnation de *Satan* –, je dois te dire que c'est une idée *formidable*. J'ai toujours su que tu avais ce talent en toi.

Elle m'a regardée avec admiration, tandis que les portes de l'ascenseur commençaient à se refermer.

— Je n'en reviens pas ! Et dans un quartier aussi branché. Tu sais…, a-t-elle continué avant de se troubler, la voix soudain hésitante. Maman aurait été tellement contente. Oh, Addie.

Elle a croisé les bras sur son ventre proéminent et a souri d'un air rêveur.

J'ai lancé un coup d'œil à Andrew en soupirant. Pour la centième fois, au moins, j'ai appuyé sur le bouton de l'ascenseur et les portes se sont ouvertes à nouveau.

— Peut-être…, ai-je dit en entrant dans la cabine, plus pour moi-même, car Venetia, au lieu de me suivre, continuait de hocher la tête avec un sourire béat. On ne sait rien de ce qu'elle pensait, finalement.

Tout était calme à la boulangerie quand je suis revenue. Claire, désœuvrée, rangeait vaguement le placard du fond en fredonnant de vieux airs d'opéra. Je me suis éclipsée dans le bureau, au prétexte de m'occuper de la paperasse. En réalité, je voulais essayer de joindre enfin Throgmorton. La secrétaire m'a répondu que Mr. Throgmorton allait prendre mon appel « dans une petite seconde ». Je me suis calée en arrière contre le dossier de ma chaise, les pieds posés sur la poubelle, et j'ai attendu.

Moins d'une minute plus tard, j'ai entendu une voix âgée, plutôt affable :

— Allô ? Mrs. Harington ?

Cette fois, j'étais prête.

— Non, c'est *Adele* Harington. Je suis la fille d'Elizabeth Harington. Ma mère est décédée il y a un an.

— Oh. Je suis désolé, sincèrement désolé de l'apprendre.

— Vous la connaissiez ? Je veux dire, en personne ?

— Oui, bien sûr, a répondu Mr. Throgmorton, et il m'a paru étonné. Je l'ai croisée plusieurs fois après la mort de son père.

— Vers la fin des années cinquante, n'est-ce pas ? Elle devait avoir dix-sept ans.

J'ai retenu mon souffle. Allait-il tomber dans le panneau si facilement ? Mais Mr. Throgmorton n'était pas né de la dernière pluie.

— Miss Harington, puis-je vous demander quelle est la raison de votre appel ?

Bien qu'il n'y eût aucune rudesse dans son intonation, je me suis sentie saisie d'un brusque découragement. Je commençais à en avoir assez de devoir déployer tant d'efforts pour obtenir la moindre bribe d'information. En quelques mots, je lui ai résumé comment j'avais rencontré Phoebe et ce que nous savions.

Après un silence, il a répondu :

— Miss Harington, je ne pense pas pouvoir vous aider, hélas. Non que je sois tenu à un quelconque secret professionnel, mais parce que j'ignore tout de ce que vous venez de me raconter. Je sais seulement que Mr. Holloway et moi avons établi un testament, par lequel il léguait tout à sa fille. Après sa mort, j'ai retrouvé votre mère, et nous nous sommes vus plusieurs fois afin de régler la succession et procéder à la vente de la maison de Mr. Holloway à Limpsfield. C'était une femme très intelligente, très compétente, et je suis vraiment désolé d'apprendre que…

— Quand était-ce ? Quand est-il mort ?

J'étais terriblement oppressée, tant j'avais conscience que sa réponse pouvait renverser tout ce que je présumais de ma mère depuis quelques jours.

— Oh, il y a quelques années à peine. Trois ou quatre ans. Si vous voulez bien rester en ligne, je reprends le dossier.

J'ai patienté avec la musique d'ambiance, complètement éberluée : George Holloway avait vécu jusqu'à il y avait seulement quelques années ! Il était vivant au moment de la grossesse de ma mère, au moment de notre naissance, et encore plusieurs décennies après. Il habitait Limpsfield, pendant que ma mère et moi, à Londres, nous accordions si mal et qu'elle prétendait que ses deux parents étaient morts jeunes.

— Miss Harington ? Oui, comme je le pensais, il est mort en avril 1996, il y a un peu moins de quatre ans. Nous avons très rapidement localisé sa fille. Je lis ici que je lui ai notifié le décès le 20 avril, et nous nous sommes rencontrés pour la première fois juste après l'enterrement. Le règlement de la succession, en revanche, a nécessité un peu plus de temps.

Il a marqué une pause avant de poursuivre :

— Cela ne me regardait pas et j'ignorais tout de cette histoire familiale… Sachez qu'elle a refusé de venir à l'enterrement, au début, ou d'être présente lors de l'inventaire de la maison. J'avais beaucoup de mal à la joindre lorsqu'il me fallait obtenir son accord sur un point précis. Elle m'a demandé de tout gérer, de vendre la maison en l'état ; elle ne voulait pas avoir à s'en occuper. Malheureusement, pour diverses raisons liées à la fiscalité, entre autres, elle était la seule à pouvoir effectuer certaines démarches. Plus tard, elle m'a informé qu'elle s'était adressée à une société de débarras pour vider la maison. Sur sa requête, l'argent de la vente du bien a été déposé sur le compte de son père… Miss Harington, vous êtes toujours là ?

Oh oui, j'étais toujours là, appliquant mon esprit à ranger cette nouvelle information dans la case adéquate, si intensément que je crispais le poing sur la feuille jaune du bloc-notes.

— Vous avez une idée… je veux dire, est-ce que vous savez ce qui s'est passé ? Pourquoi ils étaient brouillés ?

— Non, je suis vraiment désolé. George Holloway n'en a jamais parlé. Il avait déjà pris toutes les dispositions funéraires pour être enterré avec son épouse dans le cimetière de Limpsfield, et le testament lui-même était très clair. Un seul descendant, pas de contestation possible… Je n'avais aucune question à lui poser, et lui aucune raison de me fournir des renseignements complémentaires. Mrs. Harington a seulement dit qu'ils n'étaient plus en contact depuis longtemps. C'est tout.

Il semblait sincère, et cherchait manifestement quelque élément qui pourrait m'éclairer.

— Rien à propos de bébés, de jumelles ? Brighton ? Hartland ? Rien de tout ça n'a été mentionné ?

— Absolument rien, je regrette.

De l'autre côté de la porte, j'entendais des voix animées et le rire aigu de Grace.

— Je dois vous laisser, Mr. Throgmorton, mais merci beaucoup. Si vous voulez bien, je vais réfléchir à tout ça et si j'ai une autre question…

— Vous me rappelez, a-t-il terminé aimablement. Moi aussi, il me reviendra peut-être quelque chose. Je vois que votre numéro s'affiche sur mon téléphone, je saurai donc où vous joindre. Et si vous passez par Oxted, je serais ravi de vous offrir une tasse de thé à l'étude. Faites-moi signe. Je ne croule pas sous les dossiers. Mon fils est trop efficace, a-t-il expliqué pour finir, avec un rire chaleureux.

— J'ai une autre question, en fait. Mon grand-père, puisque vous l'avez rencontré… Je me demandais juste… Comment était-il ?

Il y a eu un silence au bout du fil. Toute trace de sourire avait disparu de sa voix quand il a répondu :

— Je ne le connaissais pas très bien, mais je pense que *personne* ne le connaissait. C'était un homme austère, extrêmement conservateur, sacristain dévoué. Il dépensait très peu pour lui-même et restait enfermé chez lui la plupart du temps.

Encore un silence.

— Il vivait seul dans une grande maison, sa femme était morte depuis plusieurs décennies, et sa fille, ainsi que vous me le confirmez aujourd'hui, avait rompu tout contact. À mon avis, il devait être très, très seul… La famille, ce n'est souvent pas simple. À tous égards. Je vous souhaite bonne chance, Miss Harington. Et j'espère vivement que nous aurons l'occasion de nous parler de nouveau.

J'ai raccroché, les yeux perdus dans le vague. Austère, conservateur… George Holloway ne pouvait pas accepter que sa fille de dix-huit ans donne naissance à un enfant hors mariage. Il l'avait donc envoyée dans un foyer pour mères célibataires pendant six mois, et n'était pas venu à l'hôpital lors de notre naissance. C'était sûrement pour lui obéir que le médecin avait proposé les deux bébés à Madeleine Roberts.

J'ai senti quelque chose se relâcher en moi, un noyau compact de souffrance qui s'était formé quand j'avais imaginé ma mère, pointant le doigt pour choisir entre deux nourrissons emmaillotés ; puis lorsque j'avais compris que mes parents, l'un comme l'autre, m'avaient menti pendant quarante ans ; et, pire encore, hier, en apprenant que ma mère avait voulu nous placer toutes les deux. Je vouais dorénavant une reconnaissance éternelle à Throgmorton : par sa description de George Holloway, il m'avait délivrée de ce noyau douloureux où s'agglutinaient confusément la culpabilité de ma mère, son désir effréné de liberté qui l'avait conduite à nous rejeter, mes chagrins d'enfant, et ces souvenirs incertains, fragmentés, que je conservais d'elle. Une dernière fois, j'ai eu la vision de ce doigt implacable, puis, avec un immense soulagement, je l'ai laissée partir, et je lui ai substitué sans plus hésiter l'intérieur d'une petite tente en toile, verte et moussue comme l'eau tranquille d'un étang. « *Je n'oublierai jamais ton anniversaire.* »

Limpsfield, 8 janvier 1959

J'ai eu de la visite aujourd'hui. Je l'ai aperçu par la fenêtre de l'école et je ne l'ai pas reconnu au début, avec son costume sombre et ses cheveux lissés en arrière, parce que la dernière fois que je l'avais vu, ces mêmes cheveux lui tombaient sur le front, au-dessus de ses yeux plongeant dans les miens. C'était juste avant qu'il m'embrasse, le jour de mon anniversaire, dans le verger de Hartland.

Je sens comme des coups de poignard qui me transpercent partout quand je pense à cette soirée l'été dernier, et je suis rongée par la culpabilité et le regret. De même que la toux sèche et déchirante de ma mère avait signé le commencement de son agonie, ce baiser, dans mon esprit, est devenu le messager de la fin, un baiser de mort dont le souvenir demeure en moi comme une pilule au goût amer.

Je l'ai regardé attendre dehors, frissonnant sous la pluie glacée de janvier. Je ne suis pas sortie pour le voir, et, finalement, il est parti.

9 janvier

Il est revenu aujourd'hui. J'ai encore attendu qu'il parte et j'ai raté l'autobus. Père était en colère quand je suis arrivée en retard pour le dîner.

12 janvier

Cette fois, il a parlé à Ellen. Elle a montré une fenêtre du doigt, et je me suis reculée en espérant qu'il ne m'ait pas vue.

15 janvier

Aujourd'hui, il a attendu juste devant la porte. Comme je ne pouvais pas le voir depuis la fenêtre au-dessus, j'ai pensé qu'il n'était pas là et j'ai failli le heurter de plein fouet quand je suis sortie en hâte pour ne pas manquer mon autobus.

Il a esquissé un sourire, mais j'ai remarqué que ses yeux ne riaient pas. Il était venu prendre de mes nouvelles ; je n'en avais donné aucune, et il s'inquiétait. Avais-je reçu leurs fleurs ? Est-ce que j'allais bien ? J'ai souri, involontairement, en me rappelant la sollicitude qu'on me témoignait toujours à Hartland, mais cela m'a paru étrange aussi, car pourquoi s'inquiéterait-il ? Un baiser ne signifie rien, surtout pas un baiser qui a apporté la mort comme celui-là. Il a offert de m'abriter sous son parapluie et m'a parlé de choses et d'autres jusqu'à ce que je monte dans l'autobus.

23 janvier

Il est venu m'attendre presque chaque jour de cette semaine et m'a accompagnée à l'arrêt d'autobus. Je lui ai pourtant dit que mon père n'approuverait pas, mais il répond que marcher ensemble jusqu'à l'autobus n'a rien d'inconvenant ni de honteux. Nous mettons simplement un pied devant l'autre, je ne suis pas déviée de ma trajectoire, et j'arrive à l'heure pour le dîner.

C'est en effet tout ce que nous faisons : nous marchons. Il y a trois cent vingt-cinq pas jusqu'à l'arrêt d'autobus, deux cent quatre-vingt-cinq pour lui, parce que ses jambes sont tellement longues. Nous les parcourons lentement, et nous ne parlons pas toujours, parfois nous gardons le silence. Il m'apporte une gâterie de temps en temps, une barre chocolatée ou une pâtisserie, et, une fois, un livre dont nous avions parlé. Je ne comprends pas très bien pourquoi il revient, à vrai dire, parce que je ne suis qu'une gamine, une fille de dix-sept ans qui ne connaît absolument rien du monde, qui a peu à offrir et pas beaucoup d'attraits. Et je suis différente maintenant ; tout a changé. Je ne suis pas celle que j'étais l'été dernier, avec la tête qui me tournait devant leur univers si plein de possibles, de distractions, de légèreté et de soleil. C'est l'hiver à présent, et je ne suis plus qu'une coquille vide, qui pense sans cesse à sa mère ou bien se demande comment échapper à la vie avec son père, sans aucun projet véritable. Dans son univers à lui, lequel, même en hiver, doit regorger de choses fascinantes, de soirées et de bals, de films, de premières au théâtre, je ne suis rien, vraiment.

Cela ne me dérange pas parce que, dans un sens, ce que j'ai eu avec lui n'était pas réel du tout, c'était un rêve d'été, on ne pourrait même pas appeler ça une aventure. Il me répond que ce n'est pas vrai. Et il dit d'autres choses aussi, qu'il pense à moi tout le temps, qu'il n'arrive pas à me sortir de sa tête, que je ne ressemble à aucune des autres filles qu'il a fréquentées. Cela me semble un peu absurde. Dans son monde, un monde d'adultes où les gens travaillent, habitent seuls et peuvent aller où ils veulent en train, au lieu de prendre toujours le même autobus entre la maison et l'école, il y a sûrement des filles – enfin, des femmes, plutôt – qui sont plus intéressantes que moi, plus sophistiquées et qui ont déjà de l'expérience en amour.

Peut-être n'est-ce pas l'amour qu'il cherche. Peut-être qu'il apprécie de parler avec moi. Je ne sais pas. Nous discutons de livres et de divers sujets d'actualité, il me raconte son travail, parfois, et je lui décris mes journées à l'école de secrétariat. Il a vu un film dont j'ai lu une critique dans le journal, *Ben-Hur*, avec Charlton Heston. J'étais jalouse, parce que Maman et moi aurions adoré le voir, et là, tout d'un coup, il a proposé de m'emmener. « Sèche les cours, a-t-il dit. Quand tu descends de l'autobus, au lieu de prendre la direction de l'école, tourne de l'autre côté et va au cinéma l'Odeon. Ce serait parfaitement naturel. » Je n'ai pas pu m'empêcher de rire, parce que sa définition de « naturel » et la mienne – du moins celle de Père – ne correspondent pas du tout.

Nous n'évoquons jamais le baiser, ni Hartland ni même les autres personnes qui étaient là-bas. Dans mon esprit, Hartland est devenu un film du passé en Technicolor, comme *Le Magicien d'Oz*, que j'ai vu une fois au cours d'une sortie avec l'école. Un tourbillon de couleurs éclatantes, le vert des arbres dans le verger, le bleu de la mer, et la blancheur aveuglante du gravier sous ma fenêtre. Ce n'est plus réel ; même mes souvenirs ne sont plus réels ; ils ressemblent à un tableau détaché de moi, comme si je n'étais qu'une spectatrice retirée dans les coulisses d'un théâtre d'où je peux contempler le décor, une roseraie, une terrasse et des lampions accrochés à des arbres. La réalité, c'est un mois de janvier gris, le plus triste que j'aie jamais connu, émaillé par ces trois cent vingt-cinq pas tous les soirs dans une rue glacée. Parfois, quand je monte dans l'autobus et que je me retourne une dernière fois, je crois voir le baiser, suspendu, là, dans ses yeux qui me sourient tandis qu'il agite la main, et, l'espace d'une seconde, je retrouve la magie de Hartland et la douceur d'une nuit d'été.

Mais je garde mes distances, du moins j'essaie, parce que je ne comprends pas trop ce qui se passe ici, et que, dans mes pensées, Hartland et lui sont liés à la mort, à une terrible fin. Peu à peu, pourtant, je sens que je me réchauffe à son contact. Il fait si froid partout. Dans l'école, parce que le bâtiment est vieux et décrépi, au point que nous devons porter des mitaines pour taper à la machine. Dans la maison de mon père, qui est sombre aussi, parce qu'il ne semble pas nécessaire d'entretenir le feu dans chaque pièce et d'allumer toutes les lumières juste pour nous deux. Dans la rue et dans l'autobus – où j'ai les pieds tellement gelés que je tiens à peine debout lorsque je descends –, ou bien quand je dois sauter sur place en attendant à l'arrêt tant je suis frigorifiée. Mais durant ces brefs moments où nous parlons et où ses yeux me sourient, le froid ne me paraît pas si intense.

5 février

Je l'ai fait, aujourd'hui. J'ai osé. J'ai dit à Père qu'il y avait une session de révision à laquelle je devais assister et que je serais un peu en retard. À l'école, j'allais prétexter un rendez-vous chez le médecin afin de partir plus tôt, mais par chance, Mrs. Phelps était malade et je n'ai pas eu besoin de mentir.

Au lieu de parcourir nos trois cent vingt-cinq pas comme d'habitude, nous avons couru – pour perdre le moins de temps possible et à cause du froid – jusqu'à l'Odeon, ainsi qu'il l'avait suggéré. J'ai éprouvé un pincement douloureux en me rappelant les fois où j'étais venue ici avec Maman, en retrouvant aussi cette sensation de plaisir interdit, quand on sait qu'on n'est pas censée être quelque part. Maman ne mentait jamais vraiment à Père, mais par un accord tacite entre nous, nous ne parlions pas de nos escapades au cinéma, puisqu'il n'aurait fait que les gâcher avec ses sermons et ses diatribes sur la frivolité de la jeunesse anglaise, alors que nous, tout ce que nous voulions, c'était vivre les mêmes passions que Cary Grant et Deborah Kerr.

Mais lorsque le temps est ainsi compté et que l'on prend de gros risques pour quelque chose, on a l'impression qu'il faut encore plus l'apprécier, profiter de chaque seconde. Aussi, quand j'ai fini par surmonter ma peur, cessé de regarder par-dessus mon épaule, et repoussé les souvenirs de ma mère qui m'avaient assaillie, j'étais tout à fait prête à être frivole. Il faisait si bon dans le fond du cinéma où nous étions assis. L'écran s'est allumé, les rideaux se sont écartés au moment où s'élevait la musique d'orchestre accompagnant les actualités, j'ai regardé la reine couper un ruban d'inauguration quelque part dans le froid, et j'ai écouté avec un frémissement d'excitation le rugissement du lion qui annonçait le début du film.

Peut-être attendait-il autre chose ; c'est fort probable, en fait. Un baiser, une étreinte et des chuchotements comme le couple assis devant nous, peut-être plus, même si je ne sais pas vraiment quoi. Quoi qu'il ait espéré, je ne l'ai satisfait en rien, car dès que l'écran s'est allumé, j'ai été littéralement captivée par les images, l'envolée des violons et l'histoire d'amour entre Esther et Judah. J'étais pareille à un animal longtemps privé de soleil, le visage baignant dans la chaleur, les couleurs et la lumière, avec le goût sucré du pop-corn dans ma bouche.

Quelque chose m'a incitée à me tourner vers lui, pourtant, vers la fin, et je me suis aperçue qu'il me regardait dans la pénombre, que peut-être il m'avait observée tout du long tandis que je souriais, m'exclamais et retenais mes larmes lorsque Esther avoue son amour à Ben-Hur dans la vallée des lépreux. Je me suis trouvée soudain gênée parce que je devais avoir l'air ridicule, telle une enfant aux yeux écarquillés, à manger mon pop-corn. Les lueurs mouvantes des images dansaient sur ses joues, sur ses paupières, et quand il a pris ma main, j'ai eu presque l'impression que cela se passait dans le film, comme si ce n'était pas lui et moi, assis ici, mais que nous aussi, nous étions emportés dans les passions, les vengeances et les tueries de ce désert. Je n'ai pas osé bouger jusqu'à la fin du film, avec ma main dans la sienne et son bras pressé contre mon épaule, et, pour la première fois depuis août dernier, je me suis sentie parfaitement bien là où j'étais, en train de faire ce que je faisais.

J'ai été tellement audacieuse que j'ai accepté de m'attarder encore un peu, et nous sommes allés au salon de thé sur la place d'où je pouvais voir mon autobus arriver. J'ai pris un thé et un petit pain, parce que je n'avais pas beaucoup d'argent, mais il a commandé une glace que nous avons partagée en mangeant dans la même coupe avec deux cuillères. Autour de nous, les gens parlaient du pauvre Buddy Holly qui était mort dans un accident d'avion et de Fidel Castro qui avait libéré Cuba, mais moi, j'étais incroyablement heureuse et je ne pouvais pas m'empêcher de sourire parce que *Ben-Hur* avait chassé le souvenir de la mort de Maman qui se dressait entre nous deux, et le salon de thé achevait de me réjouir. Il faisait si délicieusement chaud, cela sentait les petits pains tout juste sortis du four, quelqu'un avait mis de la musique au juke-box et j'adorais le goût de la sauce au caramel qui nappait la glace. Nous sommes restés beaucoup trop longtemps, nous avons bu une autre théière avec encore des petits pains, et je n'ai pas lâché sa main jusqu'au moment où j'ai failli rater l'autobus.

Quand je pense qu'il y a à peine un mois, l'école me paraissait juste une annexe de la prison qu'est ma vie ici, et le rappel constant que tout ce que nous avions projeté avec Maman n'arriverait jamais. À présent, c'est mon billet pour la liberté. Pas seulement les trois cent vingt-cinq pas, mais aussi l'assurance que je vais le voir et la promesse de ce qu'il y aura peut-être entre nous. Car, bien sûr, continuerait-il à venir durant les mois les plus sombres et les plus maussades de l'année, simplement pour marcher et parler, s'il ne voulait pas qu'il y ait plus que cela ? Nous ne discutons pas beaucoup de l'avenir, de même que nous n'avons pas évoqué le passé récent, mais il parle de moi, de ce qu'il aime en moi, de la façon dont il pense à moi quand il n'est pas avec moi. Je sens comme un désir intense chez lui, un désespoir, et je ne peux qu'en déduire qu'il veut davantage, plus de mon temps, plus de ma personne. Si seulement je pouvais le lui donner. J'en ai vraiment envie, et chaque fois que j'essaie de me convaincre que ce n'est pas possible d'avoir quelqu'un comme lui, qu'il ne peut pas nourrir de réelles intentions à mon égard, qu'il ne peut pas penser à un « toujours » avec moi, il fait ou dit quelque chose, ou sourit simplement, et je recommence à espérer que peut-être il m'emmènera avec lui, que peut-être il sera mon « toujours ». L'Espoir stupide, merveilleux, irrépressible, qui revient me hanter alors que je croyais l'avoir banni pour de bon.

Je suis dans mon lit maintenant et je rassemble ce que j'ai de courage pour pousser mes orteils vers le fond du lit glacé, tandis que j'écris à la lumière de la lune qui entre par la fenêtre. Je vais bientôt refermer mon journal ; je le cacherai encore mieux que d'habitude parce que si jamais Père découvrait tout ceci, l'école serait terminée pour moi. J'ai ôté le trombone avec lequel j'avais attaché les pages sur Hartland et j'ai sorti les photos de notre journée à la mer que Felicity m'a données. Il y en a une que j'adore, qui nous montre en train de rire sur le quai, et même si j'ai fait le vœu de ne plus penser à Hartland, même si Hartland a déjà reculé dans un passé étrangement lointain, cette photo-là n'est pas du tout lointaine. Au contraire, elle me paraît très proche, pleine de vie et de joie. Je vais la glisser sous mon oreiller et, une fois allongée, j'essaierai de me remémorer chaque seconde de cette heure passée au salon de thé, l'odeur des petits pains, le goût de la sauce au caramel et la chaleur du thé. Je veux sentir encore ses doigts entrelacés avec les miens et même me rappeler le regard sévère de la dame debout derrière le comptoir, qui, de toute évidence, estimait parfaitement inconvenant qu'une jeune fille comme moi tienne la main d'un jeune homme dans un lieu public.

26

— Addie, ta sœur est là.

L'une des filles de la boutique a passé la tête dans la cuisine. Je venais de rentrer par la porte de service et je me sentais très coupable d'avoir pris une si longue pause déjeuner.

— Ma sœur ?

J'ai repoussé une mèche de cheveux rebelle en ignorant mon portable qui vibrait dans ma poche. Andrew, sans doute. Il avait déjà essayé de m'appeler plus tôt.

— Ben oui… Grande, plutôt classe ? Elle a acheté un carton de pâtisseries assorties à consommer sur place et elle aimerait te voir, si tu as une minute.

Ce n'était pas Venetia qui m'attendait dans la boutique, mais Phoebe. Elle avait commandé un cappuccino avec ses pâtisseries, et son visage s'est illuminé d'un grand sourire quand elle m'a vue. Elle s'est débarrassée de son imperméable et l'a jeté sur le comptoir dans un geste brouillon qui ne lui ressemblait pas.

— Addie ! J'ai une info incroyable ! D'après le Registre central de l'état civil, George Holloway est mort à l'âge de quatre-vingt-quinze ans. Je n'en reviens pas… Elle a *menti* !

— Oui, et d'après Throgmorton, c'était un homme triste et seul, ai-je renchéri.

— Ce n'est pas tout ! J'ai trouvé *autre chose* !

J'ai entraîné Phoebe vers le coin où l'on pouvait déguster une pâtisserie en buvant un café. Je n'étais pas censée bavarder avec les clients, surtout quand je n'avais même pas encore enfilé mon tablier, mais j'ai décidé de passer outre au règlement.

Phoebe était rose d'excitation. Elle a bu une grande gorgée de café pour se calmer.

— C'était une maison. Hartland… J'ai mis un peu de temps à la localiser. Il y a eu un gros incendie dans les années soixante-dix, tout a brûlé, la famille s'est dispersée. Regarde, a-t-elle enchaîné en sortant une carte. Ce n'est pas loin d'un petit bourg qui s'appelle Porthallow, à quelques kilomètres de la côte.

— Harry était le propriétaire de la maison ?

— Je n'ai pas trouvé Harry, hélas, juste une famille du nom de Shaw. Janet, Abel et John Shaw. Mais j'ai découvert autre chose. Oh, Addie ! Tu sais, la photo que tu m'as donnée, avec le verre cassé ? Je l'ai enlevée pour changer le cadre, et derrière…

Elle me l'a montrée. Une autre photo, de trois personnes, deux jeunes filles et un jeune homme devant la mer. Ma mère était au milieu, presque une adolescente encore, donnant le bras aux deux autres qu'elle tirait en arrière comme pour fuir l'objectif, riant de l'air ravi d'une enfant qui attend d'être lancée dans les airs. Le jeune homme était grand et brun, un peu plus âgé qu'elle. L'autre fille, toute ronde et rose dans une robe à fleurs, avait le front abrité sous un large chapeau de paille et tenait un panier en osier à la main. Sa bouche s'arrondissait en un petit « o », une parole sage qu'elle s'apprêtait à prononcer, peut-être, ou un rire contenu. Une formidable vitalité se dégageait de la photo, sous le soleil ardent, devant la mer étincelante. J'ai regardé le jeune homme, puis me suis concentrée sur le sourire de ma mère. Je sentais presque le vent et le sel des embruns qui lui tournaient la tête, j'entendais le clapotis des vagues derrière eux.

Après une hésitation, j'ai retourné la photo. *Tideford Cross, été 58*. L'écriture enfantine de ma mère.

— C'est là, regarde…

J'ai suivi le doigt de Phoebe sur la carte, partant de Londres et descendant vers le sud, de l'autre côté de la M25, jusqu'à Lewes, puis longeant la côte sur une petite route jaune. Juste après Lewes venait Porthallow, et, un peu plus loin, une croix avait été tracée au stylo rouge.

— Là, c'est Hartland.

Au-dessous, Tideford Cross était un point minuscule sur la côte. J'ai regardé la photo à nouveau, toute cette mer, ce vent et ces rires, puis la carte, puis Phoebe.

Elle a hoché vigoureusement la tête, les yeux brillants.

— Tu te rends compte ? Les cartes qui étaient glissées dans le recueil de poèmes ont été écrites *ici*, à Hartland, au début des années soixante, et elle est allée *là*, à Tideford Cross, avec cet homme durant l'été 1958. Il y a sûrement un lien avec nous ! Et si c'était Harry ?

Harry ? J'étais tellement fascinée par ma mère, par son visage si jeune et heureux au milieu de ses deux compagnons, que je n'y avais pas du tout pensé.

— Oh, Phoebe. Deux ans avant notre naissance... Ce pourrait être n'importe qui.

Déçue, Phoebe a repris la photo.

— Mais pourquoi ce ne serait pas Harry ? Moi, je crois que oui. Tu ne trouves pas qu'il me ressemble un peu ?

Je me suis penchée à nouveau sur la photo.

— Il est grand, en effet, ai-je reconnu à contrecœur. Mais Phoebe, ce n'est pas...

— On devrait se rendre sur place, a coupé Phoebe, qui ne m'écoutait pas. Je suis en congé jusqu'à mardi. Viens, on y va. Demain matin ! On descend en train, comme elle, il y a quarante ans.

— Je ne peux pas, Phoebe ! Mon père... je ne peux pas le laisser.

— Il y a un train pour Porthallow, j'ai regardé, à huit heures dix-sept à la gare Victoria, et ensuite un bus pour Tideford Cross.

Voyant que je me mordais la lèvre sans me décider, Phoebe m'a fourré la photo dans la main.

— Bon, alors je n'ai qu'à y aller, moi, en reconnaissance, et on en reparle après, d'accord ?

Elle a souri, attrapé son carton de pâtisseries et a disparu aussitôt par la porte. Sa queue-de-cheval se balançait d'un côté à l'autre.

De retour dans la cuisine, je suis restée debout à contempler la photo. Ma mère, riant avec deux inconnus au bord de la mer par une magnifique journée ensoleillée. Les paumes à plat sur le plan de travail, je sentais le froid de l'acier se communiquer à mes doigts, puis remonter le long de mes bras, jusqu'à mes épaules et mes joues brûlantes. Son visage était comme nimbé de lumière, et tellement jeune, tellement ignorant de ce qui l'attendait. J'ai imaginé George Holloway, emmenant sa fille enceinte dans sa vieille auto et la remettant à une sœur de la Charité en habit. Je le voyais chercher le Dr Miller dans les couloirs de l'hôpital, afin que le médecin nous place toutes les deux. Elle ne lui avait jamais pardonné.

Et puis, petit à petit, l'exultation que j'avais éprouvée en découvrant le rôle joué par George Holloway a commencé à refluer. Une question me taraudait à présent, lancinante sous ses diverses formes. Pourquoi ne m'avait-elle pas pardonné, à *moi* ? Pourquoi ne m'avait-elle pas aimée alors que j'étais tout ce qu'il lui restait ? Pourquoi ne s'était-elle pas accrochée à moi, pour me soutenir, me chérir, chaque jour de nos quarante années ensemble ? Pourquoi s'était-elle montrée si impatiente avec moi, si agacée que je ne développe pas assez mes capacités, que je ne sois pas assez forte, pas assez déterminée, pas assez bien ?

Parce que je n'avais été que la moitié. Une moitié qu'elle avait payée beaucoup trop cher, de sorte que notre relation ne pouvait être que décevante, conflictuelle, amère. Je me suis massé la gorge pour tenter de déloger la boule qui m'empêchait de respirer. Tout s'expliquait à présent, chaque moment sur ces stupides montagnes russes, chaque porte qu'elle fermait lorsqu'elle nous quittait en essayant de se libérer, chaque moue irritée. Oui, elle avait cherché à se libérer de ses souvenirs, et par conséquent de moi, puisque je n'en étais qu'un constant rappel. Ma mère, si forte, si solide, n'avait pas été assez forte pour combattre le passé, pas assez solide pour lui opposer l'amour qu'elle me portait.

Sur la photo, la jeune fille heureuse n'était pas encore cette personne-là. Soudain, mon cœur s'est serré, si violemment que j'en ai eu la nausée. J'aurais tant aimé pouvoir lui parler, à *elle*, nouer un lien avec elle, avant la terrible catastrophe.

— Ah, te voilà ! Où avais-tu disparu ?

Grace était sortie du bureau et se tenait sur le seuil de la cuisine.

J'ai glissé la photo dans ma poche.

— Je suis partie déjeuner, et après… j'ai fait un tour dans la boutique.

— Dans cette tenue ? S'il te plaît, ma chérie, pas quand tu n'es pas en uniforme ! Ça n'inspire pas trop confiance de voir la chef pâtissière en vêtements de ville.

— Je ne suis pas franchement chef pâtissière, ces temps-ci, ai-je marmonné, en me sentant soudain au bord de tout plaquer.

— Bon, ça ira pour cette fois, a-t-elle repris, conciliante. Mais la pause déjeuner… peut-être pas si longtemps, d'accord ?

— Je vais me changer, ai-je répliqué avec lassitude.

— Formidable ! Ah, au fait… Ton ami Andrew a appelé. Dans le bureau, je veux dire. Je crois qu'il essayait de te joindre. Il vient souvent en ce moment, non ? Peut-être qu'on devrait lui proposer un boulot ?

Elle m'a montré un des cartons de sablés qui avaient été livrés.

— Regarde, ceux-là n'ont pas survécu au voyage. Je vais parler au chauffeur, il faut vraiment qu'il change sa manière de conduire.

— Ça n'arriverait pas s'ils étaient faits *ici*, ai-je lancé. On commande de plus en plus de choses à la cuisine centrale. Bientôt, on ne confectionnera plus rien sur place et on se contentera de vendre des produits précuits. Comment on occupera nos journées alors, Claire et moi ?

— En mangeant les sablés abîmés, a répliqué Grace sur un ton détaché. Justement, je voulais en discuter avec toi, Addie.

— Des sablés ?

J'ai essayé de ne pas trop laisser paraître mon agacement.

— Non, des livraisons. Au fait, quelqu'un a déposé une lettre pour toi… Allons chercher ton uniforme, et je te la donnerai.

Grace m'a entraînée jusqu'au bureau. L'atmosphère confinée du petit espace m'a enveloppée comme une couverture trop chaude.

— Je l'avais posée là…

Grace s'est assise à la table et a fouillé dans la corbeille du courrier à traiter.

— Bon, écoute-moi, ma belle. Je sais que tu aimerais continuer à travailler comme avant, mais ce n'est plus possible. Je suis désolée. Même les gâteaux à décorer… La cuisine centrale peut fournir de grosses quantités, en moitié moins de temps. On ajoutera seulement une touche personnelle ici, en bout de chaîne. Malgré les pertes dues à la livraison, c'est plus avantageux en termes de coût.

— Grace, ai-je soufflé, inquiète. Tu ne…

Ayant enfin retrouvé ce qu'elle cherchait, Grace m'a interrompue en me tendant une enveloppe marron.

— Il faut aussi qu'on pense sérieusement à…

D'un coup d'œil, elle m'a indiqué la cuisine, où l'on entendait distinctement Claire fredonner une mélodie en vogue.

— Tu vas la licencier ?

J'ai pris la lettre sans la regarder et l'ai glissée dans la poche de ma veste.

— On s'agrandit... Maxwell Corner nous permet d'optimiser la production. Claire n'est pas assez occupée ici. Tu le vois bien, non ?

— Et moi ? ai-je demandé prudemment. Est-ce que...

— Tu n'as qu'à prendre la direction des autres boutiques, a conclu Grace.

Ou m'en aller. Démissionner. Tenter autre chose. Pas Le Grand Bleu, ni un autre employeur, mais monter ma propre affaire. Étrangement, je me suis sentie beaucoup moins affolée par cette perspective que lorsque Andrew, à peine quelques jours plus tôt, m'avait présenté ses annonces immobilières. Il n'y aurait pas d'emprunt massif sur mon dos, pas de local branché, aucun banquier à mes trousses. Ce serait très modeste, et je pourrais faire ce que, *moi,* j'avais toujours voulu faire, ce que j'avais adoré chez Grace au début. Des murs en brique nue, un comptoir en bois patiné et une grosse machine à café qui ronronnerait toute la journée. Il y aurait du cake au citron et aux graines de pavot, des muffins saupoudrés de cassonade, des minibrioches au beurre salé toutes chaudes.

Grace me regardait, sourire aux lèvres, attendant que je partage son enthousiasme pour une cuisine mécanisée, dépersonnalisée, où l'on devait « optimiser la production », mais en cet instant précis, ma décision s'est imposée à moi avec une évidente clarté :

si c'était vraiment ce qui allait arriver – l'optimisation –, sans Claire pour me bousculer quand je passais trop de temps à sculpter mes nids de meringue, sans l'odeur de mon propre pain pour m'accueillir au retour d'une pause déjeuner, aussi longue fût-elle, alors l'heure était venue de rendre mon tablier. Je me revoyais à vingt-cinq ans, dynamisée par la formidable énergie de Grace, je me rappelais sa joie lorsque j'avais accepté la gérance de Kensington. Elle avait apporté du champagne et porté un toast à *notre* succès. Par-dessus tout, je n'oubliais pas combien elle m'avait soutenue durant les mois qui avaient suivi la mort de ma mère. Elle avait toujours été là pour moi, à m'offrir l'espoir, l'encouragement, la sécurité, et, de cela, je lui serais éternellement reconnaissante. Mais les choses étaient différentes à présent, et même si je n'attraperais jamais la lune, mon nouveau « moi » oserait dorénavant suivre ses vrais désirs.

— Grace, ai-je dit gentiment. Ça a été des années formidables. *Toi*, tu es formidable, mais je crois qu'il est temps que je parte de mon côté.

— Oh, non, ne dis pas ça.

Grace a voulu se lever, mais je l'ai arrêtée en posant ma main sur la sienne.

— Ne t'inquiète pas, je ne vais pas te lâcher d'un coup. Je resterai jusqu'à ce que tu trouves quelqu'un d'autre.

— Addie, je t'en prie… C'est un moment difficile pour toi, prends deux jours de congé. Une des filles te remplacera. Et on fait le point la semaine prochaine.

J'ai secoué la tête et ouvert la bouche pour protester, mais Grace, déjà debout, m'a tendu mon sac et mon parapluie.

— Tu resteras, je le sais. Il ne faut pas avoir peur des changements, Addie. Ce sera chouette, tu verras. On se reparle dans quelques jours.

Depuis l'autre côté de la rue, j'ai contemplé longuement la devanture de Chez Grace. Autour de moi, la circulation de la fin d'après-midi s'intensifiait, les gens rentraient du travail, les mères tiraient par la main de jeunes enfants qui barbotaient dans les flaques, les uns et les autres chargés de sacs, de cartables, de parapluies. Les nuages étaient si bas qu'ils voilaient le haut du bâtiment, et la boulangerie émergeait du brouillard telle une grotte de fées, avec ses lumières clignotant derrière les hautes fenêtres, ses jolies bordures bleues rehaussant la façade blanche, ses jardinières plantées de lavande. Résistant à l'envie puissante de retraverser la rue et de me précipiter dans le bureau de Grace pour annoncer que j'avais changé d'avis, j'ai enfoncé mes mains dans les poches de mon manteau et j'ai senti quelque chose. L'enveloppe que Grace m'avait donnée. Mrs. Baxter y avait noté : « Addie, ceci t'intéressera sûrement. Appelle un de ces quatre ! Bisous. » La lettre portait l'écriture de James Merck et ne m'était pas adressée, à moi, mais à ma mère.

Glissant mon pouce sous le rabat pour le détacher, j'ai sorti plusieurs feuilles de papier A4. Une facture détaillée, semblable à celles que j'avais vues dans le dossier. La réponse d'une société d'archivage du West Sussex proposant à Merck de prendre rendez-vous si nécessaire. Et, enfin, une lettre dans son enveloppe d'origine, ouverte, envoyée quelques mois auparavant par une certaine Madeleine Roberts, 4 Crabtree Lane, Brimley.

Cher Mr. Merck,

Merci pour votre deuxième lettre datée du 28 janvier, et excusez-moi de ne pas vous avoir contacté plus tôt. Pour répondre à votre question, oui, je me trouvais à l'hôpital All Saints le 14 février 1960, mais je ne pense pas pouvoir vous aider beaucoup, car je n'y suis pas restée longtemps et n'ai lié aucun contact. Bien que je ne me rappelle aucun nom, j'accepte de parler à votre cliente si elle le souhaite.

Respectueusement,

Madeleine Roberts

27

Le train de huit heures dix-sept à destination de Porthallow était déjà à quai quand j'ai débouché du métro en courant. J'ai repéré le numéro de la voie sur le grand panneau d'affichage. Une silhouette grande et mince attendait aux tourniquets de contrôle des billets, j'ai levé la main pour attirer son attention. Un coup de sifflet a retenti. Je me suis précipitée, serrant mon sac contre moi, les yeux sur Phoebe qui me faisait signe de me dépêcher. Elle a glissé nos billets dans le tourniquet, je l'ai suivie jusqu'au wagon de tête dans lequel nous nous sommes engouffrées l'une après l'autre, et le contrôleur a claqué la porte derrière moi.

Phoebe m'a souri dans la lumière sale des néons.

— Je suis contente que tu sois venue, Addie… Juste une précision : quand je t'ai suggéré de prendre un jour de congé, je ne voulais pas dire que tu devais plaquer ton boulot.

Je haletais, la main crispée sur mon point de côté.

— Cherchons-nous une place… Si je reste debout, je vais mourir.

Le train était moins bondé que je l'avais imaginé, sans doute parce que le temps n'incitait pas à s'évader en week-end à la campagne. Un peu plus loin, nous avons trouvé un wagon presque vide et nous nous sommes assises l'une en face de l'autre. Par les fenêtres noyées de pluie apparaissait un paysage de banlieue, pavillons et jardinets quadrillés de rues grises. Phoebe a posé un sac en papier marron sur la table entre nous et en a sorti deux gobelets en carton fermés par des couvercles.

— Ma mère dit toujours qu'on ne peut pas être efficace tant qu'on n'a pas bu au moins trois cafés, a-t-elle déclaré. Si on commence tout de suite, on aura le temps d'en prendre deux autres avant d'arriver à Porthallow.

Pendant que je refermais les mains avec gratitude sur le gobelet chaud qu'elle m'avait tendu, Phoebe a posé une boîte en plastique sur la table, au préalable inspectée et essuyée.

— Tes pâtisseries étaient tellement délicieuses que j'ai essayé de les finir hier soir, mais j'ai dû m'avouer vaincue. J'ai pourtant passé la moitié de la nuit en overdose de sucre... Bref, j'ai apporté le reste.

Ouvrant la boîte, elle a balayé les pâtisseries d'un regard de professionnelle, puis a choisi un chausson à l'abricot et s'est renversée contre le dossier de son siège en me regardant.

J'ai bu une gorgée de café. À mon tour, je me suis calée confortablement et j'ai commencé à parler en gardant les yeux tournés vers le paysage qui défilait par la fenêtre.

— Je travaille avec Grace depuis quinze ans. Je ne pensais pas que je partirais un jour, même si Andrew me tanne depuis le début pour que j'arrête. Je n'ai jamais eu *envie* de m'en aller. Mais toute cette histoire avec maman, et puis d'avoir vu la photo hier… Je me sentais tellement triste, et en colère aussi. Elle qui parlait toujours de faire quelque chose d'épanouissant pour soi et d'être forte ! Ce qui s'est passé cette nuit-là à l'hôpital a totalement contrôlé sa vie et bousillé notre relation pendant *quarante* ans. Quel gâchis ! Alors quand j'étais dans le bureau avec Grace, et même si je l'aime beaucoup, je me suis dit que je devais *vraiment* suivre mon désir. Le *mien*. Pas celui de Grace, ni de maman ni d'Andrew.

— Et c'est quoi, ton désir ? a demandé Phoebe en prenant un palmier dans la boîte.

— C'est très simple. Une petite boulangerie dans le quartier d'Islington. Rien d'extraordinaire, juste une cuisine et moi. Tiens, à propos, voilà la photo. J'ai pensé que tu voudrais la récupérer.

— J'en ai fait une copie. Je me suis dit qu'on voudrait peut-être l'avoir toutes les deux. Celle de ta mère dans le cadre aussi. Et la petite enveloppe avec d'autres photos… J'ai des doubles de tout.

Phoebe s'est penchée en avant pour me prendre la main et l'a pressée dans la sienne.

— Quoi que tu tentes, je suis sûre que tu réussiras, Addie. Je crois que tu es extrêmement douée… Et pas seulement en pâtisserie ! Je t'aiderai, si tu veux. J'ai un esprit très pratique.

Je n'ai pas pu m'empêcher de sourire. Quelque part, je m'en serais doutée.

— Il y a autre chose…, ai-je ajouté. J'ai retrouvé la lettre que Merck avait envoyée à ma mère.

— C'est vrai ? Alors ? Du nouveau ?

— Oui. Elle est pour toi.

Je lui ai tendu l'enveloppe et elle a frémi en voyant l'identité de l'expéditeur. Après l'avoir lue, elle a levé les yeux vers moi.

— Mon Dieu, Addie, elle lui a répondu. Mais n'a-t-elle pas dit qu'elle avait *brûlé* la lettre…

— Elle a probablement changé d'avis quand il a écrit une deuxième fois. On est parties sans lui laisser le temps de raconter jusqu'au bout, rappelle-toi.

— Quand même, elle aurait dû m'en parler à ce moment-là. J'aurais pu…

Au bord des larmes, Phoebe s'est massé les tempes.

— Ce n'est pas sa faute, ai-je déclaré fermement. C'est la faute de George Holloway et du médecin. La faute des années cinquante, de la mentalité rigide et coercitive qui prévalait encore à cette époque. Ta mère n'y est pour rien.

Phoebe a relu la lettre en silence.

— C'était *bizarre*, hier, à l'office de l'état civil, a-t-elle repris en fronçant les sourcils. J'ai mis du temps à trouver Constance et George. Elle est morte à quarante-quatre ans, ce qui est *très jeune*, en effet.

Elle m'a adressé un sourire complice, puis, contemplant la lettre à nouveau, elle a continué :

— Ensuite, je me suis cherchée dans le registre des naissances… Eh bien, je n'existe pas.

— Comment ça ? ai-je demandé.

— « Phoebe Roberts » existe, pas de problème, née en 1960 à Brighton. Mais le « bébé Holloway numéro 2 » n'existe pas. Il n'y en a qu'un dans le registre, et ce doit être toi puisque tu as l'acte de naissance correspondant. Et ce qui est *vraiment* bizarre, c'est mon acte de naissance. Tu sais, celui que je t'ai montré le premier jour, avec le nom de mes parents ?

Il s'avère que je ne devrais pas en avoir du tout. J'ai parlé à une employée du service où je me suis renseignée sur la procédure pour accéder à mes documents d'adoption. Elle m'a expliqué qu'en tant qu'enfant adoptée, j'ai un certificat d'adoption, mais pas d'acte de naissance. On fournit aux enfants adoptés un extrait d'acte, une sorte de condensé qui ne mentionne pas l'adoption, mais seulement le patronyme des parents, la date et le lieu de naissance. Avec ce document qui ressemble à un acte de naissance, personne, même pas toi, ne peut savoir que tu es adoptée. Pour ça, il faut tomber sur le certificat d'adoption intégral… Ou sur des vêtements de bébé et un cahier de grossesse, a-t-elle précisé, esquissant une grimace ironique. Mais puisque j'ai un acte de naissance normal, c'est donc que mes parents m'ont déclarée comme leur propre enfant, comme si ma mère m'avait véritablement donné naissance ; comme si j'étais d'eux. Techniquement, ce n'est pas possible dans le cas d'une adoption.

— Elle a peut-être rangé l'original quelque part. Après tout, j'en avais deux aussi : l'original, qui était caché, et l'officiel, qui porte le nom de mes deux parents.

— L'original n'existe pas, pour moi. Si je ne suis pas notée dans le registre de l'état civil, ça veut dire qu'il n'y a pas d'acte de naissance, pas de document papier. C'est le registre qui fait foi. Quant à toi, c'est un peu bizarre que tu aies deux actes de naissance. Tu as d'abord été déclarée comme étant née de père inconnu, puis le nom de ton père a été ajouté… Or un changement de patronyme s'effectue uniquement par une procédure officielle, laquelle doit être mentionnée.

Sauf, très rarement, si le père se manifeste peu de temps après la naissance et reconnaît l'enfant.

— Ce qui n'est pas le cas.

Elle a secoué la tête.

— Non. Et moi, ma mère n'était pas ma mère, et pourtant, elle apparaît sur mon acte de naissance comme ma mère biologique. C'est…

— Oui, *bizarre*. À moins que le système n'ait été différent à l'époque, pour les adoptions privées…

— *Toutes* les adoptions, y compris les adoptions privées, devaient passer par un tribunal ou par les services d'adoption. Ces actes de naissance incohérents expliquent pourquoi Merck piétinait dans son enquête : d'un point de vue administratif, il n'y a absolument aucun lien entre toi et moi, nulle part. Seuls l'infirmière et le médecin savent quelque chose.

Songeuse, elle a souligné du doigt le nom de sa mère sur l'enveloppe.

— Tu ne crois pas que… qu'elle aurait pu me voler ?

— Ta *mère* ? Non !

J'étais tellement horrifiée que j'en ai perdu ma voix un instant.

— Phoebe, ai-je bredouillé enfin, ta mère était un peu… (Désespérée. Hystérique. Obsédée, ai-je pensé. Mais une voleuse d'enfant ?) Non, ai-je simplement répété, mais cette fois le doute m'avait traversée. Mon Dieu, non.

Phoebe était aussi troublée que moi. Elle a sorti la photo des trois jeunes gens devant la mer.

— Tu penses que quelqu'un pourrait les reconnaître ?

— Quarante ans plus tard, j'en doute.

Une lassitude soudaine s'est abattue sur moi. Je me suis tournée vers la fenêtre et n'ai plus rien dit, en regardant défiler les gares. Ma mère avait-elle pris ce même train quand elle s'était rendue à Hartland autrefois, avec sa petite valise dans le filet au-dessus d'elle, son chapeau accroché à la patère, son volumineux sac à main sur les genoux ? Avait-elle lu, ou dormi, appuyée contre la vitre, pour se réveiller avec une marque sur la joue ? Avait-elle fait le voyage avec son père, tous deux assis l'un en face de l'autre, comme Phoebe et moi maintenant ? Et pourquoi était-elle venue à Tideford Cross ? À Hartland ? Était-elle en vacances ?

— Tu as une photo de Hartland ? ai-je interrogé Phoebe.

— Oui, j'ai trouvé quelque chose à la bibliothèque.

Elle m'a tendu la photocopie couleur d'une image étalée sur la double page d'un livre, une aquarelle rehaussée d'encre fine représentant une maison de campagne couleur miel entourée de jardins. La maison était magnifique, mais manifestement, l'artiste avait surtout aimé les jardins car la bâtisse se dressait au milieu d'un océan de verdure, de pelouses, d'arbres et de buissons. L'ensemble était luxuriant, mêlant à foison une palette de verts infiniment variés, menthe, émeraude, sauge, dans une évocation si fraîche et si réaliste qu'on avait envie de sauter dans le dessin et d'emprunter le petit sentier d'herbe rase que l'on voyait s'éloigner vers l'horizon derrière la maison.

J'ai imaginé ma mère descendant du train à Porthallow, comme nous bientôt, puis arrivant à Hartland et remontant à pied l'allée jusqu'à la maison. J'ai pensé à toutes les vies qui avaient été vécues et gâchées, et à ce que, *moi*, je cherchais à Tideford Cross. Comprendre, peut-être, à quoi elle n'avait pas pu échapper. Et accepter : qu'elle n'était pas aussi forte qu'elle m'était toujours apparue et qu'elle m'incitait à être. Je voulais me sentir en lien avec elle, avec cette version jeune, heureuse, exaltée de ma mère, et pouvoir pardonner à la femme qu'elle était par la suite devenue. Celle qui ne s'était pas battue pour Phoebe et pour moi ; qui n'avait pas assez essayé de nous aimer. Je pensais que le pardon était le seul moyen de laisser tout cela derrière moi.

Une heure plus tard, après être descendues du train à Porthallow, nous avons pris le minibus qui desservait Tideford Cross. La brume du matin s'attardait dans le ciel, et j'ai cru détecter une vague odeur d'embruns, mais peut-être sentait-on surtout la proximité de la mer à cause des mouettes dont les cris sillonnaient l'air.

Le chauffeur du minibus, qui manifestement n'avait pas pour ambition dans la vie de transporter le long de la côte des retraités rentrant de leurs emplettes, conduisait comme un fou, pilant pour déposer ses passagers, accélérant brutalement à peine la porte refermée, alors que ceux qui venaient de monter n'avaient pas encore gravi les marches. En outre, le véhicule était bondé et encombré de toutes sortes de sacs. Nous sommes restées debout, et nous étions presque arrivées quand nous avons pu enfin nous laisser tomber, épuisées et luttant contre la nausée, sur une banquette l'une à côté de l'autre.

— Prochain arrêt, Tideford Cross, a braillé le chauffeur en prenant un virage sur la corde.

Je réprimais un haut-le-cœur lorsque Phoebe m'a saisi le bras.

— Regarde, Addie. La mer.

Alors, comme dans une image au ralenti, le bus a débouché en haut de la colline, et, pendant un bref instant, a semblé sur le point de décoller droit vers le ciel. J'ai entendu un lointain écho du rire de ma mère au sommet du Cyclone Céleste, mais il n'y avait aucune terreur, seulement un espace de possibles, clair et empli de lumière. Entre les nuages apparaissaient à présent de vastes trouées de bleu. La mer scintillait, bordée par le ruban gris-vert de la côte. Si nous avions été dans un film, la musique aurait enflé en crescendo pour indiquer une perfection absolue. J'ai senti un énorme sourire me venir aux lèvres, et j'ai vu en me tournant vers Phoebe qu'elle souriait aussi. Les roues du bus adhéraient de nouveau à l'asphalte, j'ai plaqué mes mains sur mon estomac barbouillé, et nous avons plongé vers la mer, de plus en plus vite, en enchaînant une succession de lacets. La côte formait une baie à cet endroit, un immense port naturel autour duquel s'éparpillaient des toits d'ardoise grise battus par les vents, des murs de granit et des façades blanches au long des rues. Le chauffeur a négocié les derniers virages, tenant son volant d'une main, actionnant la sonnette de l'autre. Secouée sur mon siège comme un pantin, bringuebalée en tous sens, je me suis agrippée au bras de Phoebe tandis que nous entrions à fond de train dans Tideford Cross.

Limpsfield, 24 avril 1959

Je suis une femme déchue ! Ma réputation est perdue, mon honneur en pièces. Et je n'ai jamais été aussi heureuse de ma vie. Comment cela peut-il être mal et tellement honteux, alors que c'est en même temps si beau ?

Nous l'avions prévu depuis un moment, tant nous le désirions tous les deux. Se tenir par la main pendant trois cent vingt-cinq pas, s'asseoir en cachette dans le salon de thé et parler très vite pour tirer parti de chaque minute… Je n'en pouvais plus. Et je voulais davantage. J'avais envie d'être seule avec lui, de passer des heures entières, un jour entier, dans un endroit tranquille et chaud. C'était devenu une obsession durant ce long mois de février et ensuite, en mars, où le froid a été si intense ; je ne pensais qu'à lui et à avoir chaud, et parfois je ne savais pas ce que je souhaitais le plus, jusqu'à ce que je finisse par comprendre que je voulais les deux ensemble, et pas seulement s'embrasser furtivement au cinéma, avec la lueur vacillante des images sur nos visages, ni se donner la main par-dessus la table dans un salon de thé.

J'étais inquiète quand j'y pensais, parce que je sais que c'est mal. Ce n'est pas parce que Père le dit, je sais que ça ne se fait pas, sans une bague et une promesse de « toujours ». Mais lui, il se comporte comme si c'était pour toujours, et moi aussi, quand nous nous tenons la main, que nous parlons et sourions, que nous devinons chacun les pensées de l'autre et comprenons ses émotions. Pour moi, une telle entente signifie que c'est pour toujours. Le voir plusieurs fois par semaine pendant des mois, même si ce ne sont que quelques heures volées et trois cent vingt-cinq pas, ça veut dire pour toujours. Et j'avais envie que ce sentiment se transforme en quelque chose de réel, de plus solide, même si au début j'étais trop effrayée pour envisager le moindre passage à l'acte. C'était trop tôt, trop fragile encore. Et je n'étais pas certaine que cela aurait plu à Maman.

Mais là, tout d'un coup, c'est le printemps, un printemps précoce qui met définitivement fin à l'hiver et répand des crocus, des jonquilles et de minuscules fleurs blanches dans l'herbe autour de nous quand nous marchons jusqu'à l'arrêt d'autobus. C'est le genre de printemps qui éclate avec une vigueur inouïe pour se venger enfin de l'hiver, qui ne reculera plus mais fait tout sortir, tout pousser, tout éclore, parce qu'il est tellement plein de vie et d'ivresses nouvelles qu'il refuse absolument d'attendre une minute de plus.

Je suis beaucoup allée au cimetière de St. Peter ces deux dernières semaines. Il y a des tombes militaires, outre celles des civils, et le printemps n'est pas aussi hardi là-bas, je crois. Il respecte la terre des allées et les laisse simples et nues. Moi, j'aurais préféré que Maman soit ailleurs, dans un lieu plus vivant, alors j'apporte des fleurs que je cueille dans son jardin qu'elle aimait tant, où le printemps tapisse le sol de jonquilles, de tulipes et de jacinthes des bois, et j'en garnis sa tombe presque tous les deux jours.

Mais Père ne veut pas qu'il y ait du désordre sur la tombe et j'ai remarqué qu'il avait enlevé un de mes bouquets et l'avait jeté sur le tas de compost. Peut-être que le printemps m'a communiqué son audace, car le même jour j'ai pris le petit rosier qui était toujours caché derrière le rideau de la chambre de ma mère et je l'ai replanté à côté de la tombe, où Père ne peut pas l'arracher sans chambouler la terre. C'est assez discret, j'ai choisi le côté qui reçoit le soleil le matin, mais je sais qu'elle serait contente. J'ai essayé de parler à Maman du salon de thé et de l'arrêt d'autobus interdits, de trouver les mots pour expliquer mon besoin fou de chaleur et de liberté. Cela, elle le comprendrait, j'en suis certaine, mais elle ne comprendrait peut-être pas les autres facettes de mon désir, l'amour, la passion, ces choses qu'on lit parfois dans des livres que Père bannirait immédiatement, auxquelles on ne devrait même pas penser si l'on n'a pas une promesse ferme et la garantie que les convenances seront respectées. Elle ne sait pas qu'il y a cette promesse, que l'air entre lui et moi en est rempli, et elle n'est pas là, après tout, pour me dire de ne pas faire ce que j'ai tellement envie de faire.

Il m'a quand même fallu un peu de temps. Je vivais dans un état d'anticipation et d'angoisse constant, comme si j'étais déjà passée à l'acte, que j'avais déjà commis le crime et craignais le châtiment. Subir les dix-sept minutes et demie que dure le dîner et aller à l'école était une souffrance atroce, parce que j'étais convaincue qu'on pouvait lire dans mes yeux mon désir de chaleur, d'amour et de nouveauté.

Mais pour finir, il a tout organisé, et cela paraissait si simple, si normal. J'imagine que c'est ainsi, dans son monde à lui. Je devais feindre d'être malade en classe, imiter la signature de mon père sur un mot d'absence, et lui aussi se ferait porter souffrant à son travail. Quand je lui ai demandé comment il réussissait à venir si souvent, il a répondu qu'il prenait le train après le travail ; c'est facile, ses parents sont partis en voyage à l'étranger et il habite à Hartland maintenant. Il repart en train après, récupère sa voiture à la gare et rentre chez lui. Comme je lui envie cette liberté de mouvements. Le train, la voiture, aller où l'on veut n'importe quand… Et dans le train, au moins, il doit faire chaud. Je revois Hartland maintenant, comme un endroit réel, pas comme un rêve. J'imagine la maison qui s'éveille chaque matin de ce merveilleux printemps, les murs couleur de miel au soleil, les colombes sur le toit. En esprit, je me glisse dans le jardin pour voir la roseraie revenir à la vie après l'hiver et le sol couvert de campanules, un océan de clochettes bleues, sous les arbres où j'ai passé ma dernière soirée. Mais je m'arrête là, parce que je ne veux pas retourner en arrière. Je préfère penser à l'avenir, cet avenir imminent qui m'attend à Purley.

C'est lui qui connaissait ce charmant petit hôtel à Purley, où je devais me présenter comme une certaine Mrs. Smith venue rendre visite à son cousin. Je ne me sentais pas du tout capable d'avoir l'air d'une Mrs. Smith venue voir son cousin, mais je ne voulais pas le dire, de peur qu'il croie que j'hésitais. J'hésitais, pourtant, j'hésitais terriblement, assise en face de mon père à la table au dîner, fixant mon assiette afin qu'il ne surprenne pas ce secret dans mes yeux. Et puis, dix jours après que nous en avons parlé, j'ai été prête. Je n'en pouvais tellement plus d'être triste, seule et frigorifiée dans la maison de mon père à Limpsfield. J'avais envie d'être Mrs. Smith dans une chambre d'hôtel à Purley.

Et à présent que je suis une femme déchue, qui a été embrassée, à qui on a offert du champagne et fait l'amour, je sens, pour la première fois depuis que Maman est morte, qu'il y a enfin un avenir pour moi, quelque chose que je me réjouis d'attendre.

28

— Mon Dieu, tu as vu ce monde !

Tideford Cross était envahi par une véritable marée humaine. Une foule compacte remontait la rue principale tapissée d'étals et se déversait dans les petites rues transversales. Les jambes flageolantes après être descendue du minibus, j'ai inspiré profondément pour me débarrasser de la nausée qui me soulevait encore l'estomac.

— C'est jour de marché, a lancé une dame derrière nous. Le premier de la saison, alors il va y avoir un peu de passage… Mais les galettes de poisson sont excellentes. Les meilleures de la région !

— Super.

Phoebe rayonnait. Elle a serré son sac contre elle en se tournant vers moi, et j'ai remarqué, non sans inquiétude, qu'elle avait un air férocement déterminé.

— Bon alors, voilà le plan : on interroge les gens, mais comme on ne veut effrayer personne, on ne montre pas la photo avant de tomber sur quelqu'un qui paraît être une piste. On pourrait dire qu'on mène une étude socio-historique : le déclin des classes supérieures dans l'Angleterre d'après-guerre, qu'est-ce que tu en penses ?

J'ai ouvert de grands yeux. Le déclin des classes supérieures ?

— Quoi ? a lâché Phoebe avec impatience. Ça fait sérieux, non ? C'est un livre qui existe, tu sais, je l'ai vu à la bibliothèque. Et on n'aura qu'à broder à mesure. Comme ça, si quelqu'un connaît Harry, l'alerte ne sera pas donnée tout de suite. J'ai un peu peur, maintenant, qu'il ne veuille pas nous parler... Il faut d'abord qu'il voie qu'on est normales et saines d'esprit.

Piaffant dans ses bottines lustrées, elle braquait ses yeux étincelants sur les tables regorgeant de fruits et légumes, de paniers remplis de victuailles et d'objets divers. Elle semblait tout sauf saine d'esprit. Je n'ai pas pu m'empêcher de rire.

— Une étude *socio-historique*, a-t-elle répété. Allez, on y va.

Et Phoebe s'est élancée, tel Moïse fendant la mer Rouge, en me prenant fermement par le bras pour me remorquer d'un étal à l'autre, examinant les articles, scrutant les visages des vendeurs, s'arrêtant pour acheter un bibelot ou quelque chose à manger, essayant de lier conversation avec les uns et les autres. Ses cheveux flottaient dans la brise, elle avait les yeux brillants et les joues rouges d'excitation. « Quel temps magnifique, hein ? Oh, c'est joli, ça ! Ça a l'air délicieux ! Vous êtes du coin ? » Mais, malgré l'ambiance joviale et détendue, les gens étaient surtout venus pour vendre le plus possible de leurs produits et n'avaient guère le temps de bavarder. Le bruit, les cris et les bousculades commençaient à me lasser. Après avoir mangé un scone, puis un autre, puis deux croquettes de poisson qui étaient en effet délicieuses, j'ai craqué.

— Phoebe, il y a trop de monde.

Je l'ai entraînée légèrement à l'écart, devant la porte d'une petite maison, et lui ai rendu le beignet aux pommes qu'elle m'avait fourré dans les mains.

— Il faut qu'on ait une méthode. Terminons de ce côté-ci, et ensuite, j'ai vu une boutique dans la rue qu'on vient de croiser… Demandons là-bas, tranquillement. Et, Phoebe ? (Elle a mordu dans le beignet aux pommes, me l'a tendu à nouveau.) Calme-toi un peu, d'accord ? Tu effraies les gens.

Elle a jeté le reste du beignet dans une poubelle, m'a tapoté l'épaule d'un geste qui se voulait rassurant, et s'apprêtait à m'entraîner de nouveau dans la foule grouillante quand la porte de la maison s'est ouverte. Une jeune femme est apparue, chargée d'un panier qui tressautait dans ses bras et menaçait de lui échapper. Une patte a brusquement jailli dans ma direction et j'ai fait un bond en arrière, bousculant Phoebe qui s'est rattrapée au poteau de l'étal voisin. La femme a lâché le panier. Comme je me précipitais instinctivement pour le rattraper, nous nous sommes heurtées de plein fouet et sommes tombées l'une sur l'autre.

Lorsque nous avons enfin réussi à nous relever, j'aurais préféré être restée à terre tant j'avais honte. Les dégâts provoqués semblaient énormes, en si peu de temps. La moitié de l'étal, qui offrait une dégustation de fruits de mer, s'était effondré, et les huîtres, les assiettes en carton et les serviettes en papier gisaient tout autour tandis que le vendeur dardait sur nous des yeux furibonds.

Le chat a alors bondi du panier et m'a sauté dans les bras. Pour mieux le maîtriser, je me suis jetée contre la poitrine de sa propriétaire. Elle m'a enlacée, par réflexe, puis s'est mise à rire.

— Oh, Hughie, ne t'énerve pas. Et toi, reviens ici !

Attrapant le chat, elle l'a enfoncé dans le panier dont elle a noué les poignées.

— J'aurais dû mieux l'enfermer. Il vous a griffée ? Pardon, je vais vous soigner… Calme-toi, Hughie, c'est entièrement ma faute, a-t-elle ajouté avec un sourire pour l'homme en colère.

Phoebe, gênée et toute rouge, se penchait déjà pour ramasser les huîtres.

— Je suis désolée, a-t-elle bredouillé. Je vous dédommagerai…

— Pas question, a répondu la jeune femme. Ce n'est même pas un emplacement… Hughie s'est mis là, devant ma porte, pour gagner un peu de sous en vendant sa pêche de ce matin.

Elle a redressé l'un des poteaux qui soutenaient le léger édifice, j'ai saisi l'autre, et nous avons tenté de remettre l'auvent en place, mais la toile était déchirée. Phoebe, produisant comme par miracle une poignée d'épingles à nourrice, a effectué une ingénieuse réparation à l'aide de deux colliers en coquillages qu'elle a achetés sur le stand voisin.

— Pas mal, a commenté la femme en reculant pour admirer le résultat. La déco est assortie, Hughie ! Venez…

Elle nous a fait signe de la suivre. Tandis que Phoebe s'empressait de la rejoindre, j'ai glissé un billet de vingt livres dans la main d'Hughie et suis partie à mon tour en serrant mon bras griffé.

Plus loin, à l'endroit où la rue débouchait sur le port, la jeune femme s'est dirigée vers un étal de fleurs derrière lequel une adolescente sautillait sur place avec impatience.

— C'est pas trop tôt, a-t-elle maugréé. J'ai envie d'aller aux toilettes.

— Merci, Kate ! a lancé la femme dans son sillage, puis elle a souri aux deux clientes penchées sur des pots de lavande.

Elle a ensuite regardé mon bras.

— Ouille. Ce n'est même pas mon chat, en plus. Il est à ma mère, mais on dirait qu'il s'est pris d'affection pour moi. Enfin, pour ma cuisine plutôt. Il mange tout ce qui lui tombe sous la patte.

Sortant une lingette d'une boîte trônant au coin de la table, elle a essuyé les griffures puis m'a enveloppé l'avant-bras dans un mouchoir propre.

— Au fait, je me présente : Fiona Hawker.

Elle était petite et proprement mise, avec un visage rond, de courts cheveux bouclés et des joues rouges comme une poupée russe. Je lui ai rendu son sourire en tapotant délicatement mon bras bandé.

— Merci beaucoup. Addie Harington, et…

— Phoebe Roberts, enchantée, a carillonné Phoebe. Désolée pour les huîtres. Est-ce qu'on peut faire quelque chose pour Hughie ? Vous avez bien dit *Hughie* ? Ou *Harry* ?

Tout en parlant, Phoebe s'activait derrière l'étal, regroupant et entassant des papiers usagés, écartant une ou deux plantes mortes, s'emparant d'une balayette pour épousseter la table.

— Vous habitez ici depuis longtemps, Fiona ? a-t-elle demandé aussitôt.

D'abord troublée par l'autorité que s'arrogeait Phoebe sur son stand, Fiona a décidé de ne pas se formaliser.

— Vingt-cinq ans, à peu près. Mon père s'est installé ici quand j'en avais cinq. Mais ma mère y était née. C'est ma belle-mère, en vrai, et je…

Elle n'a pas terminé sa phrase : un miaulement strident est monté du panier qui s'agitait furieusement sous la table.

— Saleté de chat, a marmonné Fiona. Dites, je peux vous demander un énorme service ? Ma mère tient un stand sur le port. Je vais juste lui ramener Trixie et je reviens tout de suite. La monnaie est là… Il n'y en a pas beaucoup, mais ça devrait suffire. Super, merci ! Servez-vous à boire et mangez une brioche.

Elle a montré un panier en osier sous les tréteaux, à côté de celui du chat, puis a empoigné son fardeau trépignant et s'est éloignée dans une petite rue transversale qui rejoignait le port.

— Franchement, tu exagères un peu, non ? ai-je reproché à Phoebe une fois Fiona partie. Tu veux que les gens se sentent à l'aise et en confiance, d'accord, mais tu t'installes comme chez toi. Je ne savais plus où me mettre.

Phoebe n'a montré aucun remords.

— En tout cas, on avance. C'est toi qui parlais d'avoir une méthode. Là, on a trouvé quelqu'un dont la mère est née *ici*, il faut suivre cette piste ! On pourrait peut-être lui offrir un café. Pour se faire pardonner…

Elle m'a planté un doigt dans les côtes en souriant d'un air espiègle, puis s'est tournée vers une cliente qui tenait un pot de soucis.

— Oh oui, ils sont trop mignons, ceux-là. Et regardez-moi cette petite lavande. Je vous fais les deux pour six livres.

Au retour de Fiona, Phoebe avait vendu cinq pots de fleurs, deux mini-paniers garnis et un gros sachet de lavande séchée. Fiona était ravie.

— Vous vous débrouillez drôlement mieux que moi !

Profitant d'une accalmie dans le flot des chalands, Fiona a sorti d'autres paniers et réorganisé son stand.

— Vous avez beaucoup de sauge, ai-je observé.

— Oui, il y en a plein dans la colline derrière. Ça se plaît dans les endroits secs.

— Je sais. Ma mère en avait dans un coin du jardin.

L'espace d'un instant, j'ai revu les yeux lumineux de ma mère, à genoux devant son carré d'herbes aromatiques, pinçant une verveine, caressant les feuilles vert argent de ses petites sauges pour les encourager, me tendant ensuite sa main à respirer. « *Laquelle utilises-tu, Addie, dans ta sauce que papa aime tant ?* » Durant tout un été, j'avais concocté des sauces tomate aux parfums divers, persil, basilic, sauge, thym, que mon père dégustait avec une mine extatique. « *Passe-moi la serfouette, Addie, ma chérie. Je vais biner un peu.* »

J'ai attrapé un plant de sauge et plongé mon nez dans les feuilles, heureuse de retrouver ce fugace souvenir.

— J'en prends un, ai-je déclaré en voyant que Fiona me regardait d'un air intrigué, puis j'ai ajouté à l'intention de Phoebe : Je l'offrirai à Andrew. Il aime bien les cadeaux utiles.

Fiona a emballé le plant dans un joli papier jaune à pois rouges.

— Surtout, ne l'arrosez pas trop… Au fait, qu'est-ce qui vous amène par ici ? Vous n'êtes pas du coin, hein ?

— On fait une recherche, ai-je répondu très vite, avant que Phoebe n'ait le temps d'ouvrir la bouche. Une étude sociologique…

Devant la perplexité de Fiona, j'ai hésité. Phoebe s'est empressée de prendre la relève :

— Le déclin des classes supérieures dans l'Angleterre d'après-guerre. L'un des sujets de notre monographie s'appelle Elizabeth Sophie Holloway. Elle aurait passé quelque temps ici dans les années cinquante, et séjourné chez une famille qui possédait une belle demeure dans la région, les Shaw. Nous sommes en possession de lettres qu'elle a échangées avec un certain Harry et nous devons vérifier les infos sur le terrain.

Elle semblait tellement pro que j'ai failli applaudir.

— Elizabeth Holloway ?

Après avoir réfléchi un moment, Fiona a secoué la tête.

— Le nom ne me dit rien. Mais bon, je n'étais pas née à l'époque… Quelqu'un d'autre pourrait peut-être vous renseigner.

Phoebe a sorti la photo.

— C'est elle, là, au milieu. Avec Harry, à gauche. Vous reconnaissez un visage ? Même si ces gens sont plus âgés maintenant, évidemment.

J'ai senti qu'elle retenait son souffle.

Fiona a examiné la photo, puis l'a rendue à Phoebe.

— Non, désolée. Ils ne m'évoquent rien du tout.

— Et les Shaw ? La maison s'appelait Hartland et a été détruite par un incendie. Vous en avez entendu parler ?

— Oh là là, ça fait un bail. J'ai entendu parler de l'incendie, oui, quand j'étais petite, mais personne n'y habitait plus depuis longtemps. Écoutez… Il va bientôt y avoir moins de monde, et Kate doit revenir pour faire la fermeture pendant que j'aide ma mère à son stand. Je vous emmènerai voir Pat, à l'auberge Ship Inn, près de la jetée. Il connaît tout le monde. Et si vous avez besoin d'une chambre pour la nuit, c'est là qu'il faut aller.

— On a prévu de rentrer par le dernier train…, ai-je commencé.

— Mais un petit tour au pub, ça nous dit, a décrété Phoebe. Vous nous y retrouvez ? Disons, à cinq heures ?

29

Tout était silencieux. L'aube s'insinuait sous les rideaux quand je me suis réveillée en frissonnant, couchée en chien de fusil. J'ai voulu ramener la couverture sur moi mais elle a résisté quand j'ai tiré. Ma main qui cherchait mon réveil à ma droite n'a palpé que le vide.

L'aube. Les mouettes. Le bruit de l'eau. L'auberge-pub Ship Inn.

Je me suis forcée à ouvrir les yeux, découvrant avec un grognement la lumière grise du petit matin. La silhouette qui dormait à côté de moi dans le lit étroit ne bougeait pas. J'ai ramassé mes vêtements par terre et je suis sortie sur la pointe des pieds dans le couloir.

Il n'y avait personne dans la salle du pub. À l'arrière, côté cuisine, une série de bruits et de mouvements indiquaient que le petit déjeuner était en cours de préparation, mais je ne voulais pas attendre ici. Avisant un imperméable suspendu près de la porte – un vêtement de femme, selon toute apparence, et relativement propre –, je l'ai décroché et j'ai ouvert la porte.

Dehors, le ciel couleur de plomb se confondait avec le gris de l'eau. La fraîcheur humide de l'air n'était pas désagréable et, à l'est, l'horizon plus clair promettait une matinée ensoleillée. La terrasse du pub, jonchée de détritus entre les tables et les bancs déserts, conservait le souvenir de la fête qui s'était tenue la veille après le marché. Laissant derrière moi le Ship Inn et les maisons noyées dans la brume, je me suis engagée sur la jetée qui menait à la digue, tout au fond, à l'extrémité de laquelle se dressait un phare. De l'autre côté, une jetée parallèle fermait le port. J'ai pris mon temps, contournant les cordages et les flaques où grouillaient de minuscules organismes aquatiques. Le vent forcissait à mesure que j'avançais vers la mer, et j'étais reconnaissante envers la propriétaire de l'imperméable pour le prêt qu'elle m'avait consenti à son insu.

J'ai sursauté quand une mouette a pris son envol en criant près de moi. Des images de la veille me traversaient l'esprit. Phoebe sur la terrasse, aidant Pat au service, me souriant tandis qu'elle distribuait des bières et tentait chaque fois d'engager la conversation. Les villageois réjouis par le succès du marché. Les derniers rayons du soleil dansant sur l'eau dans le port. Le délicieux poisson frit mangé sur une marche au bout de la rue en écoutant quelqu'un jouer de la guitare. Phoebe offrant des verres à tout le monde dans le pub. À Fiona. À moi, lorsque j'avais proposé de ne pas rentrer par le dernier train mais de passer la nuit ici. À Pat (le patron du pub !) après avoir découvert la chambre minuscule qu'il nous proposait sous les combles. Oubliés, mon avenir à définir, la santé de mon père, le passé de ma mère. Assise parmi la foule, j'étais tout simplement heureuse de regarder ma jolie sœur jumelle payer une tournée après l'autre et m'adresser de petits signes de la main tout en parlant de l'Angleterre d'après-guerre, éméchée elle aussi et les yeux pétillants. Je ne m'étais pas autant amusée depuis longtemps.

La lumière commençait à filtrer à travers les nuages quand je suis arrivée sur la digue, éclairant la surface de l'eau transparente comme du verre autour des bateaux réfugiés dans le port. Au large, la mer grondait et charriait ses vagues sans répit, soulevée par de brusques risées qui jetaient des masses gris-vert ourlées d'écume à l'assaut des contreforts de la digue. J'ai contemplé les flots qui montaient vers moi et refluaient, inlassablement. Puis, sentant que le mouvement de la houle se communiquait à mon estomac, je me suis assise par terre contre le parapet et j'ai fermé les yeux.

Personne n'avait identifié ma mère hier, malgré les questions insistantes de Phoebe qui devenaient de plus en plus incohérentes à mesure que la soirée avançait. Elle avait ensuite cessé de mentionner l'étude socio-historique sur l'Angleterre d'après-guerre, demandant tout simplement des informations sur les Shaw et un certain Harry. La plupart des gens avaient entendu parler de Hartland, mais comme Fiona, ils n'y voyaient guère plus qu'une légende locale, le célèbre incendie survenu trente ans auparavant. Quelques hommes plus âgés avaient hoché la tête, indiquant que le patronyme « Shaw » ne leur était pas inconnu. L'un avait évoqué les chevaux d'Abel ; un autre se rappelait une grand-mère qui travaillait pour la famille dans les années vingt, ainsi qu'une fille du village engagée comme domestique pendant la guerre. Mais du fait de l'éloignement géographique, et compte tenu aussi du milieu social différent auquel appartenaient les Shaw, les habitants de Tideford Cross n'en savaient finalement pas beaucoup plus que Phoebe et moi.

— J'étais sûre de te trouver là, a chuchoté quelqu'un.

Phoebe avait le teint légèrement verdâtre et son mascara avait coulé, de sorte qu'elle ressemblait vaguement à une ressortissante d'un pays ravagé par la famine. Elle s'est éclairci la gorge, a lissé ses cheveux en les repoussant derrière ses oreilles, et m'a souri d'un air goguenard.

— Tu aères ta gueule de bois ?

Je n'ai pas pu m'empêcher de m'esclaffer devant l'accent rauque de sa voix, d'ordinaire si mélodieuse.

— Parle pour toi ! ai-je répliqué.

Quand j'avais finalement réussi à la coucher la veille, elle s'était effondrée tout habillée en travers du lit. J'étais revenue des toilettes quelques minutes plus tard et je l'avais poussée pour me libérer un peu de place. Elle ne s'était pas réveillée.

— Je ne bois jamais autant… Je ne sais pas ce qui m'a pris.

J'ai acquiescé en me retenant de rire.

Après un regard découragé à son pantalon froissé, elle s'est laissée tomber à mes côtés, dos contre le mur, face au village. J'avais dû me perdre dans mes pensées pendant un bon moment car, sur le quai, les activités matinales étaient déjà bien entamées. Les fenêtres du pub étaient éclairées et les gens ôtaient les bâches protégeant leurs petits bateaux. Un homme lavait à grande eau le flanc de son chalutier. Mais le calme régnait ici, sur la digue balayée par un vent frais dans lequel tournoyaient les mouettes.

C'est Phoebe qui a rompu le silence à nouveau.

— Le petit déjeuner sera servi dans une minute. J'imagine qu'on va se remettre en route pour la gare…

Elle a soupiré, puis haussé les épaules quand je me suis tournée vers elle.

— C'était ridicule de le chercher de cette manière, ou même de penser que c'est Harry ou que l'homme sur la photo est Harry. Tout ça remonte à si loin. Attendons plutôt que ton père soit rétabli. Là, on en apprendra peut-être plus.

Je ne supportais pas d'entendre la déception dans sa voix.

— Oh, Phoebe… Interrogeons encore quelques personnes. On n'a pas parlé au pasteur, par exemple. Qui sait, c'est peut-être un vieillard qui se rappellera le temps où les paysans payaient encore leur dîme à la maison du maître. Et on s'est bien amusées hier soir, non ?

Elle a ri de sa drôle de voix éraillée.

— Sacrée fête.

Puis elle s'est pris la tête à deux mains en gémissant.

Une mouette s'était perchée sur le mât d'un petit bateau juste devant nous. De l'autre côté du port, une fenêtre du pub qu'une main venait d'ouvrir a scintillé dans la lumière. Appuyée contre le mur, j'ai fermé les yeux et levé mon visage vers le ciel. Il pleuvait depuis si longtemps à Londres que j'avais presque oublié à quoi ressemblait le soleil. J'ai deviné au bruit d'une fermeture Éclair que Phoebe fouillait dans son sac.

— Ton pilote… comment il s'appelle déjà ? Greg. Il n'aime pas faire la fête ? ai-je demandé.

Comme elle gardait le silence, j'ai fini par ouvrir les yeux. Elle avait sorti la photo de ma mère et la regardait.

— Il s'appelle Craig. Et on a rompu.

— Ah oui ? Mais, quand on a parlé de lui… C'était il y a quelques jours seulement… Vous étiez toujours ensemble ?

Détachant ses yeux de la photo, elle a balayé le port d'un regard désabusé.

— Il n'est pas ce que je veux, a-t-elle répondu. Tout ça…, a-t-elle murmuré avec un geste qui englobait la photo, elle et moi. J'ai compris que je ne cherchais pas un type qui a déjà deux enfants d'un précédent mariage et qui n'en souhaite pas d'autres. Moi, je veux Charlotte et Henry, et je les veux maintenant.

— Bon…

— Ce jour-là, quand on a parlé au cimetière et que je t'ai raconté Charlie et tout… J'étais assise dans le train pour rentrer chez moi et je me suis rendu compte qu'en fait, j'avais envie que quelqu'un me pique la télécommande. *Très* envie. Je suis allée chez lui et je lui ai dit.

— Comme ça, d'un coup ?

— J'ai eu du mal… On veut tous se poser dans la vie, avoir quelque chose à quoi se raccrocher. Mais pour toi et moi, je crois qu'il y a maintenant de l'angoisse parce qu'on a perdu tout ce temps qu'on aurait pu avoir ensemble et avec elle. Des années où on s'est juste laissé porter par le flot, comme tu l'as exprimé hier. Je veux avoir des enfants. Je veux avoir ce que nous deux, on aurait pu avoir.

J'ai absorbé cette information en silence.

— Mais tu n'as personne avec qui les avoir, ai-je déclaré ensuite. Ou est-ce que je me trompe ?

À présent que je la connaissais un peu mieux, je n'aurais pas été étonnée d'apprendre qu'elle était tombée enceinte au cours des dernières vingt-quatre heures.

— Ce n'est déjà pas facile de trouver un homme avec qui s'entendre, alors un futur père de famille… Mais je te jure, si je n'en dégote pas un d'ici la semaine prochaine, je me débrouillerai toute seule. FIV, coup d'un soir…

J'ai secoué la tête d'un air vaguement incrédule.

— Tu es complètement dingue. Je vais être la tante d'un bébé éprouvette ? Il faudra que je concocte une petite purée de rutabaga maison… D'après Venetia, c'est ce qu'il y a de meilleur, après le lait maternel congelé. Je ne tolérerai pas que mes neveux ou nièces mangent des plats tout préparés.

Elle a ri en rejetant ses cheveux en arrière.

— Je n'ai que ça dans mon frigo et je ne vis pas si mal ! Mais toi, je te conseille de ne pas lâcher ton Andrew.

— Ce n'est pas « mon Andrew », et je te répète que je suis très contente comme je suis. Avec mon levain moisi. D'autant que j'ai un projet de café-boulangerie à concrétiser, maintenant. C'est une ère nouvelle qui commence.

— Oui, c'est ça… « *Je prends juste cette petite plante pour offrir à Andrew* », a-t-elle susurré, la bouche en cœur. Je peux le rencontrer bientôt ? Quelque chose me dit qu'il ne va pas disparaître de sitôt, celui-là.

— Et *moi*, quelque chose me dit que vous vous entendrez très bien tous les deux, ai-je soupiré avec résignation. Oui, on ira boire un verre quelque part.

Phoebe a réprimé une sorte de hoquet.

— S'il te plaît, ne parle pas de *boire*… Plus jamais. Allez viens, j'ai besoin d'un café.

Elle m'a tendu la photo avant de se lever et de hisser son sac sur son épaule. J'ai regardé l'étendue d'eau derrière les trois personnages, puis, me levant aussi, je suis restée plantée devant le parapet en contemplant tour à tour la photo et la vue qu'on avait de la digue.

— Phoebe !

— Quoi ?

Elle essayait d'enlever une tache sur son pantalon et maugréait entre ses dents.

— Je crois qu'elle est venue ici. Regarde… La photo a été prise exactement à cet endroit.

Après s'être penchée sur la photo, Phoebe a formé un cadre avec ses mains pour embrasser le champ saisi par l'objectif.

— Oui. Et ce qu'on voit là, ce serait cette bitte d'amarrage rouillée ! a-t-elle lancé d'une voix tout excitée.

— Et là, la trace rouge… Et les poteaux aussi… On ne dirait pas le coin de la jetée ?

Phoebe marchait de long en large, revenant chaque fois à la photo pour la comparer avec le paysage qui s'offrait à nous.

— Ils plissent beaucoup les yeux… Le soleil devait se trouver derrière l'objectif.

Je me suis sentie soudain parfaitement réveillée, en alerte.

— C'était peut-être tôt le matin comme maintenant. Regarde, le soleil apparaît au-dessus de l'eau…

Nous nous sommes regardées.

— Elle était ici, ai-je dit, ahurie. En 1958, elle était *exactement* là où nous sommes toutes les deux aujourd'hui.

Étranglée par l'émotion, les larmes aux yeux, j'ai pris la main de Phoebe et je l'ai serrée très fort. L'événement n'avait en soi rien d'extraordinaire, puisque nous étions venues la chercher précisément à Tideford Cross en suivant la piste de la photo. Mais après plusieurs jours passés à essayer de comprendre cette mère inconnue, après une année entière durant laquelle son souvenir m'avait constamment échappé, la tête me tournait à l'idée qu'elle s'était tenue ici, quarante-deux ans plus tôt, sur ces mêmes pavés que nous foulions à présent, comme si le temps n'existait plus et que nous étions *toutes les trois* réunies, dans l'odeur des embruns et la lumière de cette belle matinée ; il m'aurait alors suffi d'affûter mon regard et de tendre l'oreille pour la voir, pour entendre son rire emporté par le vent qui fouettait ses beaux cheveux.

Limpsfield, 4 août 1959

Depuis plusieurs jours, je peux à peine écrire tant je tremble d'excitation, de peur et de nervosité. Je crains que ce ne soit pas vrai, qu'il y ait une tout autre raison alors que ce serait si merveilleux. En même temps, je suis terrifiée par ce que j'ai fait et je sais au fond de moi que ce qui m'arrive durera encore six mois.

Quand je m'en suis aperçue au début, je n'y ai pas prêté attention. Mes émotions ont été tellement bousculées, entre la mort de Maman et ces sensations magiques que j'ai éprouvées, que je n'avais aucune régularité d'un mois à l'autre. Mais quand j'ai commencé à me sentir malade il y a quelques semaines, que j'ai eu de violentes nausées dès le matin et qu'un jour j'ai failli m'évanouir en cours, j'ai réfléchi et je suis parvenue à la seule explication plausible. Pourtant, même à ce moment-là, je ne pouvais pas y croire parce qu'il avait dit qu'il prendrait les « précautions nécessaires ».

Jusqu'à Purley, je me faisais une idée assez naïve et plutôt floue de ces « précautions », fondée sur mes conversations avec Judy et la lecture des romans d'Elizabeth Jane Howard, et, à dire vrai, je ne comprends toujours pas vraiment ce qui s'est passé. Maman est partie trop tôt, elle ne m'a pas détaillé la nature exacte de ces « précautions », se contentant de vagues allusions (qui ne m'ont pas du tout éclairée). J'ignore toujours de quoi il s'agissait véritablement, même après Purley. C'était agréable – du moins l'aspect romantique –, et tellement excitant et troublant que j'étais soulagée de penser qu'il prenait les « précautions nécessaires ».

Quoi qu'il en soit, malgré mon inexpérience, je devine ce qui m'arrive. Nous n'avons pas été beaucoup ensemble car il a été très occupé récemment, ce n'est donc pas difficile de calculer la date. Je ne sais pas ce que l'on fait dans une situation pareille et je n'ai personne à interroger, sauf Ellen, qui semble être assez instruite de ce genre de choses et digne de confiance. Ce que je sais, en revanche, c'est que je dois être absolument sûre avant de lui annoncer la nouvelle. Il n'y a qu'une seule solution, en réalité, mais je dois quand même être sûre.

9 août

C'est tellement évident, maintenant, que je le sais : mon chemisier me serre de plus en plus chaque semaine et le tissu tire sur les boutons au milieu, tandis que ma jupe aussi devient assez inconfortable. Je porte un corset, ce qui est pénible en toutes circonstances, mais particulièrement dans ce cas-là parce que je ne peux pas respirer normalement et que je dois me tenir très raide quand je suis assise, sinon il me cisaille la chair à l'endroit de la petite bosse dure qui commence à s'arrondir autour de mon nombril. Mais je ne pourrai pas continuer à le mettre longtemps car bientôt il ne m'ira plus. Déjà, j'ai peur qu'on le remarque, que le regard de Père tombe sur ma taille en passant à table et qu'il soit horrifié. Très vite, il faudra que je lui présente une promesse et un engagement. Je ne le vois pas aussi souvent que l'hiver et le printemps derniers, mais je comprends, il est très pris par son travail et par Hartland. Aussi je porte mon secret – notre secret – en attendant de pouvoir le lui dire.

10 août

J'ai fait semblant d'être malade à l'école aujourd'hui. Mrs. Phelps a trouvé qu'en effet j'étais un peu pâlotte et m'a dit de rentrer chez moi et de me reposer. Elle est toujours tellement gentille. J'ai filé à la gare, j'ai acheté un billet, et je suis montée à Londres – en train ! – pour voir un médecin dont Ellen m'a parlé. Si j'étais mariée, je pourrais être examinée au dispensaire d'Oxted, on me donnerait des vitamines avec du jus d'orange pendant que j'attendrais en compagnie d'autres femmes dans le même état que moi. Mais étant qui je suis – du moins qui je suis pour l'instant –, je ne vais pas à Harley Street, la célèbre rue des médecins à Londres, mais dans une petite impasse derrière la cathédrale St. Paul. Là, personne ne saurait qui je suis et on ne me poserait aucune question, m'avait expliqué Ellen.

Ce n'était pas si terrible, en fin de compte. On entrait par la porte de derrière, le médecin avait les mains froides et n'était pas des plus aimables, mais je m'en moquais complètement parce que maintenant que je l'ai vu et qu'il a confirmé, c'est encore plus réel ! Je lui ai demandé si je devais faire un test, mais il m'a dévisagée avec un sourire condescendant comme si je n'étais pas le genre de femme à qui on conseillerait un test, puis a déclaré qu'il n'y avait aucun doute, et qu'avec les dates fournies je pouvais me considérer enceinte de quatre mois et demi, peut-être cinq. « Félicitations, Mrs. Smith. » La femme qui avait ouvert la porte m'a regardée d'un drôle d'air quand je suis partie, mais je l'ai gratifiée de mon plus beau sourire parce que je me sentais bien, que le cabinet était joliment décoré, et que je vais avoir un bébé.

Une fois dehors, j'ai marché au hasard, un peu perdue au milieu de ces gens qui se hâtaient en tous sens et semblaient avoir un but bien précis. Il y avait des secrétaires, des dactylos, des employées de bureau, pressées et soigneusement mises ; tandis que, moi, avec le plus grand de mes chemisiers, ma jupe qui me serrait la taille par-dessus le corset, et un long gilet pour couvrir l'ensemble, j'essayais de ne pas ressembler à quelqu'un qui a séché les cours afin d'aller confirmer une grossesse inattendue dans le cabinet d'un médecin où l'on entre discrètement par la porte de derrière. Je revoyais le regard désapprobateur et méprisant de la réceptionniste, et à présent, debout sur le trottoir, contemplant les autobus rouges qui sillonnaient le Strand avec leur cargaison de passagers, j'étais rongée par l'anxiété parce que je savais – évidemment que je savais, même si j'ignorais les « précautions nécessaires » – que ce n'était pas censé se passer exactement comme ça. Que je devrais consulter au dispensaire d'Oxted, sous mon vrai nom, pas en me faisant passer pour Mrs. Smith qui rendait visite à son cousin dans des hôtels de Purley.

Il y avait une cabine téléphonique au coin d'une rue et je suis restée longtemps immobile à la regarder, bousculée par tous ces passants affairés. J'avais désespérément besoin de lui parler, juste pour entendre sa voix et être rassurée. Mais je me suis rendu compte que je n'avais jamais encore essayé de le contacter. Il était toujours venu à moi. Je me suis approchée de la cabine où un homme attendait déjà que la personne à l'intérieur termine sa conversation. D'autres gens sont arrivés derrière moi et j'ai préparé ma monnaie, à contrecœur, parce que je n'aimais pas beaucoup l'idée de devoir lui annoncer, dans une cabine à la porte de laquelle il y avait la queue, que je portais son bébé.

Au final, je n'ai rien fait du tout et je suis partie. L'homme qui me précédait dans la file m'a lancé un drôle de regard. J'ai senti que je rougissais, que j'avais presque l'air coupable, et j'ai eu la certitude que lui aussi m'avait percée à jour. Je me suis admonestée sévèrement en me dirigeant vers la cathédrale St. Paul. « Ne t'affole pas, me suis-je répété, tout va bien... » Je devais juste l'attendre, il viendrait demain ou après-demain. Je portais déjà le bébé depuis des semaines, depuis des mois même. Je pouvais bien patienter encore un jour ou deux pour lui dire, et pour qu'il s'occupe de tout.

Je savais que j'aurais dû rentrer chez moi, que Père risquait de découvrir mon absence, mais le dôme de la cathédrale était si près que je n'ai pas pu résister. St. Paul était demeurée debout quand Londres avait brûlé pendant la guerre. C'était un signe d'espoir, avait expliqué Maman, la promesse d'un avenir pour nous tous. Elle m'avait montré une photo qu'elle avait découpée l'année avant ma naissance, sur laquelle on voyait la majestueuse coupole se dresser fièrement au-dessus des flammes et de la fumée, alors que la ville entière était ravagée et terrorisée par le Blitz.

J'ai grimpé les marches de l'église, chassant les souvenirs que je conservais de mes visites avec Maman à peine quelques années plus tôt, ainsi que son projet jamais concrétisé de m'y emmener pour fêter mon anniversaire.

J'ai simplement vidé mon esprit et je suis entrée comme si j'avais ma place dans ce lieu, que je n'étais pas du tout une *catin*, mais une mère normale qui se réjouissait de donner bientôt la vie. J'ai déposé quelques pièces dans le tronc et je me suis avancée jusqu'à l'autel.

Là, sous la magnifique coupole dont Maman disait toujours que c'était une porte du paradis, je me suis enfin abandonnée à mon bonheur, à la perspective radieuse d'un avenir tout à fait réel dans lequel je fondais une famille avec mon mari.

30

Après cette découverte, Phoebe et moi ne pouvions plus envisager de rentrer à Londres. Nous avons pris un rapide petit déjeuner, rassemblé nos sacs et ma sauge en pot, j'ai rendu l'imperméable à son crochet près de la porte, puis nous sommes allées à l'épicerie du village dans l'espoir de glaner d'autres informations et de rencontrer le pasteur.

La boutique était petite, remplie de gens qui venaient chercher leur journal du dimanche. J'ai décidé de confier la direction des opérations à Phoebe et de la laisser entrer sans moi. Debout à la porte, je l'ai regardée parler à un jeune homme derrière le comptoir avec de grands gestes. Après avoir acquiescé plusieurs fois, le jeune employé a montré du doigt une vieille dame drapée dans une écharpe à motif cachemire qui serrait une petite boîte de thé contre sa poitrine. J'ai remarqué le sourire contraint de Phoebe lorsque la vieille dame a agité la main pour lui demander de hausser la voix, puis de répéter. Phoebe a sorti la photo et la femme s'est penchée pour l'examiner de son regard de myope. J'ai ri intérieurement. Même à cette distance, je voyais que Phoebe tremblait d'impatience, à moins qu'elle ne souffre tout simplement des effets de sa gueule de bois. Je me suis écartée de quelques pas afin de me tenir en plein soleil.

Ici, dans cet endroit lumineux qui sentait délicieusement la mer et où ma mère s'était promenée quarante-deux ans plus tôt, je n'étais pas aussi affolée d'avoir perdu tous mes repères. Sans Grace qui comptait sur ma présence à la boulangerie, je pouvais larguer les amarres et aller n'importe où, faire n'importe quoi, *être* n'importe qui. Et sans la pression constante de ma mère qui m'intimait l'ordre de m'épanouir dans la vie, cela me deviendrait justement plus facile, parce qu'en fin de compte, elle n'était pas celle à qui je devais obéir.

Brusquement, secouée par une décharge d'adrénaline qui a failli m'envoyer à terre, je me suis rappelé quelque chose. Quelqu'un, plutôt – oh, mon Dieu, non ! – qui m'était complètement sorti de la tête et m'attendait à cet instant même devant « le local parfait ». Comment pouvais-je avoir oublié ? J'ai sorti fébrilement mon téléphone, le visage brûlant et rouge de honte en découvrant tous les appels manqués, parce que j'avais perdu la notion du temps au cours des vingt-quatre heures qui venaient de s'écouler, même si j'avais eu l'intention de l'appeler, que j'aurais *dû* l'appeler et que je m'en voulais atrocement de…

La voix d'Andrew m'est parvenue entre les cris des mouettes, de mon côté, et le bruit de la circulation derrière lui.

— Addie ! Où es-tu ? Le vendeur reçoit quelqu'un d'autre à onze heures trente, on t'attend.

— Euh, Andrew… écoute… il faut que je te dise… Je suis vraiment désolée.

— Tu peux parler un peu plus fort ? Je t'entends à peine, a-t-il crié dans le téléphone.

— Je ne... excuse-moi, Andrew. Je ne suis pas à Londres. Je ne peux pas venir.

— Quoi ? Tu me raconteras après, d'accord ?

— Je ne suis pas à Londres, ai-je répété, très fort. Je suis désolée, Andrew. S'il te plaît, ne me déteste pas. Je ne viens pas ce matin.

Il y a eu un silence au bout du fil, suivi d'un grognement agacé.

— Oh, Addie. Je croyais qu'on... Où es-tu, alors ? Je cale un autre rendez-vous ?

Je l'imaginais debout dans une rue de Kensington, passant la main dans ses cheveux avec ce geste brusque qui tentait de masquer son irritation.

— J'aurais dû te le dire, ai-je lâché, au désespoir, puis, prenant mon courage à deux mains, j'ai ajouté : J'ai démissionné de Chez Grace.

— Déjà ? C'est super ! Bon, dépêche-toi de rentrer et...

— Mais je ne peux pas m'engager avec toi, Andrew. Je suis désolée.

— Enfin, Addie ! Tout est organisé. Je croyais...

— Je t'expliquerai tout demain... Tu comprendras. Et, Andrew, je suis désolée, *sincèrement*.

— J'ai entendu !

Il a raccroché sans rien ajouter et je me suis adossée au mur, tête basse, accablée par ma honte. Je ne voyais ni ne goûtais plus rien de cette belle matinée ensoleillée. Pourquoi n'avais-je pas osé refuser dès le début ? J'avais tergiversé, différé, et pour finir accepté, comme toujours, en espérant que le problème disparaîtrait tout seul.

Phoebe parlait toujours dans la boutique. Une femme coiffée d'un chapeau rouge à large bord qui lui tombait mollement sur le nez est passée près d'elle en se dirigeant vers la sortie, chargée de multiples sacs. Comme elle n'arrivait pas à ouvrir la porte, j'ai bondi pour lui prêter assistance, mais le jeune employé m'a devancée. Il a ouvert le battant et s'est incliné poliment.

— Au revoir, Mrs. Sinclair. À demain.

La femme qui s'appelait Mrs. Sinclair a relevé la tête et l'a remercié en souriant. Sous le chapeau, son visage était un entrelacement de minuscules rides, mais elle avait des yeux bleus au regard vif et un pas alerte lorsqu'elle s'est éloignée dans la rue.

— Je peux vous renseigner ? m'a demandé l'employé de l'épicerie en détaillant d'un air méfiant ma tignasse échevelée et mes joues rouges.

— Non, merci. J'attends juste quelqu'un…

Le chapeau rouge est apparu de nouveau dans une rue qui montait vers la falaise, a grimpé l'escalier et a poursuivi son chemin sur le sentier de la côte. Derrière moi, la clochette de la porte a tinté. Phoebe est sortie, avec un sachet de scones, deux bouteilles de Coca, et une expression maussade.

J'ai pris les scones.

— Alors ?

— Rien, a-t-elle répondu en dévissant le bouchon d'un des Coca.

— Tu n'as pas eu assez de caféine ce matin ? ai-je interrogé, tandis qu'elle buvait d'un trait la moitié de la bouteille.

— Pourquoi ?

J'ai fixé ostensiblement sa main qui tremblait, mais elle ne me regardait déjà plus et explorait la rue des yeux en consultant un bout de papier.

— Ils ne savaient rien dans cette stupide épicerie. Mais la caissière m'a dessiné un plan. Regarde, l'église est là… Elle a dit que le pasteur était en train de s'occuper des fleurs. On m'a parlé aussi d'un Mr. McEllen, qui écrit des articles pour la gazette locale, sauf qu'il est absent aujourd'hui. Franchement, il n'y a personne ici qui puisse nous aider. On ferait mieux de rentrer, non ?

— Puisqu'on est là, allons au moins voir le pasteur, lui ai-je opposé fermement. Et la mère de Fiona, elle a peut-être quelque chose à…

La fin de ma phrase a été noyée sous une avalanche d'aboiements, ponctués par une exclamation ravie de Phoebe. Elle m'a lâché le bras et s'est accroupie près d'un minuscule teckel.

— Oh, qu'il est mignon, il est trop chou ! a-t-elle susurré.

La maîtresse du chien était la femme au chapeau rouge, Mrs. Sinclair, qui avait troqué ses sacs de provisions pour une vieille laisse en cuir au bout de laquelle elle suivait l'animal, occupé maintenant à flairer les mains de Phoebe.

— Comment s'appelle-t-il ? a questionné Phoebe en prenant le teckel sur ses genoux et en collant son nez contre la petite truffe.

Mrs. Sinclair l'a dévisagée longuement avant de répondre :

— Scully. C'est une chienne.

Contrainte d'attendre la chienne, Mrs. Sinclair se tenait tout près de Phoebe, mais elle avait l'air de vouloir partir.

— Phoebe, suis-je intervenue tandis que celle-ci flattait les oreilles du teckel et le chatouillait sous le cou. On devrait libérer… Mrs. Sinclair, c'est bien ça, n'est-ce pas ? J'ai entendu l'épicier vous parler.

La chienne a aboyé joyeusement en frottant sa tête contre la main de Phoebe. Mrs. Sinclair tirait sur la laisse, sans quitter des yeux le visage de Phoebe.

— J'adore les chiens, a déclaré Phoebe, bien qu'aucune explication ne soit nécessaire. J'ai toujours voulu en avoir un, mais je suis trop souvent absente.

En guise de réponse, la chienne lui a tendu sa minuscule patte.

— Oh, mais tu es drôlement intelligente, toi ! s'est extasiée Phoebe. Oui, *toi*. Oh oui, tu es mignonne, oh oui, que tu es chou.

Sentant que l'affaire dérapait, j'ai haussé les sourcils en regardant Mrs. Sinclair.

— Elle est parfois un peu trop démonstrative, s'est-elle excusée avec une grimace.

Commentaire qui s'appliquait tout aussi bien à Phoebe, ai-je songé.

— J'ai entendu que vous posiez des questions à propos des Shaw, a repris Mrs. Sinclair.

Un frisson m'a saisie.

— Oui ?

— Que voulez-vous savoir, exactement ?

Phoebe s'est redressée, laissant la petite chienne toute désappointée. Elle prenait déjà son souffle pour répondre, mais j'ai posé une main ferme sur son bras avant qu'elle n'ait le temps de se lancer dans une de ses déclarations alambiquées.

— Nous préparons une monographie sur les familles de la classe supérieure en Angleterre d'après-guerre, ai-je expliqué calmement. Nous nous sommes intéressées aux Shaw et à leur entourage. En particulier, nous essayons de retrouver la trace d'une femme qui est venue ici et aurait séjourné chez eux entre 1958 et 1960.

— Une femme ? a répété Mrs. Sinclair.

La petite chienne tournoyait autour de nos pieds.

— Elle s'appelait Elizabeth Holloway.

Baissant la tête, Mrs. Sinclair a tiré sur la laisse pour empêcher Scully de mordiller la chaussure de Phoebe. Je ne distinguais pas ses yeux sous le chapeau, mais j'ai remarqué qu'elle avait tressailli en entendant le nom de ma mère et qu'un pli crispait sa bouche.

— Vous vous rappelez l'avoir vue ici ?

Mrs. Sinclair s'est penchée pour prendre la chienne dans ses bras.

— Non, je suis désolée, je ne la connais pas, a-t-elle répondu. Je… je n'avais pas entendu parler des Shaw depuis des années et je m'étonnais que quelqu'un les cherche, alors qu'ils sont partis depuis si longtemps. Ils ne fréquentaient pas beaucoup…

— Les locaux, oui, on sait, a coupé Phoebe. Mais si vous vous souvenez de quelque chose, n'importe quoi…

— Je regrette, je ne pense pas pouvoir vous renseigner. Bonne chance, en tout cas.

Mrs. Sinclair a reposé doucement le petit teckel par terre et s'est éloignée.

C'était sans compter sur la ténacité de Phoebe.

— Pardon d'insister…, a-t-elle dit en la rattrapant avec une précipitation qui démentait ses excuses. Vous connaissiez les Shaw personnellement ?

— Désolée.

Mrs. Sinclair a accéléré le pas, regrettant visiblement de s'être arrêtée pour nous parler, et elle a grimpé un raidillon en tirant sur la laisse du petit teckel. Scully aboyait et jetait des regards implorants à Phoebe qui les suivait. J'ai attrapé mon sac, ma sauge en pot, et me suis précipitée sur leurs talons. Nous avions presque atteint le sentier côtier en haut quand Mrs. Sinclair a ouvert le portail d'un petit cottage gris et est entrée dans le jardinet. Puis, refermant le portail, elle nous a fait face, tandis que Scully se couchait à plat ventre, langue pendante.

— Nous sommes vraiment désolées de vous embêter, ai-je lancé, hors d'haleine. Nous essayons juste de trouver des informations qui nous manquent. Elizabeth Holloway est venue ici en 1958. Elle est morte l'année dernière et… elle a laissé quelques questions sans réponses…

Soudain, Mrs. Sinclair a approché son visage du mien par-dessus le portail, si près que j'ai dû reculer.

— Liz est morte ?

31

Penchée par-dessus le portail, Mrs. Sinclair a pris Phoebe par le bras.

— C'est vrai ? Liz ? Elle est partie ?

Phoebe était complètement ahurie.

— Oui… oui, mais qu'est-ce que…

— Je dois vous laisser, a soufflé Mrs. Sinclair, puis elle s'est dirigée vers la porte d'entrée en sortant une clé de sa poche.

— Non, s'il vous plaît ! me suis-je écriée. Si vous savez quelque chose, ce serait tellement important pour nous. Écoutez… Cette histoire de monographie, ce n'est pas vrai. En fait…

Sur le seuil, un pied déjà dans la maison, Mrs. Sinclair nous offrait son dos immobile. Le teckel s'est jeté sur une gamelle d'eau à côté de la porte et a lapé bruyamment.

— Elizabeth était ma mère, ai-je lâché, puis j'ai entendu le petit soupir de Phoebe et me suis reprise : Notre mère.

Le moment a paru durer une éternité. La brume du matin avait fondu au soleil et quelques légers filaments de nuages flottaient dans le ciel bleu. Une plate-bande fleurie se blottissait à l'abri d'un vieux mur en brique sur le côté du jardinet. Mrs. Sinclair ne bougeait pas, la main sur la poignée. Enfin, elle s'est avancée dans la maison et a pivoté pour nous tenir la porte ouverte.

— Vous feriez mieux d'entrer.

Une fois à l'intérieur, nous sommes restées à nous dandiner d'un pied sur l'autre, très gênées, tandis que Mrs. Sinclair suspendait sa veste et disparaissait par une porte au fond. Il faisait sombre ici, après la clarté du dehors. Bientôt Mrs. Sinclair a repassé la tête par la porte et nous a indiqué un petit salon sur la droite.

— Asseyez-vous, et mettez-vous à l'aise.

J'ai regardé Phoebe. Elle avait toujours l'air sonnée et s'est assise, raide comme un piquet, sur l'un des canapés. En me tordant le cou, je voyais Mrs. Sinclair se déplacer dans une pièce qui paraissait être la cuisine, puis j'ai entendu le bruit d'une porte qui s'ouvrait et le cliquetis de bouteilles en verre. Phoebe avait pris Scully sur ses genoux et la caressait, machinalement, en lui aplatissant les oreilles.

La maison n'était pas grande. Elle devait se composer autrefois de deux petites pièces, dont les cloisons avaient ensuite été abattues afin de créer une salle de séjour plus grande. Les canapés étaient logés entre les deux fenêtres en renfoncement, et les rayons du soleil convergeaient étrangement sur la table basse en verre, captant la lueur dorée dans les cheveux de Phoebe et la blancheur de sa main qui caressait le chien. À gauche de la porte se trouvait une table assortie de quelques chaises qui n'avaient pas l'air de servir souvent.

J'ai posé mon sac et ma plante et je me suis promenée dans la pièce, allant et venant entre les canapés, les étagères, la table, jusqu'à ce qu'enfin je m'oblige à m'arrêter devant la vaste cheminée qui occupait le mur du fond. Je ne voyais qu'un seul radiateur dans un coin et je me suis demandé comment elle réussissait à se chauffer quand la tempête faisait rage sur la côte. Il y avait des tableaux un peu partout, mais peu de photos. Deux enfants devant une cabane en rondins. Un cliché en noir et blanc montrant une famille devant une grande maison, sur lequel j'ai reconnu Mrs. Sinclair, plus jeune, à côté d'un homme qui était sûrement son père. Aucun des autres visages ne m'évoquait quoi que ce soit, ce qui n'était pas surprenant, mais je les ai examinés malgré tout en espérant découvrir un signe. Puis j'ai repris mon exploration, effleurant du doigt le dos des livres sur les étagères, scrutant les tableaux à l'huile sur les murs, les bibelots et les figurines disposées çà et là. Je n'étais pas une experte, mais il m'a semblé que la plupart des tableaux avaient une certaine valeur. J'ai noté aussi une magnifique coupe en argent contenant une jolie collection de coquillages et de galets, et un vaisselier ancien où étaient exposés des assiettes et des plats en porcelaine délicate.

Je venais de saisir une brosse et un peigne en argent sur le petit bureau dans le coin gauche de la pièce, quand une petite toux de Phoebe m'a alertée. J'ai aussitôt reposé les objets et me suis précipitée pour soulager Mrs. Sinclair de son plateau. Elle a mis un bon moment à dresser la table basse pour le thé, alignant soigneusement les cuillères en argent à côté des assiettes, pestant contre la grosse théière en argent qu'elle a tournée pour nous cacher sa face piquée.

— J'ai rarement des invités, a-t-elle expliqué en guise d'excuse, tout en poussant vers nous le pot à lait et le sucrier. Servez-vous, je vous en prie, et prenez un rocher aux raisins.

Après un coup d'œil aux biscuits, qui m'ont paru peu engageants, j'ai refusé poliment et me suis contentée d'une tasse de thé. Nous nous sommes passé le lait et le sucre, et je me suis rappelé notre après-midi avec Mrs. Roberts. Phoebe avait les yeux fixés sur Mrs. Sinclair. J'ai vu que le tremblement de ses mains se communiquait au corps de Scully, couchée sur ses genoux, ce qui ne semblait pas gêner la petite chienne parce qu'elle s'était endormie et que seule une de ses oreilles tressaillait de temps à autre.

Suivant mon regard, Mrs. Sinclair a dit :

— Vous pouvez la poser, si vous voulez. Elle a un lit, même si elle n'y dort presque jamais.

— Ça va, a répondu Phoebe en serrant Scully encore plus fort.

Mrs. Sinclair nous a observées attentivement tour à tour.

— Vous êtes les filles de Liz.

Ce n'était pas une question, mais un constat qui semblait la bouleverser, accentuant les rides sur son front et creusant deux sillons de part et d'autre de sa bouche

— Oui. Adele, c'est moi, et Phoebe…

Mrs. Sinclair a haussé les épaules. À présent qu'elle avait ôté son chapeau, j'ai remarqué ses yeux, d'un bleu profond, qui ne cillaient pas. C'était une assez belle femme, plutôt trapue, d'où émanait une impression de solidité et de bon sens. Les pattes d'oie qui marquaient son visage apparaissaient plus visibles dans la lumière tamisée de la pièce, mais on voyait que sa peau avait dû être magnifique. Ses vêtements, malgré leurs teintes passées, n'avaient rien perdu de leur élégance et s'ajustaient parfaitement à sa silhouette.

— Quelle est votre date de naissance ? *Vos* dates de naissance, je veux dire ?

Elle parlait très lentement et, m'a-t-il semblé, avec effort. Lorsque j'ai répondu « le 14 février 1960 », elle a lâché un soupir accablé, comme si elle s'y était attendue.

— Nous sommes jumelles, ai-je ajouté.

Toute la tension qui maintenait Mrs. Sinclair assise très droite dans son fauteuil est retombée, et elle a eu l'air de s'affaisser sur elle-même. Attrapant sa tasse de thé, elle l'a serrée à deux mains comme une bouée à laquelle se raccrocher.

— Jumelles ? Je n'arrive pas à y croire. Mais alors… oh, mon Dieu.

Mrs. Sinclair a écouté mon récit sans un mot.

— Alors, quand nous avons trouvé les messages et la photo, nous avons décidé de venir enquêter sur place, ai-je conclu.

Les bras crispés contre sa poitrine, Mrs. Sinclair a enfin parlé.

— Les messages ?

— Oui. Adressés à ma mère par un certain Harry, qui demande à la voir.

J'ai pris ma tasse. La cuillère a tinté sur la soucoupe et Scully a levé la tête. Le soleil qui avait tourné dans la pièce jetait une ombre sur la bouche et le menton de Mrs. Sinclair.

— Les messages, a-t-elle répété. Vous les avez… avec vous ?

Phoebe a sorti son cahier de son sac et en a délicatement extirpé les cartes conservées par ma mère. Elle s'apprêtait à lire les premières phrases quand Mrs. Sinclair a tendu la main.

— Puis-je les voir ? S'il vous plaît ?

Après une légère hésitation, Phoebe lui a donné les cartes et Mrs. Sinclair a attrapé ses lunettes sur la console.

Elle a gardé longtemps les yeux fixés sur les cartes après avoir lu. Lorsqu'elle les a enfin posées sur la table et a enlevé ses lunettes, son visage, qui jusque-là avait marqué une réserve prudente, offrait une expression complètement différente. Je me suis tortillée sur mon siège, mal à l'aise.

— Que voulez-vous savoir ? a-t-elle demandé.

— Phoebe pense… et moi aussi, en fait… que Harry est peut-être notre père.

Mrs. Sinclair a sursauté.

— Votre *père* ?

— Oui… c'est notre supposition, ai-je répondu, sur la défensive.

— Mais qu'est-ce qui vous fait croire une chose pareille ?

Phoebe s'est penchée en avant afin de poser le teckel par terre et a ouvert la bouche, pour la première fois depuis que nous étions entrées dans la maison.

— Vous le connaissez ? Comment savez-vous qu'il n'est pas…

— Je le sais, a coupé calmement Mrs. Sinclair. Parce que je *suis* Harry.

Limpsfield, 13 août 1959

Ce même jour l'année dernière, ma mère est morte. C'est aussi mon anniversaire, et une fois de plus, je me suis réveillée le matin, trop pleine d'un bonheur imminent pour que le monde puisse le tolérer ; une fois de plus, je me suis laissé aller à des émotions que je n'aurais absolument pas dû accueillir, pas aujourd'hui, alors que ma mère est morte il y a trois cent soixante-cinq jours.

Mais à la fin de la journée, tout était fini. Peut-être n'aurais-je pas dû m'étonner, mais je ne parvenais pas à croire malgré tout qu'il soit possible, une fois de plus, de tomber de si haut en si peu de temps. D'être à St. Paul, sous cette splendide coupole aux couleurs resplendissantes dans la lumière entrant par les petites fenêtres, avec la certitude d'un avenir radieux. Et ensuite d'apprendre, frappée par un couperet semblable à la mort de ma mère, que cet avenir n'arrivera jamais.

Parce qu'il est marié. Il était déjà fiancé quand il est venu me voir la première fois et il s'est marié cet été, et je n'en savais rien, je ne m'en suis jamais doutée, car si je l'avais su, je n'aurais jamais fait ce que j'ai fait. Je ne me serais jamais autorisée à éprouver ce que j'ai éprouvé.

Quand nous nous sommes vus et que je lui ai parlé du bébé, je sentais que j'avais les yeux brillants. Mon corps tout entier attendait qu'il me prenne dans ses bras, passe une bague à mon doigt et m'emmène à Hartland, ou quelque part loin de Limpsfield, n'importe où. Je m'en moquais, du moment que c'était un endroit chaud et ensoleillé, et nous jouerions avec notre bébé, prendrions le train pour aller où nous le déciderions et où nous serions heureux pour toujours.

Comment ai-je pu être aussi stupide, aussi incroyablement naïve, pour ne pas l'interroger davantage sur sa vie en dehors de nos trois cent vingt-cinq pas jusqu'à l'arrêt d'autobus et de nos heures furtives à l'hôtel de Purley ? Comment n'ai-je pas vu clairement ce qu'était notre relation ? Des miettes qui pour moi étaient tout parce que je n'avais rien d'autre, mais qui n'étaient pas plus que cela pour lui, des miettes, à côté de toute une autre vie, une vie remplie par une relation adulte, par un engagement envers une femme et une famille à Hartland.

Au moins, ça n'a pas été facile pour lui de me l'avouer, j'ai pu m'en rendre compte. Il avait un air coupable, accablé, désespéré, et même un peu pathétique. Je ne l'avais jamais vu désespéré, lui qui était toujours souriant et confiant, à qui tout réussissait avec une facilité presque naturelle. Mais quand il a parlé de Hartland, des difficultés financières de sa famille et de son mariage de convenance qui avait sauvé la maison et ses parents, qui offrait un avenir aux Shaw, il marmonnait et se tortillait sur sa chaise. Il avait honte.

Moi, je ne pourrai jamais offrir un avenir aux Shaw. Je ne fais même pas partie de leur présent, je ne suis qu'une intruse dans ce monde d'adultes, élégant et raffiné, où des hommes mariés emmènent des filles de dix-sept ans dans des hôtels de Purley, assurent qu'ils prennent les « précautions nécessaires », et ensuite les abandonnent avec un bébé.

Ainsi, en quelques jours à peine, je suis devenue un danger pour lui, une menace à son beau mariage, parce qu'il ne peut pas s'en dégager, ni pour moi ni pour un enfant qui a besoin de lui. Il dit qu'il est tombé amoureux de moi l'été dernier, que j'étais tellement différente des femmes artificielles et toujours si chic qu'il croise continuellement dans son entourage. Moi, j'étais authentique et pleine de vie, je ressentais vraiment les choses, je les comprenais comme lui. Il dit qu'il n'a pas eu la force de résister, alors même que son père lui avait interdit de me voir, et qu'il m'aime encore.

Je ne sais pas ce que je crois. Son amour était peut-être sincère. Ou bien je l'ai inventé, moi qui aspirais tant à m'échapper, qui avais tant besoin de ce petit rayon de lumière perçant ma tristesse après la mort de Maman. J'aurais cru n'importe quoi. J'avais désespérément besoin d'être aimée.

Avec le recul, je me demande si les indices n'étaient pas visibles tout du long, pour qui aurait su regarder : depuis la colère d'Abel que j'avais surprise dans les écuries, jusqu'à maintenant où je m'aperçois que je ne lui ai jamais téléphoné, jamais écrit, que je l'ai caché entre les pages de mon journal au fond d'un vieux vase rempli de fleurs séchées. Ma fascination pour ce qui est secret et interdit l'a-t-elle arrangé, en servant son propre besoin de discrétion ? Dans tous les cas, peu importe qu'il m'ait aimée ou qu'il m'aime encore, puisqu'il n'est pas disposé à me prendre, ni moi ni le bébé. Il veut que je m'en débarrasse. Il a peur que quelqu'un l'apprenne, et que ce soit la fin de son mariage et la fin de Hartland. Il m'a expliqué qu'il existait plusieurs méthodes, même à ce stade avancé. Boire une bouteille de gin dans un bain de moutarde ou se laver avec un savon spécial. « Tout le monde y a recours », a-t-il dit. On trouve même des personnes qui se proposent d'aider les femmes comme moi. Il était rouge et très gêné, parce que ces personnes qui manient les aiguilles à tricoter sont des criminelles et il le sait parfaitement. Et comment ose-t-il parler des « femmes comme moi », comment peut-il tenir de tels propos et dénigrer ce qu'il y a eu entre nous, n'assumer aucune responsabilité ? J'ai éprouvé un plaisir morbide, affreusement amer, quand je lui ai déclaré que je refusais. Je ne pourrais jamais faire ça, et pas seulement parce que c'est un crime ou que je redoute la vie qui m'attend. Comment, après l'année que je viens de connaître, marquée par la maladie, l'agonie, la mort, comment pourrais-je me débarrasser de cette nouvelle vie qui dépend entièrement de moi ? Je n'ai peut-être pas beaucoup de raisons de croire en Dieu et en sa sagesse ces temps-ci, mais il y a une part de mon être qui y croit depuis dix-huit ans, et cette part-là sait que je ne peux pas, que je ne le ferai pas. Maman n'approuverait pas ma conduite à l'hôtel de Purley, et j'ai le visage brûlant lorsque j'imagine comment elle réagirait à ma situation d'aujourd'hui. Mais je sais, tout au fond de mon cœur j'en suis absolument convaincue, qu'elle n'aurait jamais voulu que je me débarrasse de ce bébé.

Après, je suis montée dans l'autobus, je me suis assise derrière le chauffeur et je suis partie dans la nuit. Il me semblait que quelque chose s'était brisé en moi. Quand Maman est morte, c'était une douleur constante qui ne s'en allait jamais, un état perpétuel de manque et de chagrin, une infinie nostalgie comme un gémissement aigu auquel on ne peut échapper. Là, quand j'ai entendu le mot « marié », ça a été différent. Un coup de poing dans mon ventre, très violent, qui m'a laissée étourdie et désorientée. Assise dans le bus, sans me retourner cette fois lorsqu'il a démarré, j'ai eu l'impression que mes entrailles s'étaient déchirées, que leurs bords déchiquetés me vrillaient plus profondément encore, plus loin que le bébé. J'étais pliée en deux de douleur et j'aurais voulu que le trajet dure éternellement, parce qu'à l'arrivée je devrais descendre, rentrer chez moi et trouver une manière d'annoncer à mon père, au cours d'un dîner de dix-sept minutes et demie, que j'étais enceinte et portais l'enfant d'un homme marié.

32

— C'est *vous* qui avez écrit ces messages ?

Pour moi, Harry était un jeune homme de haute taille debout sur la digue, pas cette petite femme aux cheveux gris-brun et aux mains très rouges.

— J'étais Harriet Shaw autrefois, mais je crois que personne ne le sait ici parce que j'ai repris mon nom de jeune fille lorsque je me suis installée ici. Quand j'étais jeune, on m'appelait « Harry ». Un de ces ridicules surnoms dont on vous affuble au pensionnat et qui vous colle à la peau. Mais il ne me déplaisait pas, en réalité, il me faisait paraître plus enjouée que je ne l'étais vraiment.

Elle allait poursuivre quand Phoebe l'a interrompue en brandissant la photo.

— Mais là, regardez. Cet homme. Qui est cet homme ?

Harriet Sinclair a pris la photo et l'a regardée longuement. Scully s'était rendormie. Dehors, un groupe de randonneurs approchait dans le raidillon, en route vers le sentier côtier. Ce que j'avais vu auparavant sur le visage d'Harriet est revenu, une combinaison d'angoisse et de réticence. Mais elle s'est dominée et, lorsqu'elle a parlé à nouveau, elle avait retrouvé une parfaite maîtrise de sa voix.

— Il y a des années que je n'ai pas vu cette photo. Oui, c'est votre père. Vous avez raison. Mais son nom n'est pas Harry, c'est John, John Shaw, mon mari. Et là… Vous le croirez si vous voulez, c'est moi. J'ai toujours aimé porter des chapeaux, a-t-elle enchaîné en montrant la jeune fille à gauche, dont on distinguait mal le visage dans l'ombre d'un immense chapeau de paille.

Harriet Sinclair a servi une autre tasse de thé à Phoebe et, sans demander, y a ajouté un sucre.

— Hartland appartenait aux parents de John. Je n'y ai pas habité très longtemps, moins d'un an. Je vivais dans un appartement à Londres mais… bref. Je connaissais John depuis des lustres quand nous nous sommes mariés. J'avais fréquenté une école voisine de la sienne, nous avions beaucoup d'amis en commun et nous nous retrouvions pour passer le week-end dans diverses maisons à la campagne, ou à Londres. Je n'aurais jamais imaginé que nous formerions un jour un couple, même s'il m'impressionnait énormément. Il était très séduisant – charismatique, drôle, sûr de lui, et quand il vous regardait, vous aviez toujours l'impression qu'il vous préférait aux autres. Les Shaw avaient eu beaucoup de mal à se remettre de la mort de Christopher, le frère aîné de John, qui avait été tué pendant la guerre, en 1945. Il n'avait que dix-neuf ans.

J'ai senti que Phoebe s'agitait à côté de moi. Elle s'est penchée en avant avec un air d'intense concentration.

— Mais cet été-là, a continué Harriet en tapotant la photo, l'été 1958, a été absolument radieux. Je travaillais pour la société de mon père, qui était marchand de laine ; John venait de rentrer de Cambridge et allait entamer sa carrière dans la banque de son oncle à Londres, à l'automne. Les Shaw ont eu beaucoup d'invités à Hartland. Ma mère, qui était très proche de Janet Shaw, nous avait emmenées, ma sœur Beatrice et moi, et John avait aussi convié des amis de l'université. Janet adorait que sa maison soit pleine ; elle adorait les jeunes. Je crois qu'elle la trouvait un peu trop calme, sinon. Trop de temps pour penser à Christopher, trop de souvenirs… Et nous avons eu un de ces étés qu'on n'oublie jamais, où il était impossible d'être triste. Un ciel bleu sans nuage, avec à peine une brume passagère certains matins. Des journées splendides les unes après les autres, occupées à des activités diverses ou simplement à paresser. Nous sentions tous que nous étions au bord de franchir un seuil, qu'ensuite les choses changeraient. Nous, les filles, nous allions travailler et nous marier, les garçons deviendraient terriblement sérieux dans leur métier et nous serions bientôt trop vieux, trop adultes, pour nous amuser. Mais cet été-là, le dernier, nous n'avions pas à penser à l'avenir, les soirées étaient douces, et nous restions assis sur la terrasse d'Hartland à regarder le crépuscule envahir le magnifique jardin, sachant qu'une autre journée tout aussi parfaite nous attendait le lendemain.

L'espace d'un instant, les yeux brillants à l'évocation de ces souvenirs, Harriet Sinclair a paru jeune et heureuse. Mais lorsqu'elle a vu que nous étions suspendues à ses lèvres, elle a eu l'air de se rappeler la raison de notre présence. La vitalité et les illusions de la jeunesse se sont aussitôt envolées, ramenant la femme plus âgée aux cheveux gris-brun et aux épaules massives.

— Les meilleures choses ont une fin, bien sûr. Je l'ignorais avant que mon père vienne m'en parler, mais les Shaw étaient déjà terriblement endettés. Les chevaux d'Abel coûtaient très cher, et Janet dépensait sans compter, en vêtements, en bijoux, en réceptions ou sorties mondaines. L'entretien de Hartland pesait lourd dans le budget de la famille, d'autant qu'ils conservaient un appartement à Londres. Janet était quelqu'un d'adorable, vraiment, mais elle était trop généreuse, l'argent lui filait entre les doigts plus vite qu'il ne rentrait, elle creusait des trous énormes dans le compte lors de ses séjours à Londres avec ses amies de la haute. Alors…

Harriet n'a pu retenir un mince sourire.

— Cet été-là, Janet et ma mère ont commencé à évoquer mon éventuel mariage avec John.

Voyant ma surprise, elle a poursuivi avec une pointe d'amertume :

— On ne croirait pas que cela se passait seulement il y a quarante ans, je sais, mais à l'époque ce n'était pas si étonnant. Les parents ne vous obligeaient pas nécessairement. Ils se réjouissaient, cependant, si leurs enfants se pliaient à une stratégie qui arrangeait tout le monde. Ils ne m'en ont pas parlé tout de suite, mais ils faisaient leurs plans entre eux et quand j'en ai été informée la première fois, plusieurs mois plus tard, ce projet n'était pas pour me déplaire. J'étais tout à fait ravie d'épouser John. J'aurais adoré que l'idée vienne de lui, évidemment, je n'aimais pas trop que l'on me confonde avec notre argent, mais il y avait pire, et si je gagnais John dans le marché, tant mieux.

Elle a haussé les épaules en jouant avec l'anse de sa tasse, puis a continué :

— Et puis, un jour, alors que nous étions à Hartland depuis une semaine, Liz est arrivée. Constance était ma marraine. C'était une très bonne amie de ma mère, même si nous ne l'avions pas vue depuis une éternité parce qu'elle était très malade, atteinte d'un cancer pour lequel elle devait enfin accepter d'être hospitalisée durant sa phase terminale. La longue maladie de sa mère avait beaucoup affecté Liz et Constance ne voulait pas qu'elle soit présente durant les dernières semaines. Elle avait donc demandé à ma mère de la prendre avec moi pour l'été.

« Janet et Abel avaient un sens aigu de l'hospitalité. Ils s'étaient déclarés très heureux de l'accueillir. Et je crois que Janet, ayant perdu un fils, pouvait comprendre Liz mieux que nous tous. Elle est donc venue, et elle était si fraîche… Encore lycéenne et beaucoup plus jeune que nous. Je l'avais rencontrée une fois, quand elle avait une douzaine d'années. C'était une gamine adorable, vive et spontanée. Assez originale, en fait. George Holloway se montrait très strict envers elle. Comme elle était enfant unique, elle a dû passer beaucoup de temps avec sa mère pour seule compagnie, si bien qu'elle se comportait déjà de manière très adulte. Elle n'était pas du tout gênée ou mal dans sa peau, comme les filles au tournant de la puberté. La maladie de sa mère l'avait changée, très clairement, parce qu'elle était devenue beaucoup plus silencieuse. Pas vraiment timide, non, mais sur ses gardes. Attendant que la vie lui assène le coup final. Janet s'inquiétait que Liz reste si souvent dans son coin, elle allait lire dans le jardin ou chercher des livres dans la bibliothèque. Nous avions tous pour instructions de la distraire, de veiller à ce qu'elle soit toujours entourée et d'empêcher qu'elle se morfonde en pensant à sa mère. Je lui proposais parfois de se promener avec moi, parce que ma mère connaissait si bien sa mère, mais je la laissais tranquille, aussi. Elle vivait quelque chose de très dur chez elle et je comprenais qu'elle avait besoin de temps, seule, pour se ressourcer.

J'étais perplexe. Ce portrait ne correspondait pas à ma mère, à ses humeurs changeantes et à ses agacements. Je reconnaissais pourtant sa façon de préserver son intimité et sa liberté, sauf qu'Harriet y voyait un besoin de se ressourcer, non pas un refus de ses obligations domestiques ainsi que je l'avais toujours interprété. J'ai eu un peu honte d'avoir reproché à ma mère ce désir de solitude, parce qu'après tout, je l'éprouvais moi aussi au terme d'une journée dans la cuisine de la boulangerie.

— Constance était quelqu'un de formidable. Ma mère disait toujours qu'elle ne comprenait pas comment George Holloway, qui était raide comme un coup de trique, avait réussi à la conduire devant l'autel, compte tenu de leurs différences. Elle était instruite, drôle, chaleureuse, intelligente. Alors que lui était affreusement vieux jeu – en ce qui concernait les filles et les femmes notamment –, il refusait qu'elle travaille, il ne voulait pas que Liz fasse des études, et il les maintenait cloîtrées dans cette maison à Limpsfield. Il ne savait évidemment pas s'y prendre avec une jeune fille sur le point de perdre sa mère bien-aimée. Liz ne voulait pas venir à Hartland. Elle a raconté à Janet qu'elle redoutait sans cesse qu'il arrive quelque chose, et qu'elle n'ait pas le temps de rentrer et de dire au revoir. « Un changement à la maison », c'est ainsi qu'elle parlait. Je crois que George n'aimait pas qu'elle évoque la mort, parce que… En fait, je ne sais pas pourquoi. George était vraiment *bizarre*.

Une grosse boule me serrait la gorge et j'avais les yeux brûlants.

— Ça a dû être atroce… *Lui*, il devait être atroce.

— Oui, a confirmé Harriet. Mais le séjour à Hartland semblait remonter le moral de Liz. Petit à petit, elle est sortie de sa coquille, elle était émerveillée par toutes ces choses qui allaient de soi pour nous. Les jardins, le bateau, les pique-niques… C'était touchant. À croire qu'elle ne mettait jamais le pied hors de chez elle. Ce jour-là, a poursuivi Harriet en tapotant la photo, le temps était magnifique. Nous étions partis en excursion avec le bateau que les Shaw amarraient au port. Felicity avait emporté un appareil photo et nous faisions les pitres sur la digue. Bea a failli tomber à l'eau, elle était tellement maladroite.

« Tout le monde adorait Liz. John et ma sœur Beatrice, les amis de John, mes parents, Janet, parce qu'elle était si petite et si mignonne, qu'elle avait l'air si triste au début et qu'elle retrouvait le goût du bonheur grâce à Hartland et à nos activités. J'étais jalouse, bien sûr, même si John et moi n'étions qu'amis à ce stade-là. Liz et moi avions des personnalités totalement opposées. J'étais quelqu'un de sage et de sérieux. Elle était indépendante, simple, naturelle. Elle attirait les gens, même si l'on voyait bien qu'elle avait envie d'être seule. Moi, j'étais fade à côté d'elle.

J'ai soupiré pour montrer que je compatissais, ayant moi aussi souffert de la comparaison avec ma mère, mais Harriet s'est contentée de hausser les épaules.

— Je suis trop vieille maintenant, je ne me demande plus si je suis intéressante ou non. Bref, je me disais que l'été finirait bientôt, que nous repartirions tous à Londres. Liz n'était qu'une adolescente, elle avait à peine dix-sept ans alors que nous avions déjà passé le cap des vingt ans, nous menions une vie très différente. Je n'imaginais pas qu'il puisse y avoir la moindre suite.

Elle a marqué une pause en me regardant. Je me suis tournée vers Phoebe, qui ne s'était pas manifestée depuis qu'Harriet parlait.

— Et puis, il y a eu son anniversaire. Janet avait organisé une fête surprise en son honneur. Nous avons mis les disques de Bea et nous avons dansé, bu des cocktails et fumé ces petites cigarettes françaises dont nous raffolions. Soudain, je me suis aperçue que John avait disparu. Je suis partie dans le jardin pour tenter d'échapper au cousin de John, Bert, un affreux raseur que nous avons dû supporter tout l'été. Et c'est là que je les ai surpris, sous les arbres. John embrassait Liz et elle lui rendait son baiser, les bras noués autour de son cou. Elle était petite, voyez-vous, et lui était grand. Comme vous, a-t-elle dit à Phoebe avec un sourire crispé. Vous ressemblez tellement à votre père, c'est saisissant. Sauf les yeux. John avait des yeux d'un bleu intense, très foncé, presque noirs. Mais sinon… Quand je vous ai vue à l'épicerie, que je vous ai entendue poser des questions sur Liz, j'ai *su* immédiatement. *Vous*, vous ressemblez davantage à votre mère, a-t-elle ajouté à mon intention, d'une voix qui tremblait légèrement. Comment pourrais-je oublier ces cheveux…

« Ils n'ont pas remarqué ma présence. Ils étaient les yeux dans les yeux, et rien d'autre ne semblait compter. J'étais mortifiée. Rien n'avait été annoncé à propos de John et moi, personne ne le savait, mais John, lui, était sûrement informé du projet de nos mères. Je suis partie en courant et j'ai trébuché, je suis tombée sur une branche. J'ai toujours la cicatrice, là...

Elle a tendu la main pour nous montrer la fine zébrure pâle dessinée sur sa paume.

— Le lendemain, Liz n'était plus là. Son père avait appelé le matin. L'état de sa mère avait brusquement empiré et elle était morte pendant la nuit.

Phoebe et moi avons retenu une exclamation.

— Elle n'a pas pu dire adieu..., ai-je soufflé, un sanglot dans la gorge.

— Je ne l'ai pas revue, a continué Harriet. Au cours de l'hiver, j'ai appris qu'elle suivait une formation de secrétariat. Elle habitait toujours avec George, bien sûr, comme toutes les filles convenables jusqu'à ce qu'elles se marient. Et je m'en fichais, à dire vrai, parce que John et moi nous sommes fiancés à Noël. J'avais de quoi me réjouir et je n'ai plus du tout pensé à elle. Le mariage devait avoir lieu l'été suivant, en 1959. Ça n'a pas été exactement les longues fiançailles que j'avais escomptées pour organiser la réception et préparer notre emménagement, mais Janet et Abel avaient décidé de vivre en Afrique du Sud pendant quelques années et ils voulaient que nous nous installions à Hartland en attendant leur retour. Janet et moi nous entendions très bien, mais je ne crois pas qu'elle avait envie de continuer à profiter de Hartland comme avant, sachant que c'était mon argent qui payait. Bref. John souhaitait y habiter, aussi j'ai quitté l'appartement que je partageais avec Felicity après le mariage et…

— Mais Liz, ai-je interrompu. Ma mère, je veux dire. Qu'est-ce qui lui est arrivé ?

C'était bizarre de l'appeler « Liz », alors qu'elle avait seulement été « Elizabeth » pour moi, « Lizzie » pour mon père, surnom affectueux qu'il prononçait avec une discrète tendresse. Je ne parvenais pas à faire coïncider la « Liz » du passé que décrivait Harriet et la « Elizabeth » ou la « Lizzie » que je me rappelais. J'ai entendu des voix dehors, des enfants qui riaient, mais Harriet s'était tue. Un long silence s'étirait entre nous. Brusquement, elle s'est levée et est partie dans la cuisine. Phoebe et moi nous sommes tournées l'une vers l'autre.

— J'ai presque peur maintenant, ai-je chuchoté.

— Moi aussi… C'est comme regarder quelqu'un qui marche sur les rails à la rencontre d'un train.

Brighton, 18 novembre 1959

Ils ont l'air de penser qu'ils m'ont brisée : mon père, les Sœurs de la Charité, qui n'ont absolument rien de charitable ; l'horrible médecin chez qui mon père m'a emmenée pour voir si l'on pouvait encore défaire ce que j'avais fait. Le médecin, à mots couverts, a dit que ce n'était pas certain à cause de l'avancement des choses, rappelant au passage qu'il s'agissait d'un crime passible d'une sanction, et, de toute façon, mon père avait trop peur du pasteur, de Dieu et de l'état de son âme mortelle pour prendre un risque pareil. Alors il m'a envoyée ici, dans cet endroit pour les femmes comme moi, qui sont noires de péché et n'ont pas le droit de retourner dans la société normale tant qu'elles ne se sont pas dûment repenties et lavées de la tache qui les souille.

Suis-je brisée ? Je ne sais pas. Parfois j'ai l'impression que oui, comme ce jour-là dans l'autobus, où il m'a semblé que j'avais reçu un coup de poing en plein ventre. Mais mes entrailles déchirées sont à présent comme anesthésiées, je marche à tâtons, lentement, dans un brouillard épais qui me presse de toutes parts, et je suis à la fois épuisée, effrayée et impuissante. Je sais qu'il me faudra bientôt trouver la volonté de leur tenir tête et décider de ce que je vais faire.

Après être descendue de l'autobus, je suis tout de suite allée trouver mon père et je lui ai avoué ce qui s'était passé. Je me sentais affreusement trahie, mais je n'avais pas honte. Je regrette la façon dont les choses ont tourné, mais je ne regrette pas d'avoir eu envie d'un peu de bonheur. Je ne regrette pas d'avoir désiré être aimée et cru à l'amour.

Père a pris un congé d'une semaine, durant lequel il a arpenté la maison en tempêtant et en cherchant une solution ; se demandant que faire de moi et comment me punir de manière adéquate sans toutefois ébruiter l'affaire ; décidant qu'il fallait me cacher en lieu sûr jusqu'à la naissance, puis me marier en vitesse sans que personne ne sache que quelque part dans le monde un enfant Holloway était élevé par une autre famille. J'ai presque éprouvé de la pitié pour mon père. Lui qui déjà ne savait pas s'occuper de moi quand j'étais encore saine et sur la voie de la respectabilité, il était vraiment démuni face à ma réputation perdue. Je crois que c'est le pasteur qui a suggéré les Sœurs de la Charité, parce qu'elles redoutent la colère de Dieu et qu'elles sauraient me « corriger ». Mais il était trop tôt pour qu'elles m'acceptent, alors j'ai été placée chez une femme que connaissait l'épouse du pasteur, où je suis restée enfermée dans ma chambre, à attendre, pendant des semaines. C'est là, dans cet isolement extrême, sans rien à faire ni à lire, que ce brouillard, cette noirceur intense, s'est abattu sur moi. Avant la mort de Maman, j'étais triste et innocente, et après sa mort, j'avais le cœur dévasté et je souffrais terriblement de son absence. Mais toujours, une part de moi continuait à croire en l'Espoir, une part de moi demeurait capable d'avancer, même si j'avais mal et que j'attendais sans cesse quelque chose d'autre de la vie. Quand je suis enfin partie de chez cette femme pour aller chez les Sœurs de la Charité, j'ai émergé de mon brouillard et j'étais différente à nouveau : amère, désillusionnée, dure.

Les Sœurs de la Charité logent dans une grande maison de style édouardien aux abords de Brighton, et si l'on est dehors, on sent l'odeur de la mer portée par la brise humide d'automne. Mais on ne nous laisse pas beaucoup sortir, et je n'ai pas vu la mer, j'ai seulement entendu les mouettes et j'ai senti le vent sur mon visage un bref instant, quand j'étais debout à la fenêtre du palier. Les embruns me ramènent des souvenirs, puissants, qui me reviennent malgré moi, des senteurs d'été et d'air marin, et même si je les repousse, j'éprouve une secrète nostalgie. Quelle ironie du sort que Père m'ait envoyée ici, si près de là où tout a commencé, si près de Hartland. Il m'a harcelée pour savoir qui était le père du bébé, avec sans nul doute l'intention de l'obliger à se comporter en homme d'honneur, et comme je savais que ce n'était pas possible, j'ai refusé de le lui dire. Je revoyais sa gêne, sa raideur, le jour où nous étions descendus de voiture devant la grille de Hartland, et je ne voulais pas lui donner la satisfaction de tenir Maman pour responsable.

Il y a une quinzaine de femmes ici, mais le nombre change à mesure qu'elles arrivent et repartent après avoir eu leur bébé. Nous dormons à six par chambre, lesquelles ressemblent plutôt à des cellules, avec des lits étroits alignés le long des murs, des tables de chevet qu'on ne peut pas fermer à clé et une couverture rugueuse qui ne protège pas du froid de novembre. Il n'y a pas de rideaux aux fenêtres, et les soirs de pleine lune, un rayonnement laiteux éclaire les fissures des dalles glacées, la cheminée vide, les ventres qui pointent sous les couvertures, parmi lesquels un ou deux tout flasques qui viennent de revenir de l'hôpital.

Toutes nos journées sont identiques. Nous nous levons et effectuons les tâches qui nous sont assignées, puis nous prenons le petit déjeuner, un repas tellement infâme que je regrette presque mes dix-sept minutes et demie à Limpsfield, même si cela impliquait de supporter une conversation avec mon père, simplement pour manger du porridge chaud avec du sucre et de la crème. Ici, nous avons des céréales et parfois du pain grillé dont on donne la croûte aux femmes qui viennent d'avoir leur bébé. Ensuite, toute la journée, jour après jour, nous obéissons aux ordres, nous accomplissons des travaux de ménage, de couture et d'entretien de la bâtisse qui menace de s'effondrer autour de nous. On m'a attribué l'escalier principal, trente-sept marches qui montent du vestibule au premier étage en décrivant une gracieuse courbe, et j'imagine les jeunes filles de la maison qui le descendaient, autrefois, dans un froissement de crinoline. « Vous, vous empruntez l'escalier de service », m'a dit la surveillante. J'ai parfaitement saisi le sens de ses paroles. Nous sommes une honte pour la société, un ramassis de pécheresses et l'image même de la dégradation morale, nous n'avons pas le droit d'utiliser le grand escalier. Nous passons par-derrière, comme il sied à notre condition indigne. Quelqu'un d'autre nettoie cet escalier de service, une fille originaire du nord de Bristol, qu'un oncle a mise enceinte au cours d'une réunion de famille et qui a été envoyée ici par ses parents. Il y en a une, Rosie, je crois... Elle allait se marier, mais elle est tombée enceinte et son fiancé l'a abandonnée, elle est de corvée de lessive ;

et puis une autre qui travaille dans la cuisine, on raconte qu'elle porte un bébé à moitié noir, le péché ultime. Toutes ne sont pas des jeunes filles, bien sûr. Quelques-unes sont plus jeunes que moi, d'autres ont dix-neuf ans, et il y a même une femme de vingt-quatre ans. Mais quel que soit notre âge, on nous désigne toutes comme des « filles-mères », peut-être pour nous montrer que nous ne sommes pas des femmes, seulement de vilaines filles qui n'ont pas été sages. Les Sœurs de la Charité n'acceptent pas les récidivistes, donc c'est notre premier bébé à toutes et aucune ne nous ne sait ce que l'avenir lui réserve. La fille de Bristol m'a dit que les bébés sortaient par le nombril, et elle est inquiète de ce que devient ensuite le trou dans notre ventre.

J'attaque l'escalier par la marche du bas, je gratte et je récure la crasse dans chaque fente avec un pic en métal, penchée en avant sur mon ventre qui semble absurdement gros compte tenu du peu de nourriture que j'absorbe. En redescendant, je dépoussière et je lave chaque marche, puis j'essuie chaque centimètre de rampe en remontant, j'enlève la cire de chaque marche en descendant, j'applique de la cire sur chaque marche en montant. Je monte et je descends, tous les jours. Cela me prend la matinée entière et une partie de l'après-midi, et si j'ai fini trop tôt, l'une des sœurs vient me chercher et m'oblige à recommencer. Il y a pire corvée. La lessive, par exemple, dans une pièce qui sent la sueur des autres et le savon carbolique et où nous sommes surveillées par une femme vraiment horrible avec de petits yeux méchants. J'adorerais qu'on m'affecte au jardin, juste pour pouvoir humer l'air salé, mais j'essaie de ne pas le montrer parce que si les sœurs savent que vous aimez quelque chose, elles ne vous le donneront jamais à faire. Ce n'est pas censé être agréable ici. C'est une chance qu'on nous offre de nous laver de notre honte.

Pour un endroit où atterrir quand votre amant marié vous a délaissée, j'aurais pu tomber pire. Il y a de la place pour respirer et d'autres femmes comme moi. Secrètement, je pense en fait que c'est assez agréable de ne pas être seule, d'avoir quelqu'un avec qui s'asseoir et manger, bien qu'aucune d'entre nous ne soit particulièrement bavarde. Tout plutôt que Limpsfield, où Père ne cesserait de me sermonner et de me renvoyer à ma honte, où les gens jaseraient. Ici, je ne suis qu'une parmi d'autres qui sont prises dans des situations diverses et engagées chacune sur un chemin. Pour être honnête, nous ne nous soucions guère les unes des autres, mais nous partageons quand même cette chose-là, cette réalité énorme au centre de notre vie, et même si certaines filles ne nous sont pas sympathiques et que nous ne créons aucun lien, du moins aucun lien authentique ou durable, nous nous traitons avec une certaine bienveillance. Nous sommes toutes dans le même bateau, finalement, une communauté de pécheresses à la frange de la société où nous devrons bientôt retourner, recommencer, et avancer en laissant notre erreur derrière nous. Parce que telle est bien la raison d'être de cet endroit : vous menez votre grossesse à terme, vous accouchez à l'hôpital de la ville, puis vous revenez ici pour vous occuper de votre bébé pendant six semaines avant de le confier à une assistante sociale ou à la famille qui vient le chercher. C'est ainsi que cela fonctionne : on ne vous explique rien sur ces « précautions » qu'il faut prendre, mais vous vous retrouvez sans défense dans un monde d'hommes mariés et d'hôtels à Purley, et ensuite on vous oblige à donner votre bébé à une autre famille, qui, en échange, fait un don à cette maison délabrée et à son escalier de trente-sept marches joliment ciré.

Mon père – les rares fois où il m'a adressé la parole – n'a évoqué le bébé que de manière évasive, énigmatique, et, dans les affres de mon désespoir, j'ai à peine écouté ce que le médecin, le pasteur ou l'assistante sociale ont pu m'expliquer. Mais trois jours après mon arrivée ici, nous avons toutes été rassemblées dans une pièce où l'on nous a ordonné de ne pas nous montrer à la fenêtre. Nous nous sommes tenues au milieu, gênées, contemplant le plafond ou le parquet. Personne ne disait mot. Sur une impulsion, j'ai regardé par-dessus mon épaule et, comme la pièce n'était pas très grande, j'ai vu par la fenêtre qu'une voiture arrivait, une grosse berline noire. La porte d'entrée s'est ouverte en grinçant. Je n'avais astiqué l'escalier que deux fois, mais je haïssais déjà le craquement des marches. J'ai entendu des voix et des pas qui montaient. Et, enfin, un hurlement à l'étage, une plainte stridente qui a déchiré l'air comme un courant électrique. Tétanisées, les autres filles évitaient de se regarder. Il y a eu ensuite des pleurs, tandis que les pas redescendaient l'escalier, que la porte grinçait à nouveau, et que la voiture repartait vers la route. Quelqu'un marmonnait entre les sanglots, et puis je n'ai plus rien entendu hormis le vrombissement dans mes oreilles quand j'ai compris ce qui s'était passé juste au-dessus de nos têtes. Je me suis sentie vaciller. Une des femmes plus âgées, Edith, a tendu le bras pour me rattraper. Elle m'a ensuite accompagnée lorsque nous sommes retournées à nos corvées, et elle est venue me chercher plus tard à l'heure du thé. J'ai continué à frotter l'escalier par lequel, quelques minutes auparavant, un couple heureux était parti en emportant leur joli petit bébé, j'ai guetté les sanglots, mais nous n'avons jamais revu la femme qui avait pleuré.

Au cours de ces dernières semaines, j'ai cessé de me reprocher ma naïveté. Au lieu de quoi, je me demande combien de fois encore cette année je perdrai un morceau de mon innocence, combien de choses je découvrirai sur ce monde qui ne me donneront pas envie d'en faire partie. Parfois, quand nous marchons dans le jardin et que je m'écarte un peu du groupe, je m'autorise à penser à la roseraie de Hartland et à la toute jeune fille qui s'y promenait en apprenant les poèmes de Christina Rossetti tant aimés par sa mère mourante. À présent que je suis ici et que mon ventre devient énorme, à présent que je vais être mère, ma vie d'avant commence à me paraître lointaine, presque étrangère, et j'ai du mal à me rappeler cette fille-là, je vois seulement que je ne supporte pas de penser à elle, ni à Hartland, ni aux trois cent vingt-cinq pas jusqu'à l'arrêt d'autobus, ni à ce qui va m'arriver après les Sœurs de la Charité. Ce qui ne me laisse pas beaucoup de sujets auxquels je supporte de penser, aussi je charrie mon seau, ma brosse et mes chiffons dans l'escalier et j'essaie de garder l'esprit aussi vide que possible.

Ils nous font confectionner des vêtements de bébé le soir. Il y a des patrons et une horrible laine verte qui provient de vêtements usagés et de couvertures de l'armée, ainsi que du gros fil avec lequel les coudre. Quelques-unes des filles ont acheté des tissus pour préparer leur layette, de couleur tendre ou ornée de jolis motifs, mais moi je ne veux pas dépenser le peu d'argent que j'ai apporté, alors j'ai pris la laine qu'ils nous ont fournie. J'ai essayé de me remémorer mes cours d'éducation ménagère et j'ai commencé une brassière et une petite veste avec une culotte et des chaussettes. Je tricoterai aussi une couverture si j'y arrive parce que je ne veux surtout pas que mon bébé souffre du froid. La laine rêche le grattera peut-être terriblement, mais au moins il aura chaud.

Pour certaines des filles, devoir fabriquer des vêtements pour la nouvelle famille du bébé est le comble de l'humiliation, mais ça ne me dérange pas. Je suis calme et froidement déterminée. Je sais que, le moment venu, je trouverai un moyen. Ils ne réussiront pas à me briser, je ne donnerai pas mon bébé.

31 décembre 1959

Je ne suis pas tranquille depuis qu'Angela est rentrée de l'hôpital, pâle, les yeux gonflés, et très silencieuse. Comme Gwen la semaine dernière, et comme Charlotte avant elle. Certaines filles semblent se remettre plus vite, d'autres ont une famille dans laquelle retourner, et d'autres encore paraissent presque soulagées de reprendre leur vie là où elle s'est arrêtée. Mais toutes sont perdues, c'est évident, et maintenant que l'année se termine, je redoute février qui approche, pas tant la naissance que ce qui arrivera par la suite. Je ne peux pas m'en empêcher : même la résolution la plus forte – ne pas faire ce que je suis censée faire – s'affaiblit après six semaines à astiquer un escalier. Six semaines à marcher en rang, deux par deux, pour aller à l'église le dimanche, matin et soir, sous les regards désapprobateurs des bonnes épouses qui resserrent leurs jupes et leurs enfants autour d'elles quand nous passons et que nous nous entassons sur le banc au fond de l'église, où nous entendons, plus clairement que nos propres souffles, tous les chuchotements et les ricanements dissimulés derrière les missels. Six semaines de nuits froides à écouter d'autres femmes pleurer. Il y a toujours quelqu'un qui pleure ici, et je me rappelle les nuits où je restais éveillée en guettant la toux de Maman. Maintenant, j'écoute des sanglots, des gémissements et des plaintes, un concert de souffrances étouffées dans des oreillers. Ce qui m'anesthésiait le cœur et me protégeait du désespoir commence à s'effriter, en même temps que ma certitude de réussir à garder mon bébé.

Edith Cuthbert, qui est devenue une sorte d'amie – elle est tellement directe et spontanée –, s'émerveillait de me voir si calme, au début, jusqu'à ce qu'elle comprenne que c'était parce que je ne m'identifie pas à ces femmes. Je m'imagine que, moi, je vais être libre. Que j'aurai une vie avec mon bébé, même si je ne vois pas bien comment. Alors elle m'a fait asseoir et m'a expliqué exactement ce qui se passait, elle m'a raconté que les médecins forcent les femmes à signer les documents d'adoption, qu'ils menacent de les enfermer dans des asiles d'aliénés si elles refusent, que les infirmières nous prennent nos bébés, les arrachent littéralement de nos bras et les remettent aux familles qui attendent, leur chèque de donation à la main. Edith a parlé longtemps, et quand elle s'est tue, je n'étais plus calme, mais très, très effrayée.

1er janvier 1960

Il y a sûrement un moyen d'échapper à ça, il y a sûrement quelque chose que je peux faire. Je m'autorise à repenser à Hartland, pas comme ce doit être maintenant, dans la grisaille et le froid de l'hiver, mais comme c'était alors, un lieu ouvert, libre, éclatant de soleil et de possibles, et je suis absolument certaine que si John savait ce qui se passe ici, il ne le souhaiterait pas. Après tout ce qu'il a dit, après tout ce dont nous avons parlé, après l'énergie et l'amour qui ont circulé entre nous pendant tant de mois, il ne peut pas vouloir que ce bébé – son bébé – soit arraché de mes bras et donné à des étrangers pour qu'il disparaisse. Je n'arrive pas à croire que ses yeux rieurs, son visage si doux dans le salon de thé, sont ceux de quelqu'un qui accepterait une chose pareille. Et j'ai envie de le voir. Pour la première fois depuis que nous nous sommes quittés à l'arrêt d'autobus, il me manque terriblement. Il doit être si près d'ici, à l'intérieur des terres, et même marié, il trouverait peut-être une solution, il s'occuperait de moi d'une manière ou d'une autre, il m'installerait dans une chambre à Londres, où son enfant pourrait grandir. Je serais très discrète, je ne l'embêterais pas.

J'étais tellement troublée en quittant Edith que je suis sortie en cachette dans le jardin, même s'il faisait froid et noir et que j'aurais eu des ennuis si on m'avait aperçue, mais j'avais besoin d'être dehors pour réfléchir. À part Hartland, quelles sont mes options ? Edith dépeint un tableau très cruel de la vie d'une mère célibataire dans notre société. Tout le monde l'évite, dit-elle. Elle est marquée du sceau de la honte et ne trouve pas de travail qui lui permette de garder son bébé ni d'endroit où vivre seule avec lui. Personne ne pardonne jamais à une mère célibataire ce qu'elle a fait si elle garde le bébé. Personne ne lui vient en aide, ni l'État, ni les œuvres charitables, ni même l'Église, sauf si elle se déclare prête à recommencer à zéro, qu'elle renonce à son bébé et le place comme les gens pensent qu'il le mérite.

Je suis trop jeune pour pouvoir prétendre être autre chose que ce que je suis : une imbécile qui est tombée enceinte, une mère indigne dont le bébé aura une vie meilleure au sein d'une famille respectable. Père n'est venu me voir qu'une fois, avant tout pour s'assurer que le bébé disparaîtra rapidement et que je rentrerai à la maison le plus tôt possible. Les gens à Limpsfield demandent de mes nouvelles, et plus je tarde à revenir, plus le risque de commérages et de scandale augmente. Père m'a expliqué combien il était important de préserver les apparences. Quand je lui ai dit que je me battrais pour garder mon bébé, il a eu l'air clairement inquiet et est allé s'entretenir avec la surveillante.

Si seulement Maman était là, si seulement elle était encore en vie pour me protéger. Mais je vais être mère, c'est moi qui dois protéger quelqu'un maintenant. C'est dur, pourtant, et il fait si froid ici que je me sens moi-même très petite.

15 janvier

Je ne peux pas m'ôter de la tête l'idée que Hartland est mon seul espoir. J'aurai vingt et un ans dans deux ans et demi, et si je réussis à me débrouiller jusque-là, à vivre cachée jusqu'à ce que Père n'ait plus d'autorité sur moi… Mais après, que se passera-t-il ? Et avant ? Parfois, au milieu de la nuit, quand j'écoute les pleurs dans les autres lits, je me surprends à penser que je vais renoncer, laisser le bébé avoir une vie meilleure, le laisser partir à bord d'une grosse voiture noire qui l'emmènera dans une jolie maison où il sera aimé et choyé par des étrangers. Ce serait peut-être la meilleure décision. Sauf que je ne peux pas, je ne peux pas abandonner ce bébé. Entre mon été à Hartland, la mort de Maman et l'hôtel de Purley, ce bébé semble être la seule bonne chose qui soit sortie de toute cette détresse, la seule chose correcte, innocente, dans ce monde. Cette boule de chaleur, d'amour et de possibles qui remue dans mon ventre, en réalité, c'est l'Espoir, comme si quelque chose de Maman et de moi était revenu, sous une forme différente, mais toujours là. Je ne peux pas l'abandonner, ce n'est tout simplement pas possible. Il faut que je m'enfuie. Je dois aller à Hartland, et si cela ne marche pas, je dois avoir un plan. Trouver un endroit où me cacher. Vite, car le temps est compté.

1er février

J'ai appris une nouvelle aujourd'hui, qui m'a complètement électrisée. Depuis, je ne cesse de m'agiter et je ne tiens pas en place sur ma chaise, au point que sœur Mary Claire a menacé de me mettre à l'isolement. Il est fort possible que je porte non pas un mais deux bébés ! La sage-femme est venue cet après-midi et elle a passé plus de temps que d'habitude à me mesurer et à écouter avec son drôle de tube. Elle m'a posé toutes sortes de questions et, finalement, a appelé la surveillante et lui a dit qu'elle était quasiment certaine que j'attendais des jumeaux. Des jumeaux ! Je souriais, parce que c'est excitant, non ? Mais déjà je voyais la surveillante calculer, deux bébés à placer, deux familles à trouver, deux donations à percevoir… La sage-femme a inscrit quelques détails dans mon cahier et elle a froncé les sourcils en voyant la liste des prénoms que j'y ai notés. Avant de partir, elle a jeté un dernier regard à mes hanches étroites, à mon corps qui est si maigre à force de ne manger que du pain grillé sans la croûte et parce que je me fais tellement de souci, et elle a déclaré que l'accouchement risquait de ne pas être facile.

Il n'y a plus de temps à perdre. Si je veux m'enfuir pour sauver ces bébés, je dois le faire maintenant. Je n'arrive presque plus à dormir. Je suis tendue, j'ai peur, et je ne pense qu'à m'échapper d'ici, à échapper à mon père, à la surveillante, aux bonnes épouses du dimanche, et à me réfugier dans un endroit où je pourrai enfin avoir chaud et me reposer.

Je rassemble ce qu'il me faut. Avant, pendant les jours que j'ai passés enfermée et soustraite aux regards dans la maison, avant que Père ne m'envoie ailleurs et que le brouillard anesthésiant ne s'abatte sur moi, j'avais élaboré toutes sortes de plans pour m'évader. J'avais pris mon certificat de naissance dans le coffret où je savais qu'il était rangé, et la photo de Maman et de moi sur ma table de chevet, et aussi la photo de Tideford Cross, que j'avais glissée dans le cadre, parce que mon bébé, plus tard, voudrait peut-être savoir qui était son père. J'ai emporté tout l'argent que j'avais économisé au cours des années et les quelques livres que Père a dû me donner pour la layette, la surveillante l'ayant informé que nous étions tenues de la fournir à la famille adoptive. Les vêtements que j'ai tricotés sont moches et mal assemblés, mais chauds, et maintenant que je suis censée avoir des jumeaux, je peux en confectionner d'autres sans que cela ait l'air suspect. J'ai donc fabriqué un troisième bonnet, plus gros, pour ma propre tête, en alléguant que je n'étais vraiment pas douée pour les travaux manuels. En cachette, j'ai fait des chaussettes que j'ai fourrées au fond de mon sac, j'ai volé une aiguille à coudre et du fil et j'ai cousu mon acte de naissance et un peu de mon argent dans la doublure de mon manteau. J'ai presque fini de tricoter une grosse couverture de bébé. Parfaite pour deux, ai-je dit à la sœur, mais elle me servira à moi, par-dessus mon manteau parce qu'il fera froid dehors. Un froid de février, glacé et noir.

6 février

J'ai réussi à subtiliser une fiche d'horaires de train à l'une des employées de la cuisine quand je suis allée vider mon seau. Je sais maintenant comment aller à Hartland, même s'il me faudra marcher une partie du chemin, et j'ai mémorisé tous les trains de la région. À genoux dans l'église, quand ils croient que je prie pour être délivrée de tous mes péchés, je me récite les différentes combinaisons dont j'aurai peut-être besoin : de Brighton à Crawley, de Brighton à Haywards Heath et de Haywards Heath à Redhill ; de Brighton à Lewes et de Lewes à Croydon et de Croydon à la gare Victoria à Londres. 10 h. 15 h 15. 17 h 10. 18 h 20. 19 h 10. 20 h 05. Je me les répète en boucle.

Je me suis renseignée aussi sur les autobus, et, prudemment, parce que je ne veux pas qu'on essaye de me décourager, sur les endroits à Londres où une fille comme moi pourrait disparaître : les foyers de l'Armée du Salut et les maisons de charité pour les femmes en difficulté. J'ai appris par cœur une adresse à Dulwich et les lignes d'autobus qu'il faut prendre pour s'y rendre depuis la gare, même si c'est très loin et que j'ai peur de ne pas y arriver, sans landau ni personne pour m'aider. Mais je suis tout à fait certaine maintenant que je dois aller à Hartland. Qu'une fois qu'il me verra, il me soutiendra. C'est un minuscule brin d'espoir, un écho désespéré de l'Espoir, mais c'est mieux que rien, et c'est sûrement mieux que de rester ici et de regarder cette voiture noire remonter l'allée pour emmener mes bébés.

8 février

J'attends toujours le moment parfait. J'ai cru que cela pourrait être ce soir, mais une fille est arrivée en pleurant, elle ne se calmait pas, et sœur Mary Claire ne nous a pas lâchées de la nuit.

11 février

Je guette l'occasion. Je suis prête à tout instant, sur le qui-vive, les sens en alerte, mais il doit se dégager quelque chose de moi parce que je vois que sœur Mary Claire me regarde beaucoup. Je fais encore plus attention à ne pas être surprise avec mon journal et je garde toujours les yeux baissés quand elle est dans les parages, je fixe le parquet ciré, ou l'escalier, ou mon livre de prières pour qu'elle ne remarque pas mon impatience.

12 février

Le temps presse, le temps presse vraiment. Je sens les bébés qui s'agitent, peut-être parce que je suis tellement anxieuse, mais je les supplie de rester là où ils sont, en sécurité, encore un tout petit peu, jusqu'à ce que j'aille à Hartland. J'ai failli m'échapper aujourd'hui, mais je suis tombée sur un jardinier et ça n'a pas marché. Mon courage s'amenuise chaque jour. Je ne sais pas combien de temps encore je pourrai supporter d'avoir si peur.

13 février

Il faut que ce soit aujourd'hui. Nous faisons une sortie en ville et je m'enfuirai. Oh, mon Dieu, donnez-moi le courage.

33

Harriet est revenue avec une miche de pain et une assiette de fromage et de charcuterie. À ce moment-là seulement, je me suis aperçue que l'heure du déjeuner était largement passée. Elle a servi l'eau d'un pichet et a coupé le pain.

— Je n'ai rien d'autre, a-t-elle dit, comme en s'excusant.

Je n'avais pas vraiment faim, mais j'ai pris un morceau de pain et du fromage. J'étais soulagée d'avoir quelque chose pour m'occuper les mains.

Après avoir bu deux verres d'eau coup sur coup, Harriet a poursuivi son récit.

— Cet été-là, quelques semaines après le mariage, Liz a ressurgi dans nos vies.

Je me suis figée avant de mordre dans mon pain et j'ai renoncé à manger.

— J'ai compris alors pourquoi John aimait tant l'idée de vivre à Hartland, et pendant des années, je n'ai pas pu repenser à ces quelques mois sans rougir de honte, parce que je ne m'étais doutée de rien, j'avais été complètement aveugle…

Elle s'est interrompue, le temps de prendre une grande inspiration.

— C'était presque impossible de résister à John. Il était tellement jovial et sociable, toujours optimiste, même s'il avait perdu son frère, même si Hartland était au bord de la ruine, il gardait l'air serein et insouciant en faisant mine que tout allait très bien. Et Liz était dévastée par le chagrin après la mort de sa mère, sans compter que la vie avec George était tellement atroce. Ce n'est donc pas difficile d'imaginer comment les choses se sont passées entre Liz et John, même si j'ai essayé de ne pas trop y penser, parce que cela m'était trop douloureux. Le fait qu'il soit allé la voir, juste après nos fiançailles, et que, pendant tout le temps que nous préparions le mariage – un mariage convenu pour le sauver, lui et son héritage –, pendant que j'envoyais des invitations, que je choisissais les fleurs et que je me prêtais à des essayages pour ma robe, il voyait Liz en cachette, la petite Liz si fraîche et si triste. Il me l'a raconté seulement plus tard. Comment, pendant des mois, il l'a attendue à la sortie de l'école de secrétariat, parfois un soir par semaine, parfois plusieurs soirs. C'était facile, a-t-il expliqué, elle devait rentrer chez elle à une heure donnée, de toute façon, et moi j'étais occupée et nous n'habitions pas encore ensemble. Il ne l'a plus vue aussi souvent après que nous nous sommes installés à Hartland. Et puis, bien sûr, je l'ai découvert. Ces choses-là finissent toujours par se savoir. Quand on ne parvient pas à joindre quelqu'un à son bureau où il prétend travailler tard. Quand on trouve un reçu pour un achat insolite dans une poche de pantalon. C'est vieux comme le monde… Bref. J'étais mariée depuis peu, j'essayais d'avoir un bébé, et mon mari me trompait depuis que nous étions fiancés.

« J'ai menacé de le quitter. Comme on pouvait s'y attendre, il a paniqué. Les finances de la famille étaient au plus bas, la maison avait été hypothéquée, et Janet et Abel s'étaient volatilisés en Afrique du Sud. Il avait besoin de moi et de ma famille pour garder Hartland, même pour payer les factures courantes. Il ne pouvait littéralement pas se permettre de me perdre. Alors il a juré qu'il romprait avec Liz si je lui accordais une deuxième chance. Comment étais-je censée réagir ? Le divorce était techniquement possible, mais en 1959, ce n'était pas vraiment envisageable, pas pour quelqu'un comme moi. Je n'aurais pas supporté pareille humiliation. Et j'aimais John, en dépit de tout. Je n'étais pas la fille qu'on embrassait sous les arbres avec fougue, mais j'étais une bonne épouse, une bonne compagne, John et moi nous entendions bien, nous venions du même milieu.

« Je lui ai donc accordé une deuxième chance. Nous avons retrouvé une certaine harmonie, John rentrait tôt à la maison… Mais ensuite, je suis tombée sur la facture d'un hôtel à Purley, au nom de "Mr. et Mrs. Smith". Alors, j'ai opté pour une autre stratégie. J'ai contacté George. C'était en juillet… ou peut-être en août ? Je n'étais pas très à l'aise, je ne l'aimais pas beaucoup, mais je l'ai prié d'empêcher sa fille de tourner autour de mon mari. Il était raide et guindé comme d'habitude, mais curieusement, il n'a pas eu l'air très étonné. J'ai compris plus tard qu'il venait lui-même de l'apprendre. Bref, quand j'ai interrogé John quelques semaines plus tard, il m'a dit que Liz avait déménagé.

Harriet s'est resservie de l'eau. Des mèches de cheveux échappées du peigne qui les retenait en arrière pendaient mollement autour de son visage aux traits tirés. Son maquillage avait coulé sous ses yeux et j'ai eu envie de lui serrer le bras.

— C'est arrivé six mois plus tard... J'étais enceinte, de cinq mois et demi, et j'étais ravie, parce que nous allions enfin avoir la famille que nous désirions. Tout rentrerait dans l'ordre. J'attendais le retour de John quand j'ai entendu frapper à la porte de la maison. Hartland était assez isolé, et John passait généralement par la cuisine, aussi j'ai hésité à aller ouvrir. Il faisait très noir dehors, et la grande maison paraissait affreusement silencieuse après le départ de la gouvernante le soir. On a encore frappé et j'ai finalement ouvert. C'était Liz. Je l'ai à peine reconnue. Ses cheveux étaient beaucoup plus courts, elle avait une mine effroyable et elle grelottait, enveloppée dans une couverture de laine par-dessus son mince manteau. Le bas de sa robe était trempé et elle avait un ventre absolument énorme. Vous n'imaginez pas le choc que cela a été pour moi. C'était comme si mon cerveau s'était bloqué, je ne comprenais plus rien. Et puis tout s'est mis en place.

Elle a baissé les yeux. Au mouvement de sa gorge, j'ai vu qu'elle déglutissait péniblement, mais elle ne parlait toujours pas.

— Harriet ? ai-je enfin murmuré.

Elle n'a pas levé les yeux et je n'ai plus rien dit. Enfin, elle a continué d'une voix blanche.

— C'était affreux. Je me suis terriblement mal conduite, et je ne l'ai jamais oublié pendant toutes ces années. J'étais tellement en colère ! C'est difficile à expliquer, mais c'était comme si… comme si quelque chose lâchait en moi. Je lui ai crié de partir et de nous laisser tranquilles. Elle semblait stupéfaite elle aussi de me trouver là, et je crois que John ne lui avait pas dit que c'était moi qu'il avait épousée. J'ai voulu lui fermer la porte au nez. Elle pleurait. "Il faut absolument que je le voie", disait-elle. Et elle répétait qu'elle était désolée, elle promettait de ne pas nous embêter, de ne pas tenter de s'immiscer entre nous, elle avait juste besoin d'aide pour se remettre sur pied après la naissance, elle n'avait nulle part où aller… Elle a remarqué alors que j'étais enceinte aussi, bien que ma grossesse ne soit pas encore très avancée, et elle a eu l'air soudain horrifiée. Et moi, l'année qui venait de s'écouler, ma tristesse et ma solitude, ici à Hartland, pendant qu'il me trompait avec elle et la mettait enceinte… tout m'a submergée d'un coup et je l'ai poussée, pour qu'elle disparaisse ! Elle n'est pas tombée, mais brusquement elle s'est pliée en deux.

« "Je crois que ça commence. Aide-moi, s'il te plaît…", a-t-elle dit, ou quelque chose comme ça. Elle avait l'air tellement effrayée. Je ne l'ai pas crue au début, et j'ai dû lui asséner une réponse cinglante, mais comme elle restait pliée en deux de douleur et m'attrapait le bras, j'ai eu peur moi aussi. Était-elle venue d'aussi loin que Limpsfield ? Et qu'allais-je faire d'elle à présent ? J'ai pensé téléphoner à la sage-femme, mais je ne m'étais pas vraiment liée avec les gens du coin et je ne voulais surtout pas que l'on raconte qu'elle avait mis au monde l'enfant illégitime de John avant le mien. Et Liz me suppliait de n'appeler personne, ni médecin ni sage-femme, parce qu'ils l'emmèneraient. Je savais qu'il y avait un petit hôpital à Porthallow, la sage-femme m'en avait parlé. Tout petit, mais c'était beaucoup plus près que Brighton, où se trouvaient les grands centres de soin. Finalement, à court d'idées, j'ai appelé George. Mais la domestique a répondu qu'il était parti à Brighton.

— Au foyer des mères célibataires, ai-je soufflé.

— Ils l'avaient sans doute prévenu dès qu'ils avaient découvert la disparition de Liz. J'ai dit à la domestique que c'était urgent, que Liz était ici à Hartland, et que George devait me rappeler le plus vite possible parce qu'elle devait aller à l'hôpital. Liz souffrait énormément, elle marchait de long en large dans le vestibule... J'ai décidé de l'emmener à Porthallow, et à ce moment-là George a rappelé. Il était à Brighton et me demandait de la conduire à l'hôpital All Saints où il nous attendrait. Je pensais que c'était trop loin, que je ferais quand même mieux d'appeler la sage-femme parce que Liz avait l'air sur le point d'accoucher, là, en plein milieu de mon entrée. Il a insisté, m'a assuré que les sœurs s'occuperaient de tout. Alors j'ai fait monter Liz dans la jeep. Mais je l'ai bientôt regretté, parce que c'était un long trajet et qu'il faisait un froid terrible dans la voiture. Liz avait atrocement mal, elle sanglotait, et j'ai dû m'arrêter plusieurs fois pour qu'elle vomisse par la portière. Il aurait pu se passer n'importe quoi. N'importe quoi.

Elle s'est tue. J'ai été saisie d'un grand frisson, puis j'ai eu trop chaud et l'estomac soulevé par une peur panique. Je détestais cette image de ma mère, souffrant, terrifiée. Elle était censée être forte et capable de s'opposer à son père, pour nous garder, mais je voyais bien le chemin que prenait l'histoire et je ne le supportais pas.

— Une infirmière nous attendait à l'hôpital et a emmené Liz. George était très en colère. « Je suis désolé pour tout cela », a-t-il dit. Et je me rappelle avoir pensé : « Désolé pour quoi ? Parce que votre fille a failli avoir le bébé de mon mari dans ma voiture ? »

Harriet a eu un rire amer. Il y a eu un sanglot, et je me suis aperçue que Phoebe pleurait.

— Excusez-moi, a dit Harriet, d'une voix qui pourtant restait dure, mais il y a des choses qu'on n'oublie pas.

— Non, bien sûr, ai-je murmuré. Continuez, s'il vous plaît.

— Il ne s'est pas attardé, parce qu'il voulait parler au médecin, et je lui ai fait promettre de m'appeler plus tard pour me dire… eh bien… me dire comment ça s'était terminé. Il faisait nuit noire quand j'ai repris la route de Hartland. Je savais que John rentrerait bientôt et ce trajet de retour a été un cauchemar. Je me revoyais, poussant Liz à la porte, et elle qui avait si mal, sur le point de mettre au monde le bébé de John ! Et si elle avait accouché dans la voiture ? Moi, toute seule avec elle… Une fois à la maison, je suis restée assise près du téléphone. Je devais absolument entendre qu'elle était vivante… et aussi, savoir ce que deviendrait le bébé, parce qu'après tout, c'était le bébé de John, et… est-ce qu'il reviendrait nous hanter à jamais ou… ?

Elle s'est tue à nouveau, les yeux sur Phoebe.

— Enfin, il a appelé. Il a expliqué qu'il y avait eu des complications et qu'elle était entrée directement en salle d'opération pour y subir une césarienne, mais qu'elle s'en sortirait. Grâce à moi.

Des images se bousculaient dans ma tête. Ma mère dans un lit d'hôpital. Et…

— Et les bébés ? ai-je demandé.

— Les bébés ? a répété Harriet presque à contrecœur, comme si elle avait espéré que la question ne viendrait pas. Il n'a jamais dit qu'il y avait *deux* bébés. Il m'a annoncé que je n'avais plus à m'inquiéter d'Elizabeth, que le problème s'était réglé tout seul. Il y *avait eu* un bébé, une fille, mais elle était morte à la naissance.

Brighton, 16 février 1960

Depuis deux jours, la douleur ne me lâche pas. Je tourne et je m'agite dans le lit d'hôpital pour lui échapper, ou bien je reste parfaitement immobile, avec l'espoir qu'elle passera à côté de moi, qu'elle choisira une des autres femmes que j'entends murmurer et soupirer en dormant plus loin dans le couloir. Mais elle me trouve toujours, et je crois maintenant que mon corps est arrivé au bout, à ce terme de la route où je renonce à tout, où j'abandonne tout lien avec le monde pour me coucher, enfin, poser mes fardeaux, fermer les yeux et mourir.

Mais même cela m'est refusé, parce qu'on me retient ici, dans cette chambre où les gens entrent et m'observent d'un œil détaché, évaluant seulement les besoins élémentaires de mon corps, de cette coquille à l'intérieur de laquelle je suis prisonnière et qui est à la fois insensible, lourde comme du plomb et dévastée par la douleur. Je pense que c'est à cela que doit ressembler l'enfer, quand vous êtes comme enterrée vivante dans votre propre corps, enveloppée dans un nuage de douleur qui palpite, qui tord, qui se contracte, tandis que votre esprit fiévreux, malade d'inquiétude et de chagrin, lutte désespérément pour sortir, pour trouver le soulagement, sachant en même temps que le soulagement ne sera plus jamais possible.

J'ai demandé à voir mon bébé qui a survécu, qui est dans une nursery au fond du couloir, je crois, et j'ai demandé à voir le corps du bébé mort. J'ai supplié pour voir la sage-femme, ou le médecin, ou toute personne qui pourrait au moins me dire à quoi elle ressemblait. C'était une fille, m'a-t-on informée, mais pour le reste, je ne dois pas savoir, je n'ai pas le droit de la tenir ni même de la regarder. Ce n'est pas la coutume quand les bébés meurent, affirment-ils, cela vaut mieux ainsi, et je ne peux pas me lever pour livrer ce combat-là. Père est venu, et je donnerai tout pour ne plus jamais le revoir. Il était là quand je suis arrivée à l'hôpital, mais je ne me souviens pas de lui ensuite parce que tout a sombré dans cet énorme nuage de douleur qui m'a déchiré les entrailles. Ils ont dit que le bébé était déjà mort à l'intérieur de moi et qu'ils ont dû m'ouvrir le ventre pour la sortir, en même temps que sa sœur qui était elle-même à peine vivante. Ils ont dit aussi que c'était ma faute, parce que je me suis bêtement enfuie, que j'ai tué mon propre bébé. Je ne me rappelle pas grand-chose, ni la salle d'opération ni les heures qui ont suivi, quand j'ai fini par me réveiller, mais je me rappelle ces paroles et je ne les oublierai jamais parce que déjà mon esprit les tourne en boucle. Ma faute, ma faute, ma faute, je me le répète jusqu'à en gémir de douleur et de culpabilité, et alors sœur Marianna vient et me dit d'arrêter de déranger tout le monde.

Cela fait trois jours maintenant, et je n'ai toujours pas vu le bébé qui a survécu. Mon lait est monté, ce qui ajoute une autre douleur. Mes seins m'élancent quand j'entends des bébés qu'on ramène de la nursery et que les autres femmes, les femmes normales, les tiennent contre elles pour les allaiter, s'extasient devant eux et les montrent aux membres de la famille pendant les heures de visite. Je n'ai pas encore le droit de nourrir mon bébé. L'infirmière-chef et la sœur de l'étage considèrent que je suis trop faible, ou peut-être qu'elles veulent me punir. J'ai peur qu'il souffre de la faim juste parce que l'infirmière-chef n'aime pas que je sois installée parmi ses patientes respectables, à faire des histoires alors que je n'ai que ce que je mérite. On m'a mise dans une sorte de réduit au fond du couloir, où je suis maintenue à l'écart pour tout ce qui concerne les repas, les soins et l'allaitement, mais je devine quand même ce qui se passe autour et ce à quoi je n'ai pas droit.

Il n'y a qu'une seule infirmière, qui est très jeune et terrorisée elle aussi par l'infirmière-chef et la sœur de l'étage. Elle est gentille, alors que toutes les autres sont indifférentes et, je crois, d'une grande douceur sous son uniforme raide et empesé. Elle m'apporte à manger et à boire, de l'eau et des tasses de thé, même si la sœur la réprimande en lui reprochant de négliger ses véritables devoirs. Je la supplie de me donner des nouvelles de mon bébé. Elle se faufile dans la nursery quand la sœur a le dos tourné, et elle revient m'assurer que la petite va bien et qu'elle est en bonne santé, donc je sais au moins qu'ils la nourrissent. J'ai désespérément envie de la voir, mais je ne suis pas autorisée à me lever et de toute façon je ne peux pas encore me déplacer toute seule. Nous restons ici dix jours, les mères normales et moi. D'après les bribes de conversations qui me parviennent, elles sont presque soulagées de ne pas avoir à sortir trop vite et de pouvoir se reposer un peu ici pendant qu'on s'occupe de leur bébé, avant de retourner à leur vie respectable avec leur mari et leur enfant. Pour moi, en revanche, dix jours c'est interminable, parce qu'à la fin je suis censée ramener le bébé chez les Sœurs de la Charité, attendre qu'une autre voiture noire arrive dans l'allée, me séparer de mon bébé et retrouver ensuite ma vie chez mon père.

Et c'est là que l'enfer recommence, les pensées, la culpabilité et la douleur. C'est pire la nuit, quand la lumière du couloir découpe un pâle rectangle dans l'encadrement de ma porte et qu'aucun bruit ne vient rompre le silence. L'air immobile se referme alors sur moi comme la plus oppressante des prisons et je presse mon poing contre ma bouche pour ne pas hurler.

J'ai demandé à la gentille infirmière où étaient mon sac et mon manteau. Elle me les a apportés et les a rangés dans une armoire en métal à côté du lit où je peux y avoir accès. Je lui ai confié la layette à enterrer avec le bébé et elle l'a prise, mais j'ai vu dans ses yeux que le bébé est déjà parti, que je ne saurai jamais où elle a été enterrée. Dès qu'elle est sortie de ma chambre, j'ai cherché mes papiers et mon argent, qui heureusement sont toujours là où je les ai cachés, de même que mon petit journal. Je vais le dissimuler sous mon oreiller quand j'aurai fini d'écrire ces lignes, parce que si la sœur le prenait, ce serait une perte terrible. Dans ces pages grises qui ont vu une naïve jeune fille de seize ans rentrer chez elle au début des vacances d'été, toute heureuse à l'idée des nombreuses émissions qu'elle écouterait avec sa mère à la radio, cette même fille qui a ensuite connu Hartland et un premier amour, puis la mort, l'exil et la fuite avant de donner naissance, quelque part entre ces pages, il doit bien y avoir quelque chose de moi qui subsiste. Et si je veux conserver une once d'espoir, il faudra que je le retrouve.

22 février

La date de mon retour au foyer approche et il m'est impossible de chasser cette pensée. Mais je suis tellement épuisée, terrassée par une fatigue qui augmente chaque jour. C'est comme si l'atroce souffrance m'avait maintenue en vie, au début, et à présent que mon corps cicatrise et que la douleur s'atténue, mon esprit se retrouve seul face à ce cauchemar et n'aspire qu'à s'enfoncer dans le sommeil, là où je peux oublier tout ce qui est arrivé et tout ce qui m'attend. C'est une étrange somnolence, une sorte de crépuscule où rien ne m'atteint, rien ne s'approche, où je flotte en apesanteur, presque libre. Mais dans mes moments les plus lucides, je sais que je dois être forte pour le bébé. Je ne peux pas m'offrir le luxe du sommeil et de l'oubli, parce que même après tout ceci, même après tout ce qui s'est passé, je ne peux pas abandonner ce bébé, pas quand j'ai déjà perdu l'autre à cause de mon imprudence et de mon égoïsme. Je serai responsable de la mort de ce bébé pendant le restant de ma vie, et je ne pourrai jamais me pardonner d'avoir abandonné celui-ci.

C'est un plan très simple, en fait, tellement simple que je n'ai sans doute guère de chance de réussir, mais c'est le seul possible. Demain, au lieu de ramener le bébé au foyer, j'irai à la gare et je prendrai le train pour Londres. Je me rappelle l'adresse du centre d'accueil de l'Armée du Salut à Dulwich que quelqu'un m'a donnée au foyer, et tous les horaires des trains et des autobus. Une fois que je serai à Londres, ils ne pourront pas me retrouver. C'est ma dernière chance et je prie pour qu'on me vienne en aide au centre d'accueil. J'ai demandé un drap supplémentaire à la jeune infirmière, qui s'appelle Sarah. Je n'ai pas osé lui dire pourquoi, de peur qu'elle ne prévienne la surveillante ou je ne sais qui d'autre, et elle ne m'a pas posé de question, mais elle a dû deviner parce qu'en plus du drap, elle m'a remis un petit paquet contenant des couches et deux biberons en verre remplis d'eau avec du lait en poudre. Une fois de plus, je dois préparer mon sac, même si je n'ai presque plus rien à emporter maintenant. Mon journal, la photo de Maman, mon acte de naissance, l'argent. J'ai pris la deuxième layette, j'ai enveloppé les biberons dans les couches pour qu'ils ne se cassent pas en cognant l'un contre l'autre. Avec le drap, je fabriquerai un porte-bébé que je glisserai dans ma robe demain et je mettrai mon manteau par-dessus. Je suis devenue si maigre, et mon manteau est tellement grand, le bébé aura largement la place, on ne le verra presque pas.

Je suis si fatiguée, si fatiguée tout le temps. Je me sens constamment glisser vers un espace cotonneux et mon corps semble trop lourd pour ce monde. Il ne veut pas défier la gravité, il refuse même de se tenir droit, il n'a qu'une envie, sombrer, et il insiste pour que je le laisse dériver dans le coton où rien n'a d'importance, où tout flotte librement. Peut-être est-ce ainsi que mon corps se remet, et je dois m'efforcer davantage de regarder vers l'avenir, d'être dans le présent. Comme j'aimerais en être capable. Échapper à la nuit de la naissance. À la terrible conscience de ma faute. Si je n'étais pas partie du foyer, mon bébé serait en vie maintenant, mais parce que j'ai marché dans la neige pour aller voir mon amant, qui était le mari d'une autre femme, mon bébé a dû mourir.

Et maintenant il me reste cet autre bébé et je dois me battre pour elle, même si tout au fond de moi, je sais que j'ai perdu mon droit d'être mère. Il me faut quitter le bébé mort, rencontrer celle qui a survécu, la prendre et m'enfuir. J'aimerais avoir un début plus doux avec elle, mais ce qui est fait est fait.

Je me sens faiblir à nouveau, et je résiste, je lutte de toutes mes forces pour ne pas succomber à cette si douce somnolence. Garder l'esprit alerte, surtout rester éveillée… L'un de mes bébés est mort par ma faute, je dois à l'autre de le sauver.

34

— Morte ? ai-je répété, incrédule, en me tournant vers Phoebe, les yeux écarquillés. *Voilà* pourquoi elle n'est pas revenue te chercher. À elle aussi, on a dû lui dire que tu étais morte !

— Mais qui ferait une chose pareille ? a murmuré Phoebe, toute pâle. Qui ferait ça à sa propre fille ?

À toi, ai-je pensé. *George Holloway t'a fait ça, juste pour préserver la réputation de sa fille.*

— Je ne comprends pas, Harriet, ai-je repris en articulant avec peine. Je ne comprends pas… Qu'est-ce qui lui est arrivé ?

— Elle a disparu.

— Elle a disparu ?

— Comment ça disparu ?

Phoebe et moi avions parlé à l'unisson.

Harriet s'est penchée pour ramasser les cartes sur la table basse et les a regardées.

— Je ne sais pas. Je lui ai écrit plusieurs fois… Et j'ai écrit à George, parce que les semaines qui ont suivi ont été horribles. D'une certaine manière, j'étais soulagée que le bébé soit mort, mais en même temps je me sentais coupable, et coupable aussi de me sentir soulagée… Je ne pensais plus qu'à ça, au bébé de John, qui était mort à cause de moi.

Elle a croisé les mains sur ses genoux en les serrant très fort.

— Je n'ai jamais eu de nouvelles de Liz, ce qui pouvait se comprendre, mais George m'a répondu et m'a demandé de venir le voir. J'étais alors sur le point d'accoucher moi-même. Il m'a raconté qu'Elizabeth avait mal vécu la mort du bébé, qu'elle avait quitté l'hôpital à la fin de son séjour et… disparu. Je ne l'ai pas cru au début, j'ai pensé qu'il l'avait envoyée quelque part, dans un asile d'aliénés ou que sais-je. On entendait des histoires effrayantes à l'époque. Mais il avait une mine affreuse, il vivait seul comme un vieil homme épuisé dans cette grande maison, et j'ai compris qu'il disait la vérité, en tout cas à propos de Liz. J'ignorais qu'il y avait un deuxième bébé, je n'en ai jamais rien su jusqu'à aujourd'hui, et je pensais qu'elle était partie d'elle-même. Comme elle était encore mineure, elle devait rester discrète, mais avec un peu de chance, elle pouvait avoir commencé une nouvelle vie, trouvé une chambre où se loger, un travail. Partir avec un bébé, en revanche, c'était une autre affaire. Elle a sûrement traversé des moments terribles.

— Mais comment est-ce possible ? me suis-je exclamée, encore sous le choc. Est-ce qu'elle n'aurait pas demandé à voir le corps à l'hôpital ? Ou la tombe ? Des documents ? Comment ont-ils pu faire une chose pareille ? C'est un crime.

— En effet, a acquiescé Harriet, mais les mères célibataires étaient affreusement mal traitées à l'époque, et les médecins jouissaient d'un pouvoir immense. On les voyait presque comme des dieux.

Si le médecin avait correctement monté le coup, personne n'aurait osé mettre en doute sa parole ou prendre la défense de la mère. C'est impensable aujourd'hui, avec l'accompagnement prénatal et le droit des femmes à choisir. Mais à l'époque, il était parfaitement normal, attendu même, que son père décide à sa place… J'imagine qu'elle devait confier le bébé à l'adoption une fois revenue au foyer, mais qu'une occasion s'est présentée à l'hôpital. George a peut-être été pris de court, il ne s'attendait pas à des jumeaux et il a voulu agir au plus vite. Le fait que j'aie été mêlée à tout ça lui compliquait les choses. Il était obligé de me tenir informée et il voulait à tout prix éviter un scandale, alors il a décidé de me raconter que le bébé était mort et de gérer la situation du mieux possible. Comment aurais-je pu découvrir la vérité ? Si le médecin certifiait le décès et autorisait le transfert, il s'agissait alors d'une adoption privée et le bébé disparaissait, tout simplement, sans qu'on puisse jamais remonter à John ou à moi.

Phoebe était pétrifiée. La petite chienne nous tournait à présent autour des jambes en gémissant faiblement, sensible à la tension qui régnait dans la pièce.

— Le Dr Miller, ai-je lâché soudain. Voilà pourquoi elle essayait tellement de le retrouver. Elle a sans doute compris ce qu'il avait fait. Peut-être était-elle tombée sur quelque chose dans la maison, après la mort de son père, indiquant qu'il lui avait menti.

J'ai passé un bras autour des épaules toutes raides de Phoebe.

J'ai pensé à toutes les lettres qu'elle avait écrites, à l'enquête obstinée, bien qu'infructueuse, qu'elle avait menée pendant des années.

— Elle te cherchait. Elle te cherchait désespérément. Oh, Phoebe. Je suis désolée. Je suis tellement désolée que ce soit trop tard. Elle aurait…

Phoebe s'est levée d'un bond. Harriet a dit doucement :

— Allez prendre un peu l'air dans le jardin, si vous voulez. On y est très bien, à l'abri du vent.

Quand Phoebe est sortie, le chien sur ses talons, j'ai voulu la suivre, mais Harriet m'a retenue en posant une main sur mon bras.

— Laissez-la. C'est beaucoup à absorber en une seule fois.

J'ai repris place sur le canapé et j'ai bu une gorgée de mon thé froid.

— Avez-vous revu George Holloway ?

— Non, jamais.

Harriet a marqué un silence.

— Parce qu'il m'a dit autre chose ce jour-là : que John avait téléphoné pour demander des nouvelles de Liz. C'est là que j'ai compris qu'il fallait que ça cesse. J'ai menacé John de le quitter vraiment cette fois, lui et ses parents ruinés, de reprendre mon argent, de laisser tomber Hartland et tout le reste, s'il n'acceptait pas de recommencer à zéro après la naissance de notre enfant. Et en décembre 1960, nous avons fermé la maison et sommes partis vivre en Amérique. J'avais un oncle là-bas et John a pu être embauché dans son entreprise. Nous avons reconstruit notre couple.

Elle a eu un sourire amer.

— Janet et Abel sont revenus à Hartland, mais tout s'est terminé avec l'incendie dans les années soixante-dix. Et la vie continue, n'est-ce pas, malgré les drames. Entre John et moi, ce n'était pas toujours idyllique, mais nous nous en sommes accommodés, nous avons vécu à Buffalo, dans l'État de New York. C'est seulement à la mort de John, il y a quelques années, que je suis rentrée en Angleterre définitivement. Notre fille, Caroline, avait décroché un poste à Londres et j'ai décidé de me rapprocher d'elle et de mes petits-enfants. J'ai repris mon nom de jeune fille, Sinclair, et…

À nouveau, un sourire teinté d'amertume s'est dessiné sur ses lèvres.

— … Ne me demandez pas pourquoi, mais j'ai décidé de m'installer ici.

— Donc John est mort…

Harriet a respecté mon silence tandis que je digérais cette dernière révélation. Une part de moi était soulagée de ne plus avoir à penser à *Père : néant*.

— Il va falloir l'annoncer à Phoebe.

— Je m'en charge, a déclaré Harriet, mais j'espère qu'elle ne se cristallisera pas trop sur lui. Je ne sais pas quel genre de père il aurait été pour vous deux, compte tenu de la situation, et il n'aurait certainement pas été mieux ni pire que ce que vous avez eu chacune en croyant que c'était votre vrai père.

— Est-ce que ma mère vous a recontactés, John et vous ?

— Nous n'avons jamais eu aucune nouvelle. Je me demandais parfois ce qu'elle était devenue.

Le soleil commençait à descendre derrière le toit de chaume et les ombres s'allongeaient entre les buissons quand je suis sortie pour retrouver Phoebe. Le jardin de Harriet était exubérant et plein d'odeurs, un petit carré d'herbe bordé de vieux murs de pierre, avec quelques arbres et un banc dont le bois avait blanchi au soleil. À l'abri contre le mur du fond, des fleurs sauvages se bousculaient dans un jaillissement de couleurs qui contrastait avec les plants d'herbes aromatiques proprement sarclés. Un jardin que ma mère aurait adoré.

Phoebe voulait rester pour le week-end. Je lui ai proposé, sans conviction au début, puis avec plus d'insistance, de revenir chez moi, mais elle a refusé. Elle souhaitait passer un moment seule, et, peut-être, si Harriet voulait bien, parler encore un peu.

J'ai regardé la mer s'éloigner par la fenêtre du bus qui me ramenait à la gare, souriant au souvenir de l'exclamation heureuse de Phoebe quand elle l'avait aperçue la première fois. En attendant le train pour Londres, j'ai essayé d'appeler Andrew mais il n'a pas répondu et j'ai pensé que c'était bien fait pour moi. À force de prendre comme un dû son optimisme, sa gentillesse et sa bonne humeur, j'avais fini par épuiser mon quota. J'ai laissé un message confus dans lequel je donnais mon heure d'arrivée à la gare Victoria, tout en me déclarant contente de le revoir bientôt et désolée. Dans le train, je me suis installée seule à une fenêtre et j'ai vaguement suivi des yeux le paysage qui défilait.

J'étais habitée par le récit de Harriet, mais je ne pensais pas à mon grand-père, ni à John Shaw, ni à Harriet, ni même à Phoebe ; j'aurais tout le temps de penser à eux plus tard. Je voyais Liz Holloway, une jeune fille de dix-sept ans, éperdue de bonheur dans le verger de Hartland un soir d'été ; presque une femme, entrant dans un hôtel à Purley ; une future mère tricotant maladroitement une brassière de bébé, affrontant la neige pour se rendre à pied chez son amant ; gisant sur un lit d'hôpital. Elle avait ensuite disparu avec son bébé, trouvé mon père, et, durant ce parcours, était devenue la mère que *moi* je connaissais, cette personne difficile, exigeante, secrète, qui luttait sans cesse pour faire mieux, pour être libre. Et maintenant je savais pourquoi : parce que quand je l'avais connue, moi, toute cette autre vie avait déjà été vécue, le deuil d'un bébé mort, le traumatisme, la rupture avec un père.

Je passais et repassais dans ma tête ce tourbillon d'images, de questions et de réponses. Je me rappelais des scènes, des conversations avec ma mère, et tout ce que je n'avais jamais compris m'apparaissait à présent sous un jour différent, limpide et terriblement poignant. Lisait-elle le journal en espérant et en redoutant d'y trouver des nouvelles de son père ? Cherchait-elle la tombe d'un bébé dans tous les cimetières qu'elle visitait ? Achetait-elle autant de vêtements, d'écharpes, de manteaux et de chaussettes épaisses parce qu'elle avait eu si froid durant l'hiver qui allait changer sa vie et qu'elle ne parvenait toujours pas à se réchauffer quarante ans plus tard ? Avait-elle montré son agacement quand j'avais annoncé que je voulais être boulangère parce que, pour une fille qui a grandi enfermée dans une maison avec un père à l'esprit étroit et borné, ne pas saisir la liberté, l'aventure et les possibles alors qu'on vous les offre sur un plateau s'apparentait à un crime ?

Assise dans ce train, j'ai fulminé contre George Holloway, contre le destin, et contre la vie elle-même qui avait puni si durement une jeune fille à cause d'un mauvais choix. J'ai fulminé un peu contre ma mère parce qu'elle avait continué à subir son châtiment, même avec une bonne vie, un mari aimant, une carrière épanouie, trois enfants. Elle aurait pu décider de construire une autre relation entre nous deux, laisser partir le fantôme de Phoebe et me chérir doublement. Je me débattais aussi avec le remords et la culpabilité à l'idée que je l'avais si mal jugée à peine une semaine auparavant, en l'accusant d'avoir volontairement séparé ses deux bébés, d'en avoir abandonné un par pur égoïsme.

Alors que j'étais allée à Tideford Cross dans le but de comprendre, d'accepter, de pardonner, j'ignorais ce que j'y avais trouvé au bout du compte. J'étais surtout triste. Infiniment, atrocement triste. Pour elle, pour nous, pour le fait qu'elle n'avait jamais pu me raconter ce qu'il s'était passé. Et parce que je savais que je l'aurais peut-être comprise et aimée différemment. J'aurais tellement aimé la revoir, juste une fois, être avec elle, lui exprimer mon ressentiment, et, peut-être, avoir une deuxième chance de lui parler comme on parle à sa mère, comme elle l'avait mérité. Dans la pénombre du wagon, j'ai senti quelque chose me brûler et me picoter derrière les yeux. Et quand j'ai cessé de lutter, que j'ai complètement cessé de réfléchir et me suis simplement abandonnée à tout ce qui avait été, à ce qui pouvait encore advenir, les larmes sont enfin sorties, claires et délicieuses, et je n'ai pas arrêté de pleurer pendant tout le reste du trajet.

J'étais lessivée en descendant du train à la gare Victoria. Mettre un pied devant l'autre me semblait un effort quasi insurmontable, et la plupart des passagers s'étaient déjà dispersés quand j'ai enfin atteint le bout du quai. Une silhouette dégingandée que je connaissais bien s'est avancée vers les tourniquets, m'a tirée par la manche et a empoigné mon sac. Andrew portait encore sa tenue de cuisinier et tenait à la main un paquet ficelé un peu ramolli.

— Salut, la touriste, a-t-il dit en me souriant. Qu'est-ce que tu fabriques avec cette plante ?

— Pour toi. Je suis désolée…

J'ai tendu la sauge toute flétrie et j'ai éclaté en larmes.

— Seigneur Dieu, s'est-il exclamé en posant le sac. Tu pleures ! Incroyable ! C'est un premier pas. Tu progresses, Ads.

Il m'a tapoté le dos et j'ai pleuré contre sa veste, jusqu'à ce qu'il me repousse gentiment pour me regarder de ses yeux bleus si doux. Il m'a tamponné les joues avec un mouchoir en papier froissé, puis a lissé mes cheveux en les coinçant derrière mes oreilles et, enfin, m'a fourré le mouchoir dans la main.

— Je suis vraiment désolée pour le Grand Bleu, Andrew…, ai-je bredouillé, avant de me moucher si fort que les contrôleurs ont tourné la tête dans notre direction.

— Addie, ce n'est pas grave.

— C'est vrai ?

Il a soulevé mon sac.

— Il fallait me le dire tout de suite, que tu ne voulais pas.

— J'ai essayé. Mais j'avais peur que tu sois fâché…

Andrew a eu un petit rire très digne.

— Addie, on se connaît depuis trente ans. Je suis peut-être déçu, mais je m'en remettrai. En revanche, je suis furieux que tu ne m'aies pas tenu au courant des rebondissements de ton enquête avec Phoebe.

— Ça s'est passé si vite…

— Évidemment, on aurait fait une super bonne équipe tous les deux, a-t-il ajouté sur un ton désinvolte. Tu le sais. Mais tout ce que je veux, c'est que tu sois heureuse. Vraiment, ça a toujours été le plus important pour moi. Bon. Maintenant, j'aimerais bien qu'on aille boire un coup chez toi et que tu me racontes tes dernières aventures. Allez, viens.

Là-dessus, il m'a prise par l'épaule pour m'entraîner vers l'escalier du métro.

35

— Addie, tu as rangé la limonade au frigo ? Et tu es sûre qu'il y a assez de chaises pour que les gens puissent s'asseoir ? Tu pourrais bouger le fauteuil marron, là, pour faire de la place ? Salut, Jas, c'est moi. Tu es en route ? Quoi ? Comment ça, tu n'es pas censé te servir de ton portable à l'hôpital ? Non, Addie, celui qui est sur la gauche. Oh mon Dieu, Adele Harington, tu vas vraiment m'obliger à me lever, alors que je suis enceinte de neuf mois et demi, pour déplacer moi-même ce fauteuil ? Oui, oui, Jas, je suis toujours là, ne t'énerve pas. Tu arrives dans combien de temps ? Une demi-heure ? Il va bien ? Tant mieux. Parfait. D'accord. Salut. Bon, où sont les ballons ?

Deux jours s'étaient écoulés depuis mon retour de Tideford Cross et il s'était passé une foule de choses.

D'abord, l'été avait éclaté à Londres avec la véhémence insolente dont seule la météo anglaise est capable à la fin du mois de mai, juste au moment où tout le monde commence à désespérer. Les oiseaux chantaient, un ciel bleu tendre s'étirait chaque jour sur la ville et le soleil se couchait à regret le soir, bondissant le lendemain matin avec une hâte presque indécente pour illuminer ma chambre mansardée.

En rentrant de la gare Victoria, Andrew et moi avons été accueillis par le chat de Mrs. Emmet, qui attendait devant ma porte et semblait déterminé à m'adopter pour de bon. Nous avons mangé des côtes de porc accompagnées d'un gratin de pommes de terre un peu ramolli (le paquet ficelé d'Andrew) mais succulent, j'ai encore pas mal pleuré, et nous avons parlé longtemps, essentiellement de Tideford Cross et de Harriet, un peu de mon père, de Phoebe, et des changements encore à venir. Un peu avant minuit, éreintée, je me suis assoupie en plein milieu d'une phrase, et quand je me suis réveillée à quatre heures de l'après-midi le lendemain, Andrew était parti.

Heureusement que j'avais eu mon compte de sommeil, parce que je suis restée debout presque toute la nuit suivante, à faire des gâteaux, à astiquer ma cuisine ou encore, assise avec le chaton sur mes genoux, à lire le mince recueil des poèmes de Christina Rossetti, en essayant de me rappeler ma mère et d'absorber ces révélations concernant son passé. J'ai beaucoup pleuré, mais je me suis abandonnée à mes larmes avec la délicieuse sensation que ces chutes du Niagara me nettoyaient de l'intérieur.

Phoebe avait passé la nuit à Tideford Cross et nous nous sommes téléphoné plusieurs fois, parlant à bâtons rompus, de tout et de n'importe quoi. Je ressortais de ces échanges épuisée, mais heureuse.

Je comptais aller voir mon père à l'hôpital dès mon retour, mais, parce que je m'étais réveillée si tard et qu'il devait rentrer à la maison le lendemain, j'ai décidé de repousser notre conversation. Mieux valait attendre de trouver un moment où nous serions tranquilles tous les deux. Le secret de ma mère était resté enfoui si longtemps, il pouvait bien patienter encore un peu.

Contrairement à moi qui, en vingt-quatre heures, avais vu ma vie bouleversée, Venetia n'avait pas du tout changé. Elle m'a appelée le lendemain matin, et où avais-je donc disparu, étais-je passée voir papa, il fallait vraiment que j'assure sur ce coup-là, le bébé était descendu, elle devait faire pipi toutes les trente secondes, et ne serait-ce pas une bonne idée de fêter le retour de papa à la maison cet après-midi autour d'un thé avec des gâteaux ? Juste un petit truc en famille pour qu'il se sente entouré, qu'est-ce que j'en pensais, peut-être une douzaine ou une quinzaine de personnes ? J'ai arrêté d'écouter quand le nom Hamish McGree a été prononcé et je me suis mise à pleurer à la fin, ce qui a tellement surpris Venetia que pour une fois elle s'est trouvée à court de mots. J'ai ensuite invité Mrs. Baxter, oncle Fred, Jas et Andrew pour dix-sept heures, j'ai rassemblé tous les gâteaux que j'avais faits et je suis arrivée à Rose Hill Road bien avant l'heure où devait rentrer mon père.

Pendant que Mrs. Baxter sortait fumer une cigarette, qu'oncle Fred déplaçait des chaises et que Venetia, assise à la table, donnait des ordres à tout le monde, je suis montée chercher des ballons au grenier. Venetia voulait en accrocher dans l'entrée et la cuisine pour ajouter une note festive.

— Addie, vois si tu peux trouver surtout des bleus et des jaunes. Ce sont des couleurs gaies et revigorantes, d'après Hamish. Pas de verts, surtout. Tu m'entends ? PAS DE VERTS !

J'ai levé les yeux au ciel.

— Oui, oui, j'ai compris…

L'atmosphère avait changé au premier étage par rapport à la dernière fois où j'étais venue. Les fenêtres étaient ouvertes, Mrs. Baxter avait planté d'autres fleurs dans les jardinières et l'air circulait librement, chargé d'un délicat parfum de lavande et de citron. En passant devant la chambre de mes parents, j'ai jeté un rapide coup d'œil par-dessus mon épaule et me suis glissée à l'intérieur. La pièce était identique à elle-même, la couverture n'avait pas été déplacée, l'armoire était fermée, mais ici aussi on avait ouvert la fenêtre pour laisser entrer le soleil et cela sentait le frais et le propre. Surveillant les bruits qui me parvenaient du rez-de-chaussée, j'ai sorti de mon sac un cadre photo décoré de coquillages et de paillettes que j'avais fabriqué à dix ans. J'avais choisi une photo de nous cinq prise le soir des noces d'émeraude de mes parents, avec Venetia vêtue d'une robe de soie noire, moi dans la robe portefeuille violette Diane von Furstenberg qui m'habillait fidèlement lors de toutes les grandes occasions depuis vingt ans, et mon père et ma mère au milieu. Nous avions bu juste assez de Martini pour sourire béatement à la caméra, pressés les uns contre les autres afin de tenir dans le champ. Délicatement, j'ai posé le cadre non pas du côté de ma mère, où il n'y avait plus rien, mais sur la table de chevet de mon père, derrière son réveil ; il la verrait en se tournant pour éteindre sa lampe le soir. J'ai essuyé la poussière de paillettes qui était tombée sur le meuble, caressé la couverture de la main, et quitté la pièce aussi discrètement que j'étais entrée.

Les ballons étaient rangés dans une boîte portant la mention « Fête », au fond de l'une des armoires du grenier. J'ai soigneusement écarté les verts, souriant à la vue des vieilles guirlandes en papier que nous avions confectionnées, de la banderole et du sac de bougies usagées que ma mère ressortait pour chaque gâteau d'anniversaire jusqu'à ce qu'elles soient aux trois quarts consumées. Mon cœur a fait un bond quand je suis tombée sur un chapeau pointu en carton et un diadème surmontés du chiffre 40. Je les ai tenus longuement dans mes mains, puis les ai replacés sous la banderole rouge et bleue.

Perdue dans mes pensées, je suis redescendue au premier. J'ai entendu la sonnette d'entrée au rez-de-chaussée et, vaguement, la voix autoritaire de Venetia dans la cuisine. Comme ce n'était pas encore l'heure où mon père devait arriver, je me suis attardée au pied de l'escalier du grenier, sur le palier inondé de lumière le long duquel couraient des étagères croulant sous les livres. Tous les romans lus par ma mère, mais aussi par Venetia et moi au fil des années. *Pamela*. *Vanity Fair*. Vera Brittain. Ou bien des auteures plus récentes. Margaret Atwood. Maeve Binchy. Joyce Carol Oates. Georgette Heyer.

Unies par une passion commune, nous avions dévoré les romances historiques de Georgette Heyer, qui occupaient toute la rangée inférieure. Je me suis accroupie pour chercher *Frederica*, mon titre préféré, et l'ai trouvé dans une édition de poche à la couverture froissée attestant qu'il avait été maintes et maintes fois manipulé. Je ne l'avais pas lu depuis si longtemps. Brusquement, j'ai été saisie de tristesse à l'idée que plus personne ne toucherait ces livres autrefois tant aimés. Si Venetia avait une fille, peut-être devrait-elle les emporter, pour le cas où cette génération rêverait encore de liaisons secrètes et de calèches sillonnant la nuit. Ou Phoebe, pour la petite Charlotte ? Ou moi ? Tant de choses pouvaient encore nous surprendre.

— Addie ! a crié quelqu'un.

Après un adieu silencieux à *Frederica*, j'allais me relever quand mon regard a été attiré par quelque chose. Tout au bout de la rangée, enfoncé entre le montant en bois massif des rayonnages et un autre gros roman de Georgette Heyer, il y avait un mince volume d'un gris passé dont le dos ne portait aucune indication. Sans se baisser, on ne l'aurait jamais remarqué, mais j'étais à présent assise sur mes talons et le rayon de soleil entrant à l'oblique par la lucarne du palier éclairait exactement ce coin de la bibliothèque. Intriguée, je l'ai délicatement extirpé et l'ai ouvert, j'ai tourné la première page… et je serais tombée à genoux si je n'avais pas déjà été assise par terre.

Un journal intime.

36

C'était un cahier gris anthracite, très simple, presque lugubre. À l'intérieur, j'ai découvert l'écriture de jeune fille de ma mère, appliquée, encore enfantine.

— Hou hou ? Il y a quelqu'un là-haut ? Adele ?

Le cœur battant, j'ai vivement refermé le journal et l'ai replacé sur l'étagère. Des pas approchaient. Bientôt, mon père est apparu. Il semblait beaucoup plus vaillant que la dernière fois que je l'avais vu.

— Papa ! Je ne t'avais pas entendu monter.

Je me suis levée d'un bond en m'obligeant à détourner mes yeux de l'étagère. Y avait-il un autre volume ? Plusieurs ?

— Venetia a dit que tu t'étais perdue dans le grenier. Tout va bien ?

— Je suis venue chercher des ballons…, ai-je répondu, un peu penaude. Ils devaient être accrochés pour t'accueillir. Je suis désolée…

Il a souri.

— La maison est très belle comme ça.

— Je suis super contente de te voir. Tu… tu as bonne mine.

C'était vrai. Il paraissait reposé et son visage avait retrouvé un peu de couleur, mais surtout, il n'avait plus cet air hagard que je lui connaissais depuis plus d'un an. Il se déplaçait lentement, avec prudence, posant de temps à autre une main sur son cœur comme pour se rassurer que tout allait bien de ce côté-là, mais il avait l'œil vif et il me regardait – oui, il me *regardait* – en parlant.

— Andrew est là aussi. Et Fred. Je suis vraiment touché par cet accueil.

Mon père faisait des phrases entières, avec des verbes ! Et plusieurs phrases, de sorte qu'on pouvait envisager une *conversation*.

— Papa…, ai-je commencé, je suis… je suis tellement désolée. Pour ce que j'ai dit… Et…

Il m'a interrompue.

— Je te dois une explication.

Une ombre est passée sur ses traits. Puis il a repris :

— J'ai dit aux autres de commencer à boire et à manger les gâteaux. Moi, je ne peux plus faire d'excès, de toute façon… Et ça les occupera un moment.

Il s'est assis sur l'escalier du grenier et m'a fait signe de prendre place à côté de lui.

— J'ai eu beaucoup de temps pour réfléchir pendant que j'étais à l'hôpital… Où, soit dit en passant, je n'ai pas du tout envie de retourner. Tous ces gens sur votre dos pour vous obliger à vous reposer. Il y a de quoi vous mettre H.S.

— Tu as eu une crise cardiaque, ai-je répliqué sévèrement. C'était normal qu'il y ait des gens sur ton dos et que tu te reposes.

Il a chassé mon argument de la main, puis a pris une grande inspiration.

— Tout ce que tu as dit était vrai. Enfin, presque. Lizzie… elle avait croisé cet homme en vacances et…

— Oui, je sais, ai-je coupé. John Shaw. J'ai retrouvé sa femme à Tideford Cross, et elle nous a tout raconté jusqu'à la naissance.

Il a haussé les sourcils.

— Sa femme ? À Tideford Cross ?

— Oui. Écoute… Dis-moi juste ce qui s'est passé après ma naissance, quand je devais avoir à peu près une semaine, et je te raconterai le reste plus tard. On n'a pas beaucoup de temps, connaissant Venetia…

Par chance, la sobriété verbale avait toujours été le point fort de mon père.

— Très bien… Une semaine, oui, c'est l'âge que tu avais quand je t'ai rencontrée. J'étais étudiant en Sciences politiques, comme tu le sais. Je bénéficiais d'une bourse, et j'habitais chez ma tante à Dulwich. Elle vivait seule, elle était contente d'avoir de l'aide à la maison, et moi, soulagé d'avoir une chambre. On ne trouvait pas facilement à se loger à Londres et je n'avais pas beaucoup d'argent.

« Bref. J'étais assis à mon bureau devant la fenêtre, et en jetant un coup d'œil dans la rue en bas, j'ai aperçu quelqu'un qui marchait, une femme, même si elle était tellement emmitouflée qu'on ne la distinguait pas très bien. Il faisait froid, la nuit tombait déjà, et il n'y avait pas beaucoup de passants, alors je l'ai regardée approcher. Je trouvais qu'elle avait quelque chose de bizarre, et puis, juste quand elle est arrivée devant la porte, elle a trébuché et est tombée. J'ai attendu qu'elle se relève, mais elle n'a pas bougé, elle est restée là, recroquevillée sur le trottoir. Je suis descendu en courant et je suis sorti dans la rue. Il faisait vraiment un froid glacial, il y avait eu des chutes de neige toute la semaine, et j'ai voulu l'aider à se relever avant que ses vêtements ne soient trempés. Mais elle était tellement faible, elle ne pouvait pas se mettre debout, alors je l'ai fait asseoir sur la marche. Et c'est là que je t'ai vue. Elle te portait dans une étoffe qu'elle avait nouée autour de ses épaules, et elle avait refermé ses bras sur toi pour te protéger quand elle était tombée. Tu avais déjà beaucoup de cheveux à une semaine, a-t-il ajouté en souriant. Un joli petit minois, avec les yeux ouverts… Et tu ne bronchais pas. Tu étais toujours tellement sage.

Son sourire s'est effacé.

— Ta mère, en revanche, n'allait pas bien du tout, et j'avais peur qu'elle s'évanouisse à nouveau si je l'abandonnais là. Alors je l'ai emmenée dans la cuisine. Je voulais appeler un médecin, mais dès qu'elle a pu parler, elle s'y est farouchement opposée. Elle cherchait un endroit qu'elle connaissait, un lieu d'accueil pour femmes en difficulté, mais elle ne le trouvait pas et ne savait pas vers qui se tourner. Je n'étais pas certain d'avoir correctement agi en la ramassant dans la rue comme ça, et je m'inquiétais de ce que dirait ma tante quand elle rentrerait, mais ta mère était si jeune, elle avait l'air si triste et tellement perdue avec toi dans ses bras… Je n'ai pu que la garder au chaud près de la cuisinière. Quand ma tante est arrivée, nous avons réfléchi à une solution. Ma tante Lavinia – tu ne l'as pas connue, mais elle ressemblait beaucoup à ta grand-mère –, était quelqu'un qui avait l'esprit pratique et, surtout, un cœur immense… Elle a préparé un lit d'appoint, elle a aidé ta mère à se déshabiller et à nourrir le bébé, elle a tapissé une caisse avec des couvertures pour le coucher, et elle a déclaré que nous aviserions le lendemain matin. Le lendemain, elle n'a pas eu le cœur de la renvoyer et elle l'a laissée rester une autre nuit, elle s'est occupée du bébé avec elle, et ainsi, de fil en aiguille, plusieurs jours se sont écoulés avant que ta mère nous confie son histoire, le bébé mort, celui qu'elle avait réussi à sauver du foyer des mères célibataires et de l'adoption, et quand nous avons essayé de savoir où étaient ses parents et s'ils la cherchaient, elle s'est fermée comme une huître. Elle était tellement traumatisée, meurtrie et effrayée, nous ne pouvions pas imaginer de la remettre à la rue. Plus que physiquement, elle était surtout très abîmée mentalement. Aujourd'hui, elle recevrait toutes sortes de soutien psychologique, mais à l'époque ce n'était pas très répandu. Ma tante Lavinia l'a prise sous son aile, elle l'a dorlotée, elle tenait le bébé dans ses bras et le berçait, et quand Lizzie a été rétablie, elle a travaillé dans la maison en suivant ma tante partout comme son ombre. Nous avons raconté que c'était une lointaine cousine venue nous rendre visite avec son bébé afin qu'elle puisse se montrer devant les voisins sans être gênée, mais Lizzie ne voulait voir personne, elle refusait même de sortir de la maison, parce qu'elle était absolument terrifiée à l'idée que son père puisse surgir et l'emmener. Je passais beaucoup de temps avec elle, je lui parlais quand elle avait envie de parler et je jouais avec toi, je t'emmenais faire des promenades dans le parc avec le landau parce que tante Lavinia exigeait que tu prennes l'air.

Après une courte pause, mon père a continué tristement :

— Elle a mis longtemps à se rétablir. C'était dur pour elle. Elle avait tellement souffert et elle était encore très jeune, elle avait perdu sa mère, elle avait perdu un bébé, mais je voyais qu'elle faisait beaucoup d'efforts pour aller mieux. Nous sommes devenus une petite équipe tous les quatre, et toi, tu étais un bébé formidable. Si calme, si paisible. On aurait dit que tu ne voulais surtout pas causer de souci à ta maman. Tu buvais bien ton biberon, tu dormais quand il le fallait et sinon tu souriais aux anges dans ton lit. Et par la suite, tu as toujours été très vive… Tu sais, tu t'es retournée sur le ventre bien plus tôt que les autres bébés. Tu adorais qu'on te lise des histoires et qu'on s'amuse avec toi… Je n'oublierai jamais ces premiers temps. J'ai aimé Lizzie, vraiment, dès le début, et même si elle ne m'aimait pas de la même manière, elle essayait très fort de revenir dans un monde où l'amour serait au moins possible, et ça me suffisait. Je t'aimais, toi aussi… Et je crois qu'elle m'en était reconnaissante, parce qu'elle n'avait plus beaucoup de forces pour toi.

Il a prononcé ces dernières phrases sur un ton détaché, mais j'ai vu qu'il avait l'œil humide. J'étais tellement émue que je n'ai pu que bredouiller :

— Ça a dû être… pas facile.

Il a soupiré.

— Oui, c'était douloureux. Très beau, aussi.

— Mais cela ne te dérangeait pas que… que je sois de lui ?

Il n'a rien dit pendant un long moment. J'ai commencé à m'inquiéter que Venetia, malgré ses neuf mois et demi, n'entreprenne l'ascension de l'escalier. Par miracle, les murmures et les rires qui montaient vers nous semblaient indiquer que notre absence n'avait pas encore été remarquée.

— Non, cela ne me dérangeait pas, parce que tu n'as jamais été à lui. C'est d'ailleurs la raison pour laquelle j'ai tenu à faire établir un nouvel acte de naissance avec mon nom. Je ne voulais pas qu'il y ait de complications, un revirement quelconque, une fois que nous serions mariés.

Sa voix s'est durcie.

— Je n'avais aucune estime pour lui, un homme marié qui avait ainsi abusé d'une jeune fille de dix-sept ans. Pauvre Lizzie, elle se battait si courageusement pour ne pas sombrer, pour revenir dans la vie. Il vous avait tourné le dos, et pour moi, c'était un acte irréversible.

Une farouche détermination est apparue sur les traits de mon père.

— Quand j'ai demandé à Lizzie de m'épouser, je voyais qu'elle n'était pas encore prête. Mais elle avait terriblement besoin d'un foyer, d'un endroit où se reposer. Elle était encore si jeune, vois-tu, elle n'avait que dix-huit ans. Alors nous avons conclu un accord : elle laisserait cet homme derrière elle, mentalement, émotionnellement, et elle s'engagerait dans une vie avec moi. Pleinement, totalement. Sans regarder en arrière. En échange, je te considérerais comme ma propre fille et nous formerions une famille. Nous ne reparlerions plus jamais du passé et nous t'élèverions ensemble comme si j'étais ton père biologique.

J'ai laissé mon regard se perdre vers le fond du couloir et la chambre de mes parents. Le sens de l'ordre qui caractérisait ma mère, son absence d'attachement sentimental pour les objets, son refus de tout débordement émotionnel… Elle avait fait plus qu'honorer le pacte. Aurait-elle secrètement aimé accrocher davantage de photos, conserver d'anciennes lettres, collectionner des souvenirs ? Ou bien était-elle si triste qu'elle ne voulait pas se remémorer le passé et qu'elle s'était aisément pliée à la condition imposée par son mari, peut-être même avec un certain soulagement, au point de forger sa personnalité autour de cette rupture ?

— Et George Holloway ? ai-je demandé.

— Elle ne l'a jamais revu. Nous nous sommes mariés quelques mois plus tard, rien que nous deux devant l'officier de l'état civil, pendant que tante Lavinia te gardait à la maison. Nous avons continué à vivre avec elle par la suite, et ta mère… On peut vraiment lui tirer son chapeau, tu sais : dès le lendemain, elle a trouvé un emploi, et elle a travaillé très dur pour se construire petit à petit une vie professionnelle, puis pour aller à l'université et obtenir son diplôme. Cela semble facile aujourd'hui, mais à l'époque c'était une autre paire de manches. Elle s'est accrochée, sans jamais considérer que quoi que ce soit lui était dû parce qu'elle avait souffert. Ça a été des années difficiles, bien sûr, mais je ne les oublierai jamais. Tu allais à la maternelle, nous travaillions tous les deux, et quand tu rentrais, tu avais toujours une foule de choses à raconter, tu étais curieuse de tout, tellement vive et enthousiaste. Nous nous y sommes peut-être pris un peu à l'envers, mais l'amour est venu ensuite, après le mariage, avec la vie de famille. Son père en était complètement exclu. Quant à l'autre homme, il aurait fallu qu'il me passe sur le corps pour mettre un pied dans notre vie ! Tu étais ma fille, Addie, mon enfant, dès le jour où je t'ai vue. J'étais celui qui avait sauvé ta mère, et qui t'avais sauvée toi aussi. Jamais je n'aurais accepté qu'on m'enlève cela.

J'ai frissonné en me rappelant le message sensiblement identique exprimé par Mrs. Roberts : que l'on était capable de tout pour protéger sa famille.

— Tu as menti sur vos noces d'émeraude, ai-je marmonné en fronçant les sourcils.

— Oui. Et sur l'âge d'Elizabeth. Elle aurait dû avoir vingt et un ans pour se marier. Mais c'était facile à l'époque, l'employé de l'état civil se contentait en général de vous croire sur parole. Nous avons fait établir un nouvel acte de naissance pour toi le lendemain du mariage, en déclarant que j'étais ton père et que je souhaitais te reconnaître.

— Et comment as-tu expliqué ma présence soudaine à ta famille ?

— Nous avons éludé… Nous avons seulement dit à mes parents et à Fred que nous avions eu un bébé, un accident, et que pour cette raison nous avions été obligés de nous marier très vite. Ma mère a pris la chose avec philosophie, ma tante nous a soutenus, et le sujet n'a plus été évoqué.

Connaissant Granny Harington, je ne m'étonnais pas.

— Et Phoebe ? Est-ce que maman t'a raconté ce qui s'était passé ?

— Tout au début, oui. Lizzie parlait constamment du bébé mort, elle répétait que c'était sa faute, qu'elle l'avait tuée. C'était terrible, vraiment. Cette culpabilité dont ils l'avaient chargée à l'hôpital… Elle ne pouvait pas s'en débarrasser.

— Mais je ne comprends pas *pourquoi* ils lui ont raconté que Phoebe était morte. Pourquoi George Holloway n'a-t-il pas simplement dit qu'il avait donné le bébé à l'adoption ?

Je clignais des yeux dans le soleil qui entrait par la lucarne, trop clair, trop radieux pour toute cette noirceur.

Mon père a secoué la tête.

— Je l'ignore. À mon avis, il se doutait qu'elle tenterait de l'empêcher. Il a préféré agir vite pendant qu'elle était encore incapable de se battre. Sauf que toi, tu es restée.

— Parce que Mrs. Roberts n'en a pris qu'une, ai-je soupiré. Et maman n'a plus jamais reparlé à son père. Tu as su qu'il était mort, qu'elle avait assisté à l'enterrement ?

Mon père a frissonné.

— Oui. C'était la première fois qu'elle prononçait son nom depuis des années. Je l'ai accompagnée au cimetière. C'était sinistre… Il a été enterré à côté de sa femme dans le caveau, ce que Lizzie ne voulait pas. Elle ne voulait pas non plus aller voir la maison ni discuter de la succession avec le notaire.

— Et tu savais qu'elle avait engagé Merck pour chercher Phoebe ? Il a mené une enquête pendant trois ans. Pardon pour toutes ces questions, papa, mais il s'est passé tellement de choses, je suis encore un peu perdue.

— Ne t'excuse pas, c'est tout à fait normal. Non, je ne savais pas qu'elle avait engagé un détective… Je regrette qu'elle ne me l'ait pas dit. Je l'aurais aidée. J'aurais voulu être avec elle dans cette démarche, a-t-il ajouté d'un air triste.

Gênée d'entendre l'émotion qui étranglait sa voix, je me suis empressée de poursuivre :

— Comment peut-on se remettre d'un tel traumatisme, ça me dépasse…

— Une fois que nous avons été mariés, elle a complètement cessé d'en parler. C'était comme si elle avait décidé de tourner cette page de sa vie.

Voyant que je fronçais les sourcils, il a ajouté avec conviction :

— Ce n'est pas parce que je l'ai *obligée*. Je crois qu'elle avait accepté, elle *voulait* regarder vers l'avant. Elle n'a plus jamais mentionné le bébé mort. Et, pour être honnête, nous étions passablement occupés – jeunes mariés sans un sou, avec une petite fille à élever, plusieurs petits boulots chacun. Nous n'avions pas beaucoup le temps de réfléchir. Et puis plus tard, oui, parfois je voyais bien que ça n'allait pas mais…

— D'après Mrs. Baxter, elle était dépressive.

Il a hoché la tête d'un air songeur.

— Je l'ai poussée plusieurs fois à aller en parler, à consulter un médecin, même. Mais tu sais comment elle était, elle gardait tout en elle.

— Pauvre maman. Elle était si forte, et en même temps pas forte du tout.

Je me suis mise à pleurer, mais mon père ne s'est pas troublé. Il m'a tapoté le dos en murmurant de gentilles paroles, ce qui était sans doute exactement ce qu'il avait fait quarante ans plus tôt quand ma mère pleurait son bébé mort. Et moi, après tout ce que j'avais découvert, j'étais contente qu'au lieu de trouver ce qu'elle était venue chercher à Londres, ce soit mon père qu'elle ait trouvé, lui qui était resté à ses côtés pendant quarante ans. *J'offre, à celui qui s'est donné pour moi ; Qui se donne à moi, et m'invite à chanter une nouvelle, une douce chanson.* Voilà ce qu'avait fait, mon père, il lui avait donné l'espoir, un recommencement, et c'est ce qu'il souhaitait encore pour elle à la fin. *Une nouvelle, une douce chanson.*

J'ai entendu du bruit et des voix en bas. Sortant un mouchoir en papier, je me suis tamponné les yeux en essayant de me ressaisir.

— Tu la rencontreras, papa ? Phoebe… Est-ce qu'elle pourra être un peu avec nous maintenant, venir ici ? Enfin, si elle a envie, et si ça ne dérange pas Jas et Venetia ?

Mon père a gardé le silence si longtemps que j'ai relevé les yeux pour m'assurer qu'il allait bien.

— Oui, a-t-il répondu enfin. Oui, bien sûr. C'est ce que Lizzie aurait voulu plus que tout, que vous soyez toutes les deux réunies. Amène-la vite. J'adorerais faire sa connaissance.

Je me suis appuyée contre lui et nous sommes restés sans parler, assis côte à côte sur l'escalier du grenier baigné de soleil, à contempler les minuscules particules de poussière en suspension dans la lumière.

— J'aurais aimé qu'elle me le dise…, ai-je soufflé. J'aurais aimé savoir. Ça aurait facilité les choses, je crois.

— Quelles choses ? a-t-il demandé d'une voix très douce.

— Entre maman et moi. On était tellement différentes. Et elle me demandait d'être *une autre*.

— Il fallait toujours que tu sois deux fois plus que tu n'étais, a-t-il reconnu. C'est dur pour une enfant. Vous aviez une relation… compliquée, disons.

— Si seulement je pouvais lui reparler… J'aurais tant à lui dire.

La voix de mon père n'était qu'un murmure.

— Oui… Moi aussi. Plus que tout, j'aimerais qu'elle soit encore là. J'ai toujours pensé que nous vieillirions ensemble. Elle me manque affreusement.

— Et parfois, j'ai du mal à me souvenir d'elle. Comme si son image m'échappait déjà.

— On devrait parler davantage d'elle, a-t-il proposé. On devrait en parler tout le temps. C'est la seule façon de se rappeler les gens, de les garder avec nous.

Il s'est levé.

— Je crois que les autres nous attendent.

— Vas-y, toi. J'arrive dans cinq minutes.

Je me suis mouchée et j'ai encore pressé mon mouchoir sur mes yeux.

Il s'attardait en me couvant d'un regard plein de sollicitude.

— Ça va aller ?

— Oui, oui. J'ai juste besoin d'être un peu seule.

— Très bien. Je m'occupe de Venetia…

Il s'est penché et m'a serré maladroitement l'épaule, puis s'est détourné. Je l'ai regardé s'éloigner, toujours voûté, de sa démarche légèrement claudicante, mais beaucoup plus calme, beaucoup plus présent maintenant. En dépit de tout le reste, l'apparition de Phoebe avait eu au moins le mérite de le sortir de sa prostration. Elle l'avait ramené parmi nous.

Londres, 9 mai 1960

Je me marie demain. J'ai dix-huit ans et, demain, par un beau jour de printemps, je vais me marier devant l'officier de l'état civil de Southwark. J'épouse un homme bon, un homme très gentil, que j'aimerai sûrement plus tard. Bientôt. Je le sais, parce que d'une certaine manière, je l'aime déjà un peu. Il est tout ce que ni John ni mon père ne seront jamais, et c'est tant mieux. J'essaie maintenant de ne plus penser à ce baiser dans le verger de Hartland, ni aux après-midi à l'hôtel de Purley, parce que ces émotions-là, ces sentiments passionnés, ne sont pas le socle sur lequel on construit un avenir. C'est beau, oui, mais c'est aussi fugace, impermanent, instable, et pas du tout « l'amour par lequel nous formons Un » dont maman parlait parfois. Je suis un peu triste pour elle, car je ne peux pas imaginer que c'est ce qu'elle a connu avec mon père, compte tenu du genre de personne qu'il est, mais Graham est différent. Il est doux, calme, fort, et il se dégage de lui quelque chose de fiable qui est plus réel et plus convaincant que tout ce que j'ai jamais éprouvé pour John. C'est le genre de vie où je pourrai écrire dans mon journal sans avoir peur qu'il le lise, me taire si je le souhaite, parler si je le veux, et il sera là pour se taire aussi ou pour écouter. Je pourrai fermer ma porte et être seule, et pourtant savoir que je ne serai jamais seule quand je serai avec lui, et ça, c'est merveilleux.

Il n'y a pas de porte à fermer pour l'instant et notre avenir est encore très spartiate. Je ne possède rien, hormis le sac avec lequel je suis arrivée et les vêtements que je portais quand je suis partie de l'hôpital. Le bébé a très peu d'habits et elle grandit vite, mais une fois que je serai Mrs. Graham Harington, je pourrai trouver du travail et être une mère de famille respectable, en parfaite sécurité. C'est à tante Lavinia que je dois tout cela, je ne la remercierai jamais assez de sa bonté. Elle est si solide et si inébranlable, avec toujours les pieds sur terre, comme Graham. Je me suis tellement attachée à elle que j'ai presque peur de former une nouvelle « équipe », une association différente avec Graham. Mais c'est bon d'être mariée quand on a dix-huit ans et que le passé n'est qu'une somme de jours sombres et glacés, parce que cela signifie qu'on avance et qu'on laisse ce désespoir derrière soi.

Graham a été très gentil aujourd'hui, il m'a laissée seule presque toute la journée comme j'en avais envie, et j'ai pensé à Maman. Je regrette qu'elle ne soit pas là, un jour où une mère voudrait aider sa fille à se préparer, la veille de son mariage. Nous aurions ri en me coiffant, elle se serait occupée de ma robe, elle aurait sorti ses boucles d'oreilles et son collier de perles pour que j'aie vraiment l'air d'une mariée, elle m'aurait fait une tasse de chocolat chaud et serait restée assise à parler avec moi si elle m'avait sentie inquiète.

Rien de ce qui m'est arrivé ne serait arrivé si Maman avait été là, mais j'ai cessé de me révolter contre ce qui l'a emportée parce que je suis fatiguée d'être toujours en colère. Elle aurait aimé Graham, beaucoup, mais je me demande ce qu'elle aurait pensé de cette nouvelle personne que je suis devenue, plus dure, plus réservée, qui ne s'étonne plus devant rien de ce que la vie a le pouvoir de faire. Quand je regarde Adele, même si elle n'est qu'un bébé, j'aperçois parfois un souvenir fugitif de mes années avec Maman, la douceur et l'inconditionnelle affection, le don tout simple, la joie. Mais il m'est difficile de laisser ces sensations remonter, comme si, tout au fond de moi, j'avais perdu la capacité de comprendre ce genre de concepts.

D'une certaine manière, en quittant Limpsfield et mon père, en quittant John, Hartland, et la jeune fille naïve, impressionnable, sensible que j'étais, je vais devoir fermer la porte à ma mère et à mes souvenirs d'elle. Je ne pourrai pas aller sur sa tombe avant longtemps, je ne retournerai pas à Bough Road où elle était tellement présente. J'ai grandi et je suis loin de tout cela maintenant, je dois être autonome, je dois être moi-même une mère. En hommage à Maman, il me faut chercher à m'épanouir dans cette nouvelle vie, trouver un moyen d'avancer, même si cela signifie la laisser derrière moi.

Et je *veux* avancer. Je ne veux plus penser au bébé mort, ni à tout ce que j'aurais dû faire différemment. Je ne veux plus jamais revoir mon père ni penser à John et aux trois cent vingt-cinq pas jusqu'à l'arrêt d'autobus. Je ne veux plus lire ma vie dans des poèmes qui parlent d'amour, de mort et de faute. Je veux vivre.

37

Mon père avait à peine tourné le coin du couloir que j'étais déjà à genoux devant l'étagère du bas pour ressortir le cahier gris. Le roman de Georgette Heyer a basculé sur le côté dans l'espace libéré, déclenchant une réaction en chaîne parmi les livres de la rangée, et j'ai remarqué alors plusieurs cahiers gris identiques au premier, cinq au total, fondus dans la masse compacte des titres de l'auteure prolifique que nous avions délaissée depuis si longtemps. J'ai exploré les étagères au-dessus pour m'assurer qu'il n'y en avait pas d'autres, puis, retenant mon souffle, j'ai ouvert le premier cahier, cette fois à la première page.

Limpsfield, 17 juillet 1958

J'ai acheté aujourd'hui un nouveau cahier pour tenir mon journal. Mr. Clark, le gentil libraire, avait reçu un autre coloris, rose glacé, et il m'a montré le petit fermoir sur le devant et les fleurs qui ornaient quelques-unes des pages. « Parfait pour une jolie jeune femme comme vous », a-t-il déclaré en m'adressant un clin d'œil. Il était bien intentionné, j'en suis sûre, mais je ne voulais pas celui-là. J'ai pris le gris sombre, presque noir, parce que je sais très bien que cette année n'aura rien de rose glacé. J'en ai choisi un avec un papier un peu plus épais, même s'il coûtait un peu plus cher, parce que j'ai le sentiment que j'aurai besoin d'un papier plus épais, plus résistant, pour absorber toutes les pensées, toutes les larmes et toutes les choses horribles à la maison.

En découvrant la date, j'ai laissé échapper un long soupir et senti un poids incommensurable s'abattre sur mes épaules. 1958. Elle était là, devant moi, la toute jeune fille de l'histoire de Harriet, déjà si affligée. Dans ces quelques lignes du début, je devinais la suite de son histoire, je voyais la chute se profiler, et mon cœur a été saisi d'une infinie compassion.

Je savais qu'on m'attendait en bas, mais je n'ai pas pu m'empêcher de tourner les pages, lentement, pour lire l'histoire de ma mère. Elizabeth arrivant à Hartland, vide et triste, puis la journée radieuse sur le bateau, la mort de Constance et John qui l'attendait à la sortie de l'école de secrétariat. Des fragments me sautaient aux yeux – ma mère cachée dans la roseraie parce que les autres insistaient pour lui tenir compagnie, ma mère assise à l'avant de la décapotable avec son foulard neuf, buvant son premier verre de champagne, et je souriais et pleurais en même temps, parce qu'ici, enfin, tel un cadeau inattendu, des souvenirs nous étaient rendus, rassemblés et enfilés sur plusieurs décennies comme des perles scintillantes. Je me suis tamponné les yeux, mais ils étaient secs, et j'ai éprouvé une émotion si forte que mon cœur m'a paru sur le point d'éclater.

Sans plus me soucier des minutes qui passaient, j'ai parcouru le cahier suivant.

Dulwich, 8 avril 1969

Journée magnifique au parc. J un peu grognon. Encore une dent qui sort ?

Dulwich, 12 avril 1969

La varicelle ! J'aurais dû m'en douter.

Dulwich, 14 avril 1969

J'avais oublié combien les maladies infantiles sont éprouvantes, surtout dans un appartement si petit. Heureusement, Graham et moi l'avons déjà eue tous les deux.

Londres, 28 mai 1969

Nous sommes allés revoir la maison de Rose Hill Road, et je l'ai trouvée encore plus belle que la première fois. Graham l'a adorée. À présent que nous avons hérité de tante Lavinia, nous parviendrons peut-être à réunir les fonds. Même si je préférerais infiniment avoir tante Lavinia que la maison. Elle me manque tant.

Londres, 3 septembre 1972

Ç'aurait été l'anniversaire de Maman aujourd'hui, et j'ai emmené les enfants à St. Paul pour écouter la chorale. Nous ne sommes pas montés dans la galerie, malgré A qui me suppliait. Elle ira en sortie avec l'école parce que, moi, je ne m'approcherai plus jamais de ces fenêtres et de ces souvenirs. Mais l'office était superbe, et même Venetia s'est tenue tranquille pendant toute l'heure ! Les chants étaient magnifiques, comme d'habitude. Elle aurait adoré.

St. Paul. Un autre morceau du puzzle se mettait en place. J'ai ouvert le troisième cahier, puis le quatrième, sans lire vraiment parce que je voulais les savourer tranquillement, plus tard, mais fascinée néanmoins par ces petits détails de la vie familiale. Chaque volume couvrait plusieurs années et les dernières entrées n'étaient pas très longues, fragments de phrases écrites à la hâte, éclats minuscules arrachés à une journée, à une semaine, à peine quelques mots parfois qui suffisaient à fixer un souvenir. Je les ai feuilletés en avançant dans le temps. La naissance de Jas. La remise du diplôme de maman. La promotion de papa. Des gens que j'avais côtoyés pendant des années surgissaient au fil des pages, comme les personnages d'un livre, et moi j'étais présente presque partout. Mon premier jour à l'école, la première fois que j'avais fait du vélo sans les petites roues, les anniversaires, les Noëls. 1975. 1980. 1985. 1990. 1995. Un nouveau doyen à l'université. La femme de Jas enceinte. L'opération du dos.

Et puis, brusquement, l'enterrement de George Holloway. À partir de là, j'ai lu attentivement.

Londres, 20 avril 1996

Père est mort. Le notaire m'a appelée. Enterrement la semaine prochaine.

Puis, plus loin :

Suis allée à l'enterrement de Père aujourd'hui, me suis assise tout au fond. Je l'ai dit à Graham, et il m'a accompagnée, c'était si gentil. Il n'y avait pas beaucoup de monde. J'ai vu le vieux Mr. Throgmorton (toujours vivant !). Il veut me parler de la succession.

Une semaine plus tard :

J'ai dû aller voir Mr. Throgmorton aujourd'hui pour le testament de Père. Il ne comprenait pas que je ne veuille pas récupérer ce qui reste ni retourner dans la maison de Bough Road. Mais il a insisté, même si c'est quelqu'un d'assez bienveillant.

Quelques jours plus tard :

Encore eu Throg au téléphone. Il a besoin de certains « documents » qui doivent se trouver dans la maison et ne me lâche pas.

Londres, 10 mai 1996

Suis allée à la maison. Méticuleusement rangée, évidemment, comme du temps de Père, aussi je n'ai pas eu trop de mal à chercher. Dans ma chambre, c'était incroyable :

personne n'avait découvert aucune de mes cachettes après tant d'années. Les petites choses que j'avais dissimulées, des photos, des lettres, même un livre de la bibliothèque que je n'avais jamais rendu, tout était encore là. Et quand je suis entrée dans la chambre de Maman, j'ai vu qu'il avait conservé toutes ses affaires aussi, ses vêtements dans l'armoire, ses livres sur les étagères, ses colifichets et ses bibelots sur la coiffeuse. J'ai sangloté, pour la première fois depuis longtemps, parce que j'étais si triste de les revoir. Comment est-ce possible d'être encore tellement triste, après toutes ces années, en revoyant son lit, son fauteuil devant la fenêtre tourné vers le jardin ?

On aurait dit que le temps s'était arrêté dans cette maison, que Père n'était jamais retourné dans ma chambre ni dans celle de Maman, et qu'il avait gardé sa mort, là, dans cette pièce, comme si elle était partie seulement depuis un an... l'année avant que tout s'effondre.

J'ai emporté quelques objets, pas beaucoup. Des photos et des livres appartenant à Maman, des lettres que je lui avais écrites, ses flacons de parfum anciens, un petit tableau d'elle quand elle était jeune. J'ai soulevé la vieille radio parce que je trouvais qu'elle irait bien dans notre cuisine, mais le fond était collé à la commode et s'est détaché de l'entourage en bois, alors je l'ai laissée. Et j'ai pris le recueil de poèmes de Christina Rossetti, qui était encore exactement là où je l'avais posé, avec la rose toujours à l'intérieur, cette rose qui m'arrache chaque fois des larmes. Si j'avais pu pleurer ma mère correctement, avec l'amour et le soutien d'une vraie famille autour de moi, sans l'horreur qui a suivi un an plus tard, j'aurais peut-être pu faire mon deuil et je me sentirais plus en paix. Mais je n'y arrive pas. Elle me manque toujours terriblement, je ne me remets pas de l'avoir perdue, et sans doute je ne m'en remettrai jamais.

La vue brouillée par les larmes moi aussi, j'ai continué à lire en sautant les passages qui ne concernaient pas la maison de Limpsfield.

Londres, 10 septembre 1996

Throg réclame encore des papiers, donc j'ai dû retourner fouiller dans le bureau de Père, bien malgré moi. J'ai trouvé le rapport du médecin sur le bébé mort-né. Père l'avait rangé dans un dossier comme n'importe quel document, et tout m'est revenu d'un coup, la haine que j'ai éprouvée pour lui, cette rage qui n'a servi à rien, au bout du compte. Comme j'aimerais savoir où elle est enterrée… J'ai découvert aussi une chose très étrange : il a retiré beaucoup d'argent, juste avant le 14 février. Trois cents livres. Ce qui ferait presque six mille cinq cents livres aujourd'hui. Pourquoi a-t-il eu besoin d'autant d'argent ? Et puis autre chose qui m'a paru étrange : des cartes de Harriet datant de 1960. Pourquoi Harriet m'aurait-elle écrit, après ce que je lui avais fait ?

Londres, 30 novembre 1996

J'ai confié la vente de la maison à Throg.

Londres, 12 janvier 1997

Je ne sais pas pourquoi, mais je suis troublée par ces cartes et par cette histoire d'argent. Il était toujours tellement pingre. Je regrette à présent de m'être débarrassée si vite de la maison de Bough Road. Je me suis un peu renseignée. Ni le foyer des mères célibataires ni l'hôpital n'aurait pu représenter même une petite partie d'une telle dépense. L'hôpital n'a sûrement rien coûté, d'ailleurs, puisqu'il s'agissait d'un établissement public et que tout était pris en charge par la sécurité sociale. Alors où est allé cet argent ? Est-il possible qu'il ait fait quelque chose de terrible pour lequel il a dû payer ? Mais l'acte de décès du bébé était là dans ses dossiers, je l'ai vu. Il n'aurait tout de même pas dit qu'elle était morte alors qu'elle ne l'était pas ? Même lui n'aurait pas pu faire ça, même lui n'aurait pas été si cruel. Je ne peux tout simplement pas le croire.

Londres, 14 janvier 1997

J'ai cherché Harriet, mais je ne la trouve pas. L'hôpital All Saints et les Sœurs de la Charité n'existent plus. Je suis presque convaincue à présent que Père a commis un acte effroyable. Peut-être est-elle toujours vivante ? Je n'en dors plus. Graham s'inquiète et me demande si je suis malade. Je préfère ne pas lui en parler, pas après tant d'années, parce que je ne veux pas rouvrir ces vieilles blessures.

Londres, 15 mars 1997

Graham parti voir ses parents. Ai décidé d'essayer de retrouver le Dr Miller et les infirmières.

Londres, 30 septembre 1997

Je vais engager un détective. J'y pense depuis un moment, mais je ne veux pas embêter Graham avec ça. Il y a largement assez d'argent sur le compte de Père, je peux payer le détective en toute discrétion. J'ose à peine y croire moi-même, et si c'est une fausse piste, je ne supporterais pas de devoir partager cette déception avec lui, alors que nous avons convenu il y a si longtemps de ne jamais remuer le passé. Et Addie. Je ne pourrais pas lui dire, à moins d'être *absolument* certaine, que sa sœur est toujours en vie. Si elle ne l'est pas, ce n'est pas la peine d'en parler. Si elle l'est, j'expliquerai tout à Addie. C'est une histoire qu'il faut raconter du début à la fin, sans rien cacher, et si sa sœur est vivante, Addie mérite de le savoir. Mais si c'est une fausse piste, alors je laisserai les choses comme elles sont. Parce qu'il ne faut pas charger tout le monde du fardeau de l'Espoir...

Londres 2 novembre 1997

J'ai contacté quelqu'un, un certain James Merck, qui me paraît un peu pédant mais au moins c'est un perfectionniste. Et il a une excellente réputation pour ce qui est de retrouver les personnes disparues. Je n'ose toujours pas croire qu'il s'agit de ce genre d'affaire.

J'ai rapidement parcouru le reste du cahier. Au début, elle mentionnait chaque jour James Merck et semblait tour à tour excitée, impatiente, anxieuse. Puis, environ un an avant sa mort, leurs échanges se sont apparemment essoufflés.

Londres, 28 mai 1998

L'enquête ne donne rien du tout, c'est atrocement frustrant. Heureusement que je n'en ai pas parlé à Graham, ce sera peut-être plus facile de revenir aux choses comme elles étaient.

Londres, 15 novembre

La gentille infirmière qui m'a aidée est tout simplement introuvable. Elle était si jeune, comme pourrait-elle avoir disparu ? Si seulement je me souvenais davantage de ces jours à l'hôpital, si je me rappelais quelques noms, mais tout est noyé dans un brouillard. Pourquoi les enfants adoptés, avec toutes ces nouvelles lois, peuvent-ils maintenant rechercher leurs parents biologiques alors que ce n'est pas possible dans l'autre sens ? Cela me semble injuste, comme si les mères ne voulaient pas voir leurs enfants. Mais peut-être que toutes ne le souhaitent pas. Moi, oui. Oh, tellement ! Et je n'y arrive pas.

L'année suivante :

Londres, 30 janvier 1999

Février est bientôt de retour, et je me prépare à affronter ses nuits sombres et tous ces souvenirs qui affluent. C'est pour moi la période la plus terrible de l'année, depuis toujours. J'ai demandé à Merck de poursuivre l'enquête, mais de ne plus me contacter sauf s'il trouve quelque chose de concret. Cette attente, ces lettres sans réponses et ces vaines tentatives me sont trop douloureuses. Je n'ai plus beaucoup d'espoir, parce que quelque part, au fond de mon cœur, je sais qu'elle est vraiment morte.

J'ai continué à feuilleter le cahier, de plus en plus lentement à mesure que la fin du journal approchait, redoutant d'arriver aux pages vierges.

Mais brusquement, mon cœur a fait un bond alors que je ne m'y attendais plus : une feuille de papier avait été pliée en quatre et glissée entre les deux dernières pages. Mes doigts tremblaient quand je l'ai dépliée et que j'ai lu la signature en bas.

Sarah Mason.

Arbroath, 1er mai 1999

Chère Mrs. Harington,

Je suis désolée de vous écrire si tardivement, mais votre lettre a pris un chemin détourné et vient seulement de me parvenir à Arbroath, où j'habite maintenant. Je ne suis plus infirmière depuis un certain temps déjà (je n'étais pas vraiment faite pour ce métier, à dire vrai) mais je suis très heureuse que vous m'ayez contactée.

Cette semaine dont vous parlez à l'hôpital All Saints, je terminais mon stage à la maternité et vous étiez l'une des dernières filles du foyer qui est arrivée pendant que j'y étais. Ils les traitaient toujours si mal, ces « filles-mères ». La sœur de l'étage, surtout, c'était un vrai dragon, elle passait son temps à surveiller et à houspiller tout le monde, et l'infirmière-chef ne valait guère mieux. Le métier d'infirmière est un métier formidable, je n'en doute pas, mais il faut avoir les épaules drôlement solides quand on débute.

Je me rappelle très clairement le 14 février 1960, parce que j'avais vu beaucoup d'accouchements assistés par des sages-femmes, mais vous étiez seulement ma troisième césarienne, et cela me paraissait encore merveilleux que l'on puisse ouvrir un être humain pour en sortir un bébé, ou, dans votre cas, deux bébés. On me les a passés pour que je les nettoie et les emmaillote, et c'était vraiment magnifique, ces deux nourrissons côte à côte dans leur petit lit. Déjà que chaque naissance me semblait un miracle, alors deux bébés, c'était un double miracle ! Le médecin a mis longtemps à vous recoudre, mais quand j'ai voulu les emmener à la nursery, on m'a ordonné d'aller annoncer la naissance à votre père et de retourner travailler dans les chambres. Votre père attendait de vos nouvelles. Il était très nerveux, et stupéfait quand je lui ai dit que vous aviez eu des jumeaux. Parfois, même les pères les plus durs s'attendrissent quand ils découvrent leurs petits-enfants, mais pas lui. Il a voulu parler au médecin immédiatement et n'a même pas demandé à voir les bébés, il ne voulait rien savoir d'eux.

Plus tard, la sœur m'a appris brutalement que l'un des bébés se trouvait maintenant à la nursery, mais que l'autre n'avait pas survécu, et elle m'a envoyée laver la salle d'opération à grande eau avant la fin de mon service. Cela arrivait parfois, qu'un bébé succombe au bout de quelques heures, et on s'en débarrassait rapidement sans trop se préoccuper de la mère, aussi je ne me suis pas posé de question au début, sauf que les deux bébés m'avaient quand même paru en bonne santé, ils avaient bien crié, et ils avaient l'air... enfin, plutôt vigoureux. Mais j'étais jeune, je manquais d'expérience, j'avais peur des infirmières plus âgées, et personne, même pas ces infirmières qui justement me faisaient peur, n'osait jamais mettre en doute la parole d'un obstétricien. Nous avons baissé la tête et vaqué docilement à nos obligations.

C'est seulement un ou deux jours plus tard que j'ai pensé qu'il était arrivé quelque chose d'étrange avec vos bébés, quand j'ai revu une autre femme, que j'avais emmenée sur un brancard juste avant vous alors qu'elle venait d'accoucher d'un enfant mort-né, et qu'elle tenait un bébé, un bébé bien vivant dans les bras. J'ai terriblement honte d'avouer que je n'ai rien fait. Comprenez-moi, je savais déjà le sort qu'allaient connaître vos bébés une fois de retour au foyer, et sur le coup, il m'a semblé que l'inévitable s'était tout simplement produit plus tôt. Parmi les mères célibataires, rares étaient celles qui gardaient leurs bébés et les ramenaient chez elles. La plupart repartaient au foyer et attendaient que d'autres familles viennent recueillir les bébés. Certains nourrissons étaient adoptés directement à l'hôpital. Ce n'était pas la procédure normale, parce que les mères disposaient d'un délai légal de plusieurs semaines pour réfléchir, mais l'adoption n'était pas aussi contrôlée qu'aujourd'hui.

Votre lettre m'a remis tout cela en mémoire, et aujourd'hui je ne suis pas sûre qu'il y ait eu une adoption. Je crois que le Dr Miller a simplement échangé votre fille contre la petite qui était morte à la naissance quelques heures plus tôt. C'est la seule explication logique. L'autre mère, son nom m'échappe, était effondrée d'avoir perdu son bébé. Je suis certaine qu'elle aurait fait n'importe quoi pour avoir un enfant, et je ne la condamne pas. Votre père devait être très pressé de régler la situation le plus discrètement possible. Et les médecins à l'époque se permettaient parfois certains écarts ou agissements douteux, surtout dans le secteur privé. Des avortements, par exemple, pour augmenter leur salaire. J'ai vu le Dr Miller en pratiquer un une fois, sur la demande d'une mère qui l'avait payé. C'était illégal, bien sûr, et personne n'en parlait. On peut facilement imaginer qu'il ait passé un accord avec votre père en échange d'une « petite rémunération » – une belle somme, si j'en juge par votre lettre.

Il n'était pas difficile de procéder à l'échange parce que, nous, les infirmières, n'aurions jamais osé nous élever contre un médecin, surtout en ce qui concernait une mère célibataire. Ces mères allaient abandonner leurs bébés de toute façon et reprendre ensuite une vie normale…

Je ne comprends pas vraiment pourquoi ils n'ont pas organisé une adoption privée, pourquoi ils vous ont ajouté cette souffrance en déclarant que le bébé était mort. Sans doute craignaient-ils votre réaction, surtout si vous aviez su que le bébé était au bout du couloir, dans les bras d'une autre femme.

Par la suite, le médecin a dû se féliciter d'avoir agi de cette manière, secrètement, sous la table, parce que la police est venue enquêter sur votre disparition quand vous n'êtes pas retournée au foyer des mères. Il aurait sûrement eu des ennuis pour avoir participé à une adoption privée, alors qu'ainsi, il y avait bien deux actes de naissance et un certificat d'accouchement d'un enfant mort-né, mais seuls les noms avaient changé. Sauf que la police n'en savait rien, d'autant que l'autre femme était déjà partie. Elle n'est pas restée les dix jours auxquels elle avait droit et je l'ai aidée à se préparer avec le bébé, qui était absolument adorable. Ce sera peut-être un réconfort pour vous de savoir que cette femme était rayonnante de bonheur, très douce, et que le nouveau père aussi, un homme calme et affable, semblait très heureux. Je savais que ce serait une bonne mère et je lui ai donné la layette et le petit cahier avec lesquels vous vouliez que le bébé soit enterré. J'ai pensé que vous auriez aimé que ces objets l'accompagnent dans sa nouvelle vie.

Hélas, personne ne se souciait de vous dans cette triste affaire, parce que les filles enceintes non mariées n'avaient pas leur mot à dire. Au contraire, elles étaient considérées comme un fardeau pour l'hôpital et pour l'État. Elles n'avaient que ce qu'elles méritaient, cela leur servirait de leçon... Les choses terribles que j'ai entendues sur le sujet rempliraient une lettre entière, mais ce n'est certainement pas moi qui l'écrirais ! Je suis soulagée de pouvoir vous raconter ce que je sais. J'espère seulement que ce ne sera pas encore plus douloureux pour vous. Peut-être vaudrait-il mieux que nous nous parlions de vive voix ? J'essaie de me rappeler le nom de l'autre dame, mais malgré mes efforts, je n'y arrive pas. Après quarante ans… J'en suis vraiment désolée. Vous pourriez trouver la liste des femmes qui ont accouché à l'hôpital ce mois-là dans le registre des naissances, et peut-être qu'alors son nom me reviendrait ? J'aimerais vraiment pouvoir vous aider. Et si vous avez envie de venir me rendre visite dans notre belle Écosse, je serais très heureuse de prendre le thé avec vous.

Avec mes sincères salutations,
Sarah Harding, née Mason

38

Mes mains tremblaient quand j'ai replié la lettre et j'allais la remettre entre les pages du journal quand j'ai vu la dernière note, écrite une semaine avant la mort de ma mère. J'ai cligné des yeux pour chasser ces stupides larmes qui ne cessaient de m'aveugler à présent, et j'ai lu.

Londres, 8 mai 1999

J'ai la tête qui me tourne depuis que j'ai reçu la lettre de Sarah Mason. Je n'arrête pas de repenser à ce qui s'est passé, à ce que je savais et à ce que je ne savais pas et que je n'ai jamais deviné. Je ne comprends toujours pas pourquoi le médecin a fait ce qu'il a fait, et pourquoi mon père a accepté. La seule explication que je puisse trouver, c'est que Père devait être affolé à cause de Harriet et qu'il a saisi cette occasion de se débarrasser au plus vite de l'un des bébés. Il ne s'attendait sûrement pas à ce que sa fille s'enfuie.

Je me répète que mon bébé est allée dans une bonne famille, qu'elle a sans doute eu une vie heureuse, et cette pensée-là, au moins, me réconforte. Je vais le dire à Graham, bientôt. Enfin, j'ai quelque chose à lui annoncer, quelque chose de positif et de concret, et ce sera un tel soulagement d'en parler avec lui. Je sais qu'il ne sera pas déçu que tant d'années plus tard je pense toujours à elle, que je veuille encore l'évoquer. Cela n'enlève rien à ce que nous avons vécu ensemble, lui et moi. C'est à mon bébé que je pense, pas à son père.

En lisant la lettre de Sarah Mason, tout m'est revenu. Ces moments atroces à l'hôpital, mon père, John, Harriet, ma fuite. Après ces quatre décennies aux côtés de Graham, le temps que j'ai passé avec John a presque complètement disparu de ma mémoire. Il n'y avait rien de réel là-dedans, rien de solide, rien du tout comparé à quarante ans de mariage avec un homme formidable, doux et bon. Si j'avais su à l'époque combien une relation pouvait être différente, différente de celle qu'avaient eue mes parents, différente de ce qu'était Hartland, je me serais peut-être comportée différemment moi-même, j'aurais peut-être vu tout de suite de quoi il s'agissait vraiment. D'un flirt ridicule qui n'avait aucune chance, mais qui a eu des conséquences dévastatrices.

Je vais attendre après notre anniversaire de mariage qui a lieu ce soir. Ce soir, c'est pour nous célébrer, nous, les nombreuses années de notre union formidable, pas ce qui a précédé. Graham a enduré tellement de choses à mes côtés, le pauvre, il est si gentil. À présent, il mérite de savoir, tout autant qu'Addie, mais j'attendrai que la fête soit passée.

Je ne sais pas si sa sœur voudra me voir ou voir Addie, ni même si nous parviendrons à la localiser, mais Merck a enfin une piste sérieuse, il va éplucher les registres de l'hôpital et tenter de contacter les femmes qui se trouvaient à la maternité. Je lui ai dit de revenir vers moi seulement s'il a quelque chose de solide, un nom, et quelqu'un qui accepte de parler, parce que je ne crois pas que je pourrais supporter d'être encore déçue. Et dès que je saurai qui elle est, où elle est, je raconterai tout à Addie. Je ne peux imaginer comment ce serait, si elles se rencontraient. Ma fille si droite, si prudente, et sa mystérieuse jumelle. Je chéris cette pensée en secret et j'espère que cela arrivera bientôt. L'Espoir, mon ami fidèle et pourtant si inconstant, se tient de nouveau à mes côtés, comme toujours.

J'ai refermé le journal et l'ai posé sur les autres. Ainsi, la longue quête de ma mère avait abouti. Elle avait découvert la vérité, elle aurait enfin pu se débarrasser de sa culpabilité, se libérer de son passé. George Holloway avait versé au médecin la somme royale de trois cents livres pour acheter sa coopération, son silence, et de faux documents attestant la mort d'un bébé. Il voulait donner le deuxième bébé aussi, mais ma mère avait disparu avec moi avant qu'il puisse mettre son plan à exécution. Elle avait ensuite avancé dans sa vie difficile, chargé de son lourd fardeau, et, compte tenu des circonstances, elle avait plutôt bien réussi. C'était une battante, et j'étais fière d'elle, fière qu'elle ait levé le menton et redressé les épaules.

J'aurais dû être en colère, ou triste, et je me doutais que plus tard j'éprouverais aussi ces sentiments-là, mais en ce moment j'étais surtout emplie d'un immense soulagement. Non seulement ma mère avait été enfin délivrée du fantôme d'un bébé mort, mais elle avait su, au moins pendant une semaine, que son autre enfant était vivante, qu'elle avait été aimée par ses parents et qu'elle était probablement heureuse, que peut-être même elle n'habitait pas loin d'ici. Elle avait su que si nous le souhaitions toutes les deux, nous nous retrouverions un jour. Et c'était arrivé.

Il y avait encore beaucoup de questions, mais assez de réponses pour l'instant. J'ai pris tous les cahiers et les ai glissés sous mon bras. Je devais appeler Phoebe. Je suis descendue sur la pointe des pieds en espérant que je ne tomberais pas sur Venetia avant d'avoir pu cacher les cahiers, parce que, aussi égoïste que cela puisse paraître, je n'étais pas prête à les partager. Mon sac se trouvait là où je l'avais laissé sous la table du vestibule. J'ai rangé les cahiers tout au fond et attrapé mon téléphone.

Elle a décroché après la quatrième sonnerie.

— Phoebe ? Tu es chez toi ?

— Je suis chez ma mère. On est assises dans le jardin. Attends, je vais rentrer à l'intérieur. C'est bon, je suis là.

— J'ai trouvé quelque chose, ai-je annoncé d'emblée.

Elle a écouté en silence, puis a lâché un soupir tremblant. Il y avait des larmes dans sa voix quand elle a dit enfin :

— C'est incroyable… J'aimerais tellement… J'aimerais être là, avec toi.

— Moi aussi, j'aimerais que tu sois là. Mais ta mère… je veux dire… ça va ? Et *toi*, tu vas bien ?

— On n'a pas arrêté de parler, et elle m'a raconté d'autres choses. Le médecin lui avait expliqué qu'elle devait reconnaître l'enfant, que c'était la procédure. Alors quand l'officier de l'état civil est venu, elle a donné son nom, celui de mon père et le mien, et c'est tout ce qui a été noté. Ça n'a jamais été une adoption. Ils ont simplement échangé un bébé mort contre un vivant. Voilà pourquoi je n'ai pas d'autre acte de naissance.

Elle s'est tue. J'ai entendu qu'elle faisait un effort pour calmer sa respiration.

— Le médecin lui a dit de quitter l'hôpital plus tôt, de ne pas rester les dix jours, que ce n'était pas la peine. Il devait être un peu inquiet d'avoir les deux femmes dans son service. Et elle aussi était anxieuse, alors elle est partie avec moi et n'a plus jamais voulu s'interroger, jusqu'à ce qu'elle reçoive la deuxième lettre de Merck. Là, elle ne pouvait pas mentir une deuxième fois… Elle avait décidé d'aller voir Elizabeth Holloway avant que celle-ci me trouve.

Phoebe a soupiré.

— Mais c'était trop tard, de toute façon. C'était après l'accident, alors je vais essayer de ne plus y penser.

— Elle t'aimait ! ai-je lancé avec fougue. Elle t'aimait *réellement*. Mon père aussi, c'est par amour pour elle qu'il l'a obligée à se tourner vers l'avenir plutôt que de ressasser le passé. Mais les gens ne changent pas, on reste toujours ce qu'on est, au fond. Tu sais, celle qui a vraiment souffert, c'est maman. Elle ne s'en est jamais remise, de toute sa vie.

— Oui, c'est vrai. Au moins, elle a su que j'étais vivante et que j'avais été accueillie par une famille aimante. Dis… Je suis encore ici jusqu'à demain, mais après… est-ce que je pourrais venir un peu chez toi ?

— J'adorerais que tu viennes, ai-je répondu, les yeux à nouveau pleins de larmes.

Après avoir raccroché, je suis restée immobile à côté de la table, en pensant à Phoebe. Je l'imaginais, glissant son téléphone dans son petit sac bien rangé, retrouvant sa mère au jardin, et demain, prenant le train toute seule pour Londres. Brusquement, j'ai eu terriblement envie de la voir. Elle me manquait. Mais ma famille m'attendait en bas et je serais bien obligée, à un moment où un autre, de participer à la fête que j'avais organisée. Les réunions de famille n'étaient décidément pas mon fort ces temps-ci.

J'étais en train de remettre mon téléphone dans ma besace quand la porte de l'escalier menant à la cuisine s'est ouverte et Andrew est apparu.

Il m'a souri.

— Salut… Ils sont tous déjà éméchés en bas et personne n'a remarqué ton absence. Tout va bien ?

Il tenait une assiette dans une main avec une part du gâteau à la crème de coco de Mrs. Baxter et deux verres dans l'autre main. Une petite bouteille de champagne était calée sous son bras. Il a gracieusement repoussé la porte du pied.

J'ai pris l'assiette et l'ai posée sur la table.

— Comment se fait-il que tu saches toujours quand j'ai besoin de manger ?

— J'aime ça, te nourrir, a-t-il répondu simplement. Il faut bien que quelqu'un le fasse.

Il a repoussé ses cheveux qui lui tombaient sur le front. Les coins de ses yeux s'étiraient malicieusement, comme toujours lorsqu'il était content d'une de ses reparties, et en le voyant ainsi en face de moi, j'ai senti une petite bulle de bonheur monter de mon ventre et pétiller dans ma tête.

— Venetia n'est pas folle de rage que je ne sois pas là ? ai-je demandé pour cacher mon trouble.

Andrew me souriait toujours.

— Tout le monde a trop bu, sauf ton père, bien sûr, et Venetia est tellement occupée à manger du gâteau qu'elle ne pense plus du tout à toi.

J'en doutais.

— Et ton biscuit aux pommes est un délice, Ads.

Je l'ai regardé un peu de travers.

— C'est pour ça que tu es si gentil ? Tu essaies de me faire changer d'avis pour Le Grand Bleu ?

— Mon Dieu, non.

Il a chassé ma remarque d'un geste désinvolte, puis a débouché le champagne et rempli les verres.

— En fait, je suis très content qu'on ait réglé la question.

— Ah bon ? ai-je dit avec méfiance.

— Oui, très content, a-t-il répété fermement, en me tendant un verre. Bois.

Après avoir trinqué avec lui, j'ai bu sans le quitter des yeux. Le champagne était délicieusement frais dans ma gorge, j'avais soudain très soif, et j'ai vidé mon verre d'un trait. Comme j'étais à jeun depuis la veille, une ivresse m'a saisie presque instantanément et j'ai vacillé. Andrew m'a retenue par l'épaule. Je me suis alors aperçue que nous étions debout tout près l'un de l'autre et qu'un grand calme régnait dans le vestibule, baigné par la lumière dorée de la fin d'après-midi.

— Alors, comme ça… tu es content ? ai-je bredouillé, plus pour rompre le silence qu'autre chose.

Je n'osais pas reculer et j'ai fixé obstinément son jean délavé.

J'ai vu qu'il pliait les genoux pour approcher son visage du mien.

— Très content. Et toi aussi, tu devrais te réjouir. Parce qu'après tout, deux chefs ne peuvent pas être ensemble.

— Tu l'as déjà dit, oui…, ai-je soufflé, et qu'est-ce que…

Mais j'ai perdu le fil de ce que j'allais répondre parce que, soudain, comme si je plongeais dans une image étrange et complètement irréelle, je n'ai plus vu que les yeux bleus d'Andrew, absorbant les miens, et il m'a embrassée, très doucement, très longtemps. J'ai fermé les yeux, ne pensant plus à rien sauf que je n'avais jamais, jamais été embrassée comme ça dans ma vie, avant de tomber, et tomber, et quand je suis enfin remontée à la surface, j'avais complètement oublié ce que je voulais dire.

Il m'a souri encore.

— Mais une propriétaire de café et un chef, je crois que ça marcherait.

— Je… oui…

J'avais le souffle coupé et je me suis abandonnée contre lui parce que n'étais pas sûre de pouvoir tenir debout.

— Tu veux descendre retrouver les autres ? a-t-il demandé en tournant le menton vers la porte de l'escalier. Non ? Tu es sûre ?

Il m'a enveloppée dans ses bras et m'a embrassée à nouveau. Je me suis accrochée à lui, dans l'odeur de sa chemise qui sentait bon la lessive, et j'avais envie de continuer à tomber comme ça pour toujours, et puis brusquement j'ai ouvert les yeux, paniquée, parce que j'avais peur de passer à côté de quelque chose, et il était là, son regard dans le mien, ses yeux si bleus, si doux, et si heureux que j'ai éprouvé une envie absurde de pleurer. Enfin, à contrecœur, il s'est écarté. Sans me lâcher la main, il a posé les verres sur la table et a ramassé mon sac.

— Viens, a-t-il dit en m'entraînant vers la porte. On s'en va avant qu'ils nous voient. Et on emporte le gâteau pour la route.

Épilogue

— On est *sûrement* tout près ! Là, je crois qu'on tourne à gauche…

— Ah oui, regarde, la petite route dont a parlé Harriet.

Penchée en avant sur mon siège, j'ai montré l'embranchement indiqué par un panneau à moitié enfoui dans la haie. Phoebe a pris le virage sur les chapeaux de roues et s'est engagée sur l'étroit chemin qui nous conduirait à Hartland.

C'est ainsi que j'imaginais ma mère, arrivant ici dans la Morris Minor de son père il y avait tant d'années. Mais au lieu d'une toute jeune fille qui regardait tristement par la fenêtre, c'était ma sœur jumelle et moi maintenant, filant à travers la campagne ensoleillée avec la capote baissée, de la musique et un énorme panier de pique-nique à l'arrière. Phoebe, qui m'avait embarquée deux heures plus tôt dans sa petite Boxster, était élégante, bronzée, et très à l'aise au volant, avec son ventre arrondi dans lequel grandissait son bébé-éprouvette.

Assise à la place du passager, je portais de grosses lunettes de soleil, le plus joli foulard de ma mère pour contenir mes cheveux, et j'approvisionnais ma sœur en caramels et chips aux crevettes qui, malgré mes conseils de diététicienne avisée, composaient son régime de femme enceinte. Ayant évalué d'un rapide coup d'œil le cabriolet à deux places, le paquet de chips format familial, et Phoebe qui brandissait un pouce enthousiaste au volant, Andrew avait levé les yeux au ciel, puis entraîné mon père vers sa propre voiture dans laquelle ils nous suivraient à une allure raisonnable, non sans avoir au préalable prié Phoebe d'éviter de me tuer en route. C'est vrai qu'elle conduisait vite, ma jumelle, et je n'avais aucun mal à me la représenter la main sur le manche d'un Boeing 747.

Harriet attendait déjà devant la grande grille en fer forgé qui marquait l'entrée de la propriété. Elle a agité la main, s'est approchée de la portière de Phoebe et l'a aidée à sortir de la voiture. J'ai pris mon temps pour descendre, les yeux fixés sur la grille et ce que l'on voyait de l'autre côté. Pendant que Harriet déverrouillait le cadenas accroché à une grosse chaîne rouillée, Phoebe est venue glisser son bras sous le mien et nous sommes restées là, debout toutes les deux, contemplant la maison et les jardins où tout avait commencé.

C'était un foisonnement de verts, de bruns et d'une foule de teintes intermédiaires, avec des arbres et des buissons exubérants, des herbes folles, des lianes et des liserons envahissant ce qu'il restait des dépendances, des fleurs, des arbustes ornementaux, des massifs, des rhododendrons sauvages prenant d'assaut les arbres et s'accrochant aux murs effrités. Et au milieu des jardins, qui n'étaient plus vraiment des jardins mais une jungle semblant déborder d'allégresse, se dressait la maison, exactement telle que ma mère l'avait décrite dans son journal : deux petites ailes encadrant discrètement le corps principal, une allée de graviers clairs s'élevant en demi-cercle jusqu'à l'endroit où s'était trouvée la porte. Mais la pierre couleur de miel et les embrasures des fenêtres soulignées de peinture blanche, les toits d'ardoise sur lesquels roucoulaient les colombes quand ma mère s'éveillait le matin pour écrire son journal, tout cela avait disparu. Hartland n'était plus qu'une coquille vide, une ruine avec d'affreux trous sombres en guise de fenêtres, des murs noircis ou grisâtres, et l'aile gauche, où l'incendie avait démarré, s'était complètement effondrée. Ici aussi, la végétation avait pris le dessus, sans doute en s'invitant prudemment dans la maison au début, puis gagnant en audace jusqu'à étendre partout l'entrelacement de ses vigoureuses tiges. Des graines apportées par la brise marine s'étaient enracinées entre les pierres, et un faucon crécerelle avait apparemment établi son nid au sommet d'un haut mur qui restait encore debout. Cela aurait dû être un spectacle désolant, et il l'était peut-être pour Harriet, qui avait posé une main sur l'épaule de Phoebe. Mais en même temps, une telle vie, si verte, si luxuriante, paraissait exulter entre ces ruines qu'on ne pouvait s'empêcher de sourire devant la profusion de couleurs au sein de laquelle se lovait encore la maison, comme un étrange écho aux descriptions émerveillées que ma mère en avait données durant l'été 1958.

Des pneus ont crissé derrière nous, et un instant plus tard, Andrew et mon père nous rejoignaient à la grille.

Nous gardions tous le silence.

— Alors, c'est ça ? a finalement dit Andrew, très impressionné. Regardez, Graham… un pan entier de la maison s'est effondré.

— Cela a dû être un énorme incendie, a observé mon père. Et tout ceci vous appartient encore, Mrs… Mrs. Sinclair ?

Il lui a offert son bras, et, avec un sourire un peu étonné, elle l'a pris.

— Oh, appelez-moi Harriet, s'il vous plaît. Après tout, nous avons presque un lien de parenté, n'est-ce pas ? Figurez-vous que c'était un petit court-circuit, en réalité, pas grand-chose, mais Abel vivait seul dans la maison à l'époque et il a réagi trop tard, le feu s'est propagé et n'a pas pu être arrêté. Nous n'étions même pas là, nous habitions en Amérique. Nous sommes revenus pour l'enterrement d'Abel. Je n'ai pas remis les pieds ici depuis des années…

Ensemble, ils ont remonté lentement l'allée, puis bifurqué dans un sentier herbu. Nous avons entendu la voix de Harriet, de plus en plus lointaine.

— Je garde la maison pour Caroline, mais elle envisage de retourner en Amérique, alors, qui sait…

Mon père inclinait la tête vers elle et l'écoutait en souriant, et j'étais très heureuse qu'il ait voulu se joindre à nous.

— Tu te charges du pique-nique, Andrew ? a demandé Phoebe. Je peux porter les couvertures, mais le panier est lourd.

Il a accompagné sa réponse d'un geste galant de la main.

— Pas de problème. Allez-y, toutes les deux. Je déposerai tout là-bas sur la droite, où se trouvait la pelouse, je crois.

Il m'a souri et m'a fait un clin d'œil, puis est parti vers la voiture sous le regard fier et quasi maternel de Phoebe qui, comme on pouvait s'y attendre, vouait une inconditionnelle affection à Andrew depuis leur première entrevue.

— Il est vraiment adorable, tu as beaucoup de chance, a-t-elle soupiré en tapotant distraitement son ventre arrondi quand nous nous sommes engagées dans l'allée.

En dépit de tous ses efforts, son compagnon avait fini par se défiler, et, après une succession de liaisons hautement improductives – preuve supplémentaire, s'il en fallait, qu'il n'existait pas de perle rare parmi la gent masculine –, elle avait trouvé un donneur de sperme et s'était un jour présentée à ma porte avec une bouteille de champagne sans alcool et un T-shirt bleu et rouge arborant l'inscription « Super Tatie ». Efficace comme à son habitude, elle avait organisé les moindres détails, écumé les bibliothèques et les librairies à la recherche de tous les ouvrages pour « bien vivre une grossesse en solo », négocié un congé maternité et un aménagement de son temps de travail avec son employeur, et déjà transformé une pièce de sa maison en chambre d'enfant qui n'attendait plus que l'arrivée de la petite Charlotte.

— Oui, c'est vrai, ai-je répondu en cheminant tranquillement à côté d'elle. D'ailleurs, je t'annonce qu'on a décidé de vivre ensemble. Hier soir.

— Ouaouh ! Tu vas enfin renoncer à ton levain qui ressemble à un vieux torchon moisi. Crois-moi, cet homme-là, tu ne dois pas le lâcher.

— Il n'en est pas question, a lancé Andrew juste derrière nous. Et elle a accepté de ne pas ramener son levain infâme dans notre cuisine. Elle le stockera dans *son* café.

D'un bras, il m'a enlacée brièvement au moment où il nous doublait avec le panier du pique-nique et les couvertures, puis est parti vers la droite en ouvrant un passage entre les hautes herbes et les fougères. Plus loin, Harriet et mon père inspectaient un mur en ruine dont ils se tenaient à une distance prudente.

— Par là, ai-je suggéré en indiquant la direction opposée.

Sans parler, nous avons contourné la maison sur la gauche en décrivant une large boucle. Les fenêtres et les portes béantes laissaient apparaître l'intérieur calciné. L'embrasement de l'aile latérale avait ouvert un trou dans le corps du bâtiment par lequel on voyait les pièces ravagées, comme s'il s'agissait d'une maison de poupée géante. Au rez-de-chaussée, tout ce qui avait pu être sauvé ou pillé avait disparu, mais dans les étages, où visiblement personne n'avait osé s'aventurer de peur d'un effondrement, on distinguait les restes carbonisés de meubles, de tableaux, un rideau déchiré pendant pitoyablement sur une tringle.

— Regarde, ce devait être la bibliothèque, a chuchoté Phoebe, en montrant une vaste salle ouverte sur le ciel avec une armature en métal qui devait autrefois supporter une coupole.

Le verre avait été soufflé, bien sûr, et les rayonnages qui garnissaient les murs du sol au plafond étaient gravement brûlés. S'y accrochaient encore des squelettes de livres, certains soudés entre eux par le cuir de leur reliure qui avait fondu, d'autres déjà tombés en poussière.

Je pensais à ma mère, se glissant dans ce qui devait être un espace magnifique et baigné de lumière, hésitant entre un roman d'Ivy Compton-Burnett ou les mémoires de Lady Dorothy Mills. Phoebe aussi pensait sans doute à ces livres que ma mère aimait emporter dehors, parce qu'elle m'a entraînée vers la terrasse que l'on apercevait un peu plus loin. L'herbe jaillissait çà et là entre les dalles déjointées et la balustrade, en grande partie détruite, ne semblait plus tenir que par une épaisse barrière de lierre qui s'était substituée à la maçonnerie.

— On ne devrait pas monter, ai-je dit craintivement. C'est sûrement dangereux...

— Juste sur l'escalier, je crois que ça va.

Je l'ai aidée à gravir les marches inégales et défoncées par endroits. En haut, la vue embrassait ce qui restait des jardins de Hartland.

J'ai retenu mon souffle.

— Oh... C'est encore tellement beau...

La pelouse où se disputaient autrefois les parties de croquet était haute, les mauvaises herbes envahissaient le verger aux arbres tordus, mais le terrain qui s'abaissait en pente douce autour de la maison conservait une grâce ineffable. Le ciel était d'un bleu intense, le soleil nous chauffait le dos et un petit lac scintillait en bas. Phoebe m'a serré le bras en indiquant du menton le coin de la pelouse où Harriet et mon père avaient étalé des couvertures à l'ombre d'un vieux platane. Mon père se débattait avec un fauteuil pliant récalcitrant qu'il avait apporté pour Phoebe. Harriet lui a effleuré l'épaule afin d'attirer son attention, a pointé un doigt dans notre direction et agité la main. Andrew, qui déballait le pique-nique, a levé les yeux et nous a adressé un petit salut lui aussi. Ils avaient choisi de s'installer à la lisière de ce qui était autrefois...

— La roseraie, ai-je murmuré, émerveillée.

Ici aussi, la nature avait repris ses droits, mais depuis la hauteur où nous nous tenions, on voyait encore le tracé des haies et les parterres, les arbres déployés en espalier contre les murs. Et partout, il y avait des roses, en massifs ou grimpant sur des tonnelles, une profusion de rouges, de roses et de blancs.

Phoebe a passé son bras autour de mes épaules, j'ai posé ma joue contre la sienne, et nous sommes restées ainsi à contempler la roseraie où notre mère, durant un court été, avait été si heureuse.

Note de l'auteure

Prises en sandwich entre la guerre et l'esprit rebelle qui a soufflé à partir de 1960, les années cinquante furent une décennie insolite. Beaucoup s'en souviennent comme d'une époque tranquille et innocente, où les enfants jouaient dehors jusqu'à ce que leurs mères les appellent pour le dîner, où le gentil policier déambulait dans les rues, l'infirmière se déplaçait à bicyclette avec son sac calé sur le guidon, et où l'on pouvait faire du stop en toute sécurité. Après les privations de la guerre et l'austérité de la période qui lui succéda, les gens avaient à présent de l'argent à dépenser et un monde vibrant de couleurs à explorer, un monde plein de musiques et de modes nouvelles, de voitures et de téléviseurs.

Sous bien des aspects, en effet, ces années étaient sereines, excitantes, et innocentes, mais elles présentaient aussi une face plus sombre. Dans la bonne société de l'après-guerre, respectable et soucieuse des convenances, les femmes, qui avaient pourtant accédé à des fonctions laissées vacantes par les hommes durant la guerre, qui avaient travaillé et soutenu l'économie du pays, furent reléguées à la maison, au foyer et à la famille, et brimées par l'hypocrisie d'une morale victorienne qui tolérait peu d'écarts de conduite.

L'éducation sexuelle n'existait quasiment pas, et les relations avant le mariage étaient diabolisées ou niées – jusqu'à ce qu'elles aboutissent à des grossesses illégitimes. Le châtiment s'abattait alors durement sur la malheureuse mère célibataire, avec une sévérité d'autant plus cruelle que les filles et les jeunes femmes étaient maintenues dans une totale ignorance de tout ce qui touchait au sujet. Être enceinte sans mari, y compris à l'issue d'un viol ou d'un abus perpétré par un membre de la famille, et même parfois dans le cas d'un bébé conçu avec un fiancé avant la date du mariage, était considéré exclusivement comme la faute de la femme. C'était un péché, un signe de dépravation et de faiblesse morale – à une époque pas si lointaine, on envoyait encore les « filles-mères » dans des asiles d'aliénés ou des hospices.

Certaines familles choisissaient d'absorber discrètement le nouvel arrivant, en désignant l'enfant comme une « petite sœur tardive » ou un « cousin éloigné », mais pour la plupart des femmes, la seule option consistait à accoucher en secret dans un foyer pour mères célibataires, qui étaient nombreuses dans le pays, de donner le bébé à l'adoption, puis de réintégrer la société où lui était accordée une deuxième – et dernière – chance de suivre un parcours « normal ». Quelles que soient les circonstances, aucune femme ne ressortait indemne de cette expérience, toutes souffraient à des degrés divers : sévices infligés dans les foyers, jugement de leurs propres familles, accouchement et souffrance postnatale sous la supervision d'infirmières et de médecins revêches, et enfin, chagrin dévastateur lorsque leurs bébés leur étaient arrachés pour partir aux mains d'étrangers. Elles portaient ensuite le souvenir de ces bébés perdus, souvent en silence, pendant le restant de leurs vies.

Les établissements d'accueil des mères célibataires ont continué d'exister jusqu'à la baisse significative de leur fréquentation à la fin des années soixante, attestant de l'évolution des mœurs. Le stigmate attaché aux mères célibataires s'est peu à peu effacé, même si certains mauvais traitements et exemples de condamnation ont perduré jusqu'au milieu des années quatre-vingt.

Avec la loi sur l'enfance de 1975, les personnes adoptées en Angleterre et au pays de Galles ont eu accès pour la première fois à leurs documents de naissance et d'adoption, sous condition d'accompagnement thérapeutique, mais c'est seulement en 2002, avec la loi sur l'adoption et l'enfance, que les mères ont été autorisées à rechercher leurs bébés. Bien souvent, les traces avaient disparu à jamais, particulièrement dans le cas des adoptions privées, et il a fallu attendre le début des années quatre-vingt pour que les procédures d'adoption soient encadrées par une nouvelle législation – maigre consolation pour ces enfants et ces mères qui, en l'absence d'actes officiels, ne pouvaient se retrouver.

Parmi les nombreux livres que j'ai consultés sur les femmes durant les années cinquante, sur les enfants illégitimes et l'adoption, plusieurs m'ont été très utiles pour explorer le visage sombre et douloureux de cette décennie : *In the Family Way*, de Jane Robinson, *Love Child*, de Sue Elliott, *The Unmarried*

Mother, de Sheila Tofield, *My Secret Sister*, de Helen Edwards & Jenny Lee Smith, *Modern Motherhood*, de Angela Davis, *British Society Since 1945*, de Arthur Marwick, *A 1950's Childhood*, de Paul Feeney, *Sixty Years a Nurse*, de Mary Hazard. Ces lectures m'ont permis de situer Elizabeth Holloway dans le cadre social et historique de son époque. J'ai bien sûr pris des libertés de romancière, et tous les personnages sont entièrement inventés. Les Sœurs de la Charité et l'hôpital All Saints, bien que reflétant divers établissements réels, sont un pur produit de mon imagination, et même si la géographie a été respectée, Porthallow, Tideford Cross, Brimley et Hartland n'existent pas.

J'ai toujours été fascinée par l'histoire familiale et la manière dont celle-ci personnalise le XXIe siècle présenté dans nos livres d'histoire. Montrer les secrets de famille et les choix difficiles des individus, tels qu'ils s'inscrivaient dans le tissu complexe d'une vie quotidienne si différente des nôtres, nous apporte une perspective nouvelle sur ces secrets et ces choix. Étrangement, pourtant, ils demeurent atemporels : des dilemmes moraux qui ressemblent à ceux que la plupart d'entre nous rencontreront d'une manière ou d'une autre au cours de nos vies.

On trouve beaucoup d'écrits, ainsi que d'innombrables témoignages sur le Web, relatant les histoires personnelles et le parcours douloureux des mères et des enfants qui se cherchent, des décennies de secrets, d'incertitude et de manque, suivies par l'expérience souvent difficile d'apprendre à se connaître – si l'on choisit d'emprunter cette voie.

Dans le roman, les vies fictives d'Elizabeth, d'Addie et de Phoebe ont été changées à jamais par ce qui s'est passé ce soir de 1960. Ce qu'elles ont traversé et ce qu'elles apprennent est aussi varié que dans les histoires vraies, tour à tour dévastateur et constructif. J'ai voulu montrer avec ces trois femmes, au sein de leur univers romanesque, l'intense bouleversement et les traces indélébiles que ces séparations forcées ont laissées chez les mères et les enfants.

Remerciements

Si l'on dit qu'il faut tout un village pour élever un enfant, il faut largement autant de monde pour sortir un livre, et je suis infiniment reconnaissante des incroyables encouragements que j'ai reçus au long de mon chemin.

J'aimerais remercier avant tout mon éditrice, Marion Donaldson, qui me répond toujours au téléphone, me prodigue sa sagesse, et m'a permis de réaliser mon rêve. La brillante équipe de chez Headline, qui m'a accueillie au sein de la famille Headline. Mon extraordinaire agente, Caroline Hardman, qui m'a tant soutenue.

Un énorme merci à toi, Jenny, grâce à qui cette histoire a survécu, et à Frances, qui m'a empêchée de renoncer. À Maresa, pour son inspiration créatrice, et à Rebecca et à Hannah, pour d'excellents déjeuners et des paroles si bienveillantes.

Du fond du cœur, comme toujours, je remercie ma famille. Mes parents, qui ont cru en moi depuis le début. Ils ont été mes premiers lecteurs et me restent encore merveilleusement fidèles. Mes beaux-parents, qui m'encouragent depuis l'autre côté du monde.

Mes deux formidables garçons, qui me présentaient, bien avant que ce livre ne prenne forme, comme « ma mère, l'auteur », et dont je suis inlassablement fière. Et enfin, mon mari Paul, sans qui rien ne serait jamais possible. À lui, particulièrement, je dédie ce livre avec tout mon amour.

Ouvrage composé par
PCA 44400 Rezé